本书系为山西省黄河文化生态研究院项目"吕温著作及思想研究（HH202017)"；山西省高校哲学社会科学研究项目"河东儒学社会化及与河东基层社会互涵研究（2019W152）"阶段性成果。

中国社科研究文库

CHINESE SOCIAL SCIENCE RESEARCH LIBRARY

吕和叔文集校笺

张　丽｜著

中国书籍出版社
China Book Press

图书在版编目（CIP）数据

吕和叔文集校笺/张丽著.—北京：中国书籍出
版社，2021.7
ISBN 978－7－5068－8232－3

Ⅰ.①吕… Ⅱ.①张… Ⅲ.①中国文学—古典文学—
作品综合集—唐代 Ⅳ.①I214.22

中国版本图书馆 CIP 数据核字（2020）第 254311 号

吕和叔文集校笺

张 丽 著

责任编辑	邓 雷 王 淼	
责任印制	孙马飞 马 芝	
封面设计	中联华文	
出版发行	中国书籍出版社	
地 址	北京市丰台区三路居路 97 号（邮编：100073）	
电 话	（010）52257143（总编室） （010）52257140（发行部）	
电子邮箱	eo@chinabp.com.cn	
经 销	全国新华书店	
印 刷	三河市华东印刷有限公司	
开 本	710 毫米×1000 毫米 1/16	
字 数	368 千字	
印 张	20.5	
版 次	2021 年 7 月第 1 版	
印 次	2021 年 7 月第 1 次印刷	
书 号	ISBN 978－7－5068－8232－3	
定 价	98.00 元	

前　言

　　吕温（约771—811），字和叔，又字化光。郡望东平，吕氏自晋时居河东，吕温祖父吕延之，官至浙江东道节度使。吕温父亲吕渭，唐德宗时三知贡举，官至潭州刺史，湖南都团练观察使。吕温为父作《东平吕府君（渭）墓志铭并序》。吕渭四子温、恭、俭、让，皆有文名。吕温的外祖父柳识，外祖叔柳浑，皆唐代名臣，有文名。吕温少从陆贽学《春秋》，从梁肃学文章，贞元十四年登进士第，贞元十九年拜左拾遗，贞元二十年至二十一年出使吐蕃，使还，转户部员外郎。后温贬道州刺史，衡州刺史，世称吕衡州。

　　两唐书、北宋官方藏书目录《崇文总目》辑本、晁公武《郡斋读书志》、尤袤《遂初堂书目》及《宋史·艺文志》等均记载吕温有文集十卷。吕文俊拔赡逸，藻翰精富，一时为流辈推尚。柳宗元、刘禹锡都对温诗文有高度评价。清人李慈铭《越缦堂读书记》赞誉吕温："和叔之文，当时拟之左丘、班固，诚非其论。然根柢深厚，自不在同时刘梦得、张文昌之下。其文如《三受降城铭》《古东周城铭》《成皋铭》《酹王景略文》《凌烟阁勋臣颂》《狄梁公传赞》《张荆州画像赞》，置之韩、柳集中，亦为高作。其他书表，多有可观，议论亦甚平正。"

　　据《四部丛刊》唐吕和叔文集序，吕温卒后十年，其子安衡托刘禹锡编次吕温文集。刘禹锡原编可能分为上下编，先杂著，后诗赋，《郡斋读书志》卷四云："刘禹锡为编次其文……序之云：'古之为书，先立其言而后体物。贾生之书首《过秦》，而荀卿亦后其赋，和叔年少遇君，而卒以谪似贾生，能明道似荀卿。故余所先后视二书，断自《人文化成论》至《诸葛武侯》为上篇，其他成有为而为之。'今集先赋诗后杂文，非禹锡本也。"可知宋本已经与原编有异，原编已无考。

　　万曼《唐集叙录》认为《四部丛刊》本，"似是最完整的本子"，此本为上海涵芬楼借常熟瞿氏藏述古堂景宋钞本印行，题作《唐吕和叔文集》，十一行二十二字，白口，卷首有彭城刘禹锡序，次吕和叔文集目录，次正文十卷，卷末有柳宗元《故衡州刺史东平吕君诔》。各卷首结衔题"朝议郎使持节衡州诸军事守衡州刺史上骑都尉赐绯鱼袋吕温"。左栏外有"钱遵王述古堂藏书"八字。第六、七两卷有七篇志铭存目缺文，分别是卷六：《韦武神道碑》《刘公神道碑》。卷七：《大长公主墓诗铭》《郑氏墓志铭》《李氏墓志铭》《柳夫人墓志铭》《吕府君权殡记》。

《粤雅堂丛书》系清咸丰三年南海伍氏翻刻秦氏石研斋刻本。秦氏石研斋校刻书七种六十卷，其中刻唐人三家集二十六卷，录骆宾王、吕温、李观三家诗文，秦序称此刊本是以顾广圻、吴茂才家藏本为底本进行刊刻的，卷末附有顾氏考证一卷，且有顾氏校记一篇云："六七两卷，出正嘉时旧抄，独为完善，如六卷之《韦武碑》、卷七之《河东郡君志》举世莫传者也，诚足本矣。此外如《文苑英华》三百十六卷《和李使君三郎早秋城北亭宴崔司士因寄关中张评事》诗，三百六十七卷《题从叔园林》诗，集所未见，今恐失真，皆不取入。"粤本题作《吕衡州集》，"朝议郎使持节衡州诸军事守衡州刺史上骑都尉赐绯鱼袋吕温撰"，卷首有道光七年岁次丁亥闰月初吉江都秦恩复字伯敦父序，次十卷篇名目录，次正文十卷，次卷末附有顾千里书跋及顾千里撰考证一卷，附伍崇曜之后跋。商务印书馆《丛书集成初编》本据《粤雅堂丛书》排印。

这次吕温文集十卷的整理校笺，以四部丛刊《吕和叔文集十卷》为底本，粤雅堂《吕衡州集》为校本，参校文渊阁四库全书《吕衡州集》，简称四库本。编次依据四部丛刊本。卷一、卷二赋诗（赋4篇，诗106篇），卷三书序（14篇），卷四表（14篇），卷五表状（17篇），卷六、卷七志铭（11篇），卷八铭文（12篇），卷九颂赞（28篇），卷十杂著（8篇）。四部丛刊六、七卷缺文部分，据粤雅堂本补文。吕温文集的系年考证、词语溯源、本事考证等是本书笺注的重点。

唐吕和叔文集序

[唐] 刘禹锡

五行秀气，得之居多者为隽人。其色潋滟于颜间，其声发而为文章。天之所与，有物来相。彼由学而致者，如工人染夏以视羽畎，有生死之殊矣。初贞元中，天子之文章，焕乎垂光。庆霄在上，万物五色。天下文人，为气所召，其生乃蕃，灵芝莲脯，与百果齐坼。然煌煌翘翘，出乎其类，终为伟人者几希矣。东平吕和叔，实生是时，而绝人远甚。始以文学震三川，三川守以为贡士之冠。名声四驰，速如羽檄。长安中诸生，咸避其锋。两科连中，芒刃愈出。德宗闻其名，自集贤殿校书郎擢为左拾遗。明年，犬戎请和，上问能使绝域者，君以奇表有专对材膺选。转殿内史，锡之银章。还拜尚书户部员外郎，转司封，迁刑部郎中兼侍御史，副治书之职。会中执法左迁，缘坐谪道州刺史。以善政闻，改衡州。年四十而殁。后十年，其子安衡，泣奉遗草来谒，咨予叙之，成一家言。凡二百篇。和叔名温，别字化光。祖、考皆以文学至大官。早闻《诗》《礼》于先侍郎，又师吴郡陆赞，通《春秋》。从安定梁肃学文章，勇于艺能，咸有所祖。年益壮，志益大，遂拨去文章，与隽贤交。重气概，核名实，忻然以致君及物为大欲。每与其徒讲疑考要皇王霸强之术，臣子忠孝之道，出入上下百千年间。诋诃角逐，叠发连柱。辄盱衡击节，扬袂顿足，信容得色，舞于眉端。以为案是言，循是理，合乎心而气将之，昭昭然若揭日月而行。孰能闭其势而争天光者？呜呼！言可信而时异，道甚长而命窄。精气为物，其有所归乎？古之为书者，先立言而后体物。贾生之书首《过秦》，而荀卿亦后其赋。和叔年少遇君，而卒以谪似贾生，能明王道似荀卿。故余所先后视二书，断自《人文化成论》至《诸葛武侯庙记》为上篇，他咸有为为之。始学左氏书，故其文微为富艳。夫羿之关弓，惟巴蛇九日乃能尽其彀，而回注鹦爵，亦要中于寻常之间，非羿之于弓有能有不能，所遇而然也。后之达解者推而广之，知予之素交，不相索于文字之内而已。

目 录
CONTENTS

卷一 赋诗 ……………………………………………………… 1

由鹿赋并序 ………………………………………………………… 1

黄龙负舟赋 ………………………………………………………… 4

白云起封中诗 ……………………………………………………… 8

吏部试乐理心赋 …………………………………………………… 9

终南精舍月中闻磬声诗 …………………………………………… 13

礼部试鉴止水赋 …………………………………………………… 13

青出蓝诗 …………………………………………………………… 16

奉和李相公早朝于中书侯传点书所怀奉呈门下武相公中书郑相公 … 16

奉和武中丞秋日台中寄怀简诸僚友时西藩使回奉命追和 ………… 18

吐蕃别馆和周十一郎中杨七录事望白水山作 …………………… 19

奉和张舍人阁中直夜思闻雅琴因书事通简僚友交朋 …………… 20

和舍弟惜花绝句 …………………………………………………… 21

和恭听晓笼中山鹊 ………………………………………………… 21

和舍弟让笼中鹰 …………………………………………………… 21

同恭夏日题寻真观李宽中秀才书院 ……………………………… 22

同舍弟恭岁暮寄晋州李六协律三十韵 …………………………… 22

青海西寄窦三端公 ………………………………………………… 24

蕃中拘留岁余回至陇石先寄城中亲故 …………………………… 25

吐蕃别馆卧病寄朝中亲故 ………………………………………… 25

吐蕃列馆中和日寄朝中旧僚 ……………………………………… 26

及第后答潼关主人 ………………………………………………… 26

河中城南姚家浴后赠主人 ………………………………………… 27

看浑中丞山桃花初有他客不通晚方得入因有戏赠 ……………… 27

赠友人 ……………………………………………………………… 27

道州夏日郡内北桥新亭书怀赠何元二处士 ……………………… 28

道州弘道县主簿知县三年颇着廉慎秩满县阙中使请留将赴衡州题其厅事 …… 29

道州将赴衡州酬别江华毛令 ……………………………………… 29

道州夏日早访荀参军林园敬酬见赠 ……………………………… 30

道州敬酬何处士怀郡楼月夜之作 ………………………………… 30

新居寺院凉夜书情呈上吕和叔郎中 ……………………………… 31

道州敬酬何处士书情见赠 ………………………………………… 31

戏赠灵澈上人 ……………………………………………………… 32

二月一日是贞元旧节有感绝句寄窦三任黔南卢七任洛阳 ……… 33

初发道州答崔三连州题海阳亭见寄绝句 ………………………… 33

奉陪郎中使君楼上夜把火看花 …………………………………… 34

答段秀才 …………………………………………………………… 34

宗礼欲往桂州苦雨因以戏赠 ……………………………………… 35

道州奉寄襄阳裴相公绝句 ………………………………………… 35

卷二 诗 …………………………………………………………… **36**

吐蕃别馆月夜 ……………………………………………………… 36

望思台作 …………………………………………………………… 36

孟冬蒲津关河亭作 ………………………………………………… 37

巩路感怀 …………………………………………………………… 37

题梁宣帝陵二首 …………………………………………………… 38

岳阳怀古 …………………………………………………………… 39

道州途中即事 ……………………………………………………… 40

登少陵原望秦中诸川太原王至德妙有水术因用感叹 …………… 40

奉勒祭南岳十四韵 ………………………………………………… 42

经河源军汉村作 …………………………………………………… 43

题河州赤岸桥 ……………………………………………………… 43

题阳人城 …………………………………………………………… 44

晋王龙骧墓 ………………………………………………………… 44

题石勒城二首 ……………………………………………………… 45

刘郎浦口号 ………………………………………………………… 45

自江华之衡阳途中绝句 …………………………………………… 46

吐蕃列馆送杨七录事先归绝句 ·············· 46

奉送范司空赴朔方 ······················· 47

送文畅上人东游 ························· 47

喜俭北至送宗礼南行 ····················· 48

送段九秀才归澧州 ······················· 48

衡州送李十一兵曹赴浙东 ················· 49

临洮送袁七书记归朝 ····················· 49

江陵酒中留别坐客 ······················· 50

道州酬送何山人之容州 ··················· 50

道州送戴简处士往贺州谒杨侍郎文 ·········· 51

春日游郭驸马大安亭子 ··················· 51

楚州追制后舍弟直长安县失囚花下共饮 ······· 52

衡州岁前游合江亭见山樱叶未拆因赋含彩吝惊春 ·· 52

衡州登楼望南馆临水花呈房戴段李诸公 ······· 53

合江亭槛前多高竹不见远岸花客命剪之感而成咏 ·· 53

道州春游欧阳家林亭 ····················· 53

衡州早春偶游黄溪口号 ··················· 54

衡州夜后把火看花留客绝句 ··············· 54

夜半把火看南园花招李十一兵曹不至呈座上诸公 ·· 54

顺宗至德大圣大安孝皇帝挽歌词三首 ········· 55

咏蜀客石琴枕 ··························· 56

河南府试赎帖赋得乡饮酒诗 ··············· 57

赋得失群鹤 ····························· 58

道州南楼换柱 ··························· 58

道州北池放鹅 ··························· 58

回风有怀绝句 ··························· 59

蕃中答退浑词 ··························· 59

上官昭容书楼歌 ························· 60

闻砧有感 ······························· 61

早觉有感 ······························· 61

冬日病中即事 ··························· 62

病中自户部员外郎转司封 ················· 62

久病初朝衢中即事 ······················· 63

道州城北楼观李花 ·· 63

道州秋夜南楼即事 ·· 64

道州观野火 ··· 64

衡州早春二首 ··· 65

郡内书怀寄刘连州窦夔州 ·································· 65

偶然作二首 ··· 66

古兴 ·· 66

风咏 ·· 67

道州感兴 ·· 67

春日与李六舍弟联句 ······································· 68

镜中叹白发 ··· 68

友人邀听歌有感 ·· 69

贞元十四年旱甚见权门移芍药花 ························· 69

冬夜即事 ·· 69

道州郡斋卧疾寄东馆诸贤 ·································· 69

读小弟诗有感因口号以示之 ······························ 70

读勾践传 ·· 70

道州有叹 ·· 71

风叹 ·· 71

卷三　书序 ·· **72**

与族兄皋请学春秋书 ······································· 72

上族叔齐河南书 ·· 77

代李侍郎与山南严仆射书 ·································· 81

代李侍郎与宣武韩司空书 ·································· 82

代李侍郎与徐州张尚书书 ·································· 84

代辛将军与普润刘尚书书 ·································· 86

代窦中丞与襄阳于相公书 ·································· 89

地志图序 ·· 91

送友人游蜀序 ··· 94

送琴客摇兼济东归便道谒王虢州序 ····················· 95

联句诗序 ·· 96

送薛大信归临晋序 ·· 97

道州律令要录序 ·· 99

裴氏海昏集序 ·· 100

卷四 表 105

代论伐剑南更发兵表 ·· 105

代李侍郎贺德政表 ·· 108

代国子陆博士进集注春秋表 ······································ 112

代齐贾二相贺迁二祖表 ·· 114

谢拾遗表 ··· 116

御答 ··· 118

谢章服表 ··· 118

代孔侍郎蕃中贺顺宗登极表 ······································ 119

代百官请上尊号第三表 ·· 121

代文武百寮谢宣示元和观象历表 ·································· 123

代百寮贺放浙西租赋表 ·· 125

代百寮谢许游宴表 ·· 128

代百寮进农书表 ·· 131

代杜司徒谢上表 ·· 134

代杜司徒贺赦表 ·· 135

卷五 表状 138

代李侍郎贺收西川表 ·· 138

代李侍郎谢内库钱充军资表 ······································ 141

代李侍郎贺雨雪感应表 ·· 143

代贺生擒李锜表 ·· 146

代武相公谢枪旗器甲鞍马表 ······································ 148

代武相公谢借飞龙马表 ·· 150

代张侍郎起居表 ·· 151

代伊仆射谢男宥授安州刺史表 ··································· 153

道州刺史谢上表 ·· 155

贺册皇太子表 ·· 156

衡州谢上表 ·· 157

代郑南海谢上表 ·· 159

代都监使奏吐蕃事宜状 …………………………………………… 161

代伊仆射奏请女正度状 …………………………………………… 162

代郑相公谢赐戟状 ………………………………………………… 163

代郑相公请删定施行六典开元礼状 ……………………………… 166

故博陵崔公行状 …………………………………………………… 170

卷六　志铭 …………………………………………………… **176**

三受降城碑铭并序 ………………………………………………… 176

故太子少保赠尚书左仆射京兆韦府君神道碑 …………………… 179

唐故金紫光禄大夫检校兵部尚书使持节都督秦州诸军事兼秦州刺史

御史大夫充保义军节度陇西经略军等使上柱国彭城郡开国公食邑

二千户赠尚书右仆射中山刘公神道碑铭 ………………………… 189

南岳大师远公塔铭记 ……………………………………………… 200

唐故银青光禄大夫京兆尹兼御史大夫上柱国赠吏部尚书京兆韦公神道

碑铭 ………………………………………………………………… 206

卷七　志铭 …………………………………………………… **213**

唐故太子舍人李府君夫人荥阳郑氏墓志铭 ……………………… 213

大唐故纪国大长公主墓志铭 ……………………………………… 215

故河中节度使检校司空平章事杜公夫人李氏墓志铭 …………… 219

唐故湖南团练观察处置等使通议大夫使持节都督潭州诸军事守潭州刺史

中丞赐紫金鱼袋赠陕州大都督东平吕府君夫人河东郡君柳氏墓志铭 … 222

陈先生墓表 ………………………………………………………… 225

唐故福建观察巡官前侯官县尉东平吕府君权殡记 ……………… 227

卷八　铭文 …………………………………………………… **229**

傅岩铭 ……………………………………………………………… 229

望思台铭 …………………………………………………………… 231

东古周城铭 ………………………………………………………… 233

成皋铭 ……………………………………………………………… 234

谒舜庙文 …………………………………………………………… 235

华山下斸王景略墓文 ……………………………………………… 237

代齐常侍祭樊襄阳文 ……………………………………………… 239

代宰相祭故齐相公文 241

祭陆给事文 244

道州祭百姓邓助费念文 247

祭侯官十七房叔文 247

衡州祭柘里渡溺死百姓文 248

卷九　颂赞 **250**

凌烟阁勋臣颂 250

河间王孝恭 253

房梁公玄龄 254

杜莱公如晦 255

魏郑公征 256

长孙赵公无忌 258

唐莒公俭 259

刘渝公政会 260

李卫公靖 261

李英公绩 263

刘夔公弘基 264

长孙邳公顺德 265

虞永兴公世南 265

尉迟鄂公敬德 267

萧宋公瑀 268

张郯公公谨 268

屈突蒋公通 270

高申公士廉 271

殷郧公开山 272

秦胡公叔宝 273

程卢公知节 273

段褒公志玄 274

许谯公绍 275

皇帝亲庶政颂 275

狄梁公立卢陵王传赞 280

张荆州画赞 281

续羊叔子传赞 ································· 283

药师如来绣像赞 ······························· 284

卷十　杂著 ································· **286**

功臣恕死议 ································· 286

复汉以粟为赏罚议 ······················ 288

人文化成论 ································· 291

三不欺先后论 ······························ 294

虢州三堂记 ································· 296

诸葛武侯庙记 ······························ 300

道州刺史厅壁记 ··························· 302

道州刺史厅后记一首 ···················· 302

湖南都团练副使厅壁记 ················· 304

故衡州刺史东平吕君诔 ··············· **307**

卷一　赋诗

由鹿赋并序^[一]

贞元己卯^①岁，予南出穰樊之间^[二]。遇野人縶鹿而至者^[三]，问^{一作诘}之，答曰："此为由鹿，由此鹿以诱致^②群鹿也。"备言其状，且曰："此鹿每有所致^[四]，辄鸣噪不饮食者累日。"余喟然曰："虞之即鹿也^{③[五]}，必以其类致之^[六]；人之即人也，亦必以其友致之。实繁有徒^[七]，古之然矣。嗟夫^④！鹿无情而犹知^{一作有}痛伤，人与谋而宴安残酷，彼何人斯！彼何人斯！"物微感深，遂作赋曰：

鹿之生兮，亦秉亭毒^[八]。备齿角而无竞，循性情而自牧。姑有昧于行止，尚焉知倚伏^[九]。舍尔崇林，轻游近麓^[十]。偶巧网之生致^[十一]，蒙主人之全育。饮以渫井^[十二]，饲于芳庭。寝讹荃柔，腾倚兰馨。露往霜来，日安月宁。虽矫性而非乐^[十三]，终感恩而不惊。曾不知养非玩物^[十四]，用有深意。命之曰由，俾陷其类^[十五]。凉秋^⑤八月，爽景清气^[十六]。羁致山阿，縻于蹊遂^[十七]。设伏以待，翳丛而伺^[十八]。同气相求^[十九]，诱之孔易。将必慕侣，岂云贪饵。呦呦和鸣，麌麌狎至^[二十]。彼泯虑于猜信，此无情于诚伪^[二十一]。孰是仓猝，祸生所忽^[二十二]。毒镝欻以星贯^[二十三]，潜机划其电发^[二十四]。或洞胸而达腋，或折足而碎骨。望林峦兮非远，顾町疃兮未灭^[二十五]。风噭泽而北至兮^{一作迅}，日掩山而西没。走骇侣于岩烟，叫饥麛于涧月。苟行路之闻者，孰不心摧而思绝。相尔由矣，野心而仁。望纯束而惊顾^[二十六]，随获车而逡巡。视鼎中之消烂，观机上之割分。忽哀鸣以感类，若沉痛之在身。虽复处于密迩^[二十七]，享以丰殄^⑥。比槛猿之骇跃^[二十八]，同海鸟之愁辛^[二十九]。敢择音而后死^[三十]，思走险其何因。痛无知以相陷，含愧毒而莫申。客有感而言曰：物诚有诸，人亦宜乎。抚^⑦事或比，原心即殊。借如淮阴构祸，冤在神理。通说且拒，狶谋宁起。堂堂萧公，

1

实曰知己。绐致钟室，宁胡⑧忍此[三十一]。吕禄之难，谁非汉臣。交则不义，卖亦不仁。彼美郦生，既为交亲，诱袭军印，岂无他人[三十二]。於戏！微兽伤类，如不自容。伊人卖友，以享其功。灭交道兮坠义风，曾麋鹿之不若，何仁信之可宗，已焉哉！谅此世之茫茫，吾未见其始终。

【校】

①四库本"己卯"作"丁卯"。

②粤雅堂本"诱致"作"诱至"。

③四库本无"也"字。

④粤雅堂本"嗟夫"作"嗟乎"。

⑤粤雅堂本"凉秋"作"凛秋"。

⑥粤雅堂本、四库本"珍"作"珍"。

⑦四库本"抚"作"摭"。

⑧四库本"宁胡"作"胡宁"。

【笺注】

[一]"由鹿"谓"哨鹿"。杭世骏《订讹类编续补》卷下："秋獮谓之哨鹿。猎人冒鹿皮入山林深处。口衔芦管作鹿声。鹿乃群至。然后取之。即古之由鹿也。吕温由鹿赋曰：由此鹿以致他鹿。故曰由鹿。"

[二]贞元己卯岁，即唐德宗贞元十五年（799）。四库本、《文苑英华》作"贞元丁卯"，彭叔夏《文苑英华辨证》卷三："吕温《由鹿赋》贞元己卯岁，集作丁卯，按丁卯乃贞元三年，己卯则贞元十五年，温以贞元末擢第，则己卯为是。"穰 ráng，《史记·楚世家》："其秋，复与秦王会穰。"粤雅堂本附考证："穰县属山南东道邓县，旧新两唐书地理志同或校改穰为襄者非。"

[三]野人，不知礼者，此处指猎人。絷，绊，系。

[四]所致，指引诱到其他鹿。

[五]虞，掌管山泽之官。张自烈《正字通》："虞人曰兽臣。"《周易·屯》："即鹿无虞，惟刀于林中。"即，接近。

[六]其类，鹿的同类。

[七]实繁有徒，《尚书·仲虺之诰》："简贤附势，实繁有徒。"繁亦作"蕃"，《左传·昭二十八年》："郑书有之，恶直丑正，实蕃有徒。"意思是实在有很多这样的人。

[八]亭毒，化育。老子《道德经》："长之育之，亭之毒之。"

［九］倚伏，《道德经》："祸兮福之所倚，福兮祸之所伏。"

［十］轻游，漫游。近麓，有树林的山脚下。

［十一］巧网，精心布置的网。

［十二］渫，清洁。

［十三］矫性，违背其自然之性。

［十四］曾，不料。

［十五］俾，使。

［十六］爽景，明朗的天气。

［十七］縻，拴。蹊隧，亦作"蹊遂"，小路。《庄子·马蹄》："当是时也，山无蹊隧，泽无舟梁。"

［十八］翳，遮掩。

［十九］同气相求。同，通也。求，犹应也。

［二十］虞虞 yǔ，群聚的样子。《诗·小雅·吉日》："兽之所同，鹿鹿虞虞"。

［二十一］无情，《礼记·大学》："无情者不得尽其辞。"郑注：情，犹实也。

［二十二］忽，怠忽，不重视。《说苑·敬慎篇》："患生于所忽，祸起于细微。"

［二十三］镝，箭。欻 xū，火光一现的样子。

［二十四］潜机，修陷暗中算计。

［二十五］町疃 tíng tuǎn，庐旁隙地，鹿为场卧之。《诗经·东山》："町疃鹿场，熠耀宵行。"毛《传》："町疃，鹿迹也。"方玉润《诗经原始》："《区种法》曰，伊尹作为区田，一亩之中地长十八丈，分十八丈作十五町，町间分十四道，通人行。疃为田里所聚。（鹿场）町疃无人，故鹿得以为场。"

［二十六］纯束，聚而束之。纯、屯古通用，纯与束同义。《诗经·野有死麕》："野有死麕，白茅包之，有女怀春，吉士诱之。林有朴樕，野有死鹿。白茅纯束，有女如玉。"

［二十七］密迩，靠近。

［二十八］槛猿，《淮南子·俶真》："置猿槛中，则与豚同，非不巧捷也，无所肆其能也。"喻失去自由的笼中之兽。汉徐干《中论·亡国》："苟得其躯而不论其心也，斯与笼鸟槛兽无以异也。"

［二十九］海鸟，《庄子·至乐》："昔者海鸟止于鲁郊，鲁侯御而觞之于庙，奏《九韶》以为乐，具太牢以为膳。鸟乃眩视忧悲……三日而死。"

[三十] 择音而后死，《左传·文公十七年》："又曰：'鹿死不择音。'小国之事大国也德，则其人也；不德，则其鹿也。铤而走险，急何能择。"洪亮吉《春秋左传诂》引服虔云："鹿得美草，呦呦相呼。至于困迫将死，不暇复择善音，急之至也。"《庄子·人间世》："兽死不择音"，郭象注："譬之野兽，蹴之穷地，意急情迫，则和声不至。"

[三十一] 借如淮阴构祸……宁胡忍此句。韩信，淮阴人。蒯通，本名蒯彻，因为避汉武帝之讳而改为通。蒯通曾为韩信谋士，劝韩反刘自立。韩信犹豫不忍背汉。后吕后与萧何合谋，借口韩信谋反将其骗入长乐宫中，斩于钟室，夷其三族。狶 shǐ，中国传说中的远古三皇以前帝王名号。绐 dài，欺骗。《史记·淮阴侯列传》："吕后使武士缚信，斩之长乐钟室。"唐刘禹锡《韩信庙》："将略兵机命世雄，苍黄钟室叹良弓。"

[三十二] 吕禄之难……岂无他人句。吕禄，吕雉的侄子。吕雉去世后，诸吕独揽兵权，周勃不能控制禁军，于是挟持吕禄友人郦寄之父，逼他劝吕禄交出兵权。郦寄欺骗吕禄放弃南北卫兵权。吕禄完全相信郦寄，于是交出兵权，让周勃得以入主北军。诸吕势力很快就被周勃等人铲除。宋林同《贤者之孝二百四十首·郦寄》："直以劫父故，蒙他卖友名。闲将诛吕论，非勃亦非平。"

黄龙负舟赋 克已勤物大川效灵为韵[一]

夏后氏奠山疏川[二]，拯溺开泰[三]。玄①珪锡命[四]，既成天下之功；黄龙发祥 一作翔[五]，始耀域中之大。当其驻轸江甸，舣舟洪川[六]。天行健而时有未济[七]，地设险而瞻之在前[八]。思利涉以抚俗[九]，遂精诚而告虔。于是云气郁起，神光烂然。奋鬐于勿用之窟，骧首于或跃之泉[十]。安波澄澜[十一]，奉天意以颙若[十二]；拖尾垂鬣[十三]，夹王舟而负焉。合灵符于百代，表圣运于千年[十四]。徒伟夫出无情，驰不测[十五]。如驱风雷，若有羽翼。观竭诚以效用，似就列而陈力[十六]。电目流光，金鳞耀色。天吴奔走[十七]，阳侯屏息[十八]。巨险汔济[十九]，孰假剡木之能[二十]；潜怪莫逢，宁资画鹢之饰[二十一]。应变化以昭感，出沉潜而刚克[二十二]。其庆惟大[二十三]，赖祉福者兆人[二十四]；其观惟荣，执玉帛者万国[二十五]。若非平水堙土[二十六]，泣辜罪己[二十七]。菲饮食以昭俭，卑宫室而思理[二十八]。德掩乎生成之初，功齐乎开辟之始。安有非常之神物，不召而萃止。济其不通而彰其具美者②也。至如汉横汾水，秦抵沧溟[二十九]。实逞心欲，匪崇德馨[三十]。生人之尽瘁靡念，方士之空言是听。始幸免于覆溺，夫何望乎炳灵^[三十一]。於戏！动罔轨道^[三十二]，言非善教^[三十三]。则人虽愚弱，或使之而不效。其志惟纯，其德孔殷。则龙虽神化，将不役而自勤。信矣哉！国家俾人其苏^[三十四]，在理无郁。超乎大禹，不务舟车之劳；蜿彼黄龙，但为宫沼之物而已^[三十五]。

【校】

①粤雅堂本"玄"作"元"。

②粤雅堂本无"者"字。

【笺注】

[一] 黄龙负舟，《吕氏春秋·恃君览·知分》："禹南省，方济乎江，黄龙负舟，舟中之人五色无主。禹仰视天而叹曰：'吾受命于天，竭力以养人。生，性也；死，命也，余何忧于龙焉！'龙俯耳低尾而逝。则禹达乎死生之分、利害之经也。"晋郭璞《江赋》："骇黄龙之负舟，识伯禹之仰嗟。"

[二] 夏后氏，皇甫谧《帝王世纪》："伯禹夏后氏，姒姓也……有圣德。梦自洗于河西，四岳师举之，舜进之尧，尧命以为司空，继鲧治水。"莫山疏川，魏源《书古微·附禹贡说》："使徒分见各州，则散而不属，颠而不叙，非所以莫山川之位，垂万世之经。"

[三] 拯溺，解救危难。《吕氏春秋·察微》："子贡赎鲁人于诸侯，来而让不取其金。孔子曰：'赐失之矣！自今以往，鲁人不赎人矣。取其金则无损于行。'子路拯溺者，其人拜之以牛，子路受之，孔子曰：'鲁人必拯溺者矣。'"《盐铁论·论儒》："忧百姓之祸，而欲安其危也。是以'匍匐救之'。故追亡者趋，拯溺者濡。"开泰，亨通安泰。《晋书·顾荣传》："弘九合之勤，雪天下之耻，则群生有赖，开泰有期矣。"

[四] 玄圭锡命，《尚书·禹贡》："禹锡玄圭，告厥成功。"锡命，王对其臣赐以奖赏之命令，谓之"锡命"。

[五] 黄龙，萧吉《五行大义》："黄帝修兵革以德行，则黄龙至，凤皇来仪。"

[六] 驻轸 zhěn，停车，停靠。

[七] 天行健，《周易·乾卦》："天行健，君子以自强不息。"何妥注："天体不健，能行之德健也。犹如地体不顺，承弱之势顺也。所以乾卦独变名为'健'者。"

[八] 地设，《周易·系辞》："天地设位，而易行乎其中。"瞻之在前，《论

5

语·子罕》："瞻之在前，忽焉在后。"

[九] 利涉，顺利渡河。《周易·大畜》："利涉大川，应乎天也。"抚俗，巡问民情。

[十] 奋鬐于勿用之窟两句。奋鬐、骧首，抬头。邹阳《上书吴王》："神龙骧首奋翼，则浮云出流。勿用之窟，或跃之泉。"《周易·乾》："初九，潜龙，勿用……九四，或跃在渊，无咎。"《文言》曰："'初九，潜龙勿用'，何谓也？子曰：龙德而隐者也。不易乎世，不成乎名；遁世无闷，不见是而无闷；乐则行之，忧则违之，确乎其不可拔，潜龙也。"《文言》曰："'九四，或跃在渊，无咎'，何谓也？子曰：上下无常，非为邪也；进退无恒，非离群也。君子进德修业，欲及时也，故无咎。"清人郭嵩焘注："初在地之下，龙之蛰乎地中者也，故曰'潜龙'。'勿'者，戒止之辞。'勿用'，为占者言也。龙之为道，潜则固不用矣，无待止也。占者因其时，循其道，当体潜为德而勿用焉。才德具足于体而效诸事之谓用。既已为龙，才盛德成，无不可用，而用必待时以养其德。"

[十一] 澄澜，澄清波澜。唐元结《游惠泉示泉上学者》："草堂在山曲，澄澜涵阶除。"

[十二] 颙 yóng 若，敬顺。《周易·观》："盥而不荐，有孚颙若。"

[十三] 鬣 liè。

[十四] 合灵符于百代两句。灵符，神灵之瑞符。圣运，圣朝的运数。柳宗元《礼部贺立皇太子表》："乾坤合谋，保安圣运。"

[十五] 无情，《周易·系辞上》："言天下之至赜，而不可恶也。"虞翻曰：至赜无情。阴阳会通，品物流宕，以乾开坤，易之至也。元善之长，故"不可恶也"。虞训"赜"为初，初隐不见，故"无情"。不测，《周易·系辞上》："阴阳不测之谓神"。

[十六] 陈力，《易林·小畜》："五轵四轨，复得饶有。陈力就列，骀虞悦喜。"《论语·季氏》："陈力就列，不能者止。"

[十七] 天吴，《山海经·海外东经》："朝阳之谷，神曰天吴，是为水伯。"清厉荃《事物异名录·神鬼部·水神》："《淮南子》：水神曰天吴，亦曰冯夷。又冯夷即河伯。"

[十八] 阳侯，汉佚名《论语摘辅象》："伏羲六佐，金提主化俗，鸟明主建福，视默主灾恶，纪通为中职，仲起为海陆，阳侯为江海。"宋李石《续博物志》（卷四）："金提主化俗民也。息明主建福利也。视默主灾恶害也。纪通为中，职内也。仲起为海陆，土也。阳侯为江海，水也。"

[十九] 汔 qì 济，渡过。《周易·未济》："小狐汔济，未出中也。濡其尾无攸利，不续终也。虽不当位，刚柔应也。"《朱子语类》云："小狐汔济，汔字训几，与井卦同。既曰几，便是未出坎中。"吕温另有诗《同舍弟恭岁暮寄晋州李六》："川望汔济，寒谷待潜吹。"

[二十] 剡木之能，《周易·系辞下》："刳木为舟，剡木为楫，舟楫之利，以济不通，致远以利天下，盖取诸涣。"

[二十一] 画鹢之饰，《淮南子·本经训》："龙舟鹢首，浮吹以娱。"高诱注："鹢，水鸟，画其象着船头，故曰鹢首也。"

[二十二] 沉潜而刚克，《尚书·洪范》："沉潜刚克，高明柔克。"孔颖达疏："地之德沉深而柔弱矣，而有刚能出金石之物也。"

[二十三] 庆，福、赐。《诗经·小雅》："裳裳者华，芸其黄矣。我觏之子，维其有章矣。维其有章矣，是以有庆矣。"清王先谦《诗三家义集疏》笺："华芸然而黄，兴明王德之盛也。不言叶，微见无贤臣也。章，礼文也。言我得见古之明王，虽无贤臣，犹能使其政有礼文法度。政有礼文法度，是则我有庆赐之荣也。"

[二十四] 祉福，祉，即福。《易林·未济》："上皇大喜。降我祉福，贵寿无极。"兆人，万民。《尚书·吕刑》："一人有庆，兆民赖之。"

[二十五] 执玉帛者万国，《易林·旅》："禹召诸臣，会稽南山。执玉万国，天下康安。"《春秋传》："禹朝群臣于会稽，执玉帛者万国。"执玉帛者，为九州之内诸侯。

[二十六] 平水堙土，《孟子·滕文公下》："当尧之时，水逆行，泛滥于中国。蛇龙居之，民无所定。下者为巢，上者为营窟。书曰：'洚水警余。'（洚水者，洪水）使禹治之，禹掘地而注之海，驱蛇龙而放之菹。水由地中行，江、淮、河、汉是也。险阻既远，鸟兽之害人者消，然后人得平土而居之。"

[二十七] 辜，罪。泣辜，哀怜罪犯。罪己，自责。刘向《说苑·君道》："禹出见罪人，下车问而泣之。"宋吕陶《谢知邛州表》："书成汤解网之心，广夏禹泣辜之惠。"

[二十八] 菲饮食，卑宫室。《论语·泰伯》："（子曰）禹，吾无间然矣。菲饮食，而致孝乎鬼神；恶衣服，而致美乎黻冕；卑宫室，而尽力乎沟洫。"《史记·夏本纪》："卑宫室，致费于沟淢。"意思是禹自所饮食非常简单，而祭祀牲牢极乎丰厚，日常衣服甚自粗恶，而祭祀之服大华美也，禹自所居很简陋，却致力于通达畎亩，以利田农。

[二十九] 横汾，北魏郦道元《水经注》卷六"汾水"："汉武帝行幸河东，

济汾河，作《秋风辞》于斯水之上。"沧溟，大海。《太平广记》卷三引《汉武内传》："诸仙玉女，聚居沧溟。"

[三十] 德馨，《尚书·君陈》："至治馨香，感于神明，黍稷非馨，明德惟馨。"

[三十一] 炳灵，《文选·左思〈蜀都赋〉》："近则江汉炳灵，世载其英。"吕向注："炳，明也；载，犹生也。谓江汉明灵，故代生贤哲。"

[三十二] 轨道，《汉书·贾谊传》："乐与今同，而加之诸侯轨道，兵革不动，民保首领，匈奴宾服。"颜师古注："轨道，言遵法制也。"

[三十三] 善教，《孟子·尽心上》："仁言不如仁声之入人深也，善政不如善教之得民也。善政民畏之，善教民爱之。善政得民财，善教得民心。"善政，谓立之制度；善教，谓陶以风化。

[三十四] 俾人其苏，《尚书·仲虺之诰》："乃葛伯仇饷，初征自葛。东征，西夷怨，南征，北狄怨。曰：'奚独后予？'攸徂之民，室家相庆，曰：'徯予后，后来其苏！'民之戴商，厥惟旧哉！"

[三十五] 宫沼之物，《礼记·礼运》："凤凰、麒麟皆在郊棷，龟、龙在宫沼。"

白云起封中诗 _{题中用韵六十字成}[一]

封间白云起，汉帝坐斋宫[二]。望在金泥①上[三]，疑生秘玉中。攒柯初缭绕，布叶渐蒙笼[四]。

日观祥光合，天门瑞气通[五]。无心已出岫[六]，有势欲凌风。倘遣成膏泽[七]，从兹遍太空。

【校】
①四库本、粤雅堂本"金泥"作"泥金"。

【笺注】
[一] 白云起封中，《五经通义》："易姓而王，致太平，必封泰山，禅梁父，荷天命以为王，使理群生，告太平于天，报群神之功。"

[二] 封间白云起，汉帝坐斋宫。公元前110年四月，汉武帝登泰山封禅，《汉书·郊祀志》："封禅祠，其夜若有光，昼有白云出封中……天子从禅还，坐

明堂。"师古曰:"白云出于所封之中。"

[三] 金泥,用水银和金屑调成金泥,用来封住写上秘文的玉牒,埋在地里。《汉书·郊祀志》:"封泰山下东方,如郊祠泰一之礼。封广丈二尺,高九尺,其下则有玉牒书,书祕。"

[四] 攒柯初缭绕两句。攒柯,丛生的枝条。布叶,舒展的树叶。蒙笼,茂盛。《晋书·顾恺之传》:"千岩竞秀,万壑争流。草木蒙笼,若云兴霞蔚。"

[五] 日观祥光合两句。日观,汉应劭《汉官仪》:"泰山东南山顶名曰日观。日观者,鸡一鸣时,见日始欲出,长三丈许,故以名焉。"汉应劭《汉官仪》:"泰山东上七十里,至大小天门。"

[六] 无心已出岫,陶潜《归去来兮辞》:"云无心以出岫,鸟倦飞而知还。"

[七] 膏泽,滋润土壤的雨水,比喻恩惠。

吏部试乐理心赋 <small>易直子谅油然而生为韵[一]</small>

道无象[二],天无声[三],圣不有作[四],曷观化成[五]。于是,鼓吹大块[六],铿锵元精[七],因乎心而式是理本,形乎器而强为乐名。以齐五方之俗[八],以厚万物之生[九]。始积中而发外,卒充性而约<small>一作养</small>情。乐与心冥则所曰①固天之纵,心由乐理亦得夫自明而诚[十]。至若乐在朝廷,君臣叶义,一发而阳唱阴和,九变而云行雨施[十一],上以见为君之难,下以知为臣之不易。有国者理心以此,必获仪凤之嘉瑞②[十二]。若乃乐在闺阃[十三],父子静专[十四],盖取诸无荒[十五],而乐有节而宣。和以严济,爱由敬全。有家者理心以此,必反天性于自然。且夫乐之作也,一动一息,乐③之理也,惟清惟直。然后能在听而必聪,无入而不得。节有序,睹贯珠而匪珠[十六];声成文,见五色于无色④[十七]。其或惟邪是念,惟慝是搜⑤,则虽琴瑟在御[十八],管磬聿修[十九],立乐之方既失,理心之术何求。亦焉望变浇风之浩浩[二十],致和气之油油[二十一]。徒观其心尚玄⑥通[二十二],乐资交畅,明赞天地之化育,幽索鬼神之情状。会节有极[二十三],象之则动而时中[二十四];应变无方[二十五],拟之则贞而不谅[二十六]。至矣哉。至乐希夷[二十七],俟其祚而[二十八]。听之以心,固不专⑦于子野[二十九];作不⑧在德,亦无俟于后夔[三十]。方今敦和统同[三十一],反本复始,辨六律以分职[三十二],齐八风而同轨[三十三]。洪钟虚受[三十四],我则闻⑨其直言[三十五];朱弦遗音[三十六],我则戒夫专美[三十七]。此吾君之以乐理心也,宜乎贵为天子。

【校】

①粤雅堂本"曰"作"谓"。

②粤雅堂本"嘉瑞"作"呈瑞"。

③粤雅堂本"乐"作"心"。

④粤雅堂本"于无色"作"而非色"。

⑤四库本"搜"作"廋"。

⑥粤雅堂本"玄"作"元"。

⑦四库本"专"作"资"。

⑧粤雅堂本"不"作"必"。

⑨粤雅堂本"闻"作"开"。

【笺注】

[一] 此赋作于贞元十五年。贞元十四年，吕温中进士，贞元十五年(799)，复中博学宏词科。刘禹锡《吕君集纪》："（吕温）两科连中，芒刃愈出。"徐松《登科记考·十四年》载吕温《礼部试鉴止水赋》《青出蓝诗》，《登科记考·十五年》载吕温《吏部试乐理心赋》《终南精舍月中闻磬》诗，为此二年应试之作。博学宏词科试题为《乐理心赋》，以"易直子谅，油然而生"为韵。

[二] 道无象，《老子》第十四章："其上不皦，其下不昧，绳绳不可名，复归于无物。是谓无状之状，无物之象。是谓惚恍。"王弼注：欲言无邪，而物由以成。欲言有邪，而不见其形。故曰："无状之状，无物之象"也。吴澄注："此章专言德迹之呈露者，曰夷、曰希、曰微、曰一，皆指德而言也。德在有无之间，故虽若有名而不可名。无物，指道而言。反还其初，则归于无物之道，庄子所谓'德同至于初'是也。道纪者，德也。"

[三] 天无声，《诗经·大雅·文王》："上天之载，无声无臭。"

[四] 圣不有作，《庄子·知北游》："至人无为，大圣不作，观于天地之谓也。"

[五] 化成，《易·恒》："圣人久于其道，而天下化成。"《易·贲》："观乎天文，以察时变；观乎人文，以化成天下。"

[六] 大块，《庄子·齐物论》："夫大块噫气，其名为风。"成玄英疏："大块者，造物之名，亦自然之称也。"

[七] 元精，汉王充《论衡·超奇》："天禀元气，人受元精。"

〔八〕五方之俗，《汉书·地理志下》："是故五方杂厝，风俗不纯。"

〔九〕厚万物，《礼记·郊特牲》："地载万物，天垂象。"

〔十〕自明而诚，《礼记·中庸》："自诚明，谓之性；自明诚，谓之教。诚则明矣，明则诚矣。"

〔十一〕九变，《周礼·春官·大司乐》："若乐九变，则人鬼可得而礼矣。"郑玄注："变犹更也，乐成则更奏也。"

〔十二〕仪凤，《尚书·益稷》："箫韶九成，凤皇来仪。"

〔十三〕闺阃 kǔn，家族。葛洪《抱朴子·清鉴》："考操业于闺阃，校始终于信效。"

〔十四〕静专，《易·系辞上》："其静也专，其动也直。"韩康伯注："专，专一也。"

〔十五〕无荒，《诗·唐风·蟋蟀》："好乐无荒，良士瞿瞿。"郑玄笺："荒，废乱也。良，义也。君之好义，不当至于废乱政事。"

〔十六〕贯珠，《礼记·乐记》："故歌者上如抗，下如队，曲如折，止如槁木，倨中矩，句中钩，累累乎端如贯珠。"孔颖达疏："言声之状，累累乎感动人心，端正其状，如贯于珠，言声音感动于人，令人心想形状如此。"

〔十七〕五色，《老子》第十二章："五色令人目盲，五音令人耳聋，五味令人口爽。"

〔十八〕琴瑟，《书·益稷》："戛击鸣球，搏拊琴瑟以咏，祖考来格。"

〔十九〕管磬，《诗·周颂·执竞》："钟鼓喤喤，磬管将将。"陆德明释文："管，音管，本亦作管，同。"聿修，《文选·干宝〈晋纪总论〉》："聿修祖宗之志，思辑战国之苦。"吕向注："聿，循；修，治也。"

〔二十〕浇风，浮薄的社会风气。李白《古风》（其二五）："世道日交丧，浇风散淳源。"

〔二十一〕和气，汉王充《论衡·讲瑞》："瑞物皆起和气而生。"

〔二十二〕玄通，《老子》第十五章："古之善为士者，微妙玄通，深不可识。"河上公注："玄，天也。言其志节玄妙，精与天通也。"

〔二十三〕会节，《礼记·哀公问》："然后以其所能教百姓，不废其会节。"陈澔集说："会节，谓行礼之期节。如葬祭有葬祭之时，冠昏有冠昏之时，不可废也。"

〔二十四〕动而时中，《易传·系辞传下》："君子藏器于身，待时而动。"

〔二十五〕应变，《荀子·非相》："不先虑，不早谋，发之而当，成文而类，居错迁徙，应变不穷，是圣人之辩者也。"无方，《易·益》："天施地生，其益无方。"孔颖达疏："其施化之益，无有方所。"

[二十六] 贞而不谅，《论语·卫灵公第十五》："（子曰）君子贞而不谅。"朱熹注："贞，正而固也。谅，则不择是非而必于信。"

[二十七] 至乐，《庄子·天运》："夫至乐者，先应之以人事，顺之以天理，行之以五德，应之以自然，然后调理四时，太和万物。"希夷，《老子》："视之不见名曰夷，听之不闻名曰希。"河上公注："无色曰夷，无声曰希。"

[二十八] 俟其祎而，张衡《东京赋》："汉帝之德，俟其祎而！"祎，《广韵》："祎，美也，珍也。"

[二十九] 子野，春秋时晋国乐师师旷的字。目盲，善辨音。《文选·张衡〈东京赋〉》："能不惑者，其唯子野乎?"薛综注："子野，师旷字。晓音曲者。"

[三十] 后夔，人名。相传为舜掌乐之官。《文选·张衡〈东京赋〉》："伯夷起而相仪，后夔坐而为工。"薛综注："后夔，舜臣，掌乐之官。"

[三十一] 统同，《礼记·乐记》："乐也者，情之不可变者也；礼也者，理之不可易者也。乐统同，礼辨异。礼乐之说，管乎人情矣。"孔颖达疏："乐主和同，则远近皆合；礼主恭敬，则贵贱有序。"

[三十二] 六律，《书·益稷》："予欲闻六律、五声、八音，在治忽，以出纳五言，汝听。"

[三十三] 八风，《左传·襄公二十九年》："五声和，八风平。"王引之《经义述闻·春秋左传中》："古者八音谓之八风。襄二十九年传：'五声和，八风平。'谓八音克谐也。"同轨，《礼记·中庸》："今天下车同轨，书同文，行同伦。"

[三十四] 洪钟，张衡《西京赋》："洪钟万钧，猛虡趪趪，负笋业而余怒，乃奋翅而腾骧。"虚受，《易·咸》："山上有泽，咸。君子以虚受人。"孔颖达疏："君子以虚受人者，君子法此《咸》卦，下山上泽，故能空虚其怀，不自有实，受纳于物，无所弃遗。"

[三十五] 直言，《国语·晋语三》："下有直言，臣之行也。"

[三十六] 朱弦，《礼记·乐记》："《清庙》之瑟，朱弦而疏越。"郑玄注："朱弦，练朱弦。练则声浊。"孔颖达疏："案《虞书》传云：古者帝王升歌《清庙》之乐，大瑟练弦。此云朱弦者，明练之可知也。云练则声浊者，不练则体劲而声清，练则丝熟而弦浊。"

[三十七] 专美，《尚书·说命下》："尔尚明保予，罔俾阿衡，专美有商。"

终南精舍月中闻磬声诗_{题中用韵六十字成[一]}

月峰禅室掩，幽磬静昏氛[二]。思入空门妙，声从觉路闻[三]。
泠泠满虚壑[四]，杳杳出寒云。天籁疑难辨，霜钟谁可分[五]。
偶来游法界[六]，便欲谢人群。竟夕听真响[七]，尘心自解纷。

【笺注】

[一] 此诗作于贞元十五年。精舍，《学林新编》："晋孝武幼奉佛法，立静舍于殿门，引沙门居之，因此俗谓佛寺曰静舍，亦曰精舍。"汉儒者教授生徒，其所居悉称"精舍"。

[二] 氛，气。

[三] 空门，佛法。觉路，李白《春日归山寄孟浩然》："金绳开觉路，宝筏度迷川。"

[四] 泠泠 línglíng，《文选·宋玉〈风赋〉》："清清泠泠，愈病析酲。"李善注："清清泠泠，清凉之貌也。"《广雅·释训》作"铃铃"，云："声也。"虚壑，空谷。

[五] 霜钟，《山海经·中山经》："丰山有九钟焉，是知霜鸣。"郭璞注："霜降则钟鸣，故言知也。"

[六] 法界，佛教语。《华严经·十通品》："入于真法界，实亦无所入。"

[七] 真响，磬声，佛寺钟声。

礼部试鉴止水赋_{澄虚纳照遇物分形为韵任不依次用限三百五十字以上成[一]}

水止矣静之其徐，物鉴矣久而益虚。且无情于美恶[二]，又奚议夫亲疏。委质爱①来[三]，所期乎上善同利[四]；忘筌已悟[五]，宁患乎至清无鱼[六]。若乃回塘月抱，高岸环合，凡②滓湛然③自沉金沙④。炯其不杂，同道德之以虚而受，异川泽之唯污是纳[七]。有匪⑤君子[八]，此焉明征。气随波息，心与源澄，端形赴影，如木从绳[九]。其表微也，挂金镜而当画[十]，其索隐也，隔玉壶而见冰[十一]。尔其色必洞澈，光无溷漾[十二]。不蒸蓊郁之气，不激潺湲之响[十三]。百丈在目，千仞指掌。恶每自乎中见，美实非乎外奖。鉴形之始，方似以身观

13

身[十四]；得意之间[十五]，乃同求象忘象[十六]。徒观其下倒星汉，上披烟云，守其常而性将道合[十七]，居其所而物以群分[十八]。君鉴之以平心[十九]，临下以简；臣鉴之而厉节[二十]，在邦必闻。妍媸⑥无形兮[二十一]，唯人所召；物我兼遗兮，水无私照。廉士以之立诚，至人以之观妙。岂比夫流若激矢，波如建瓴[二十二]，不舍昼夜，争输沧溟，徒乖躁静之理[二十三]，莫辨真伪之形者哉！国固⑦以贤为止水，鉴有余裕。群形鳞集，众象景附。滥巾窃吹者[二十四]，十手共⑧指；研精摭实者[二十五]，千载一遇，夫如是姑自摄其威仪[二十六]，亦何忧而何惧。

【校】

①粤雅堂"爱"作"员"。
②粤雅堂、四库本"凡"作"泥"。
③四库本"然"作"而"。
④四库本"金沙"作"金砂"。
⑤粤雅堂、四库本"匪"作"斐"。
⑥粤雅堂"媸"作"蚩"。
⑦粤雅堂"固"作"家"。
⑧四库本"共"作"所"。

【笺注】

[一] 作于贞元十四年。贞元十四年（798 年），礼部试《鉴止水赋》，以"澄虚纳照，遇象分形"为韵，任不依次用，限三百五十字已上成。又有《青出蓝诗》。鉴止水，《庄子·德充符》："孔子曰：'人莫鉴于流水，而鉴于止水。'"成玄英疏："止水所以留鉴者，为其澄清故也。"

[二] 美恶，汉刘向《说苑·谈丛》："镜以精明，美恶自服。"

[三] 委质，《国语·晋语九》："臣委质于狄之鼓，未委质于晋之鼓也。臣闻之：委质为臣，无有二心，委质而策死，古之法也。"韦昭注："言委赘于君，书名于册，示必死也。"

[四] 上善同利，《老子》："上善若水，水善利万物而不争。"

[五] 忘筌，《庄子·外物》："荃者所以在鱼，得鱼而忘荃。"荃，通"筌"。

[六] 至清无鱼，《大戴礼记·子张问入官》："水至清则无鱼，人至察则无徒。"

[七] 川泽之唯污是纳，《左传·宣公十五年》："宋人使乐婴齐告急于晋。

晋侯欲救之，伯宗曰：'不可……谚曰高下在心。川泽纳污，山薮藏疾，瑾瑜匿瑕，国君含垢，天之道也。君其待之！'乃止。"

［八］有匪君子，《诗·国风·淇奥》："有匪君子，如切如磋，如琢如磨，瑟兮僩兮，赫兮咺兮。"

［九］木从绳，《尚书·商书·说命上》："惟木从绳则正，后从谏则圣。"

［十］金镜，《文选·刘孝标〈广绝交论〉》："盖圣人握金镜，阐风烈，龙骧蠖屈，从道污隆。"李善注："《春秋孔录法》曰：'有人卯金刀，握天镜。'"

［十一］玉壶，高洁品质。元好问《赠萧炼师公弼》："春风和气在眉宇，玉壶冰鉴藏胸臆。"

［十二］滉漾，荡漾。晋葛洪《抱朴子·畅玄》："或滉漾于渊澄，或雾霏而云浮。"

［十三］潺湲，《楚辞·九歌·湘夫人》："慌忽兮远望，观流水兮潺湲。"

［十四］以身观身，《老子》第五十四章："以身观身，以家观家，以乡观乡，以国观国，彼皆然也。以天下观天下。"

［十五］得意，《庄子·外物》："言者所以在意，得意而忘言。"

［十六］求象忘象，南朝刘虬《答竟陵王子良书》："微文接粗，渐说或允，忘象得意，顿义为长。聊举大较，谈者择焉。"

［十七］性将道合，《淮南子·精神训》："所谓真人者，性合于道也。"

［十八］物以群分，《周易·系辞上》："方以类聚，物以群分，吉凶生矣。"

［十九］平心，《荀子·大略》："是非疑，则度之以远事，验之以近物，参之以平心，流言止焉，恶言死焉。"

［二十］厉节，厉，也作"励"。《淮南子·修务》："故君子积志委正，以趣明师；励节亢高，以绝世俗。"

［二十一］妍蚩同"妍媸"，美丑。南朝刘义庆《世说新语·巧艺》："四体妍蚩，本无关于妙处，传神写照，正在阿堵中。"

［二十二］建瓴，《史记·高祖本纪》："地势便利，其以下兵于诸侯，譬犹居高屋之上建瓴水也。"

［二十三］躁静之理，晋葛洪《抱朴子·博喻》："出处有冰炭之殊，躁静有飞沉之异。"

［二十四］滥竽窃吹，《韩非子·内储说上》："齐宣王使人吹竽，必三百人。南郭处士请为王吹竽，宣王说之，廪食以数百人。宣王死，湣王立，好一一听之，处士逃。"

［二十五］研精，晋夏侯湛《东方朔画赞》："乃研精而究其理，不习而尽

其功。"

[二十六] 威仪，《尚书·顾命》："思夫人自乱于威仪。"孔传："有威可畏，有仪可象。"

青出蓝诗[一]题中有韵限四十字成

物有无穷好，蓝青又出青。朱研方比德[二]，白受始成形。
袍袭宜从政[三]，矜垂可问经。当时不采撷，佳色几飘零。

【笺注】

[一] 作于贞元十四年，798 年。青出蓝，《荀子·劝学》："青，取之于蓝而青于蓝；冰，水为之而寒于水。"

[二] 朱研，朱研益丹，唐李程《青出于蓝赋》："蓝蕴嘉色，青出其中。……俯拾之时，亦异炎洲之翠。非取荣以玩悦，将有求于精粹。比夫朱研而益丹，剑淬而逾利。"

[三] 袍袭，意思是做官。唐六典："袍制有五，一曰青袍。"

奉和李相公早朝于中书侯传点书所
怀奉呈门下武相公中书郑相公[一]

禁门留骑吹[二]，内省正衣冠[三]。稍辨旂裳①色[四]，尚闻钟漏残。九天炉气暖，六月玉声寒。宿雾开霞观，晨光泛露盘[五]。致君期返②朴[六]，求友得如兰。政自同归理，言成共不刊[七]。准绳临百度[八]，领袖映千官[九]。卧鼓流沙静[十]，飞航涨海安。尽规酬注^{一作主}③意[十一]，偕赋代交欢。雅韵人间满，多惭窃和难。

【校】

①粤雅堂"裳"作"常"。
②粤雅堂"返"作"反"。
③粤雅堂本、四库本"注"作"主"。

【笺注】

[一] 此诗作于元和二年，807 年。李相公，李吉甫。武相公，武元衡。郑相公，郑絪。李吉甫（758—814），字弘宪，赵郡（今河北）人，御史大夫李栖筠之子，宰相李德裕父亲。元和年间，两次拜相。《旧唐书·李吉甫传》："吉甫少好学，能属文。年二十七，为太常博士，该洽多闻，尤精国朝故实，沿革折衷，时多称之……宪宗嗣位，征拜考功郎中、知制诰，既至阙下，旋召入翰林为学士，转中书舍人，赐紫……元和九年冬，暴病卒。"武元衡（758—815），字伯苍，河南缑氏（今河南偃师）人。建中四年登进士第。累辟使府，至监察御史。《旧唐书·武元衡传》："德宗知其才，召授比部员外郎。一岁，迁左司郎中。时以详整称重。贞元二十年，迁御史中丞。尝因延英对罢，德宗目送之，指示左右曰：'元衡真宰相器也。'……宪宗即位，复拜御史中丞。（武元衡）持平无私，纲条悉举，人甚称重。寻迁户部侍郎。上为太子时，知其进退守正，及是用为宰相，甚礼信之。"武元衡有和诗《奉酬中书李相公早朝于中书侯传点偶书所怀》。郑絪（752—829），字文明，荣阳人。絪少有奇志，好学，善属文。絪擢进士第，登宏词科，授秘书省校书郎、鄠县尉。《旧唐书·郑絪传》："絪以文学进，恬澹，践历华显，出入中外者踰四十年。所居虽无赫奕之称，而守道敦笃，耽悦坟典，与当时博闻好古之士，为讲论名理之游，时人皆仰其耆德焉。"李吉甫和武元衡均在元和二年，被擢为中书侍郎，平章事。郑絪在永贞元年拜授中书侍郎、平章事。传点，即敲击云板召集文武大臣。

[二] 骑吹，唐段安节《乐府杂录·鼓吹部》："警鼓，二人执朱旛引乐，衣文戴冠，已上乐人皆骑马乐即谓之骑吹，俗乐亦有骑吹也。"

[三] 内省，欧阳修《新唐书·百官志》："武德三年，改内书省曰中书省，内书令曰中书令。"

[四] 旂 qí，《周礼·春官》："交龙为旂，通帛为旜，析羽为旌。"《尔雅·释天》："注旄首曰旌，有铃曰旂，因章曰旆。"

[五] 露盘，即承露盘。《三辅故事》："建章宫承露盘高二十丈，大七围，以铜为之，上有仙人掌承露，和玉屑饮之。"张衡《西京赋》："立修茎之仙掌，承云表之清露，屑琼蕊以朝餐，必性命之可度。"

[六] 反朴，《庄子·外篇·山木第二十》："既彫既琢，复归于朴。"郭象注："还用其本性也。"

[七] 不刊，不可更改。《文心雕龙·宗经》："经也者，恒久之至道，不刊之鸿教也。"

[八] 百度，各种制度。《尚书·旅獒》："不役耳目，百度惟贞。"

[九] 领袖，杰出者。唐玄宗《〈孝经〉序》："韦昭、王肃，先儒之领袖。"邢昺疏："此指言韦王所学，在先儒之中如衣之有领袖也。"

[十] 卧鼓，息鼓。

[十一] 尽规，《国语·周语上》："近臣尽规。"韦昭注："尽规，尽其规计以告王也。"

奉和武中丞秋日台中寄怀简诸僚友时西藩
使回奉命追和^{时西蕃已下九字陆本作小字分注[一]}

圣朝思纪律^[二]，宪府得忠贤^[三]。指顾风行地^[四]，仪邢^①月丽天^[五]。
不仁恒自远，为政复何先^[六]。虚室唯^②生白^[七]，闲情却草玄^[八]。
迎霜红叶早，过雨碧苔鲜。鱼乐翻秋水，乌声隔暮烟。
旧游多绝席^[九]，感物遂成篇。更许穷荒谷，追歌白云^③前^[十]。

【校】
①粤雅堂"仪邢"作"仪形"。
②粤雅堂"唯"作"惟"。
③粤雅堂本、四库本"白云"作"白雪"。

【笺注】
[一] 此诗疑作于贞元二十一年，永贞元年，805 年，吕温自吐蕃回京。武中丞，武元衡。贞元二十年，迁御史中丞。顺宗时，罢元衡为右庶子。宪宗即位复拜武为御史中丞。武元衡作《秋日台中寄怀简诸僚》，吕温和之。刘禹锡有和诗《和武中丞秋日寄怀简诸僚故》。台中，御史台中。

[二] 纪律，《左传·桓公二年》："百官于是乎戒惧而不敢易纪律。"

[三] 宪府，御史台。杜甫《哭长孙侍御》："礼闱曾擢桂，宪府屡乘骢。"仇兆鳌注："御史所居之署，汉谓之御史府，亦谓宪台。"《通典》："御史所居之署，后汉以来谓之御史台，亦谓之兰台寺。"忠贤，刘勰《文心雕龙·史传》："比尧称典，则位杂中贤；法孔题经，则文非元圣。"

[四] 风行地，指御史台。

[五] 仪邢，《诗·大雅·文王》："仪邢文王，万邦作孚。"朱熹《诗集

传》："仪，象。邢，法。"月丽天，《周易·离》："日月丽乎天，百谷草木丽乎土。"

[六] 复何，又怎么。先，先事而行。《左传·襄公二十八年》："先事后贿，礼也。"杜预注："事大国当先从其政事，而后荐贿以副己心。"

[七] 虚室生白，《庄子·人间世》："瞻彼阕者，虚室生白，吉祥止止。""室"指心，"白"指道。

[八] 草玄，《汉书·扬雄传下》："哀帝时，丁、傅、董贤用事，诸附离之者或起家至二千石。时雄方草《太玄》，有以自守，泊如也。"后因以"草玄"谓淡于势利，潜心著述。

[九] 绝席，《后汉书·王常传》："七年，使使者持玺书即拜常为横野大将军，位次与诸将绝席。"李贤注："绝席，谓尊显之也。"

[十] 白云，《穆天子传》："天子觞西王母于瑶池之上，作《白云谣》曰：'白云在天，山陵自出。道里悠远，山川间之。将子无死，上复能来。'"

吐蕃别馆和周十一郎中杨七录事望白水山作[一]

纯精结奇状[二]，皎皎天一涯。玉嶂拥清气，莲⁻作莲峰开白花。
半岩晦云雪，高顶澄烟霞。朝昏对宾馆，隐映如仙家。
夙闻蕴孤尚，终欲穷幽遐。暂因行役暇，偶得志所嘉。
明时无外户[三]，胜境即中华。况今舅甥国[四]，谁道隔流沙。

【笺注】

[一] 此诗作于贞元二十年（804）至贞元二十一年（805）出使吐蕃中。周郎中、杨录事盖随张荐使吐蕃者，名不详。录事，《广韵》："录，录事也。职官要录云：'总录众事。'"

[二] 纯精，《易·乾》："大哉乾乎，刚健中正，纯粹精也。"孔颖达疏："纯粹不杂。"

[三] 外户，《礼记·礼运》："盗窃乱贼而不作，故外户而不闭。是谓大同。"

[四] 舅甥国，《旧唐书·吐蕃上》："十七年……（赞普）上表曰：'两国事意，悉猎知。外甥蕃中已处分边将，不许抄掠，若有汉人来投，便令却送。伏望皇帝舅远察赤心，许依旧好，长令百姓快乐。如蒙圣恩，千年万岁，外甥

终不敢先违盟誓。'"

奉和张舍人阁中直夜思闻雅琴
因书事通简僚友交朋①[一]

迢递天上直，寂寞丘②中琴[二]。忆尔山水韵，起予仁智心[三]。
凝情在正始[四]，超想疏烦襟。凉生子夜后，月照禁垣深。
远风霭兰气，微露清桐阴。方袭缁衣庆[五]，永奉南薰吟[六]。

【校】
①粤雅堂无"交朋"二字。
②粤雅堂"丘"作"邱"。

【笺注】

［一］张舍人，张弘靖（760—824），字符理，蒲州（山西临猗）人，祖嘉贞、父延赏皆为相。永贞元年为中书舍人。严耕望《唐仆尚丞郎表》卷十六《辑考五下·礼侍》"张弘靖"条："自（元和）元年至四年春知贡举时皆官中舍，发榜后迁工侍，同年又迁户侍，十二月出为陕虢观察使。"张弘靖原作《直夜思闻雅琴》佚。权德舆《奉和张舍人阁老阁中直夜思闻雅琴因以书事通简僚友》、张籍《奉和舍人叔直省时思琴》和诗。直夜，值夜。

［二］迢递也作"迢遰"，形容遥远。丘中琴，左思《招隐》："岩穴无结构，丘中有鸣琴。"

［三］仁智心，《论语·雍也》："知者乐水，仁者乐山。知者动，仁者静。"

［四］正始，王道之始。《诗序》："周南、召南，正始之道，王化之基。"

［五］缁衣，朝服。《诗·郑风·缁衣》："缁衣之宜兮，敝予又改为兮。"毛传："缁，黑也，卿士听朝之正服也。"

［六］南薰，亦作"南熏"。《孔子家语·辨乐解》："昔者舜弹五弦之琴，造《南风》之诗。其诗曰：'南风之薰兮，可以解吾民之愠兮；南风之时兮，可以阜吾民之财兮。'"

和舍弟惜花绝句^{时蕃中使回[一]}

去年无花看，今年未看花。更闻飘落尽，走马向谁家。

【笺注】

[一]　此诗作于806年。吕温兄弟四人：温、恭、俭、让，皆有美才。

和恭听晓笼中山鹊[一]

掩抑冲天意，凄怆触笼音。惊晓一闻处，伤春千里心[二]。

【笺注】

[一]　恭，即吕恭，吕温的弟弟。《新唐书·吕恭传》："恭，字恭叔，尚气节，喜纵横、孙吴术。为山南西道府掌书记，进殿中侍御史，终岭南府判官。"柳宗元《吕侍御恭墓志》："恭尚气节，有勇略，不事小谨，读从横书，理《阴符》《握机》孙子之术，曰：'我师尚父胄也。'……妻裴氏，户部尚书延龄女。"

[二]　伤春千里，《楚辞·招魂》："目极千里兮伤春心，魂兮归来哀江南。"

和舍弟让笼中鹰[一]

未用且求安，无猜也不残。九天飞势在，六月目睛寒。
动触樊笼倦，闲消肉食难。主人憎恶鸟，试待一呼看。

【笺注】

[一]　舍弟，吕让。《新唐书·吕恭传》："让，太子右庶子。"

21

同恭夏日题寻真观李宽中秀才书院^[一]

闭院开轩笑语阑，江山并入一壶宽。微风但觉杉香满，烈日方知竹气寒。披卷最宜生白室，吟诗好就步虚坛^[二]。愿君此地攻文字，如炼仙家九转丹。

【笺注】

[一] 恭，即吕恭。寻真观，石鼓书院，衡阳县北石鼓山，旧为寻真观，会真观。《石鼓书院志》："石鼓之有书院，肇自唐时。旧为会真观，唐刺史齐映建合江亭于山之右麓，宪宗元和间士人李宽结庐读书其上，刺史吕温尝访之，有《题寻真观李秀才书院》诗。"

[二] 步虚坛，道士诵经的醮坛。

同舍弟恭岁暮寄晋州李六协律三十韵^[一]

古人犹悲秋，况复岁暮时。急景迫流念，穷阴结长悲^[二]。
阳乌下西岭^[三]，月鹊惊南枝。揽衣步霜砌，倚杖临冰池。
悦悦若有失，悄悄良不怡。忽闻晨起吟，宛是同所思。
有美壮感激^[四]，无何远栖迟^[五]。摧藏变化用^[六]，掩抑扶摇姿。
时杰岂虚出，天道信无欺^[七]。巨川望汔济，寒谷待潜吹^[八]。
剑匣益精利，玉韫一作韬^①宁磷缁^[九]。戒哉轻沽诸，行矣自宠之。
伊我抱微尚，仲氏即心期^[十]。讨论自少小，形影相差池。
比来胸中气，欲耀天下奇。云雨沛萧艾^[十一]，烟阁双蒌蕤。
几年困方枘^[十二]，一旦迷多岐^②。道因穷理悟，命以尽性知^[十三]。
事去类绝弦，时来如转规。伊吕偶然得，孔墨徒尔为^[十四]。
早行多露悔，强进触藩羸^[十五]。功名岂身利，仁义非吾私。
万物自生化，一夫何驱驰。不如任行止，委分一作命安所宜。
劝君休感叹，与余陶希夷^[十六]。明年郊天后^[十七]，庆泽岁华滋。
曲水杏花雪，香街青柳丝。良时且暂欢，樽酒聊共持。
闲过漆园叟，醉看五陵儿^[十八]。寄言所思一作隐^③处，不远^④来相追。

22

【校】

①粤雅堂本"韫"作"韬"。

②粤雅堂本"岐"作"歧"。

③粤雅堂本"所思"作"所隐"。

④粤雅堂本"远"作"久"。

【笺注】

[一] 晋州李六，李景俭。《旧唐书·李景俭传》："李景俭，字宽中，汉中王瑀之孙。父褚，太子中舍。景俭，贞元十五年登进士第。性俊朗，博闻强记，颇阅前史，详其成败。自负王霸之略，于士大夫间无所屈降。贞元末，叔文窃政，属景俭居母丧，故不及从坐。"吕温有诗《春日与李六景俭及弟恭联句》。陶敏《全唐诗人名汇考》："时（李景俭）为晋州韦丹从事。"

[二] 穷阴，《礼记·月令》："季冬之月……日穷于次，月穷于纪……杀气浸盛，阳气日衰。"鲍照《舞鹤赋》："岁峥嵘而催暮，心惆怅而哀离。于是穷阴杀节，急景凋年。"

[三] 阳乌，太阳。左思《蜀都赋》："羲和假道于峻歧，阳乌回翼乎高标。"

[四] 有美，贤者，指李六。《诗·陈风·泽陂》："有美一人，伤如之何！以为思美人不得见之而忧伤。"陈奂云："有美一人，谓有礼者也。言有美一人，见陈君臣淫说无礼之甚，而为之感伤也。"

[五] 栖迟，《诗·陈风·衡门》："衡门之下，可以栖迟。"朱熹《诗集传》："栖迟，游息也。"

[六] 摧藏，挫伤。宋严羽《促刺行》："海内伶俜独一身，羸马摧藏愁欲倒。"

[七] 天道无欺，《老子》第七十九章："天道无亲，常与善人。"

[八] 寒谷潜吹，刘向《别录》："《方士传》言，邹子在燕，燕有黍谷，地美天寒，不出五谷。邹子居之，吹律而温气至，今名黍谷地。"

[九] 磷缁，磨薄、染黑，指受外界影响而变化。《论语·阳货》："不曰坚乎？磨而不磷；不曰白乎？涅而不缁。"

[十] 仲氏，排行第二，指吕恭。

[十一] 萧，艾蒿。《楚辞·离骚》："何昔日之芳草兮，今直为此萧艾也。"

[十二] 方枘，《文子》（又名《通玄真经》）："今为学者，循先袭业，握篇

23

籍，守文法，欲以为治，犹持方枘而内圆凿也，欲得宜适亦难矣。"

[十三] 穷理，尽性，《易说·说卦传》："顺于道德而理于义，穷理尽性以至于命。"

[十四] 伊吕，商伊尹，西周吕尚，皆辅弼重臣。孔墨，孔子与墨子的并称。

[十五] 早行多露，《诗·召南·行露》："厌浥行露，岂不夙夜，谓行多露。"强进触藩，《周易·大壮》："羝羊触藩，羸其角……不能退，不能遂，无攸利，艰则吉。"藩，藩篱。羸，孔颖达疏："拘累缠绕也。"

[十六] 希夷，《老子》第十四章："视之不见名曰夷，听之不闻名曰希。"

[十七] 郊天，《礼记·郊特牲》："周之始郊日以至"，汉郑玄注："郊天之月而日至，鲁礼也……鲁以无冬至，祭天于圆丘之事，是以建子之月郊天，示先有事也"。

[十八] 五陵儿，泛指富豪家子弟。汉帝每立陵墓，辄徙四方富家豪族和外戚居之。最著者为五陵，即长陵、安陵、阳陵、茂陵、平陵。

青海西寄窦三端公[一]

时同事弗同，穷节厉阴风[二]。我役流沙外，君朝紫禁中[三]。
从容非所羡，辛苦竟何功。但示酬恩路，浮生任转蓬。

【笺注】

[一] 此诗作于贞元二十年，804年，吕温使蕃途中。窦三端公，窦群，字丹列，扶风平陵人。

[二] 穷节，《礼记·月令》："季冬，日穷于次，月穷于纪。"

[三] 我役流沙外，君朝紫禁中。《旧唐书·窦群传》："（窦群）征拜左拾遗，迁侍御史，充入蕃使秘书监张荐判官，群因入对，奏曰：'陛下即位二十年，始自草泽擢臣为拾遗，是难其进也。今陛下以二十年难进之臣，用为和蕃判官，一何易也？'德宗异其言，留之，复为侍御史。"吕温随张荐出使吐蕃。

蕃中拘留岁余回至陇石先寄城中亲故^[一]

蓬转星霜改，兰陵^①色养违^[二]。穷泉百死别，绝域再生归。
镜数成丝发，囊收抆血衣。酬恩有何力，只弃一毛微。

【校】
①粤雅堂本"兰陵"作"兰陔"。

【笺注】
［一］此诗作于贞元二十一年，永贞元年（805 年）十月吕温自蕃中归还。
［二］兰陵，据粤雅堂本应为"兰陔"。兰陔，《诗·小雅·南陔序》："《南陔》，孝子相戒以养也……有其义而亡其辞。"晋束皙《补亡诗》："循彼南陔，言采其兰。眷恋庭闱，心不遑安。"兰陔为养亲之典。色养，承顺父母。《论语·为政》："子游问孝。子曰：'今之孝者，是谓能养。'……子夏问孝。子曰：'色难。'"朱熹集注："色难，谓事亲之际，惟色为难也。"

吐蕃别^{一作列}馆卧病寄朝中亲故^{一作诸友①[一]}

星汉纵横车马喧，风摇玉佩烛花繁。岂知羸卧穷荒外，日满深山犹闭门。

【校】
①粤雅堂本、四库本"亲故"作"亲友"。

【笺注】
［一］此诗作于贞元二十一年，永贞元年，805 年。

吐蕃列馆①中和日寄朝中旧僚一作僚旧②[一]

清时③令节千官会，绝域穷山一病夫。遥想满堂歌笑处，几人缘我向西隅。

【校】

①粤雅堂本、四库本"列馆"作"别馆"。

②粤雅堂本"旧僚"作"僚旧"。

③粤雅堂本"清时"作"清明"。

【笺注】

[一] 此诗作于贞元二十一年，永贞元年（805）中和日。中和日，《旧唐书·德宗纪下》："（贞元）五年春正月壬辰朔。乙卯，诏：自今宜以二月一日为中和节，以代正月晦日，备三令节数，内外官司休假一日。宰臣李泌请中和节日令百官进农书，司农献穜稑之种，王公戚里上春服，士庶以刀尺相问遗，村社作中和酒，祭勾芒以祈年谷。从之。"

及第后答潼关主人[一]

本欲云雨化，却随波浪翻。一沾太常第[二]，十过潼关门。
志力且虚弃，功名谁复论。主人故一作固①相问，惭笑不能言。

【校】

①粤雅堂本"故"作"固"。

【笺注】

[一] 此诗作于贞元十四年，798年，吕温及第后。

[二] 太常第，太常，掌宗庙礼仪，秦名奉常，汉景帝更名太常，意同进士第。

河中城南姚家浴后赠主人

新浴振轻衣[一]，满堂寒月色。主人有美酒，况是曾相识。

【笺注】

[一] 屈原《渔父》："新沐者必弹冠，新浴者必振衣。"

看浑中丞山桃花初有他客不通晚方得入因有戏赠[一]

朝来驻马香街里，风度遥闻语笑声。无事闭门教日晚，山桃落尽不胜情。

【笺注】

[一] 浑中丞，未详，一说为浑珹之子。

赠友人

南山双乔松[一]，擢本皆千寻[二]。夕流膏露津[三]，朝被青云阴。负雪出深涧，摇风倚高岑[四]。明堂久不构，云干何森森。匠意方雕巧，时情正夸谣①。生材会有用，天地岂无心。

【校】

①粤雅堂本、四库本"夸谣"作"夸淫"。

【笺注】

[一] 乔松，《诗·郑风·山有扶苏》："山有乔松，隰有游龙。"

[二] 擢本，高耸。左思《吴都赋》："擢本千寻，垂荫万亩。"寻，古代长度单位，八尺为一寻。

[三] 膏露，甘露。

[四] 高岑，《尔雅·释山》："山小而高，岑。"

27

道州夏日郡内北桥新亭书怀赠何元二处士[一]

结构池梁上，登临日几回。晴空交密叶，阴岸积苍苔。
爽气中央满，清风四面来。振衣生羽翰，高枕出尘埃[二]。
齐物鱼何乐[三]，忘机鸟不猜[四]。闲销炎昼尽，静胜火云开。
僻远宜屠性，优游赖废材。愿为长泛梗[五]，莫作重燃灰。
守道穷非过，先时动是灾。寄言徐孺子，宾榻且徘徊[六]。

【笺注】

[一] 吕温元和三年808年，被贬道州。何元二处士，《唐诗纪事》卷四三："吕温知道州时，元上居此州，谓之何处士。""二"应为"上"之误。

[二] 高枕，隐居。清汪懋麟《赠于鼎文冶迭前韵》："饱贪羊酪思高枕，纵癖鱼餐懒上船。"

[三] 齐物鱼何乐，《庄子·秋水》："庄子与惠子游于濠梁之上。庄子曰：'鲦鱼出游从容，是鱼之乐也。'惠子曰：'子非鱼，安知鱼之乐？'庄子曰：'子非我，安知我不知鱼之乐？'"

[四] 忘机，消除机巧之心，与世无争。唐王勃《江曲孤凫赋》："尔乃忘机绝虑，怀声弄影。"鸟不猜，《列子·黄帝》："海上之人有好沤（鸥）鸟者，每旦之海上，从沤鸟游，沤鸟之至者百住（数）而不止。其父曰：'吾闻沤鸟皆从汝游，汝取来，吾玩之。'明日之海上，沤鸟舞而不下也。"

[五] 泛梗，《战国策·孟尝君将入秦》："有土偶人与桃梗相与语……土偶曰：'不然。吾西岸之土也，土则复西岸耳。今子，东国之桃梗也，刻削子以为人，降雨下，淄水至，流子而去，则子漂漂者将何如耳。'"后因以"泛梗"喻漂泊。

[六] 徐孺子，徐稺。徐稺，字孺子，《后汉书·徐稺传》："陈蕃为太守时，以礼请署功曹，既谒而退。蕃在郡不接宾客，唯稺来特设一榻，去则悬之。稺又尝为太尉黄琼所辟，未就。及琼卒归葬，稺乃徒步往，设鸡酒祭之。"杜甫《陪裴使君登岳阳楼》："礼加徐孺子，诗接谢宣城。"

道州弘道县主簿知县三年颇着廉慎秩满县阙中^{一作申}使请留将赴衡州题其厅事^{①[一]}

为理赖同力，陟明非所任^[二]。废田方垦草，新柘未成阴。
术浅功难就，人疲感易深。烦君驻归棹，与慰不欺心。

【校】

①粤雅堂本"弘道"作"宏道"，粤雅堂本、四库本"中"作"申"。

【笺注】

［一］作于元和五年，810 年。吕温改任衡州刺史前。弘道县，唐天宝元年（742 年）改营道县置，治今湖南省道县。属江华郡，乾元元年（758）属道州。主簿 bù，《文献通考》卷六十三："盖古者官府皆有主簿一官，上自三公及御史府，下至九寺五监以至郡县皆有之。"《北堂书钞》七十三引韦昭辨释名："主簿者，主诸簿书。簿，普也，关普诸事也。"隋、唐以后，主簿是部分官署与地方政府的事务官。《唐书·百官志》："主簿二人，从八品；下尉六人，从八品。"

［二］陟明，《尚书·舜典》："黜陟幽明。"

道州将赴衡州酬别江华毛令^{[一]此人好书,破百姓布绢头及妄行杖}

布帛精粗任土宜^[二]，疲人识信每先^{一作相}期。今^①朝别后无他嘱，虽是蒲鞭也莫施^[三]。

【校】

①粤雅堂本、四库本"今"作"明"。

【笺注】

［一］此诗作于元和五年，810 年。江华，道州属县，湖南江华县。清钱大昕《十驾斋养新录》评价这首绝句："此仁人之言，当官者宜日三省也。"

[二] 土宜，《周礼·地官·大司徒》："以土宜之法，辨十有二土之名物。"孙诒让正义："即辨各土人民鸟兽草木之法也。"

[三] 蒲鞭，《后汉书·刘宽传》："吏人有过，但用蒲鞭罚之，示辱而已，终不加苦。"

道州夏日早访荀参军林园敬酬见赠[一]

高眠日出始开门，竹径旁通到后园。陶亮横琴空有意[二]，任棠置水竟无言[三]。松窗宿翠含风薄，槿院①朝花带露繁。山郡本来车马少，更容相访莫辞喧。

【校】
①粤雅堂本"院"作"援"。

【笺注】
[一] 疑作于元和四年，809年。荀参军，未详。

[二] 陶亮横琴，《晋书·陶潜传》："（陶渊明）性不解音，而畜素琴一张，弦徽不具，每朋酒之会，则抚而和之，曰：'但识琴中趣，何劳弦上声！'"

[三] 任棠置水，《后汉书·庞参传》："郡人任棠者，有奇节，隐居教授。参到，先候之。棠不与言，但以薤一大本，水一盂，置户屏前，自抱孙儿伏于户下。主簿白以为倨。参思其微意，良久曰：'棠是欲晓太守也。水者，欲吾清也。拔大本薤者，欲吾击强宗也。抱儿当户，欲吾开门恤孤也。'"

道州敬酬何处士怀郡楼月夜之作[一]

清质悠悠素彩融[二]，长川迥陆合为空。佳人甚近山城闭，一夜相望水镜中。

【笺注】
[一] 何处士，何元上。

[二] 清质，月亮。南朝谢庄《月赋》："升清质之悠悠，降澄晖之蔼蔼。"

素彩，白色的光彩。

新居寺院凉夜书情呈上吕和叔郎中①峨眉山人何玄上②[一]

庾公念病宜清暑[二]，遣向僧家占上方。月光似水衣裳湿，松气如秋枕簟凉。幸以薄才当客次[三]，无因弱羽逐鸾翔[四]，何由一示云霄路，肠断星星两鬓霜。

【校】

①粤雅堂本题目中无"吕和叔"字。

②粤雅堂本"何玄上"作"何元之"。

【笺注】

[一] 何玄上，何元上，自称峨眉山人。尝居道州。此诗为何元上与吕温唱和之作。

[二] 庾公念病，《晋书·庾亮传》："会寇陷邾城，毛宝赴水而死。亮陈谢，自贬三等，行安西将军……亮自邾城陷没，忧慨发疾。"

[三] 客次，《资治通鉴·后汉隐帝乾祐二年》："守恩犹坐客次。"胡三省注："客次犹今言客位也。坐于客次以俟接见。"

[四] 弱羽，苏轼《次韵答子由》："平生弱羽寄冲风，此去归飞识所从。"

道州敬酬何处士书情见赠[一]

意气曾倾四国豪，偶来幽寺息尘劳。严陵钓处江初满[二]，梁甫吟时月正高[三]。新识几人知杞梓，故园何岁长蓬蒿。期君自致青云上[四]，不用伤心叹二毛。

【笺注】

[一] 何处士，何元上。

[二] 严陵钓，《后汉书·严光传》："严光字子陵，一名遵，会稽余姚人也。少有高名，与光武同游学。及光武即位，乃变名姓，隐身不见，帝思其贤，

乃令以物色访之。后齐国上言：'有一男子，披羊裘钓泽中。'帝疑其光，乃备安车玄纁，遣使聘之。三反而后至。"李白《独酌清溪江石上寄权昭夷》："永愿坐此石，长垂严陵钓。"

[三] 梁甫吟，《梁甫吟》又作《梁父吟》，乐府旧题。《乐府诗集》卷四十一列于《相和歌辞·楚调曲》，并引《古今乐录》曰："王僧虔《技录》有《梁甫吟行》，今不歌。……李勉《琴说》曰：《梁甫吟》，曾子撰。《琴操》曰：曾子耕泰山之下，天雨雪冻，旬月不得归，思其父母，作《梁山歌》。蔡邕《琴颂》曰：梁甫悲吟，周公越裳。"今存古辞乃题名为诸葛亮所作，《三国志·蜀志·诸葛亮传》："亮躬耕陇亩，好为《梁父吟》。"

[四] 自致青云，身居要职。《史记·范睢传》："须贾顿首言死罪，曰：'贾不意君能自致于青云之上。'"

戏赠灵澈上人[一]

僧家亦有芳春^{一作尘}兴，自是禅心①无滞境。君看池水湛然时，何曾^{一作时}不受花枝影。

【校】
①粤雅堂本"禅心"作"心源"。

【笺注】
[一] 灵澈上人，宋尤袤《全唐诗话》卷六："（僧灵澈）生于会稽，本汤氏，字澄源。与吴兴诗僧皎然游。然荐之包佶、李纾，以是上人之名，由二公而扬。贞元中，游京师，缁流嫉之，造飞语，激动中贵人，侵诬得罪，徙汀州，后归会稽。元和十一年终于宣州。刘梦得曰：诗僧多出江右，灵一导其源，护国袭之，清江扬其波，法振沿之。如幺弦孤韵，瞥入人耳，非大音之乐。独吴兴昼公，能备众体，澈公承之。"

二月一日是贞元旧节有感绝句寄窦
三任黔南卢七任洛阳①[一]

同事先皇立玉墀[二]，中和旧节又支离[三]。
今朝各自看花处，万里遥知掩泪时。

【校】
①粤雅堂本"寄窦三任黔南卢七任洛阳"作"寄黔南窦三洛阳卢七"。

【笺注】
[一] 此诗作于元和四年，809年。贞元旧节，中和节。窦三，窦群。《旧唐书·窦群传》："三年八月……（窦群）出为湖南观察使。数日，改黔州刺史、黔州观察使。"卢七，卢坦，字保衡，洛阳人。《旧唐书·卢坦传》："及武元衡为宰相，以坦为中丞，李元素为大夫，命坦分司东都，未几归台。……旬月，出为宣歙池观察使。三年，入为刑部侍郎、盐铁转运使，改户部侍郎、判度支。"

[二] 玉墀，汉武帝《落叶哀蝉曲》："罗袂兮无声，玉墀兮尘生。"

[三] 中和节，《旧唐书·德宗下》："五年春正月壬辰朔。乙卯，诏："四序嘉辰，历代增置，汉崇上巳，晋纪重阳。或说禳除，虽因旧俗，与众共乐，咸合当时。朕以春方发生，候及仲月，勾萌毕达，天地和同，俾其昭苏，宜助畅茂。自今宜以二月一日为中和节，以代正月晦日，备三令节数，内外官司休假一日。"宰臣李泌请中和节日令百官进农书，司农献穜稑之种，王公戚里上春服，士庶以刀尺相问遗，村社作中和酒，祭勾芒以祈年谷，从之。"

初发道州答崔三连州题海阳亭见寄绝句[一]

吏中习隐好跻一作登攀[二]，不扰疲人便自闲。闻说殷勤海阳事[三]，令人转忆舜祠山[四]。

【笺注】

[一] 此诗作于元和五年，810 年，吕温自道州遣衡州。崔三，崔简，崔连州。贞元五年进士。柳宗元《故永州刺史崔君（简）配流驩州权厝志》："博陵崔君……凡五徙职，六增官，至刑部员外郎，出刺连、永两州。未至永，而连之人诉君，御史按章县狱，坐流驩州。……元和七年正月二十六日卒。"元和五年，崔简正在连州任。

[二] 习隐，《庄子·齐物论》："南郭子綦隐机而坐，仰天而嘘，荅焉似丧其耦。"跻攀，攀登也。《说文》："跻，登也。"

[三] 海阳事，刘禹锡《吏隐亭述》："元和十年，再牧于连州，作吏隐亭海阳湖壖……海阳之名，自元先生。先生元结，有铭其碣。元维假符，予维左迁。其间相距，五十余年。封境怀人，其犹比肩。"

[四] 舜祠，在道州九疑山舜源峰下，明蒋鐄《九疑山志·舜祠表》："有唐乙巳岁，使持节道州诸军事守道州刺史元结，以虞舜葬于苍梧之九疑山在我封内，是故申明前诏，立祠于州西之山南，已而刻石为表。"

奉陪郎中使君楼上夜把火看花^{乡贡进士段弘古①}

城上芳园花满枝，城头太守夜看时。为报林中高举烛，感人情思欲题诗。

【校】

①粤雅堂本"乡贡进士段弘古"作"乡贡进士段宏古"，四库本"乡贡进士段弘古"作"段弘古"。

答段秀才^[一]

尽日看花君不来，江城半夜为^{一作与}君开。
楼中共指南园火，红烬随花落碧苔。

【笺注】

[一] 段秀才，段弘古（765—814）。《唐诗纪事》卷四十三："弘古，澧州

人。吕温守道州时，弘古客焉。"

宗礼欲往桂州苦雨因以戏赠[一]

农人辛苦绿苗齐，正爱梅天水满堤。
知汝使车行意速，但令骢马着鄣泥[二]。

【笺注】

[一] 宗礼，吕恭。柳宗元《吕侍御恭墓志》："恭字敬叔，他名曰宗礼，或以为字。"

[二] 骢马，亦作骢马，御史所乘之马。李白《赠韦侍御黄裳》（其二）："见君乘骢马，知上太行道。"鄣泥，垫在马鞍下，垂于马背两旁以挡尘土。《晋书·王济传》："济善解马性，尝乘一马，着连干鄣泥，前有水，终不肯渡。"

道州奉寄襄阳裴相公绝句[一]

悠悠世路自浮沉，岂问^{一作间}①仁贤待物心[二]。
最忆过时留宴处，艳歌催酒后亭深。

【校】

①粤雅堂本"问"作"闲"。

【笺注】

[一] 裴相公，裴均。裴均（750—811），字君齐，绛州闻喜（今山西闻喜县）人。贞元十九年，为荆南节度使。元和三年，入为尚书右仆射，判度支。寻出为检校左仆射、同平章事，充山南东道节度使。据《旧唐书·地理志》，山南东道襄州有襄阳县。

[二] 待物，《庄子·人间世》："气也者，虚以待物者也。"成玄英疏："虚空其心，寂泊忘怀，方能应物。"

卷二　诗

吐蕃别馆月夜[一]

三五穷荒月[二]，还应照北堂[三]，回身向暗卧，不忍见圆光。

【笺注】

[一] 作于贞元二十年（804）至贞元二十一年（805）使蕃期间。

[二] 三五，农历每月十五日。《礼记·礼运》："是以三五而盈，三五而阙。"《古诗十九首·孟冬寒气至》："三五明月满，四五詹兔缺。"

[三] 北堂，《诗·卫风·伯兮》："焉得谖草，言树之背。"毛传："背，北堂也。"《仪礼·士昏礼》："妇洗在北堂。"贾公彦疏："房与室相连为之，房无北壁，故得北堂之名。"后"北堂"主要指主妇居处或母亲居室。

望思台作①[一]

浸润成宫蛊[二]，苍黄弄父兵[三]。人情疑始变，天性感还生，宇县犹能洽[四]，闺门讵不平，空令千载后，凄怆望思名。

【校】

①粤雅堂本题无"作"字。

【笺注】

[一] 作于贞元十一年，795年。望思台，公元前91年汉武帝听信谗言冤杀

亲子刘据，后建造望思台以表思子之情。

[二] 浸润，《论语·颜渊》："浸润之谮，肤受之愬，不行焉，可谓明也已矣。"何晏集解引郑玄曰："谮人之言，如水之浸润，渐以成之。"宫蛊，指汉武帝晚年宫廷的巫蛊之祸。时江充诬告太子（即刘据）宫中埋有木人，行巫蛊之术，太子捕杀江充，武帝追捕太子，后太子自尽。

[三] 苍黄，仓皇。弄父兵，《汉书·车千秋》："千秋上急变讼太子冤，曰：'子弄父兵，罪当笞。'"

[四] 宇县，《史记·秦始皇本纪》："大矣哉，宇县之中，承顺圣意。"裴骃《史记集解》："宇，宇宙；县，赤县。"

孟冬蒲津关河亭作[一]

息驾非穷途[二]，未济岂迷津。独立大河上，北风来吹人。雪霜自兹始，草木当更新。严冬不肃杀，何以见阳春。

【笺注】

[一] 蒲津关，唐张守节《史记正义》："临晋关即蒲津关也，在临晋县。"《通志·永济界辨》："黄河之东古属蒲州境，由临晋夏吴夹马口界达荣河、河津，以上达河曲，此山、陕界也。顾唐河东县与河西县皆属河东郡，或废或置，凡数变焉。开元八年，析河东置河西县。乾元三年，更同州之朝邑曰河西来属。大历五年，复朝邑，河东别置蒲津关。"

[二] 穷途，《晋书·阮籍传》："（阮籍）时率意独驾，不由径路，车迹所穷，辄恸哭而反。"

巩路感怀[一]

马嘶白日暮，剑鸣秋气来[二]。我心浩无际，河上空徘徊。

【笺注】

[一] 巩路，河南巩县。

[二] 剑鸣，晋王嘉《拾遗记》："帝颛顼有曳影之剑，腾空而舒。若四方

有兵，此剑则飞起，指其方则克伐。未用之时，常于匣里如龙虎之吟。"此处指胸中郁积难平豪气。

题梁宣帝陵二首[一]

即仇终自剪[二]，覆国岂为雄。假号孤城里[三]，何殊在甬东[四]。祀夏功何薄，尊周义不成[五]。凄①凉庾信赋[六]，千载共伤情。

【校】
①粤雅堂本"凄"作"悽"。

【笺注】
[一] 梁宣帝，萧詧（519—562年），一作萧察，梁武帝萧衍之孙，昭明太子萧统第三子，西梁开国皇帝，555—562年在位，死后葬于平陵。唐令狐德棻《周书》："梁主任术好谋，知贤养士，盖有英雄之志，霸王之略焉。及淮海版荡，骨肉猜贰，拥众自固，称藩内款，终能据有全楚，中兴颓运。虽土宇殊于旧邦，而位号同于曩日。贻厥自远，享国数世，可不谓贤哉。"《北史》《隋书》等有传。

[二] 即仇，依附仇人。西魏大统十五年（549年），萧詧派遣使者向西魏自称藩国，请求归附。《建康实录·世祖元皇帝》："大宝二年，（元帝）即位于江陵，改号承圣元年。以陈霸先为司空、南徐州刺史。岳阳王萧詧引西魏军寇江陵。三年十月，西魏将于谨围江陵。十一月，城陷。帝为魏人所杀，年四十七。"

[三] 假号孤城，《北史·太祖文帝》："辛亥，克其城，戕梁元帝，虏其百官士庶以归，没为奴婢者十余万，免者二百余家。立萧詧为梁主，居江陵，为魏附庸。"

[四] 甬东，《春秋左传诂·二十二年》："冬，十一月丁卯，越灭吴，请使吴王居甬东。"贾逵注："甬东，越东鄙，甬江东也。"

[五] 祀夏，梁宣帝臣服西魏后，耻威略不振，常怀愤懑。作《愍时赋》："南方卑而叹屈。长沙湮而悲贾。余国家周书作余家国。之俟匡。庶兴周而祀夏。忽萦忧于此屈。岂年华之天假。"

[六] 庾信赋，庾信原萧梁太子侍臣，出使西魏，被扣留后，《北史·庾信

传》："信虽位望通显，常作乡关之思。乃作〈哀江南赋〉以致其意。"

岳阳怀古^[一]

晨飚发荆州，落日到巴丘^{①[二]}。方知刳剡利^[三]，可接鬼神游。二湖豁南浸，九派驶东流^[四]。襟带三千里，尽在岳阳楼。忆昔斗群雄，此焉争上游。吴昌屯虎旅^[五]，晋盛骛龙舟^[六]。宋齐纷祸难，梁陈成寇仇^[七]。钟声长震耀，鱼龙不得休。风云一萧散，功业忽如浮。今日时无事，空江满白鸥。

【校】
①粤雅堂本"丘"作"邱"。

【笺注】
[一] 岳阳，即岳州，隋开皇九年改巴陵郡置，在天岳山之南。

[二] 巴丘，《吴志·吴主传》曰："建安十九年，使鲁肃以万人屯巴丘。"裴注："巴丘，今曰巴陵。"《水经·湘水篇》："又北至巴丘山入江。"注曰："山在湘水右岸，山有巴陵故城，本吴之巴丘邸阁城也。晋太康元年，立巴陵县于此。"

[三] 刳剡 kū yǎn，刳舟剡楫，《易·系辞下》："刳木为舟，剡木为楫。"

[四] 二湖，清顾祖禹《读史方舆纪要·洞庭湖》："洞庭湖，或谓之重湖。重湖者，一湖之内，南名青草，北名洞庭，有沙洲间之也。"九派，晋郭璞《江赋》："源二分于崏峡，流九派乎浔阳。"

[五] 虎旅，《文选·张衡〈西京赋〉》："陈虎旅于飞廉，正垒壁乎上兰。"李善注："《周礼》：'虎贲，下大夫；旅贲氏，中士也。'"

[六] 晋盛，指西晋灭吴。晋时郡治在今成都。晋武帝谋伐吴，派王浚造大船，出巴蜀，直取金陵。刘禹锡《西塞山怀古》："王浚楼船下益州，金陵王气黯然收。千寻铁锁沉江底，一片降幡出石头。"

[七] 宋齐、梁陈句，指南朝内部统治阶级的相互残杀。

道州途中即事^[一]

零桂佳山水^[二]，荥阳旧自同。经途看不暇，遇境说难穷^[三]。叠嶂青时合，澄湘漫处空。舟移明镜里，路入画屏中。岩壑千家接，松萝一径^①通。渔烟生缥缈，犬吠隔葱笼。戏鸟留余翠，幽花怯晚红。光翻沙濑日，香散橘园风。信美非吾土^[四]，分忧属贱躬。守愚资僻地^{②[五]}，恤隐望年丰^[六]。且保心能静，那求政必工。课终如免戾^[七]，归养洛城东。

【校】

①四库本"径"作"迳"。

②粤雅堂本"僻地"作"地僻"。

【笺注】

[一] 此诗作于元和三年，808 年，吕温被贬道州刺史。

[二] 零桂，零陵、桂阳两郡的并称。清钱大昕《十驾斋养新录·官名地名从省》："六朝人称……零陵、桂阳为零桂。"

[三] 难穷，《庄子·秋水》："今我睹子之难穷也。"

[四] 信美非吾土，王粲《登楼赋》："华实蔽野，黍稷盈畴。虽信美而非吾土兮，曾何足以少留"。

[五] 守愚，王充《论衡·别通》："无温故知新之明，而有守愚不览之闇。"

[六] 恤隐，《国语·周语上》："勤恤民隐而除其害也。"韦昭注："恤，忧也；隐，痛也。"

[七] 免戾，免除罪责。曹植《责躬》："危躯授命，知足免戾。"

登少陵原望秦中诸川太原王至德妙有水术因用感叹^[一]

少陵最高处，旷望极秋空。郡山^①喷清源，脉散秦川中。
荷锸成云雨^{②[二]}，由来非鬼功。如何盛明代，委弃伤幽风。
泾灞徒骆绎，漆沮虚会同^[三]。东流滔滔去，沃野飞秋蓬。

大禹平水土，吾人得其宗③。发机回地势，运思与天通。
早欲献奇策，丰财叙西戎[四]。岂知年三十，未识大明宫[五]。
卷尔出岫云[六]，追吾入冥鸿。无为学惊俗，狂醉哭途穷[七]。

【校】
①粤雅堂本、四库本"郡山"作"群山"。
②粤雅堂本"成云雨"作"自成雨"。
③粤雅堂本"宗"作"中"。

【笺注】
[一] 少陵原，汉宣帝许后葬于鸿固原，因其陵较小于宣帝杜陵，故名。

[二] 荷锸 chā，背着铁锹。秦汉时期，关中地区先有郑国渠，后有白渠，地方沃野，百姓得以安定。《汉书·沟洫志第九》："民得其饶，歌之曰：'田于何所？池阳、谷口。郑国在前，白渠起后。举臿为云，决渠为雨。泾水一石，其泥数斗。且溉且粪，长我禾黍。衣食京师，亿万之口。'"

[三] 泾灞，泾水和灞水。漆沮，漆、沮二水名。漆水，据《太平寰宇记》，沮水自坊州升平县北子午岭出，俗号子午水。下合榆谷、慈马等川，遂为沮水。至耀州华原县合漆水，至同州朝邑县东南入渭。二水相敌，故并言之。

[四] 叙西戎，《尚书·禹贡》："织皮、昆仑、析支、渠搜、西戎即叙。"孔传："织皮，毛布。有此四国，在荒服之外、流沙之内，羌髳之属皆就次叙，美禹之功及戎狄也。"

[五] 大明宫，唐代宫名。《新唐书·地理志》："大明宫在禁苑东南……贞观八年置，九年曰大明宫，以备太上皇清暑，百官献赀以助役。高宗以风痹，厌西内湫湿，龙朔二年始大兴葺，曰蓬莱宫，咸亨元年曰含元宫，长安元年复曰大明宫。"

[六] 出岫云，陶渊明《归去来辞》："云无心以出岫，鸟倦飞而知还。"

[七] 哭途穷，《晋书·阮籍传》：阮籍"时率意独驾，不由径路，车迹所穷，辄恸哭而反。"杜甫《陪章留后侍御宴南楼得风字》："此身醒复醉，不拟哭途穷。"

奉勒祭南岳十四韵^{①[一]}

皇家礼赤帝^[二]，谬获司封域^[三]。致斋紫盖下^[四]，宿设祝融侧。
鸣涧惊宵寐，清猿递时刻。澡洁事夙兴^[五]，簪佩思尽饰^[六]。
危坛象岳趾，秘殿翘翚翼^[七]。登拜不遑顾，酌献皆累息^[八]。
赞导^②仪匪繁，祝史词甚直。忽觉心魂悸，如有精灵逼。
漠漠云气生，森森杉柏黑。风吹虚箫韵，露洗寒玉色。
寂寞有至公，馨香在明德^[九]。礼成谢邑吏，驾言归郡职。
憩桑访蚕事，遵畴课农力。所愿风雨时，回首瞻南极。

【校】

①粤雅堂本无"十四韵"字。

②粤雅堂本"导"作"道"。

【笺注】

[一] 疑作于元和五年，810年。南岳，衡山，宋乐史《太平寰宇记·湘潭县》："衡山，一名岣嵝山，宿当翼、轸，度应机、衡，故曰衡山。有朱陵之灵台，太虚之宝洞，上承翼宿，铨德钧物，故名衡山。下踞离宫，摄统火师，故号南岳。赤帝馆其岭，祝融托其阳……紫盖峰。上有赤鳖双飞，白雉成群，鸡鹊夜鸣，有似更转。又有白鹤翱翔，黄马夜游。祝融峰。上有青玉坛。坛上望见衡阳及长沙，坛名魏夫人坛，有瀑水悬洒坛上，一名飞流坛。"

[二] 赤帝，祝融氏。《后汉书·祭祀志中》："立夏之日，迎夏于南郊，祭赤帝祝融。"

[三] 司封域，《淮南·时则训》："南方之极，自北户孙之外，贯颛顼之国，南至委火炎风之野，赤帝、祝融之所司者，万二千里。"

[四] 致斋，《周礼》："凡祭祀前期十日，宗伯帅执事卜日，是谓斋一旬乃祀也。今此致斋即祀者，欲得容三祀也。盖八日为致斋期，九日朝而初祀，亦一旬有一日，事乃毕也。"

[五] 澡洁，《礼记·儒行》："儒有澡身而浴德。"孔颖达疏："澡身，谓能澡洁其身不染浊也；浴德，谓沐浴于德以德自清也。"夙兴，《礼记·昏义》："夙兴、妇沐浴以俟见。"孙希旦《礼记集解》："夙，早也，谓昏明日之早晨

也。兴，起也。"

[六] 尽饰，《礼记·玉藻》："吊则袭，不尽饰也；君在则裼，尽饰也。"
陈澔《礼记集注》："尽饰者，尽其文饰之道以为敬……君在则当以尽饰为敬。"

[七] 翚 huī，《诗·小雅·斯干》："如鸟斯革，如翚斯飞。"朱熹《诗集
传》："其栋宇峻起，如鸟之警而革也，其檐阿华采而轩翔，如翚之飞而矫其翼
也，盖其堂之美如此。"

[八] 累 lèi 息。

[九] 馨香在明德，《尚书·君陈》："至治馨香，感于神明。黍稷非馨，明
德惟馨。"

经河源军汉村作[一]

行行忽到旧河源，城外千家作汉村。樵采未侵征虏墓，耕耘犹就破羌
屯[二]。金汤天险长全设[三]，伏腊华风亦暗存[四]。暂驻单车空下泪，有心无力
复何言。

【笺注】

[一] 此诗作于贞元二十年，804 年，吕温使蕃途中。据《新唐书·地理
志》："河源军西六十里有临蕃城，又西六十里有白水军、绥戎城。"

[二] 破羌，宣帝神爵二年置。

[三] 金汤，金城汤池，《汉书·蒯通传》："边地之城，必将婴城固守，皆
为金城汤池，不可攻也。"

[四] 伏腊，夏有三伏，冬有腊，故称岁时伏腊。

题河州赤岸桥[一]

①左南桥上见河州，遗老相依赤岸头。匝塞歌钟受恩者[二]，谁怜被发哭
东流。

【校】

①粤雅堂本此处注"一字元缺"。

【笺注】

[一] 此诗作于贞元二十年，804 年，吕温使蕃途中。河州，《隋书·地志》："枹罕郡，旧置河州。"天保元年（742），改河州为安乡郡，宝应元年（762）为吐蕃占领。

[二] 歌钟，李白《魏郡别苏明府因北游》："青楼夹两岸，万家喧歌钟。"

题阳人城[一]

忠驱义感即风雷，谁道南方乏武才。天下起兵诛董卓，长沙子弟最先来。

【笺注】

[一] 阳人城，《嘉庆一统志》："阳人聚，今汝州西，阳人城。"阳人，故城在今河南临汝县西。董卓废少帝，胁献帝迁都长安，关东州郡起兵讨之。献帝初平二年，长沙太守孙坚大破卓将胡轸于阳人城下。

晋王龙骧墓[一]

虎旗龙舰顺长 一作天 风，坐引全吴入掌中。孙皓小 一作儿 儿何足取，便令千载笑争功[二]。

【笺注】

[一] 王龙骧，三国蜀汉以关兴为龙骧将军，司马炎以王濬为龙骧将军，任巴郡太守，益州刺史。《晋书·王濬传》："武帝谋伐吴，诏濬修舟舰。濬乃作大船连舫，方百二十步，受二千余人。统兵，平吴……太康六年卒，时年八十，谥曰武。葬柏谷山。"

[二] 争功，王浑和王濬争功事。《晋书·王濬传》："及濬将至秣陵，王浑遣信要令暂过论事，濬举帆直指，报曰：'风利，不得泊也。'王浑久破皓中军，斩张悌等，顿兵不敢进。而濬乘胜纳降，浑耻而且忿，乃表濬违诏不受节度，诬罪状之。"

题石勒城二首[一]

长驱到处积人头，大旆连营压上游。建业乌栖何足问，慨然归去王中州。

天生杰异固难驯，应变摧枯若有神。夷甫自能疑倚啸[二]，忍将虚诞误时人[三]。

【笺注】

[一] 石勒（274—333），十六国时期后赵建立者。《晋书·冉闵传》："石勒出自羌渠，见奇丑类。闻韩上党，季子鉴其非凡；倚啸洛城，夷甫识其为乱。及惠皇失统，宇内崩离，遂乃招聚蚁徒，乘间煽祸，虔刘我都邑，翦害我黎元。朝市沦胥，若沈航于鲸浪；王公颠仆，譬游魂于龙漠。岂天厌晋德而假兹妖孽者欤！观其对敌临危，运筹贾勇，奇谟间发，猛气横飞。远嗤魏武，则风情慷慨；近答刘琨，则音词偶侻。"石勒城，《清一统志·沁州》："（山西武乡县石勒城）周四百六十步，相传石勒尝屯兵于此"。一说在河南洛宁县，《水经·洛水注》："（高门水）出北山，东南流，合洛水枝津。水上承洛水，东北流经石勒城北。"

[二] 夷甫，西晋王衍（256—311），字夷甫，琅邪临沂（今山东临沂）人。西晋大臣，喜谈老庄玄学。"八王之乱"不以国事为念，以自保为重，后为石勒所杀。倚啸，《晋书·石勒上》："（石勒）年十四，随邑人行贩洛阳，倚啸上东门，王衍见而异之，顾谓左右曰：'向者胡雏，吾观其声视有奇志，恐将为天下之患。'"

[三] 虚诞误时人，《晋书·王衍传》："每谈庄老，义理有不安，随即改更，世号口中雌黄。"

刘郎浦口号[一]

吴蜀成婚此水浔[二]，明珠步障幄黄金。

谁将一女轻天下，欲换刘郎鼎峙心。

【笺注】

[一] 刘郎浦，在今湖北省石首市。相传为三国吴蜀联姻时刘备迎娶孙夫人之处。《江陵图经》："刘郎浦，在石首县，先主纳吴女处。"口号，古诗标题用语。表示随口吟成，和"口占"相似。始见于南朝梁简文帝《仰和卫尉新渝侯巡城口号》诗。清王士祯《古夫于亭杂录·刘备》谓吕温此作："此语差识得英雄本色。"

[二] 吴蜀成婚，《三国志·先主传》："群下推先主为荆州牧，治公安。权稍畏之，进妹固好。先主至京见权，绸缪恩纪。"

自江华之衡阳途中绝句①[一]

孤棹迟迟怅有违，沿湘数日逗晴晖。
人生随分为忧喜[二]，回雁峰南是②北归。

【校】
①粤雅堂本题为"自江华之衡阳途中作"。
②粤雅堂本"是"作"一字圆缺"。

【笺注】

[一] 此诗作于元和五年，808 年，时吕温自道州刺史改任衡州刺史。江华，县名，唐属江南西道道州。衡阳，唐时郡名，即衡州，隶江南西道。
[二] 随分 fēn，唐王绩《独坐》："百年随分了，未羡陟方壶。"

吐蕃列馆①送杨七录事先归绝句[一]绝句

愁云重拂地，飞雪乱遥程。莫虑前山暗，归人眼自明。

【校】
①粤雅堂本、四库本"列馆"作"别馆"。

【笺注】

［一］作于贞元二十一年，永贞元年，805年。《旧唐书·吕温传》："明年，德宗晏驾，顺宗即位，张荐卒于青海，吐蕃以中国丧祸，留温经年。"

奉送范司空赴朔方^{字得游}[一]

筑坛登上将，膝席委前筹[二]。虏灭南侵迹，朝分北顾忧。
抗旌回广莫，抚剑动旄头。坐见黄云暮，行看白草秋。
山横旧秦塞，河绕古灵州。善守知兵事①，惟应猎骑游。

【校】

①粤雅堂本"知兵事"作"如无事"。

【笺注】

［一］此诗作于元和二年，807年。范司空，范希朝，字致君，河中虞乡人。《旧唐书·宪宗纪上》："（元和二年）夏四月甲子，禁铅锡钱。以右金吾卫大将军范希朝为检校司空、灵州长史、朔方灵盐节度使。"

［二］膝席，移坐而前。《旧唐书·窦威传》："威奏议雍容，多引古为谕，高祖甚亲重之，或引入卧内，常为膝席。"

送文畅上人东游[一]

随缘①聊振锡[二]，高步出东城。水止无恒地，云行不计程。
到时为彼岸，过处即前生。今日临歧别，吾徒自有情。

【校】

①四库本"随缘"作"随绿"。

【笺注】

［一］文畅上人，唐代诗僧。柳宗元《送文畅上人登五台遂游河朔序》：

"方今有释文畅者，道源生知，善根宿植，深嗜法语，忘甘露之味，服道江表，盖三十年。"白居易、权德舆有《送文畅上人东游》诗。

[二]振锡，谓僧人持锡出行。锡，锡杖。杖头饰环，拄杖行则振动有声。南朝谢灵运《山居赋》："建招提于幽峰，冀振锡之息肩。"

喜俭北至送宗礼南行[一]

洞庭舟始泊，桂江帆又开。魂从会处断，愁向笑中来。
惝怳看残景，殷勤祝此杯。衡阳刷羽待[二]，成①取一行回。

【校】
①粤雅堂本"成"作"试"。

【笺注】
[一]俭，吕俭。宗礼，即吕恭。
[二]刷羽，禽类以喙整刷羽毛，以便奋飞。南朝梁简文帝《咏单凫》："衔苔入浅水，刷羽向沙洲。"

送段九秀才归澧州[一]

湘南孤白芷，幽托在清浔。岂有一作在①馨香发，空劳知处深。
推贤路已隔，赈②乏力弗任③。惭我一言分，负君千里心。
寸义薄联组，片诚敌兼金[二]。方期践冰雪[三]，无使弱思侵[四]。

【校】
①粤雅堂本"有"作"在"。
②粤雅堂本"赈"作"振"。
③粤雅堂本"弗任"作"不任"。

【笺注】
[一]段九秀才，段弘古（765—814）。《唐诗纪事》卷四十三："弘古，澧

州人。吕温守道州时，弘古客焉。"

[二] 兼金，《孟子·公孙丑下》："前日于齐，王馈兼金一百而不受。"赵岐注："兼金，好金也，其价兼倍于常者。"

[三] 践冰，曹植《陈审举表》："今臣与陛下践冰履炭，登山浮涧，寒温燥湿，高下共之，岂得离陛下哉！"

[四] 无使弱思侵，江淹《谢光禄郊游》："行光自容裔，无使弱思侵。"张铣注："弱思，谓俗事。"

衡州送李十一兵曹赴浙东[一]

慷慨视别剑，凄清泛离琴。前程楚塞断，此恨洞庭深。
文字久已废，循良非所任。期君碧云上，千里一扬音。

【笺注】

[一] 李十一，未详。刘禹锡《送李策秀才还湖南，因寄幕中亲故，兼简衡州吕八郎中》，一说李策即李十一。兵曹，汉代为公府、司隶的属官。唐代为府、州设立的"六曹"或"六司"之一，在府称"兵曹参军"，在州称"司兵参军"。

临洮送袁七书记归朝 时袁生作僧蕃人呼为袁师[一]

忆年十五在江湄，闻说平凉且半疑[二]。
岂料殷勤洮水上，却将家信托袁师。

【笺注】

[一] 袁七书记，袁同直，《太平广记》卷一七九引《嘉话录》："侍郎潘炎进士榜有六异……袁同直入番为阿师。"

[二] 平凉，平凉劫盟，《旧唐书·吐蕃传》："（贞元三年）浑瑊与尚结赞会于平凉。初，瑊与结赞约，以兵三千人列于坛之东西，散手四百人至坛下。及将盟，又约各益游军相觇伺。结赞拥精骑数万于坛西，蕃之游军贯穿我师。瑊之将梁奉贞率六十骑为游军，才至蕃中，皆被执留……汉衡及中官刘延邕、

俱文珍、李清朝，汉衡判官郑叔矩、路泌，掌书记袁同直，大将扶余准、马宁及神策、凤翔、河东大将孟日华、李至言、乐演明、范澄、马弇等六十余人皆陷焉。余将士及夫役死者四五百人，驱掠者千余人，咸被解夺其衣。"

江陵酒中留别坐客

寻常纵恣倚青春，不契心期便不亲。今日烟波九疑去[一]，相逢尽是眼中人。

【笺注】

[一] 九疑，山名。在湖南宁远县南。《山海经·海内经》："南方苍梧之丘，苍梧之渊，其中有九嶷山，舜之所葬，在长沙零陵界中。"

道州酬送何山人之容州[一]

匣有青萍笥有书[二]，何门不可曳长裾[三]。
应须定取真知者[四]，遣对明君说子虚[五]。

【笺注】

[一] 何山人，何元上。

[二] 青萍，陈琳《答东阿王笺》："君侯体高世之才，秉青萍、干将之器。"吕延济注："青萍、干将，皆剑名也。"笥 sì。

[三] 曳长裾，《汉书·邹阳传》："臣闻交（蛟）龙襄首奋翼，则浮云出流，雾雨咸集。圣王底节修德，则游谈之士归义思名。今臣尽智毕议，易精极虑，则无国不可干；饰固陋之心，则何王之门不可曳长裾乎?'"

[四] 真知，《庄子·大宗师》："有真人而后有真知。"

[五] 遣对明君说子虚，南朝梁刘勰《文心雕龙·知音》："昔《储说》始出，《子虚》初成，秦皇、汉武，恨不同时。"据《汉书·司马相如传》："上读子虚赋而善之，曰：'朕独不得与此人同时哉!'得意曰：'臣邑人司马相如自言为此赋。'上惊，乃召问相如。"

道州送戴简处士往贺州谒杨侍郎文^[一]

　　嬴马孤僮鸟道微，三千客散独南归。山公念旧偏知我^[二]，今日因君泪满衣。

【笺注】

　　[一]戴简，唐长沙人。累荐不仕。好儒书，旁及老、庄。尝有堂，因东城为池，环之九里，颇饶游览之胜，柳宗元为之作《潭州杨中丞作东池戴氏堂记》。杨侍郎，杨凭，字虚受，弘农人。举进士，累佐使府。《旧唐书·杨凭传》："元和四年，（杨凭）拜京兆尹，为御史中丞李夷简劾奏凭前为江西观察使赃罪及他不法事，诏曰：'杨凭顷在先朝，委以藩镇，累更选用，位列大官。近者宪司奏劾，暴扬前事……宜从退遣，以诚百僚，可守贺州临贺县尉同正。'"

　　[二]山公，晋山涛的别称。《晋书·山涛传》："涛再居选职十有余年，每一官缺，辄启拟数人，诏旨有所向，然后显奏，随帝意所欲为先……涛所奏甄拔人物，各为题目，时称'山公启事'。"

春日游郭驸马大安亭子^[一]

　　戚里容闲客，山泉若化成。寄游芳径好，借赏彩船轻。
　　春至花常满，年多水更清。此中如传舍^[二]，但自立功名。

【笺注】

　　[一]郭驸马，郭鏦，汾阳王郭子仪孙。《旧唐书·郭鏦传》："鏦累官至卫尉卿、驸马都尉，改殿中监。穆宗即位，鏦为叔舅，改右金吾卫大将军、兼御史大夫，充左街使……城南有汾阳王别墅，林泉之致，莫之与比，穆宗常游幸之，置酒极欢而罢，赐鏦甚厚。"《唐两京城坊考·大安坊》："吕温有《春日游郭驸马大安亭子》诗。按汾阳王园在大通坊，两坊相连，故园地得至大安。"

　　[二]传舍，驿馆。

楚州追制后舍弟直长安县①失囚花下共饮^[一]

天子收都②印，京兆责狱囚。狂兄与狂弟，不解对花愁。

【校】

①四库本"县"作"狱"。

②粤雅堂本、四库本"都"作"郡"。

【笺注】

[一] 疑作于元和三年，808年，楚州，当"均州"笔误。追制，追回诏命。《旧唐书·吕温传》："三年……乃贬群为湖南观察使，羊士谔资州刺史，温均州刺史。朝议以所责太轻，群再贬黔南，温贬道州刺史。"舍弟，吕恭。柳宗元《吕侍御恭墓铭》："（吕恭）入荐为长安主簿。"

衡州岁前游合江亭见山樱叶未拆①因赋含彩吝惊春^[一]

山樱先春发，红蕊满霜枝。幽处竟谁见，芳心空自知。
似羞②朝日照，疑畏暖风吹。欲问含彩意，恐惊轻薄儿。

【校】

①粤雅堂本"拆"作"坼"。

②粤雅堂本"羞"作"夺"。

【笺注】

[一] 合江亭，《舆地纪胜》："在石鼓书院后。唐刺史齐映建。为蒸湘二水合流处。"

衡州登楼望南馆临水花呈房戴段李诸公[一]

夭桃临方塘，暮色堪秋思。托根岂求润，照影非自媚。
胃挂青柳丝[二]，零落绿钱地[三]。佳期竟何许，时有幽禽至。

【笺注】

[一] 戴段，戴简、段弘古，李，疑为李十一兵曹。

[二] 胃 juàn。

[三] 绿钱，沈约《冬节后至丞相第诣世子车中作诗》："宾阶绿钱满，客位紫苔生。"李善注引崔豹《古今注》："空室无人行，则生苔藓，或青或紫，一名绿钱。"

合江亭槛前多高竹不见远岸花客命剪①之感而成咏

吉凶岂前卜，人事何翻覆。缘看数日花，却剪②凌霜竹。
常言契君操，今乃妨众目。自古病当门，谁言出幽独。

【校】

①②粤雅堂本"剪"作"翦"。

道州春游欧阳家林亭

道州城北欧阳家，去郭一里占烟霞。主人虽朴甚有思，解留满地红桃花。
桃花成泥不须扫，明朝更访桃源老。政成兴足则^{一作即}①告归，门前便是家山道[一]。

【校】

①粤雅堂本"则"作"即"。

【笺注】

［一］家山，家乡。

衡州早春偶游黄溪口号[一]

偶寻黄溪日欲没，早梅未尽山樱发。
无事江城闭此身，不得坐待花间^①月。

【校】

①粤雅堂本"间"作"闲"。

【笺注】

［一］黄溪，源出湖南省宁远县北阳明山，西流经零陵县东北，折北又东北流至祁阳县会合白江水入湘江。

衡州夜后把火看花留客绝句

红芳暗落碧池头，把火遥看且少留^①。
半夜忽然风更起，明朝不复上南楼。

【校】

①粤雅堂本"且少留"作"更少留"。

夜半把火看南园花招李十一兵曹不至呈座上诸公^①[一]

夭桃红烛正相鲜，傲吏闲斋困独眠。
应是梦中飞作蝶，悠扬只在此花前。

【校】

①粤雅堂本"夜半把火看"作"夜后把火看花"。

【笺注】

[一] 李十一，未详。

顺宗至德大圣大安孝皇帝挽歌词三首[一]

遐视轻神宝[二]，传归厉①圣猷[三]。尧功终有待，文德本无忧。
坐受朝汾水[四]，行看告岱丘②[五]。那知鼎成后，龙驭弗淹留[六]。
监抚垂三纪[七]，声徽洽万方[八]。礼因驰道着[九]，明自圣田彰[十]。
滋渐承③鸿业，从容守太康。更留园寝诏，恭听有余芳。
早秋同轨至，晨旆露华滋。挽度千夫咽，箫凝六马迟。
剑悲长闭日，衣望出游时[十一]。风起西陵树，凄凉满孝思。

【校】

①粤雅堂本、四库本"厉"作"属"。
②粤雅堂本"丘"作"邱"。
③四库本"滋渐"作"积渐"，粤雅堂本、四库本"承"作"成"。

【笺注】

[一] 此篇作于元和元年。《旧唐书·顺宗纪》："元和元年正月丙寅朔，皇帝率百僚上太上皇尊号曰应干圣寿。甲申，太上皇崩于兴庆宫之咸宁殿，享年四十六岁。六月乙卯，皇帝率群臣上大行太上皇谥曰至德大圣大安孝皇帝，庙号顺宗。秋七月壬申，葬于丰陵。"

[二] 神宝，《后汉书·皇后纪序》："而赴蹈不息，燋烂为期，终于陵夷大运，沦亡神宝。"李贤注："神宝，帝位也。"

[三] 圣猷，皇帝的谋略。

[四] 朝汾水，《庄子·逍遥游》："尧治天下之民，平海内之政，往见四子藐姑射之山，汾水之阳，窅然丧其天下焉。"

[五] 告岱丘，班固《白虎通义》："王者受命，易姓而起，必升封泰山。

何？教告之义也。始受命之时，改制应天，天下太平，物成封禅，以告太平也。"

[六] 鼎成龙驭，《史记·封禅书》："黄帝采首山铜，铸鼎于荆山下。鼎既成，有龙垂胡髯下迎黄帝。黄帝上骑，群臣后官从上者七十余人，龙乃上去。"

[七] 监抚，监国、抚军，为太子的职责。南朝梁简文帝《〈昭明太子集〉序》："皇上垂拱岩廊，积成庶务，式总万机，副是监抚。"垂三纪，古称十二年为一纪。《国语·晋语四》："文公在狄十二年，狐偃曰：'蓄力一纪，可以远矣。'"韦昭注："十二年，岁星一周为一纪。"《旧唐书·顺宗纪》："（顺宗）建中元年正月丁卯，立为皇太子。贞元二十一年正月癸巳，德宗崩，丙申，即位于太极殿。"故称三纪。

[八] 声徽，好名声。

[九] 驰道，《汉书·成帝纪第十》："（汉成帝）初居桂官，上尝急召，太子出龙楼门，不敢绝驰道，西至直城门，得绝乃度，还入作室门。上迟之，问其故，以状对。上大说，乃着令，令太子得绝驰道云。"应劭曰："驰道，天子所行道也，若今之中道。"师古曰："绝，横度也。"

[十] 垦田，《后汉书·刘隆传》："（汉武帝）是时，天下垦田多不以实，又户口年纪互有增减。十五年，诏下州郡检覈其事，而刺史太守多不平均，或优饶豪右，侵刻羸弱，百姓嗟怨，遮道号呼。时诸郡各遣使奏事，帝见陈留吏牍上有书，视之，云'颍川、弘农可问，河南、南阳不可问'。帝诘吏由趣，吏不肯服，抵言于长寿街上得之。帝怒。时显宗为东海公，年十二，在幄后言曰：'吏受郡勑，当欲以垦田相方耳。'帝曰：'即如此，何故言河南、南阳不可问？'对曰：'河南帝城，多近臣，南阳帝乡，多近亲，田宅踰制，不可为准。'帝令虎贲将诘问吏，吏乃实首服，如显宗对。于是遣谒者考实，具知奸状。明年，隆坐征下狱，其畴辈十余人皆死。帝以隆功臣，特免为庶人。"

[十一] 衣望出游，《史记·刘敬叔孙通列传》："高帝崩，孝惠即位……叔孙生曰：'愿陛下（孝惠帝）为原庙渭北，衣冠月出游之，益广多宗庙，大孝之本也。'"

咏蜀客石琴枕

可怜他山石[一]，几岁潜①贞坚。推迁强为用，雕斫伤自然[二]。
文含巴江浪[三]，色起晴②城烟。更闻余玉声，时入朱丝弦。

【校】

①粤雅堂本、四库本"潜"作"负"。

②粤雅堂本、四库本"晴"作"青"。

【笺注】

［一］他山石，《诗经·小雅·鹤鸣》："他山之石，可以攻玉。"

［二］斫 zhuó。

［三］巴江，嘉陵江。

河南府试胥帖赋得乡饮酒诗[一]

酌言修旧典[二]，刈楚始登堂[三]。百拜宾仪尽，三终乐奏长[四]。

想同莺出谷[五]，看似雁成行。礼罢知何适，随云入帝乡[六]。

【笺注】

［一］作于贞元十年，794年。河南府，府治洛阳。《元和郡县志·河南府》："武德四年讨平充，复为洛州，仍置总管府。其冬罢府置陕东道大行台，太宗为大行台尚书令。九年罢台置洛州都督府，贞观十八年废府，显庆二年置东都，则天改为神都，神龙元年复为东都，开元元年改洛州为河南府，天宝元年改东都为东京，至德元年复为东都……管县二十六：洛阳、河南、偃师、缑氏、巩、伊阙、密、王屋、长水、伊阳、河阴、阳翟、颍阳、告成、登封、福昌、寿安、渑池、永宁、新安、陆浑、河阳、温、济源、河清、泛水。"胥帖，宋王谠《唐语林·补遗四》："天宝初，达奚珣、李岩相次知贡举。进士声名高而帖落者，时或试诗放过，谓之胥帖。"赋得，凡摘取古人成句为诗题，题首多冠以"赋得"二字。如南朝梁元帝有《赋得兰泽多芳草》一诗。科举时代的试帖诗，因试题多取成句，故题前均有"赋得"二字。亦应用于应制之作及诗人集会分题。乡饮酒，《乡饮酒礼》是周代流行的宴饮风俗。主要目的是为了向国家推荐贤者。由乡大夫作主人设宴。后演为地方官设宴招待应举之士，此宴为"乡饮酒"。《礼记·射义》："乡饮酒之礼者，所以明长幼之序也。"孔颖达疏："六十者坐，五十者立侍是也。"

［二］酌言，《诗·小雅·瓠叶》："君子有酒，酌言献之。"

[三] 刈 yì 楚，《诗·周南·汉广》："翘翘错薪，言刈其楚。""楚"即薪中之楚，翘翘与错薪连文，则翘翘为众多之貌，言于众薪之中刈取其高者。

[四] 三终，《仪礼·大射礼》："小乐正立于西阶东。乃歌《鹿鸣》三终。"《礼记·乡饮酒义》："工入，升歌三终。"孔颖达疏："谓升堂歌《鹿鸣》《四牡》《皇皇者华》，每一篇而一终。"

[五] 莺出谷，《诗·小雅·伐木》："伐木丁丁，鸟鸣嘤嘤，出自幽谷，迁于乔木。"

[六] 帝乡，《庄子·天地》："千岁厌世，去而上仙；乘彼白云，至于帝乡。"

赋得失群鹤

杳杳冲天鹤，风排势暂违。有心长自负，无伴可相依。
万里宁辞远，三山讵忆归[一]。但令毛羽在，何处不翻飞。

【笺注】
[一] 讵 jù，岂。

道州南楼换柱

洪灾起无朕[一]，有见非前知。蚁入不足恤，柱倾何可追。
良工操斤斧，沉吟方在斯。殚材事朽废，曷若新宏规。

【笺注】
[一] 无朕，无预兆。

道州北池放鹅

我非好鹅癖[一]，尔乏鸣雁姿[二]。安得免沸鼎，澹然游清池。
见生不忍食，深情固在斯。能自远飞去，无念稻粱为。

【笺注】

［一］好鹅癖，《晋书·王羲之传》："王羲之性爱鹅。会稽有孤居姥，养一鹅善鸣，求市未能得，遂携亲友命驾就观……"

［二］鸣雁，《庄子·山木》："夫子出于山，舍于故人之家，故人喜，命竖子杀雁而烹之。竖子请曰：'其一能鸣，其一不能鸣，请奚杀？'主人曰：'杀不能鸣者。'"

回风有怀绝句

银宫翠岛烟霏霏^{一作菲菲}，珠树玲珑朝日晖。

神仙望见不得到，却逐回风何处归。

蕃中答退浑词^{退浑部落尽在而为吐蕃所鞭挞有译者诉情于予因而答之①［一］}

退浑儿，退浑儿，朔风长在气何衰。

万群铁马从奴虏，强弱由人莫叹时。

退浑儿，退浑儿，冰消青海草如丝。

明堂天子朝万国^{［二］}，神岛龙^{一作马}驹将与谁^{［三］}。

【校】

①粤雅堂本"部"作"种"，粤雅堂本、四库本"予"作"余"。

【笺注】

［一］退浑，《新唐书·西域传上·吐谷浑》："吐蕃复取安乐州，而（吐谷浑）残部徙朔方、河东，语谬为'退浑'。"

［二］明堂，《孟子·梁惠王下》："夫明堂者，王者之堂也。"

［三］神岛龙驹，《旧唐书·哥舒翰传》："明年，（哥舒翰）筑神威军于青海上，吐蕃至，攻破之；又筑城于青海中龙驹岛，有白龙见，遂名为应龙城，吐蕃屏迹不敢近青海。"

上官昭容书楼歌 贞元十四年友人崔仁亮于东都买得研神记一卷有昭容列名书缝处因用感叹而作是歌[一]

汉家婕妤唐昭容[二]，工诗能赋千载同。自言才艺是天真，不服丈夫胜妇人。歌阑舞罢闲无事，纵恣优游弄文字。玉楼宝架中天居，缄奇秘异万卷余[三]。水精编秩绿钿轴，云母捣纸①黄金书[四]。风飘花露②清旭时，绮窗高挂红销③帷。香囊盛烟绣结络，翠羽拂案青琉璃[五]。吟披绣④卷纷一作终无已，皎皎渊机破研理[六]。词萦彩翰紫鸾回[七]，思耿寥天碧云起。碧云起，心悠哉，境深转苦坐自摧。金梯珠履声一断，瑶阶日夜生青苔。青苔秘⑤空关⑥，曾比群玉山[八]。神仙杳何许，遗逸满人间。君不见洛阳南市卖书肆[九]，有人买得研神记。纸上香多蠹不成[十]，昭容题处犹分明，令人惆怅难为情。

【校】
①粤雅堂本"捣纸"作"抵捣"。
②粤雅堂本"风飘花露"作"风吹花云"。
③粤雅堂本、四库本"销"作"绡"。
④粤雅堂本、四库本"绣"作"啸"。
⑤粤雅堂本、四库本"秘"作"闭"。
⑥粤雅堂本"空关"作"九关"。

【笺注】
[一] 此诗作于贞元十四年，798 年。上官昭容，上官婉儿，《资治通鉴·神龙元年》："上官婉儿，仪之女孙也，仪死，没入掖庭，辩慧善属文，明习吏事。则天爱之，自圣历以后，百司表奏多令参决；及上即位，又使专掌制命，益委任之，拜为婕妤，用事于中。"崔仁亮，白居易《唐故虢州刺史赠礼部尚书崔公（玄亮）墓志铭》："从祖弟仁亮，审谪巴南，殁而无后。"

[二] 婕妤，班婕妤，《列女传·班女婕妤》："班婕妤者，左曹越骑班况之女，汉孝成皇帝之婕妤也。贤才通辩。始选入后宫，为小使，俄而大幸，为婕妤。"唐昭容，指上官婉儿，唐中宗令上官婉儿专掌起草诏令，拜其为昭容。《新唐书·百官志二》："昭仪、昭容……各一人，为九嫔，正二品。"

[三] 缄，封闭。《宋史·高昌国传》："（书楼）藏唐太宗、明皇御札诏敕，

緘锁甚紧谨。"

［四］云母，矿石名，晶体常成假六方片状，集合体为鳞片状。薄片有弹性。玻璃光泽，半透明，有白色、黑色、深浅不同的绿色或褐色等。

［五］翠羽，《文选·曹植〈七启〉》："戴金摇之熠耀，扬翠羽之双翘。"刘良注："金摇，钗也；熠烁，光色也；又饰以翡翠之羽于上也。"

［六］渊机，玄机。

［七］紫鸾，《瑞应图》："鸾鸟，赤神之精，凤凰之佐，喜则鸣舞。"

［八］群玉山，《山海经·西山经》："玉山，是西王母所居也。"晋郭璞注："此山多玉石，因以名云。《穆天子传》谓之'群玉之山'。"

［九］洛阳南市，《唐两京城坊考·外郭城》："隋曰丰都市，东西南北居二坊之地，其内一百二十行，三千余肆，四壁有四百余店，货贿山积。贞观九年促半坊。"

闻砧有感

千门俨云端，此地富罗纨。秋月三五夜[一]，砧声满长安。
幽人感中怀，净听①泪汍澜[二]。所恨捣衣者，不知天下寒。

【校】
①粤雅堂本"净听"作"静思"，四库本"净听"作"静听"。

【笺注】
［一］三五夜，农历十五。
［二］汍 wán，流泪的样子。

早觉有感

东方殊未明，暗室虫正飞。先觉忽先起，衣裳颠倒时[一]。
严冬寒漏长，此夜如何其[二]。不用思秉烛[三]，扶桑有清晖[四]。

【笺注】

[一] 衣裳颠倒时，《诗·齐风·东方未明》："东方未明，颠倒衣裳。颠之倒之，自公召之。"

[二] 此夜如何其，《诗·小雅·庭燎》："夜如何其？夜未央。"

[三] 秉烛，《古诗十九首·生年不满百》："生年不满百，常怀千岁忧。昼短苦夜长，何不秉烛游！"

[四] 扶桑，陶潜《闲情赋》："悲扶桑之舒光，奄灭景而藏明。"逯钦立校注："扶桑，传说日出的地方。这里代指太阳。"

冬日病中即事

墙下长安道，嚣尘咫尺间。久牵身外役，暂得病中闲。

背喜朝阳满，心怜暮鸟还。吾庐在何处，南有白云山[一]。

【笺注】

[一] 白云山，南朝陶弘景《诏问山中何所有赋诗以答》："山中何所有？岭上多白云。只可自怡悦，不堪持寄君。"

病中自户部员外郎转司封[一]

嬴卧承新命，优容获所安。遣儿①宁②贺客，无力拂尘冠。

偃仰晴轩暖，支离晓镜寒。那堪报恩去，感激对衰兰。

【校】

①粤雅堂本"遣儿"作"遣时"。

②粤雅堂本、四库本"宁"作"迎"。

【笺注】

[一] 作于贞元二十一年，永贞元年，805 年。

久病初朝衢中即事^[一]

沉疴旷十旬^[二]，还过直城闉^[三]。老马犹知路^[四]，羸童欲怕人。
又隳三径计^[五]，更强百年身^[六]。许国将何力，空生衣上尘。

【笺注】

[一] 衢 qú。

[二] 沉疴 kē，久治不愈的病。十旬，一百天。《周书·周瑾传》："曾未十旬，遂迁四职，缙绅以为荣。"

[三] 直城，汉京都城门名。闉 yīn，《说文》："闉，城曲重门也。"

[四] 老马犹知路，《韩非子·说林上》："管仲、隰朋从于桓公伐孤竹，春往冬返，迷惑失道。管仲曰：'老马之智可用也。'乃放老马而随之。遂得道。"

[五] 隳 huī，弃。三径计，晋赵岐《三辅决录·逃名》："蒋诩归乡里，荆棘塞门，舍中有三径，不出，唯求仲、羊仲从之游。"后"三径"指归隐处。

[六] 百年身，鲍照《行药至城东桥》："争先万里途，各事百年身。"李善注："《养生经》黄帝曰'上寿百年。'"

道州城北楼观李花

夜疑关山月，晓似沙场雪。曾使西域来，幽情望^①超越^[一]。
将念浩无际，欲言忘所说。岂是花感人，自怜抱孤节。

【校】

①粤雅堂本"望"作"坐"。

【笺注】

[一] 幽情，班固《西都赋》："摅怀旧之蓄念，发思古之幽情。"

道州秋夜南楼即事

谁念^①独坐愁，日暮此南楼。云去舜祠闭，月明潇水流。
猿声何处晓，枫叶满山秋。不分匣中镜^[一]，少年空^②白头。

【校】
①粤雅堂本、四库本"念"作"令"。
②粤雅堂本"空"作"看"。

【笺注】
[一] 不分 fèn，不料。

道州观野火

南风吹烈火，焰焰烧楚泽。阳景当昼迟，阴天半夜赤。
过处若彗扫，来时如^①电激。岂复辨萧兰，焉能分玉石。
虫蛇尽烁烂，虎兕亦奔迫^[一]。积秽亦^②荡除，和气始融液。
尧时既敬授，禹稼斯肇迹^[二]。遍生合颖禾，大秀两岐麦。
家有京坻咏^[三]，人无沟壑戚^[四]。乃悟焚如功^[五]，来岁终受益。

【校】
①粤雅堂本"如"作"似"。
②粤雅堂本、四库本"亦"作"一"。

【笺注】
[一] 兕 sì。
[二] 尧时既敬授两句。敬授，《尚书·尧典》："乃命羲和，钦若昊天，历象日月星辰，敬授民时。"禹稼，《诗·鲁颂·宫》记载："禹治洪水既平，后稷乃始播百谷。"
[三] 京坻 dǐ，谷米堆积如山。《诗·小雅·甫田》："曾孙之庾，如坻

64

如京。"

　　[四] 沟壑戚，困厄之境。《孟子·滕文公下》："志士不忘在沟壑，勇士不忘丧其元。"赵岐注："君子固穷，故常念死无棺椁没沟壑而不恨也。"

　　[五] 焚如，《易·离》："突如其来如，焚如，死如，弃如。"

衡州早春二首

碧水何逶迤，东风吹沙草。烟波千万曲，不辨嵩阳道。
病肺不饮酒，伤心不看花。惟惊望乡处，犹自隔长沙。

郡内书怀寄刘连州窦夔州^[一]

朱邑何为者，桐乡有古祠^[二]。我心常所慕，二郡老人知。

【笺注】

　　[一] 疑作于永贞元年，805 年。刘连州，指刘禹锡。窦夔州，疑指窦常。刘禹锡有和章《吕八见寄郡内书怀，因而戏和之》："文苑振金声，循良冠百城。不知今史氏，何处列君名？"《旧唐书·宪宗纪上》："（永贞元年）屯田员外郎刘禹锡贬连州刺史，坐交王叔文也。"据《旧唐书·窦常传》："常字中行，大历十四年登进士第，居广陵之柳杨……元和六年，自湖南判官入为侍御史，转水部员外郎。出为朗州刺史，历固陵、浔阳、临川三郡守。入为国子祭酒，求致仕。宝历元年卒，时年七十。"窦常任夔州刺史约在元和十年左右，吕温去世之后，因此此说存疑。陶敏《全唐诗人名汇考》："盖诗中'二郡老人'乃指吕温所刺道、衡二州父老而言，后人不解其意，又因刘有和诗，故于题中妄增'寄刘连州窦夔州'七字。"

　　[二] 朱邑何为者，桐乡有古祠。《汉书·朱邑传》："朱邑字仲卿，庐江舒人也。少时为舒桐乡啬夫，廉平不苛，以爱利为行，未尝笞辱人，存问耆老孤寡，遇之有恩，所部吏民爱敬焉。……初邑病且死，属其子曰：'我故为桐乡吏，其民爱我，必葬我桐乡。后世子孙奉尝我，不如桐乡民。'及死，其子葬之桐乡西郭外，民果共为邑起冢立祠，岁时祠祭，至今不绝。"

偶然作二首[一]

栖栖复汲汲[二]，忽觉年四十。今朝满衣泪，不是伤春泣。
中夜兀然坐，无言空涕洟[三]。丈夫志气事，儿女安得知。

【笺注】

[一] 作于元和六年，811 年。

[二] 栖栖，《诗·小雅·六月》："六月栖栖，戎车既饬。"朱熹《诗集传》："栖栖，犹皇皇不安之貌。"汲汲，《汉书·扬雄传》："不汲汲于富贵，不戚戚于贫贱。"

[三] 涕洟 yí，哭泣。

古兴

越欧百炼时[一]，楚卞三泣地[二]。二宝无人识，千龄皆弃置。
空岩起白虹[三]，古狱生紫气[四]。安得命世客[五]，直来开奥闭①。
剑任刜钟看[六]，玉从投火试[七]。必能绝疑惑，然后论奇异。

【校】

①粤雅堂本、四库本"闭"作"秘"。

【笺注】

[一] 越欧，《吴越春秋》："楚王令风胡子请吴干将、越欧冶作剑二，其一曰龙泉，二曰太阿。"

[二] 楚卞，指春秋时楚人卞和。《史记·鲁仲连邹阳列传》："昔卞和献宝，楚王刖之。"《韩非子·和氏第十三》："和乃抱其璞而哭于楚山之下，三日三夜，泪尽而继之以血。王闻之，使人问其故，曰：'天下之刖者多矣，子奚哭之悲也？'和曰：'吾非悲刖也，悲夫宝玉而题之以石，贞士而名之以诳，此吾所以悲也。'"

[三] 白虹，《礼记·聘义》："气如白虹，天也。"

［四］古狱，北周庾信《拟咏怀》之十二："古狱饶冤气，空亭多枉魂。"紫气，《晋书·张华传》："初，吴之未灭也，斗牛之间常有紫气……华曰：'是何祥也？'焕曰：'宝剑之精，上彻于天耳。'"

［五］命世，《汉书·楚元王传赞》："圣人不出，其间必有命世者焉。"

［六］刜 fú，《说文》："刜，断也。"刜钟，刘向《说苑·杂言》："西闾过曰：'干将镆铘，拂钟不铮，试物不知、扬刃离金、斩羽契铁斧，此主利也；然以之补履，曾不如两钱之锥。'"

［七］玉从投火试，《淮南子·俶真训》："譬若钟山之玉，炊以炉炭，三日三夜而色泽不变。"

风咏

微风生青苹[一]，习习出金塘[二]。轻摇深林翠，静猎幽径芳。掩抑时未来，鸿毛亦无伤。一朝乘严气，万里号清霜。北走摧邓林[三]，东去落扶桑[四]。扫却垂天云，澄清无私光。悠然返空寂，晏海通舟航。

【笺注】

［一］青苹，《文选·宋玉〈风赋〉》："夫风生于地，起于青苹之末。"李善注："《尔雅》曰：'萍，其大者曰苹。'郭璞曰：'水萍也。'"

［二］习习，《诗·邶风·谷风》："习习谷风，以阴以雨。"毛传："习习，和舒貌。"

［三］邓林，《山海经·海外北经》："夸父与日逐走，入日。渴欲得饮，饮于河渭，河渭不足，北饮大泽。未至，道渴而死。弃其杖，化为邓林。"

［四］扶桑，《山海经·海外东经》："汤谷上有扶桑，十日所浴，在黑齿北。"郭璞注："扶桑，木也。"

道州感兴

当代知文字，先皇记姓名。七年天下立[一]，万里海西行。
苦节终难辨，劳生竟自轻[二]。今朝流落处，潇水绕孤城。

【笺注】

[一] 七年天下立，贞元十四年（798 年）吕温中举，永贞元年（805 年）宪宗即位，相差七年。

[二] 劳生，《庄子·大宗师》："夫大块载我以形，劳我以生，佚我以老，息我以死。"

春曰与李六舍弟联句①[一]

始见花满枝，又看花满地^{景俭}。且持增气酒，莫滴伤心泪^温。深诚长郁结，芳晨自妍媚^恭。笑②歌聊永日，谁知此时意^{景俭}。

【校】
①粤雅堂本、四库本题作"春日与李六舍弟联句"。
②粤雅堂本"笑"作"啸"。

【笺注】
[一] 按文意为三人联句。李六，李景俭。舍弟，吕恭。吕温另有《同舍弟恭岁暮寄晋州李六协律三十韵》。

镜中叹白发[一]

年过潘岳才三岁[二]，还见星星两鬓中。
纵使他时能早达，定知不作黑头公。

【笺注】
[一] 作于元和元年（806 年）。
[二] 晋潘岳《秋兴赋序》："余春秋三十有二，始见二毛。"

友人邀听歌有感

文章抛尽爱功名，三十无成白发生。孤负壮心羞欲死，劳君贵买断肠声。

贞元十四年旱甚见权门移芍药花[一]

绿原青垄渐成尘，汲井开园日日新。四月带花移芍药，不知忧国是何人。

【笺注】

[一] 作于贞元十四年，798 年。

冬夜即事

百忧攒心起复卧[一]，夜长耿耿不可过[二]。
风吹雪枝①似花落，月照水文如镜破。

【校】

①四库本"枝"作"片"。

【笺注】

[一] 攒 cuán 心。

[二] 耿耿，《诗·邶风·柏舟》："耿耿不寐，如有隐忧。"《楚辞·远游》："夜耿耿而不寐兮，魂茕茕而至曙。"洪兴祖补注："耿耿，不安也。"

道州郡斋卧疾寄东馆诸贤[一]

东池送客醉年华，闻道风流胜习家[二]。
独卧郡斋寥落意，隔帘微雨湿梨花。

【笺注】

[一] 郡斋，郡守起居之处。

[二] 习家，《晋书·山简传》："简镇襄阳，诸习氏荆土豪族，有佳园池，简每出游嬉，多之池上，置酒辄醉，名之曰高阳池。"

读小弟诗有感因口号以示之

忆君①未冠赏年华，二十年间在咄嗟[一]。
今来羡汝看花岁，似汝追思昨日花。

【校】

①粤雅堂本"君"作"吾"。

【笺注】

[一] 咄嗟，仓卒。晋左思《咏史》诗之八："俯仰生荣华，咄嗟复凋枯。"

读勾践传[一]

丈夫可杀不可羞，如何送我海西头[二]。
更生更聚终须报，二十年间死却①休[三]。

【校】

①四库本"却"作"即"。

【笺注】

[一] 勾践，《史记·越王勾践世家》："越王勾践，其先禹之苗裔，而夏后帝少康之庶子也。"越王勾践三年（前494年），被吴军败于夫椒，被迫向吴求和。勾践忍辱负重，卧薪尝胆，亲为夫差牵马，后得机会举兵伐吴，战胜了吴国，称霸于诸侯。

[二] 海西头，隋炀帝《泛龙舟歌》："借问扬州在何处，淮南江北海西

头。"此处借指姑苏。

[三] 二十年间，《左传·哀公元年》："（伍子胥）退而告人曰'越十年生聚，而十年教训，二十年之外，吴其为沼乎?'"

道州有叹

列馆①月，犁②牛冰河金山雪。道州月，霜树③子规啼是血。壮心感此孤剑鸣，沉火在灰殊未灭。

【校】
①粤雅堂本、四库本"列馆"作"别馆"。
②粤雅堂本"犁"作"犂"。
③四库本"霜树"作"霜林"。

风叹

青海风，飞沙射面随惊蓬。洞庭风，危墙欲折身若空。西驰南走有何事，会须一决①百年中。

【校】
①四库本"一决"作"一快"。

卷三 书序

与族兄皋请学春秋书

儒风①不振久矣[一]。某②生于百代之下，不顾昧劣，凛然有志，翘企圣域[二]，莫知明从③。如仰高山，临大川，未获梯航，而欲济乎深，而臻乎极也。凡学之道，严师为难[三]。师资道丧，八百年矣。自凤鸟不至，麒麟遇害，血流战国，火发暴秦[四]，先王之道，几陨于地。赖汉氏勃焉④而拯之，酾糟粕，扬煨烬[五]，披云雾，揭日月，夫子文章，灭而复耀，与火德俱朗者四百余年[六]。当时大教中兴[七]，去圣未远，学士非师说，不敢辄言，鸿儒硕生[八]，乐以善诱弘道，虽为公卿，教授不辍。其徒大者至千余人，小者亦数百人，或升乎堂，或入于⑤室[九]，洋洋济济，有古风也。夫学者，岂徒受章句而已，盖必求所以化人⑥[十]，日日新，又日新⑦[十一]，以至乎终身。夫教者，岂徒博文字而已，盖以⑧本之以忠孝，申之以礼义，敦之以信让，激之以廉耻，过则匡之，失则更之，如切如磋，如琢如磨[十二]，以至乎无瑕。故无汉⑨多名臣，谏诤⑩之风[十三]，同乎三代，盖由其身受师保之教诲，朋友之箴诫，既知己之损益，不忍观人之成败也。魏晋之后，其风大坏，学者皆以不师为天纵，独学为生知[十四]，译疏翻音[十五]，执疑护失，率乃私意，攻乎异端，以风诵⑪章句为精，以穿凿文字为奥，至于圣贤之微旨，教化之大本，人伦之纪律，王道之根源，则荡然莫知所措矣。其先进者[十六]，亦以教授为鄙，公卿大夫，耻为人师，至使乡校之老人，呼以先生，则勃然动色，痛乎风俗之移人也如是！是以今之君子，事君者不谏诤，与人交者无切磋，盖由其身不受师保之教诲，朋友之箴诫，既不知己之损益，恶肯顾人之成败乎？而今而后，乃知不师不友之人，不可与为政而论交矣。且不师者，废学之渐也，恐数百年后，又不及于今日，则我先师之道，其陨于深泉。是用终日不食，终夜不寝，驰古今而慷慨，抱坟籍而太息。吾兄亦曾以是为念乎？小子狂简[十七]，实有微志，蕴童蒙求我之愿[十八]，立朝闻夕死之誓[十九]，所与者不惟⑫鸿硕之老，博洽之士[二十]，与我同志者则为吾师。与兄略言其志也⑬。其⑭所贵乎道者六，其《诗》《书》《礼》《乐》《大易》《春秋》欤，人皆知之，鄙尚或异。所曰《礼》者，非酌献酬酢之数[二十一]，周旋裼袭之容也[二十二]，必可以经乾坤，运阴阳，管人情，措天下者，某⑮愿学焉。所曰《乐》者，非缀兆屈伸之度[二十三]，铿锵鼓舞之节也[二十四]，必可以厚风俗，仁⑯鬼神，熙元精[二十五]，茂万物者，某⑰愿学焉。所曰《易》者，非揲⑱蓍演教⑲之妙[二十六]，画卦举繇之能也[二十七]，必可以正性命[二十八]，观化元，贯众妙[二十九]，贞夫一者[三十]，某⑳愿学焉。所曰《书》者，非古今文字之舛㉑，大小章句之异也，必可以辨帝王，稽道德，补㉒大政，建皇极者[三十一]，某学愿焉㉓。所曰《诗》者，非山川风土之状，草木鸟兽之名也，必可以警㉔暴虐，刺淫昏，全君亲，尽忠孝者，某㉕愿学焉。所曰《春秋》者，非战争攻伐之事，聘享盟会之仪也，必可以尊天子，讨㉖诸侯，正华夷，绳贼乱㉗者，某㉘愿学焉。此于㉙非圣人所论。不与于君臣父子之际，虽欲博闻，不敢学矣。吾兄达者也，可不曰然乎？尝阅雅论，深于《春秋》，其间所得，实曰渊正。窃不自揣，愿以《春秋》三《传》，执抠衣之礼于左右[三十二]。童蒙求我，兄得辞乎？朝闻夕死，某㉚可逆乎？无以流俗所轻㉛，而忽贤圣㉜之所重也。其余五《经》，当今孰可为某㉝师者，幸详鄙志而与择焉。

【校】

①粤雅堂本"儒风"作"儒书"。

②粤雅堂本"某"作"温"。

③粤雅堂本、四库本"明从"作"所从"。

④粤雅堂本"勃焉"作"勃然"。

⑤粤雅堂本"于"作"乎"。

⑥粤雅堂本"盖必求所以化人"作"盖必求所以事君，求所以事亲，求所以开物，求所以化人"。

⑦粤雅堂本"日日新又日新"作"日新又日新"。

⑧粤雅堂本、四库本"以"作"必"。

⑨粤雅堂本、四库本"无汉"作"两汉"。

⑩粤雅堂本"谏诤"作"诤谏"。

⑪粤雅堂本、四库本"风诵"作"讽诵"。

⑫粤雅堂本"惟"作"唯"。

⑬粤雅堂本"与兄略言其志也"作"请与吾兄略言其志也"。

⑭粤雅堂本"其"作"温"。

⑮粤雅堂本"某"作"温"。

⑯粤雅堂本"仁"作"福"。

⑰粤雅堂本"某"作"温"。

⑱粤雅堂本"揲"作"探"。

⑲粤雅堂本、四库本"教"作"数"。

⑳粤雅堂本"某"作"温"。

㉑粤雅堂本"舛"作"殊"。

㉒粤雅堂本"补"作"辅"。

㉓粤雅堂本"某学愿焉"作"温愿学焉",四库本"某学愿焉"作"某愿学焉"。

㉔粤雅堂本"警"作"儆"。

㉕粤雅堂本"某"作"温"。

㉖粤雅堂本"讨"作"训"。

㉗四库全书本"贼乱"作"乱贼"。

㉘粤雅堂本"某"作"温"。

㉙粤雅堂本"此于"作"此外",四库本"此于"作"其余"。

㉚粤雅堂本"某"作"温"。

㉛粤雅堂本"无以流俗所轻"作"无以流俗之所轻"。

㉜四库本"贤圣"作"圣贤"。

㉝粤雅堂本"某"作"温"。

【笺注】

[一] 儒风,南朝刘勰《文心雕龙·时序》:"华实所附,斟酌经辞,盖历政讲聚,故渐靡儒风者也。"

[二] 圣域,圣人境界。《汉书·贾捐之传》:"臣闻尧舜,圣之盛也,禹入圣域而不优。"

[三] 凡学之道,严师为难句。《礼记·学记》:"凡学之道,严师为难。师严然后道尊,道尊然后民知敬学。"郑玄注:"严,尊敬也。"

[四] 火发暴秦,汉孔安国《尚书序》:"及秦始皇灭先代典籍,焚书坑儒。天下学士,逃难解散。"

[五] 酾糟粕,扬煨烬句。酾糟粕,《诗·小雅·伐木》"伐木许许,酾酒

有冀。"醨 shī,《毛传》:"以筐曰醨。"古人酿酒用筐沥除酒糟曰醨,后人称为"筛酒"。煨烬 wēi jìn,王安石《外厨遗火》:"图书得免同煨烬,却赖厨人清不眠。"

[六] 火德,汉以火德王,故称"火政"。《汉书·高帝纪》:"汉承尧运,德祚已盛,断蛇着符,旗帜上赤,协于火德,自然之应,得天统矣。"

[七] 大教,《礼记》云:"五者天下之大教也。"孔颖达疏:"郊射一,裨冕二,祀乎明堂三,朝觐四,耕藉五。此五者大益于天下,并使诸侯还其本国而为教,故云大教也。"

[八] 鸿儒,《晋书·儒林传序》:"鸿儒硕学,无乏于时。"

[九] 或升乎堂,或入于室句。《论语·先进》:"由也升堂矣,未入于室也。"古代宫室,前为堂,后为室。比喻学习所达到的境地有程度深浅的差别。

[十] 化人,教化人。唐黄滔《丈六金身碑》:"夫帝王之道,理世也;释氏之教,化人也。理世之与化人,盖殊路而同归。"

[十一] 日日新,又日新句。汤之《盘铭》:"苟日新,日日新,又日新。"朱熹注:"盘,沐浴之盘也。铭,名其器以自警之辞也。苟,诚也。汤以人之洗濯其心以去恶,如沐浴其身以去垢。故铭其盘,言诚能一日有以涤其旧染之污而自新,则当因其已新者,而日日新之,又日新之,不可暂有间断也。"

[十二] 如切如磋,如琢如磨句。《诗·国风·淇奥》:"如切如磋,如琢如磨。"鲁齐说曰:"如切如磋,道学也。如琢如磨,自修也。"

[十三] 谏诤,对尊者、长者或友人进行规劝。《白虎通·谏诤篇》:"讽谏者,智也。知祸患之萌,深睹其事未彰而讽告焉,此智之性也。"

[十四] 学者皆以不师为天纵两句。天纵,《论语·子罕》:"固天纵之将圣,又多能也。"生知,《论语·季氏》:"生而知之者上也。"

[十五] 翻音,正字。

[十六] 先进,《论语·先进》:"先进于礼乐,野人也;后进于礼乐,君子也。"朱熹集注:"先进后进,犹言前辈后辈。"

[十七] 狂简,《论语·公冶长》:"吾党之小子狂简,斐然成章,不知所以裁之。"朱熹集注:"狂简,志大而略于事也。"

[十八] 童蒙求我,《易·蒙》:"匪我求童蒙,童蒙求我。"高亨《周易古经今注》卷一:"本卦蒙字皆借作蒙,以象愚而无知之人。年幼而无知者,谓之童蒙。此童蒙谓求筮者也。我,筮人自谓也。匪我求童蒙童蒙求我,言有来筮而无往筮也。"王弼注:"蒙之所利,乃利正也。夫明莫若圣,昧莫若蒙。蒙以养正,乃圣功也,然则养正以明,失其道矣。"

[十九] 朝闻夕死，《论语·里仁》："（子曰）朝闻道，夕死可矣。"李充曰："朝闻道，夕死，孔子之所贵。舍生取义，孟轲之所尚。自古有不亡之道，而无有不死之人，故有杀身非丧己，苟存非不亡己也。"

[二十] 博洽，《后汉书·杜林传》："京师士大夫，咸推其博洽。"李贤注："博，广也。洽，徧也。言其所闻见广大也。"

[二十一] 酌献酬酢 zuò，《礼记·仲尼燕居》："子曰，师，尔以为必铺几筵，升降酌献酬酢，然后谓之礼乎？"清翟灏《通俗编·神鬼》："今谓设乐供神曰酌献。"

[二十二] 周旋裼袭，《礼记·乐记》："簠簋俎豆，制度文章，礼之器也。升降上下，周旋裼袭，礼之文也。"孔颖达注："周，谓行礼周曲回旋也。裼，谓袒上衣而露裼也。袭，谓掩上衣也。礼盛者尚质，故袭。不盛者尚文，故裼。"白居易《沿革礼乐策》："以玉帛俎豆为数，以周旋裼袭为容。"

[二十三] 缀兆屈伸，《礼记·乐记》："屈伸俯仰，缀兆舒疾，乐之文也。"方性夫注："屈伸，舞者之身容。俯仰，舞者之头容。缀、兆，其位也。舒疾，其节也。"

[二十四] 铿锵鼓舞之节，《汉书·艺文志》："汉兴，制氏以雅乐声律世在乐官，颇能纪其铿锵鼓舞而不能言其义。"

[二十五] 元精，《后汉书·郎顗传》："元精所生，王之佐臣；天之生固，必为圣汉。"李贤注："元为天精，谓之精气。"

[二十六] 揲蓍 shé shī，蓍，蓍草，用以筮者。揲，数蓍也，谓持而数之。

[二十七] 画卦举繇，画卦，清赵在翰《七纬》："圣人画卦，制度则象，取物配形，合天地之宜。"繇，《左传·闵公二年》："成风闻成季之繇，乃事之。"杜注云："繇，卦兆之占辞。"周易释文引服虔云："繇，抽也，抽出吉凶也。"

[二十八] 正性命，《周易·乾》："乾道变化，各正性命。保合大和，乃利贞。天所赋为命，物所受为性。"

[二十九] 众妙，《老子》："玄之又玄，众妙之门。"

[三十] 贞夫一者，《易·系辞下》："天下之动，贞夫一者也。"天下之动，贞夫一者也。虞翻曰："一谓乾元。万物之动，各资天一阳气以生，故天下之动，贞夫一者也。"

[三十一] 皇极，《尚书·洪范》："五，皇极，皇建其有极。"孔颖达疏："皇，大也；极，中也。施政教，治下民，当使大得其中，无有邪僻。"

[三十二] 抠衣之礼，表示恭敬之意。《礼记·曲礼》："毋践屦，毋踏席，

抠衣趋隅，必慎唯诺。"《礼记正义》："抠，提也。衣，裳也。趋，犹向也。隅，犹角也。既不踏席，当两手提裳之前，徐徐向席之下角而升，当已位而就坐也。"

上族叔齐河南书[一]

大尹叔父阁下：某①闻水官修而龙至，官失其方，物乃坻伏[二]。以章②而言则先进为后进之官也。亦宜正褒贬，别雅郑，宣六义，合三变[三]，以修其官。使后进之徒，靡然向风，曒然知方[四]，能者劝，不能者止。于是乎文章之可见也。如扫除氛昏，澄定波涛，穹天清而日月耀，沧海晏而蓬壶出③[五]。今夫先进之废官久矣，文犹龙也，其可见乎？伏惟叔父蕴持进④之明，哀《雅》《颂》之缺，常欲以三代制度训⑤斯文。前⑥罢镇南服，入侍东掖[六]，词林耸仰，如日登观，莫不结辙连驷[七]，怀编捧轴，差池道路，奔走光尘[八]，人人自以为齐公之遇矣[九]。及乎昌言金马，高议承明，悬《大雅》之衡，以权后进，则乃以小子为称首[十]。达勾⑦萌而茂以柯叶，翌⑧雏鷇而使之颉颃[十一]，先达改观，同类骇听，誉动朝端，声驰毂下。循顾反覆，诚非所堪。窃料叔父之意，岂不欲使滥音窃吹者[十二]，闻士会而西逃秦境；敦行⑨守正者，望郭隗而北首燕路[十三]。夫是⑩，则小子敢贺天下文章，废而复兴，不敢自当其遇也。然大匠虽哲，不能化拥肿之材[十四]；大风虽壮，不能起凝滞之物⑪[十五]。曩充乡赋[十六]，荐辱公议；昨诏贤良，猥尘清举[十七]。叔父以唱高寡和，小子以名浮易丧。间关埋郁[十八]，卒用无成，取笑薄徒，贻羞左右。虽失鹄而知反，终胡颜而敢安[十九]？愧惧惭惶，夙夜若厉。叔父蹈中庸之德⑫，遭兼济之运[二十]，荷深知于明主，悬大望于苍生[二十一]。一朝秉唐之钧⑬[二十二]，埏埴万物[二十三]，而高明⑭不夺于独见[二十四]，鄙分克彰于日新[二十五]。茫茫前途，未敢自料，岂遽以一第为得丧哉。由是思之，勃⑮焉增气，遂欲摄迹声利[二十六]，潜心道艺，穷六籍⑯之统纪，尽王⑰变之形容，使学通天人，文正雅俗，然后抗衡当代，为叔父之荣。虽知其难，志不可夺。谨献近文七首，徒跂圣人之域[二十七]，未臻作者之方[二十八]。姑务自强，式酬与进[二十九]。伏愿特污省览⑱，光赐教诲，指以远踪，责以大成[三十]，惠何加焉，非敢望也。

【校】

①粤雅堂本"温"作"某"。

②粤雅堂本、四库本"章"作"文章"。

③粤雅堂本"出"作"出尔"。

④粤雅堂本"持进"作"特达",四库"持进"作"特进"。

⑤粤雅堂本"训"作"训齐"。

⑥粤雅堂本"前"作"前岁"。

⑦粤雅堂本作"勾"作"句"。

⑧粤雅堂本、四库本"翌"作"翼"。

⑨粤雅堂本"行"作"雅"。

⑩粤雅堂本"是"作"如是"。

⑪粤雅堂本"不能起凝滞之物"作"不能起凝滞之物也"。

⑫四库本"中庸之德"作"中和之德"。

⑬粤雅堂本"钧"作"钧轴"。

⑭粤雅堂本"高明"作"高名"。

⑮粤雅堂本"勃"作"敨"。

⑯粤雅堂本"六籍"作"六义"。

⑰粤雅堂本"王"作"三",四库本"王"作"正"。

⑱粤雅堂本"特污省览"作"特迂看览"。

【笺注】

[一] 疑作于贞元十年,794 年。族叔齐河南,岑仲勉《读全唐文札记》考证,此"齐河南"当为齐抗。齐抗(740—804),字退举,定州义丰(今河北省安国)人。《旧唐书·德宗纪》:"(贞元十年)乙卯,以给事中齐抗为河南尹。"

[二] 某闻水官修而龙至,官失其方,物乃坻伏句。《左传·昭公二十九年》:"夫物,物有其官,官修其方,朝夕思之。一日失职,则死及之。失官不食。官宿其业,其物乃至。若泯弃之,物乃坻伏。郁湮不育……龙,水物也,水官弃矣,故龙不生得。"服虔云:"宿,思也。今日当预思明日之事,如家人宿火矣。"坻伏,隐伏。

[三] 三变,《尚书·略说》:"天有三统,物有三变,故正色有三。"

[四] 皦 jiǎo 然,知方,《论语·先进》:"可使有勇,且知方也。"郑玄曰:"方,礼法也。"

[五] 蓬壶,王嘉《拾遗记·高辛》:"三壶,则海中三山也。一曰方壶,则方丈也;二曰蓬壶,则蓬莱也;三曰瀛壶,则瀛洲也。

[六] 前罢镇南服两句。马承骕《吕和叔学谱》考证："《旧唐书·德宗本纪》，知齐抗于贞元八年自苏州刺史迁潭州刺史、湖南观察使。而同年十二月复以给事中李巽为潭州刺史、湖南观察使，可知抗之出、罢湖南为同一年。抗罢镇之后，入为给事中，按唐给事中属门下省，时间下、中书并称左右掖垣，故谓'入侍东掖'。"四部、四库本均作"前"，粤雅堂本作"前岁"，是否指称一致，此说存疑。东掖，官中东侧的旁门。唐时为门下省的代称亦称左掖。与称右掖的中书省对称。

[七] 结辙连驷，《史记·仲尼弟子列传》："子贡相卫，而结驷连骑，排藜藿入穷阎，过谢原宪。"

[八] 光尘，含尊敬意。《三国志·吴书·陆逊传》："近以不敏，受任来西，延慕光尘，思禀良规。"

[九] 齐公，齐抗。

[十] 及乎昌言金马……则乃以小子为称首句。昌言，《尚书·皋陶谟》："禹拜昌言曰：'俞！'"孔颖达疏："禹乃拜受其当理之言。"金马，汉藏书处，唐刘肃《大唐新语·匡赞》："圣上好文，书籍之盛事，自古未有……前汉有金马、石渠，后汉有兰台、东观。"以小子为称首，据刘禹锡《吕君集纪》："始以文章震三川，三川首以为贡士之冠。"指吕温为贡士之冠。

[十一] 鷇 kòu，须母鸟哺食的雏鸟。颉颃 xié háng，《诗·邶风·燕燕》："燕燕于飞，颉之颃之。"

[十二] 滥音窃吹，《韩非子·内储说上》："齐宣王使人吹竽，必三百人，南郭处士请为王吹竽，宣王说之，廪食以数百人。宣王死，湣王立，好一一听之，处士逃。"

[十三] 北首燕路，《史记·淮阴侯列传》："方今为将军计，莫如……北首燕路，而后遣辩士奉咫尺之书，暴其所长于燕，燕必不敢不听从。"张守节正义："首，音狩，向也。"孔融《论盛孝章书》："则士亦将高翔远引，莫有北首燕路者矣。"

[十四] 拥肿，《庄子·逍遥游》："吾有大树，人谓之樗。其大本拥肿，而不中绳墨，其小枝卷曲，而不中规矩。"

[十五] 凝滞于物，屈原《渔父》："圣人不凝滞于物，而能与世推移。"

[十六] 曩 nǎng，《尔雅·释诂》："曩，久也。"乡赋，乡贡。

[十七] 贤良，汉时推选的一种举荐官吏后备人员的制度，唐宋沿用，设贤良方正科。清举，《晋书·阮籍传》："补吏之召，非所克堪。乞回谬恩，以光清举。"《旧唐书·德宗下》："贞元十年冬十月癸卯，御宣政殿，试贤良方

正、能直言极谏等举人。"吕温当在本年应贤良方正科,不第。《送薛大信归临晋序》亦云:"予被乡曲之誉,赋于阙下,以文乖时体,行失俗誉,再为有司所黜。"

[十八]间关,崎岖辗转,艰难。堙 yīn 郁,通"抑郁"。《史记·屈原贾生列传》:"已矣!国其莫我知,独堙郁兮其谁语?"

[十九]失鹄,比喻科举落榜。唐赵嘏《献淮南李仆射》:"早年曾谒富民侯,今日难甘失鹄羞。"胡颜,《文选·曹植〈上责躬应诏诗表〉》:"窃感相鼠之诗,无礼遄死之义,忍耻苟全,则犯诗人胡颜之讥。"李善注:"孔安国尚书传:'胡,何也。'"毛诗曰:"何颜而不速死也。"

[二十]兼济,《庄子·列御寇》:"小夫之知,不离苞苴竿牍,敝精神乎蹇浅,而欲兼济导物。"

[二十一]大望,《礼记·表记》:"子曰:'夏道未渎辞,不求备,不大望于民,民未厌其亲。'"

[二十二]秉唐之钧,钧,比喻国政。

[二十三]埏埴 shān zhí,《老子》:"埏埴以为器,当其无,有器之用。"河上公注:"埏,和也;埴,土也。谓和土以为器也。"

[二十四]高明,《国语·郑语》:"今王弃高明昭显,而好谗慝暗昧。"韦昭注:"高明昭显,谓明德之臣。"独见,《吕氏春秋·制乐》:"故祸兮福之所倚,福兮祸之所伏,圣人所独见,众人焉知其极。"

[二十五]日新,《易·系辞上》:"富有之谓大业,日新之谓盛德。"孔颖达疏:"其德日日增新。"

[二十六]摄迹,摄迹忘名、摄迹归本,杜光庭《道德真经广圣义》卷六:"应用则为道,道有强名也;摄迹复归朴,朴无名也……是迹从本而生也。若摄迹者弃欲忘名,复归妙本,于道忘道,于名忘名,是谓还本矣。"

[二十七]跂,向往。

[二十八]方,《易经·恒》:"雷风恒,君子以立不易方。"孔颖达注:"方犹道也。"

[二十九]式,劝勉。

[三十]大成,《礼记·学记》:"九年知类通达,强立而不反,谓之大成。"《孟子·万章下》:"孔子之谓集大成。集大成也者,金声而玉振之也。"赵岐注:"孔子集先圣之大道,以成己之圣德者也。"

代李侍郎与山南严仆射书^[一]

仆射禀天全才，受国重寄，控全蜀咽喉之地，当狂寇奔侮之冲，处瘠土而其财甚丰^{①[二]}，训羸师而其武可畏。少分麾下^[三]，潜运掌中，再开剑阁之扃，维^②献盐亭之捷^[四]。应接制使先假地征，犄角王师，且为乡导削叛人之迹，释梓州之围^[五]，劳实倍多，功无与让。圣上神武睿断，注意西南，一校之善否必知，一夫^③之劳逸必察。况阁下效彰朝论^[六]，事布人谣，精神^④贯于神祇^[七]，茂伐悬于日月^[八]，岂复听簿书之巧，诋^⑤笙簧之滥音。来示所虞^[九]，无足介意。某以寡薄，谬膺重任^⑥，举关国计，动属军期^[十]，夙夜忧惭，未知所济。过蒙称奖，愧惕良深。唯托方岳至公^[十一]，共守王度。物估小事，固无二三，共计^⑦遵行，亦如受赐。佩荷之至^[十二]，无喻下情。某再拜^⑧。

【校】

①粤雅堂本"其财甚丰"作"有财克丰"。

②粤雅堂本、四库本"维"作"继"。

③粤雅堂本"夫"作"卒"。

④粤雅堂本"精神"作"精诚"。

⑤粤雅堂"诋"作"诋^{元缺一字}"。

⑥粤雅堂本"重任"作"宠寄"。

⑦粤雅堂本作"共计"作"许共"。

⑧粤雅堂本无"某再拜"三字。

【笺注】

[一] 李侍郎，未详。仆射，《汉书·百官公卿表》："仆射，秦官，自侍中、尚书、博士、郎皆有。古者重武官，有主射以督课之。"严仆射，严震。严震（724—799 年），字遐闻，梓州盐亭（今四川盐亭县）人。《旧唐书·严震传》："建中三年，代贾耽为梁州刺史、兼御史大夫、山南西道节度观察等使。……（兴元元年）六月，收复京师……进位尚书左仆射……贞元十五年六月卒。"

[二] 处瘠土而其财甚丰，《旧唐书·严震传》："（严震）世为田家，以财雄于乡里。至德、乾元已后，震屡出家财以助边军。"

[三] 麾下，《三国志·吴志·张纮传》："愿麾下重天授之姿，副四海之望。"

[四] 盐亭之捷，《旧唐书·严震传》："建中三年……泚令腹心穆庭光、宋瑗等赍白书诱震同叛，震集众斩庭光等。"

[五] 削叛人之迹，释梓州之围，指严震平息张用诚反叛事。在德宗乘车进入骆谷时，山南军击退李怀光的骑兵。《新唐书·严震传》："是时，李怀光与贼连和，奉天危蹙，帝欲徙跸山南，震闻，驰表奉迎，遣大将张用诚以兵五千扞卫。用诚至鳌屋有反计，帝忧之，会震牙将马勋嗣至。"《旧唐书·严震传》："翌日，车驾发奉天，及入骆谷，李怀光遣数百骑来袭，赖山南兵击之而退，舆驾无警急之患。"

[六] 朝论，王勃《平台秘略论·善政》："守方雅以调蕃政，用公直而掌朝论。"

[七] 神祇，《尚书·汤诰》："尔万方百姓，罹其凶害，弗忍荼毒，并告无辜于上下神祇。"

[八] 茂伐，丰功。

[九] 虞，担忧。

[十] 军期，《晋书·蔡谟传》："东瀛公腾为车骑将军，镇河北，以克为从事中郎，知必不就，以军期致之。"

[十一] 方岳，《续资治通鉴·元顺帝至正七年》："右丞受天子命，为方岳重臣，不思执弓矢讨贼，乃欲自逸邪？"

[十二] 佩荷，苏轼《答毛滂》："佩荷厚意，永以为好。"

代李侍郎与宣武韩司空书[一]

某以非才，谬当重任①，事关国计，动限军期，抚事知难，夙夜忧积。盖以运路壅滞，私盐挠法，力非有司所及，唯托方镇至公。伏惟②司空文武全才，勋德茂着，朝廷毗倚，中外共③瞻，勤王则知无不为[二]，忧国则言皆可复[三]。今春过日，获拜旌麾④[四]，眷私之余[五]，已及此事，蒙许同志立法⑤[六]，叶力徇公[七]。对扬之初[八]，便具闻奏⑥。所以遣裴郎中往申朝旨[九]，议立规模。悉令咨托大贤，非敢专行鄙见。昨得巡院状报，伏承⑦司空德量旁通[十]，忠诚感发，急公家之病，同职司之忧，盐法堤防，已行文牒，斗门开塞，许有商量，率先诸侯，首赞王度。义形九牧[十一]，忠动三军，意开而远近承风，言发而神明知感。况某奉职之分，承眷之深，受赐怀仁，岂同常等。铭戴所至，无喻⑧下情。

【校】

①粤雅堂本"重任"作"重寄"。

②粤雅堂本无"伏惟"。

③粤雅堂本"共"作"具"。

④粤雅堂本"旄麾"作"旄旌"。

⑤粤雅堂本无"立法"。

⑥四库全书"闻奏"作"奏闻"。

⑦粤雅堂本"伏承"作"伏知"。

⑧粤雅堂本"无喻"作"无任"。

【笺注】

［一］李侍郎，疑指李巽。《旧唐书·李巽传》："李巽字令叔，赵郡人。少苦心为学，以明经调补华州参军，拔萃登科，授鄠县尉。"唐书赞其丰财忠良。历任湖南观察使、江西观察使，加检校散骑常侍、兼御史大夫。顺宗即位，入为兵部侍郎。司徒杜佑判度支盐铁转运使，以巽干治，奏为副使。佑辞重位，巽遂专领度支盐铁使。宣武韩司空，疑指韩弘，《旧唐书·韩弘传》："贞元十五年……（韩弘）自试大理评事检校工部尚书、汴州刺史、兼御史大夫、宣武军节度副大使知节度事、宋亳汴颍观察等使。"

［二］勤王，《左传·僖公二十五年》："狐偃言于晋侯曰：'求诸侯莫如勤王。'"

［三］言皆可复，《论语·学而》："信近于义，言可复也。"王聘珍曰："复，犹覆也。"朱熹注："信，约信也。义者，事之宜也。复，践言也。言约信而合其宜，则言必可践矣。"

［四］旄麾 máo huī，帅旗。

［五］眷私，宋曾巩《回人贺授史馆修撰状》："敢意眷私之厚，特迂庆问之勤。"

［六］同志，《国语·晋语四》："同德则同心，同心则同志。"

［七］叶力，《北史·隋本纪下》："朕观风燕裔，问罪辽滨，文武叶力，爪牙思奋，莫不执锐勤王，舍家从役。"

［八］对扬，《诗·大雅·江汉》："虎拜稽首，对扬王休，作召公考，天子万寿。"朱熹《诗集传》："言穆公既受赐，遂答称天子之美命，作康公之庙器，

而勒策王命之辞以考其成，且祝天子以万寿也。”

[九] 裴郎中，未详。

[十] 旁通，《易·乾》：“六爻发挥，旁通情也。”孔颖达疏：“言六爻发越挥散，旁通万物之情也。”

[十一] 义形九牧，《七纬·论语谶》：“黄帝受地形，象天文以制官，爰有九州之牧。”

代李侍郎与徐州张尚书书[一]

奉别纸示谕，眷待殊异，规略端明[二]，究忠义之苦言，畅经通①之雅旨，皆足以感动朝野，光映古今。一字之贵，可悬于千金；终身佩之，何啻于三复[三]。甚善甚善。伏以②尚书才膺间出，识蕴生知[四]，地承勋德，行在《诗》《礼》，自家达③国，移孝为忠，受任先朝，克荷崇构，控喉襟④之地，成节制之师[五]，动必勤王[六]，志⑤皆忧国，忠实彰于行事，义声感于旁邻，布在人谣，溢于时论，鸣鹤有和[七]，鼓钟必闻[八]。圣上神武聪明，惟新覆焘⑥[九]，励精戎事，注意蕃⑦隅，方仄陋以旁求[十]，况勖贤之自著[十一]。何患乎诚不上达[十二]，道不大光[十三]，宣太阿之利用[十四]，穷彝鼎之盛烈者乎[十五]？某以寡薄，谬膺重⑧任，成⑨赋之重[十六]，抚事知惭。徒欲尽愚衷，陈鄙见，策朽磨钝，庶效涓埃[十七]，竭诚捐躯，少酬恩遇。知我者寡，同志实难。顷在江西[十八]，过辱厚意，常怀慕仰，颇历岁时。昨者以私盐干禁，渐耗公利，汴州滞运，屡稽军期。忝当职司，每积忧负，辄率诚恳，粗申⑩条例，网罗盗衺，节宣通渠[十九]。实托众贤，敢专独见？果蒙弘⑪至公之量，推急病之心，率先侯伯，首赞王度，许以别设方略，大为堤防，究绝奸源，通利国漕。神之听之，言可复于天地；有始有卒，事必立于邦家。仁观莫大之功，以成不朽之美，诸侯师表，天子腹心，千载一时，诚无与让。某奉职之分，受赐孔多，拳拳寸诚，夙夜欣企。幸甚幸甚。徐参宜并在使至⑫口述，伏惟昭悉。

【校】

①粤雅堂本“经通”作“通经”。

②粤雅堂本无“伏以”字。

③粤雅堂本“达”作“通”。

④四库全书本“喉襟”作“襟喉”。

⑤粤雅堂本"志"作"言"。

⑥四库全书本"煮"作"帱"。

⑦粤雅堂本"蕃"作"藩"。

⑧粤雅堂本"重"作"寄"。

⑨粤雅堂本"成"作"戍"。

⑩粤雅堂本"申"作"伸"。

⑪粤雅堂本"弘"作"宏"。

⑫粤雅堂本"至"作"者"。

【笺注】

[一] 李侍郎，指李巽。徐州张尚书，疑指张建封。《旧唐书·张建封传》："贞元四年，以建封为徐州刺史，兼御史大夫、徐泗濠节度、支度营田观察使。既创置军伍，建封触事躬亲，性宽厚，容纳人过误，而按据纲纪，不妄曲法贷人，每言事，忠义感激，人皆畏悦。七年，进位检校礼部尚书。十二年，加检校右仆射。……朝廷不获已，乃授愔起复右骁卫将军同正，兼徐州刺史、御史中丞，充本州团练使，知徐州留后。……正授武宁军节度、检校工部尚书。元和元年，被疾，上表请代，征为兵部尚书。"

[二] 规略，刘勰《文心雕龙·通变》："是以规略文统，宜宏大体，先博览以精阅，总纲纪而摄契。"

[三] 三复，陶潜《答庞参军》诗序："三复来贶，欲罢不能。"

[四] 识蕴，即眼识等诸识之各种类聚。生知，《论语·季氏》："生而知之者上也。"

[五] 节制之师，军纪严整军队。《荀子·议兵》："秦之锐士，不可以当桓文之节制；桓文之节制，不可以敌汤武之仁义。"

[六] 勤王，《左传·僖公二十五年》："狐偃言于晋侯曰：'求诸侯莫如勤王。'"

[七] 鸣鹤有和，《易·中孚》："鸣鹤在阴，其子和之。"孔颖达疏："处于幽昧而行不失信，则声闻于外，为同类之所应焉。"

[八] 鼓钟必闻，《诗·小雅·白华》："鼓钟于宫，声闻于外。师古云，言苟有于中，必形于外也。"

[九] 惟新，《诗·大雅·文王》："周虽旧邦，其命维新。"覆帱 dào，《礼记·中庸》："仲尼祖述尧舜，宪章文武，上律天时，下袭水土。辟如天地之无不持载，无不覆帱。"郑玄注："帱，亦覆也。"

[十] 厹陋，《后汉书·应奉传》："于是兴学校，举厹陋。"

[十一] 著，显现，《礼记·中庸》："诚则形，形则著。"

[十二] 上达，《论语·宪问》："君子上达，小人下达。"邢昺疏："言君子小人所晓达不同也。本为上，谓德义也；末为下，谓财利也。言君子达于德义，小人达于财利。"

[十三] 道大光，《周易·益》："自上下下，其道大光。"

[十四] 太阿，《文选·李斯〈上书秦始皇〉》："垂明月之珠，服太阿之剑。"李善注："《越绝书》曰：楚王召欧冶子、干将作铁剑二枚，二曰太阿。"

[十五] 彝鼎，《礼记·祭统》："对扬以辟之，勤大命，施于烝彝鼎。"郑玄注："彝，尊也。"盛烈，南朝颜延之《赭白马赋》："惟宋二十有二载，盛烈光乎重叶。"

[十六] 成赋，《尚书·禹贡》："咸则三壤，成赋中邦。"孔疏："土壤各有肥瘠，贡赋从地而出，故分土壤为上中下。计其肥瘠，等级甚多，但齐其大较，定为三品。"苏轼《书传》："九州各则壤之高下，以制国用，为赋入之多少。中邦，诸夏也。贡篚有及于四夷者，而赋止于诸夏也。"

[十七] 涓埃，杜甫《野望》："惟将迟暮供多病，未有涓埃答圣朝。"

[十八] 顷在江西，李巽曾任江西观察使。

[十九] 网罗盗籴，节宣通渠两句。籴 dí，买进粮食，与"粜"相对。节宣，《隋书·高祖纪下》："五岳四镇，节宣云雨，江、河、淮、海，浸润区域。"

代辛将军与普润刘尚书书[一]

某性质鄙昧，智能无取，承籍门绪[二]，早蒙驱策，尽瘁军府，备尝艰难—作俭难①，徒竭犬马之劳，讵济弓裘之美[三]。家构未克，国恩未酬，而谬典禁司，职惟②侍卫。良时自晚，宿志莫伸③，愤血犹刚，忧发先白。加以禀性寡合，知音实难，甘心此生，长鸣靡托。岂料尚书推宏④深之量，启特达之心[四]，爱念不遗，眷知益重。昨者四牡来觐，万乘虚心⑤，旁求将帅之臣[五]，仁清至公之鉴。然则萧何之称，必在韩信[六]；孝文有问，宜荐云中[七]。而丹墀对扬[八]，首及庸琐[九]，敷陈本末，奖饰逾涯，达其忠义之诚，许其远大之致，虽躬论志业，自沥肺肝，纤悉周详，岂能及此？遂使郁堙之志⑥，允达于宸聪[十]；樗朽之材[十一]，式孚乎帝念[十二]。言发九天之上，声闻四海之中，行得舟航，坐生羽翼。虽管鲍在齐，载深知我之感[十三]，王贡仕汉，有切弹冠之善⑦[十四]，方诸今日，未定⑧为喻，不图知己之至于⑨斯，义激血诚，恩缠骨髓，每一念至，不觉涕流，殒首糜躯，岂能报德？难当⑩竭诚砥节，服义怀仁，奉以周旋，居之造次[十五]。青松得地，方见于岁寒；皦日在天，愿听其心誓。生死幸甚幸甚⑪。属有负薪之疾[十六]，未申⑫拜赐之礼[十七]。瞻荷之至，感惧兼深⑬，拳拳下情，未知所措。稍任行李[十八]，即冀趋谒。伏惟照察云云⑭。

【校】

①粤雅堂本"艰难"作"险艰"。

②粤雅堂本"惟"作"唯"。

③粤雅堂本"伸"作"申"。

④四库本"宏"作"弘"。

⑤粤雅堂本"虚心"作"虚襟"。

⑥四库本"堙"作"埋"。

⑦四库本"善"作"庆"。

⑧粤雅堂本、四库本"未定"均作"未足"。

⑨吕衡州集"至于"作"在于"。

⑩粤雅堂本"难当"作"唯当"，四库本"难当"作"维当"。

⑪粤雅堂本"幸甚幸甚"作"幸甚"。

⑫粤雅堂本"未申"作"未伸"。

⑬粤雅堂本"瞻荷之至，感惧兼深"作"瞻感之至，荷惧兼深"。

⑭粤雅堂本"伏惟照察云云"作"伏惟照察"。

【笺注】

[一] 辛将军，疑指辛秘（757—820），《旧唐书·辛秘传》："辛秘，陇西人。少嗜学，贞元年中，累登五经、开元礼科，选授华原尉，判入高等，调补长安尉。……元和初，拜湖州刺史。"普润刘尚书，刘滩。《旧唐书·德宗纪下》："（贞元十年）二月丙午，以瀛州刺史刘滩为秦州刺史、陇右经略军使，理普润县，仍以普润军为名。"

[二] 门绪，《陈书·程文季传》："纂承门绪，克荷家声。"

[三] 弓裘之美，喻子弟能承父兄之事业。《礼记·学记》："良冶之子，必学为裘；良弓之子，必学为箕。"孔颖达疏："积世善冶之家，其子弟见其父兄世业陶铸金铁，使之柔合以补冶破器，皆令全好，故此子弟仍能学为袍裘，补续兽皮，片片相合，以至完全冶。善为弓之家，使干角挠屈调和成其弓，故其

子弟亦睹其父兄世业，仍学取柳和软挠之成簊冶。"

[四] 特达，明达。白居易《论考试进士事宜状》："傥陛下垂仁察之心，降特达之命，明示瑕病，以表无私。"

[五] 旁求，四处征求。《书·太甲上》："旁求俊彦，启迪后人，无越厥命以自覆。"

[六] 然则萧何之称，必在韩信句。韩信，萧何力荐韩信，《史记·淮阴侯列传》："（何曰）至如信者，国士无双。王必欲长王汉中，无所事信；必欲争天下，非信无所与计事者。"

[七] 孝文有问，宜荐云中句。孝文，孝文皇帝刘恒，疑指汉文帝礼遇贾谊。

[八] 丹墀，古代宫殿前的石阶涂上红色，故称。

[九] 庸琐，晋葛洪《抱朴子·博喻》："才远而任近，则英俊与庸琐比矣。"

[十] 宸聪，皇帝听闻。白居易《与元九书》："欲稍稍递进闻于上。上以广宸聪，副忧勤；次以酬恩奖，塞言责；下以复吾平生之志。"

[十一] 樗栎 shū xiǔ 之材，平庸之材。

[十二] 式孚，《诗经·大雅·下武》："成王之孚，下土之式。"毛亨传："孚，信也；式，法也。"郑玄笺："王道尚信，则天下以为法，动行之。"

[十三] 虽管鲍在齐两句。管鲍，春秋时，齐人管仲和鲍叔牙合称，两人相知。《史记·管晏列传》："生我者父母，知我者鲍子也。"

[十四] 王贡仕汉两句。王贡，《汉书·王吉传》："吉与贡禹为友，世称'王阳（王吉字子阳）在位，贡公弹冠'，言其取舍同也。"

[十五] 造次，《论语·里仁》："君子无终食之间违仁，造次必于是，颠沛必于是。"朱熹《论语集注》："造次，急遽苟且之时。"

[十六] 负薪之疾，《礼记·曲礼下》："君使士射，不能则辞以疾，言曰：'某有负薪之忧。'"

[十七] 拜赐之礼，《礼记·玉藻》："大夫拜赐而退，士待诺而退。"孔颖达疏："此一节尊卑受赐拜谢之礼。"

[十八] 行李，《左传·僖公三十年》："行李之往来，共其乏困。"杜预注："行李，使人。"

代窦中丞与襄阳于相公书[一]

　　某经术无取，邱园自屏[二]，所期全拙，岂敢近名[三]？二十五丈泛爱博容[四]，不遗孤陋，申以通家之好[五]，遇以国士之分礼^{一作分①}[六]，作惭入室，契辱忘年[七]。偎赐②吹嘘，谬假鳞翼[八]，遂得价重江左③，名闻天朝。起家拾遗，再命柱史。时丁变故，命偶屯难④[九]，孤鳞方困于蹄涔[十]，穷鸟再归于仁德，果蒙奏领列郡，擢倅三军。不汝疵瑕[十一]，见容于岁月；同我休戚，每形于话言。身计皆奉良规[十二]，家事悉资全力。然后表达宸听，推致周行[十三]，南宫剧曹[十四]，践不终岁，宪府雄秩[十五]，拔于常伦。内顾庸虚[十六]，敢云自致？魏贤子夏，宣尼之道弥尊[十七]；汉用淮阴，相国之言始重[十八]。徒以才负知己，名悬古人，致远之效莫彰[十九]，贻羞之责斯及。敢不砥砺微分，激昂前途，以明君今日之恩，资大贤积时之誉，庶乎有立，以答所知，岂敢以尸素为荣[二十]，而负平生之论。伏惟鉴察。郡榻诸生，戎旆故吏[二十一]，往奖⑤恩重，生成感深，瞻望门阃[二十二]，未获拜谢铭戴兢惕[二十三]，莫知所裁。拳拳下情，纸墨难具。某再拜⑥。

【校】
①粤雅堂本"分礼"作"礼分"。
②粤雅堂本、四库本"偎赐"作"猥赐"。
③粤雅堂本"江左"作"江右"。
④粤雅堂本"难"作"艰"。
⑤粤雅堂本"往奖"作"推奖"，四库本"往奖"作"用奖"。
⑥粤雅堂本缺"某再拜"。

【笺注】
　　[一] 作于元和二年，807年。窦中丞，窦群（763—814），两唐书有传。《旧唐书·窦群传》："窦群字丹列，扶风平陵人……宪宗即位，转膳部员外、兼侍御史知杂，出为唐州刺史。节度使于頔素闻其名，既谒见，群危言激切，頔甚悦，奏留充山南东道节度副使、检校兵部郎中、兼御史中丞，赐紫金鱼袋。宰相武元衡、李吉甫皆爱重之，召入为吏部郎中。元衡辅政，举群代己为中丞。"于頔，《旧唐书·于頔传》："字允元，河南人也，周太师燕文公谨之后

也。始以荫补千牛，调授华阴尉，黜陟使刘湾辟为判官。又以栎阳主簿摄监察御史，充入蕃使判官。再迁司门员外郎、兼侍御史，赐紫，充入西蕃计会使，将命称旨，时论以为有出疆专对之能……贞元十四年，为襄州刺史，充山南东道节度观察。"

［二］邱园自屏，王安石《答孙莘老书》："丘园自屏，烦公远屈，衰疾不获奉迓。"

［三］近名，求名之心，《庄子·养生主》："为善无近名，为恶无近刑。"

［四］泛爱博容，《后汉书·桥玄传》："（曹操）自为其文曰：'故太尉桥公，懿德高轨，泛爱博容。'"

［五］通家之好，两家交情深厚。

［六］国士，一国中才华出众者。《左传·成公十六年》："皆曰：国士在，且厚，不可当也。"

［七］忘年，《庄子·齐物论》："忘年忘义，振于无竟。忘年，林西仲曰：穷年故忘年。成玄英疏："夫年者，生之所禀也，既同于生死，所以忘年也。"

［八］偎赐，谬假，谦词。鳞翼，喻权贵。刘潜《从弟丧上东官启》："自碣官陪宴。钓台从幸。攀附鳞翼。"

［九］时丁变故两句。据《旧唐书·窦群》记载，窦群初征拜左拾遗，迁侍御史。宪宗即位，转膳部员外、兼侍御史知杂，出为唐州刺史，御史中丞，后李吉甫罢相，出镇淮南，群等欲因失恩倾之。吉甫尝召术士陈登宿于安邑里第，翌日，群令吏捕登考劾，伪构吉甫阴事，密以上闻。帝召登面讯之，立辩其伪。宪宗怒，将诛群等，吉甫救之，出为湖南观察使。数日，改黔州刺史、黔州观察使。贬开州刺史。在郡二年，改容州刺史、容管经略观察使。命偶屯难，屯艰。王闿运《曾孝子碑文》："属世屯艰，隐遁颠沛。"

［十］蹄涔 cén，《淮南子·泛论训》："夫牛蹄之涔，不能生鳝鲔。"高诱注："涔，雨水也，满牛蹄迹中，言其小也。"

［十一］不汝疵瑕，《左传·僖公七年》："楚文王谓申侯曰'女专利而不厌，予取予求，不女疵瑕也。'"杜预注："不以女为罪衅是也。"

［十二］良规，《三国志·魏志·王朗传》："朕继嗣未立，以为君忧，钦纳至言，思闻良规。"

［十三］然后表达宸听，推致周行两句。宸听，谓帝王的听闻。推致，韩愈《毛颖传》："颖与绛人陈玄、弘农陶泓及会稽褚先生友善，相推致，其出处必偕。"周行，《诗·周南·卷耳》："嗟我怀人，置彼周行。"毛传："行，列也。思君子，官贤人，置周之列位。"

［十四］南宫剧曹，指吏部郎中。

［十五］宪府，杜甫《哭长孙侍御》诗："礼闱曾擢桂，宪府屡乘骢。"仇兆鳌注："御史所居之署，汉谓之御史府，亦谓宪台。"

［十六］庸虚，谦词。《陈书·高祖纪上》："高祖泣谓休悦曰：'仆本庸虚，蒙国成造。'"

［十七］魏贤子夏两句。子夏，孔子的学生。孔子死后，他来到魏国的西河（今山西河津）讲学。

［十八］汉用淮阴两句。《史记·淮阴侯列传》："何曰：'王计必欲东，能用信，信即留；不能用，信终亡耳。'王曰：'吾为公以为将。'何曰：'为将，信必不留。'王曰：'以为大将。'何曰：'幸甚。'"

［十九］致远，诸葛亮的《戒子篇》："夫君子之行：静以修身，俭以养德。非淡泊无以明志，非宁静无以致远。"

［二十］尸素，三国魏钟繇《上汉献帝自劾书》："尸素重禄，旷职废任。"

［二十一］戎旃 zhān，《文选·谢朓〈拜中军记室辞隋王笺〉》："契阔戎旃，从容宴语。"李周翰注："戎，兵；旃，旌也。"

［二十二］门阑，门栏。

［二十三］铭戴兢惕，《南史·王融传》："悚怍之情，夙宵兢惕。"

地志图序[一]

广陵李该①[二]，博达之士也。学无不通，尤好地理，患其书多门[三]，历世浸广，文词浩荡，学者疲老。由是以独见之明，法先圣之制，黜诸子之传^{一作序}记述仲尼之职方[四]，会源流，考同异，务该畅，从体要[五]，倬然勒成一家之说。犹惧其奥未足以昭启后生，乃裂素为方仪[六]，据书而书，随方面以区别，拟形容之训②解[七]，命之曰《地志图》。观其粉散百川，黛凝群山，元气剖判[八]，成乎笔端，任土之毛[九]，有生之类[十]，大钧变化[十一]，不出其意。然后列以城郭，罗乎陬落[十二]，内自五侯九伯[十三]，外自③要荒蛮貊，禹迹之所穷，汉驿之所通，五色相宣[十四]，万邦错峙。毫厘之差，而下正乎封略[十五]；方寸之界，而上当乎分野。乾象坤势，炳焉④可观。与夫聚米拟其端倪[十六]，画地陈乎梗概[十七]，固不可同年而语详略也。每虚室燕居[十八]，薄帷晴褰，普天之下，尽在屋壁，户纳四海，窗笼八极，名山大川，随顾奔走，殊方绝域，举意而到，高视华裔[十九]，坐横古今，观帝王之疆理，见宇宙之寥廓，出遐入幽，曾不崇朝[二十]，与夫役形神于岁月，穷辙迹于区外，又不可并轨而论劳逸也。且夫删百代之弊，综群言之首，繁而不乱，疏而不漏，才识以润之，丹青以炳之，使嗜学之徒，未披文而见义，不由户而睹奥[二十一]，斯训导之明也。穷地而述，举世而载，事极鸿纤，理通皦昧[二十二]，混一家之文轨[二十三]，张大国之襟带[二十四]，核人物之虚实，兑山川之要会，表皇威之有截[二十五]，明王道之无外，斯乃功用之大也。见苍梧涂山[二十六]，则思舜禹恤民之艰；睹穷荒大漠，则悟秦汉劳师之弊；览齐疆晋壤，则想桓文勤王之霸[二十七]；观洞庭荆门，则知苗蜀恃险之败。王者于是明乎得失，诸侯于是鉴乎兴替，斯又惩劝之远也。然则本之所以广学流[二十八]，申之足以赞鸿业，垂之可以示后世，岂徒由近观远，以智自乐，为室中之一物哉。而时无知音，道不虚行，举地成图，闻天无路，此志士儒林所以为之颓息也。某⑤久从君游，辱命叙述，庶明作者之意，俾好事⑥君子知其所以然。

【校】

①粤雅堂本"该"作"彦"。

②粤雅堂本"训"作"诂"。

③粤雅堂本"自"作"洎"。

④粤雅堂本"焉"作"然"。

⑤粤雅堂本"某"作"温"。

⑥粤雅堂本"事"作"学"。

【笺注】

[一] 地志图序，《嘉庆重修扬州府志·文苑·唐》："李该，字彦博，广陵人。学无不通，尤好地理图志。患其门类繁多，文辞浩博，乃会源流，考同异，勒成一家之说，作《地志图》。凡禹迹所穷，汉译所通，莫不备载。吕温藻翰擅一时，于流辈少所推尚，从该游独久，称其为博达之士，尝为该序《地志图》云。"

[二] 李该，粤雅堂本作"李彦"。

[三] 多门，杜甫《后出塞》诗之五："我本良家子，出师亦多门。"

[四] 职方，《礼记·曲礼下》："五官之长曰伯，是职方。其摈于天子也，曰天子之吏。"郑玄注："职，主也，是伯分主东西者。"孔颖达疏："是职方者，言二伯于是职主当方之事也。"

[五] 务该畅，从体要。该畅，周密畅达。切实而简要。体要，《尚书·毕

命》："政贵有恒，辞尚体要，不惟好异。"孔颖达疏："为政贵在有常，言辞尚其体实要约。"

[六] 裂素，《后汉书·范式传》："裂素为书，以遗巨卿。"

[七] 随方面以区别两句。方面，《西京杂记》卷四："南门三重，署曰南中门、南上门、南便门。东西各三门，随方面题署亦如之。"形容，《易·系辞上》："圣人有以见天下之赜，而拟诸其形容，象其物宜，是故谓之象。"

[八] 剖判，《说文》："剖，判也。"《淮南子·要略》："总要举凡，而语不剖判纯朴。"

[九] 任土，《尚书·虞夏书》："禹别九州，随山濬川，任土作贡。"郑康成曰："任土谓定其肥硗之所生。"

[十] 有生，《列子·杨朱》："有生之最灵者，人也。"

[十一] 大钧，《韵会》："大钧，天也。"贾谊《鹏鸟赋》："云蒸雨降兮，纠错相纷；大钧播物兮，块圠无垠。"

[十二] 陬落，《文选·左思〈魏都赋〉》："蛮陬夷落，译导而通。"刘逵注："陬、落，蛮夷之居处名也。一名聚居为陬。"

[十三] 五侯九伯，《左传·僖公四年》："五侯九伯，汝实征之，以夹辅周室。"贾逵云："五等诸侯，九州之伯。"服虔云："五侯：公、侯、伯、子、男。九伯，九州之长。"

[十四] 五色相宣，《宋书·谢灵运传论》："五色相宣，八音协畅。"宣，明。

[十五] 封略，《左传·昭公七年》："封略之内，何非君土。"

[十六] 聚米，《后汉书·马援传》："（建武）八年，帝自西征嚣，至漆，诸将多以王师之重，不宜远入险阻，计尤豫未决。会召援，夜至，帝大喜，引入，具以群议质之。援因说隗嚣将帅有土崩之势，兵进有必破之状。又于帝前聚米为山谷，指画形势，开示众军所从道径往来，分析曲折，昭然可晓。"

[十七] 画地，《西京杂记》卷三："淮南王好方士，方士皆以术见。遂有画地成江河，撮土为山岩。"

[十八] 虚室，《庄子·人闲世》"虚室生白，吉祥止止。"燕居，《礼记·仲尼燕居》："仲尼燕居，子张、子贡、言游侍。"郑玄注："退朝而处曰燕居。"

[十九] 华裔，《左传·定公十年》："裔不谋夏，夷不乱华。"

[二十] 崇朝，《诗·鄘风·蝃蝀》："朝隮于西，崇朝而雨。"毛传："崇，终也。从旦至食时为终朝。"

[二十一] 由户，《论语·雍也第六》："子曰：'谁能出不由户者？何莫由

斯道也?'"孔安国曰:"言人立身成功当由道,譬犹人出入要当从户也。"

[二十二]事极鸿纤,理通皦昧句。鸿纤,唐长孙无忌《唐律疏议·名例序》:"今之典宪,前圣规模,章程靡失,鸿纤备举,而刑宪之司执行殊异。"皦jiǎo昧,《老子》第十四章:"其上不皦,其下不昧,绳绳不可名,复归于无物。是谓无状之物,无物之象。是谓惚恍。"

[二十三]文轨,《礼记·中庸》:"今天下车同轨,书同文。"

[二十四]襟带,指山川险要,屏障环绕,如襟似带。

[二十五]有截,《诗·商颂·长发》:"苞有三蘖,莫遂莫达,九有有截。韦顾既伐,昆吾夏桀。"有截,即截截,齐一貌。这句犹言九州统一。朱熹诗集传:"天下截然归商矣。"

[二十六]苍梧涂山,《左传·哀公七年》:"禹合诸侯于涂山,执玉帛者万国。"刘向《列女传》:"舜陟方,死于苍梧,二妃死于江、湘之闲,俗谓之湘君、湘夫人也。"

[二十七]桓文,春秋五霸中齐桓公与晋文公的并称。《孟子·梁惠王上》:"仲尼之徒,无道桓文之事者,是以后世无传焉。"勤王,《左传·僖公二十五年》:"狐偃言于晋侯曰:'求诸侯莫如勤王。'"

[二十八]学流,《北齐书·魏收传》:"所引史官,恐其凌逼,唯取学流先相依附者。"

送友人游蜀序

始吾挹至源之貌[一],若陇底积雪,耸寒木于云谿;次吾览至源之文,若骊龙相追,弄明月于泉窟;末吾听至源之论,若泰山欲雨,倒云气于沧溟。如其貌,可以振肃周行[二];如其文,可以光润石渠[三];如其论,可以感动宣室[四]。而沦荡江海,垂二十年。则不知天所以生之之意。贞元甲乙岁[五],以亲故劝勉,来游京师。时然后言,无辨①以动众;乐然后笑,无欢以接物;义然后取,无食以宁居[六]。慨然悔之,决策长往。因登紫阁峰而指曰:"西南青冥,色连岷峨[七]。吾行何归? 山尽则住。"翌日告别于友人。太原王玄②运顾谓予曰[八]:"高云出岫,无时雨之会,与风悠扬,转远而散。若至源者,其犹云耶③? 盍亦赠之,序予和女。"

【校】

①粤雅堂本"辨"作"辩"。

②粤雅堂本"玄"作"元"。

③粤雅堂本"耶"作"邪",四库全书本"耶"作"乎"。

【笺注】

[一] 作于贞元十一年,795年。挹,羡慕。

[二] 振肃,《晋书·温峤传》:"散骑常侍庾敳有重名,而颇聚敛,峤举奏之,京都振肃。"周行,《诗·周南·卷耳》:"嗟我怀人,置彼周行。"毛传:"行,列也。思君子,官贤人,置周之列位。"泛指朝官。

[三] 石渠,石渠阁,汉代藏书阁名。萧何主持营建因阁下有石为渠导水,故名石渠阁。石渠阁是西汉时期国家最大的藏书阁。《后汉书·翟酺传》:"孝宣论六经于石渠,学者滋盛,弟子万数。"

[四] 宣室,《说文》:"宣,天子宣室也。"《史记·屈原贾生列传》:"孝文帝方受厘,坐宣室。上因感鬼神事,而问鬼神之本。贾生因具道所以然之状。"司马贞索隐引《三辅故事》:"宣室在未央殿北。"

[五] 贞元甲乙岁,贞元十一年。

[六] 时然后言……无食以宁居句。《论语·宪问》:"夫子时然后言,人不厌其言;乐然后笑,人不厌其笑;义然后取,人不厌其取。"

[七] 岷峨,江淹《建平王让右将军荆州刺史表》:"水交沅澧,山通岷峨,襟带百县,萦抱七州。"

[八] 王玄运,粤雅堂本作"王元运",皆未详。

送琴客摇兼济东归便道谒王虢州序[一]

东海摇兼济,年十三从淮南大军,有奇童之称。岁既冠,历泗上剧职[二],振能吏之声。而尚气节,重言诺,临财廉,见义勇蕴崇具美,发以雅琴,琅琅然若佩玉之有冲牙也。贞元丁丑岁[三],观艺京师,冲宇罕窥,正声寡听,道不苟合,浩然东归。水流无心,遇用则止。弘①农守御史中丞王公得子最深,且东诸侯之望也。傥羽翼吾道,铿锵尔音,飞而鸣之,一日千里,则何公门不可曳长裾乎②?大丈夫风波未始有极,生死且不足问,况能离忧乎?白露降,秋云起,仰见太华[四],壮心勃兴。若不激征变商,是孤慷慨,吾季恭也。诗有逸气,盍韵锺律,播于丝桐[五]。

【校】

①粤雅堂本"弘"作"宏"。

②粤雅堂本无"乎"。

【笺注】

［一］作于贞元十三年，797年。摇兼济，未详，王虢州疑指王绩，据郁贤皓《唐刺史考》王绩贞元十三年到十七年任虢州刺史。

［二］剧职，《左传·襄公十六年》："祁奚、韩襄、栾盈、士鞅为公族大夫。"晋杜预注："祁奚去中军尉为公族大夫，去剧职就闲官。"

［三］贞元丁丑岁，贞元十三年。

［四］太华，即西岳华山，在陕西省华阴县南，因其西有少华山，故称太华。

［五］丝桐，《史记·田敬仲完世家》："若夫治国家而弭人民，又何为乎丝桐之间？"

联句诗序

河东①柳茂直与余有潘杨之睦[一]，且道义相得也。余兄弟志守拙默[二]，不交当世，晨昏之外，靖专一室，顾我者唯茂直而已。以为切磋盖常事，讨论有宴息，道②志气徒然起愤，议时事余③欲无言。其或晴天旷景，浩荡多思；永夜高月，耿耿不寐；或风露初晓，恍若有得；或烟雨如晦，缅怀所思。则何以节宣惨舒[三]，畅达情性，其有易于诗乎？乃因翰墨之余，琴酒之暇，属物命篇，联珠迭唱一作玉。审韵谐律，同声则应，研情比象，造境皆会，亦犹众蘖合注，需为大川，群山出云，混成一气，即④宣五色[四]，微阐六义[五]，虽小道必有可观，其在兹矣。茂直命余序述，存以编简，俾后之观者，知吾党所立之滥觞。

【校】

①四库本"河东"作"河南"。

②四库本"道"作"导"。

③粤雅堂本中"余"作"予"。

④粤雅堂本、四库本"即"作"朗"。

【笺注】

[一] 柳茂直，未详。潘杨之睦，《文选·潘安仁〈杨仲武诔〉》："既藉三叶世亲之恩，而子之姑，余之伉俪焉……潘杨之穆，有自来矣。"后遂称姻亲关系为潘杨。白居易《和梦游春诗一百韵》："刘阮心渐忘，潘杨意方睦。"

[二] 拙默，包恢四《拙默说》："拙与巧反，默与言反。拙默近实，巧言近虚。"

[三] 节宣惨舒，《左传·昭公元年》："君子有四时：朝以听政，昼以访问，夕以修令，夜以安身。于是乎节宣其气，勿使有所壅闭湫底，以露其体。"杜预注："宣，散也。"惨舒，刘勰《文心雕龙·物色》："春秋代序，阴阳惨舒，物色之动，心亦摇矣。"

[四] 五色，《书·益稷》："以五采彰施于五色，作服，汝明。"孙星衍疏："五色，东方谓之青，南方谓之赤，西方谓之白，北方谓之黑，天谓之玄，地谓之黄，玄出于黑，故六者有黄无玄为五也。"

[五] 六义，《毛诗大序》："故诗有六义焉，一曰风，二曰赋，三曰比，四曰兴，五曰雅，六曰颂。"

送薛大信归临晋序[一]

先师曰："益者三友[二]。"吾能得之，岂惟直谅多闻而已。可以旁魄天人[三]，谈尧舜之道，则有吾族兄皋；可以本①情性，语颜、夷之行[四]，则有太原王师简[五]；可以发扬古训，论三代之文，则有河东薛大信。此三君子，或道以乐我，或行以约我，或文以博我。遭时则有光，遁世则无闷。其为益也，不亦大乎！大信与予最旧，始以孝悌②余力，皆学于广陵之灵岩寺[六]，云卷其身，讨论数岁。常见大信述作，必根乎六《经》，取《礼》之简，要《诗》之比兴，《书》之典刑，《春秋》之褒贬，《大易》之变化，错落混合，峥嵘特立。不离圣域[七]，而逸轨绝尘[八]；不易雅制，而瑰姿万变。有若云起日观，尽成丹霞；峰坼③灵掌，无非峻势。皆天光朗映，秀气孤拔，岂藻饰而削成者哉。圣上方欲观人之文，润色洪业，秉笔者如三光得天[九]，每贺大信有其时矣。无何，予被乡曲之誉，赋于阙下，以文乖时体，行失俗誉[十]，再为有司所黜。此时大信亦与计偕，知机全高[十一]，匣刃不试。昔赵杀鸣犊，仲尼临河而逝[十二]；予之见黜，子亦逡巡。事虽不同，其所感一也。岁八月，以岵屺之恋告予于归[十三]。

予思古人有④处有赠，乃语之曰："吾闻贤者志其大者。文为道之饰，道为文之本。专其饰则道丧，返⑤其本则⑥文存。且使不存，又何伤矣。彼邦是帝尧之遗俗，唐叔之所理^[十四]，必有忠信如君者焉。问安之下⑦，可与之处，琢磨仁义，浸润道德，考⑧皇王治⑨乱之迹，求圣哲行藏之旨^[十五]，达可以济乎天下，穷可以摅其光明^[十六]，无为矻矻笔砚间也^[十七]。行矣大信，苟非同志，勿失⑩予言。

【校】

①粤雅堂本"本"作"根本"。

②四库本"悌"作"弟"。

③四库本"坼"作"拆"。

④四库本"有"作"出"。

⑤粤雅堂本"返"作"反"。

⑥粤雅堂本、四库本"则"作"而"。

⑦四库本"下"作"暇"。

⑧粤雅堂本"考"作"存"。

⑨粤雅堂本"治"作"理"。

⑩四库全书本"失"作"矣"。

【笺注】

[一] 作于贞元十一年，795 年。薛大信，未详。

[二] 益者三友，《论语·季氏》："益者三友，损者三友。友直，友谅，友多闻，益矣。友便辟，友善柔，友便佞，损也。"

[三] 旁魄，《荀子·性恶》："齐给便敏而无类，杂能旁魄而无明。"王先谦《荀子集解》引郝懿行："旁魄，即旁薄，皆谓大也。"

[四] 颜、夷之行，陈子昂《周故内供奉学士怀州河内县尉陈君石人铭》："古人有云，饰颜夷之行。不逢青云之士。而声名磨灭者有之矣。"

[五] 太原王师简，据李德辉《全唐文作者小传正补》："王师简，德、宪、穆、文宗时人。郡望太原，敦于儒行，颇有时誉。贞元中，曾参湖南使幕。……元和五至九年，充浙西观察判官，佐薛苹于浙西观察使府，兼侍御史。"

[六] 灵岩寺，《吴郡志》卷三二："显亲崇报禅院，在灵岩山顶，旧名秀峰寺，吴馆娃宫也。梁天监中始置寺。有智积菩萨旧迹，士人奉事甚谨。今为韩蕲王功德寺，改今名。"

［七］圣域，圣人境界。《汉书·贾捐之传》："臣闻尧舜，圣之盛也，禹入圣域而不优。"

［八］逸轨，潘安仁《秋兴赋》："仰群俊之逸轨兮，攀云汉以游骋。"

［九］三光，班固《白虎通·封公侯》："天有三光日月星，地有三形高下平。"

［十］行失俗誉，嵇康《释私论》："故有矜忮之容，以观常人；矫饰之言，以要俗誉。"

［十一］知机全高，《黄帝内经素问·离合真邪论》："知机道者，不可挂以发。"王冰注："机者，动之微。言贵知其微也。"

［十二］仲尼临河而逝，《汉书·刘辅传》："谷永等上书曰：'赵简子杀其大夫鸣犊，孔子临河而还。'"

［十三］岵屺之恋，《诗·魏风·陟岵》："陟彼枯岵兮，瞻望父兮。……陟彼屺兮，瞻望母兮。"

［十四］唐叔，《史记·周本纪》："晋唐叔得嘉谷，献之成王，成王以归周公于兵所。"

［十五］行藏之旨，《论语·述而》："用之则行，舍之则藏。"

［十六］摅 shū，抒。班固《西都赋》："摅怀旧之蓄念，发思古之幽情。"

［十七］矻矻 kū，《汉书·王褒传》："器用利，则用力少而就效众。故工人之用钝器也，劳筋苦骨，终日矻矻。"应劭曰："矻矻，劳极貌。"

道州律令要录序^[一]

某^①顷累忝官尚书省、御史台，遍观诸曹，多书令、式、格、律于其屋壁。苟非以宦游为情^②而奉其职者，皆得日夕省览^[二]，卧起出入，目存心悟，章章然如贯珠，如循环，吏无以欺，临事不惑，决繁滞，举狂^③直，而叶于大中^[三]。中人已^④上，固可循致，吾不知其谁首之，何前贤处心恤事之同^⑤也。若州县者，卑而近于人，远而切于得失，动有悬人命，关风俗。而堕^⑥者委成于一吏，望空而署；动^⑦者检阅山积，神愤气沮，卒无所归。政令之弊，不亦宜乎？此州法吏何洛庭，良士也，与撮其要，讲其义，书于厅事之左。某^⑧不深于法，犹虑未尽，后来君子，其究成之，此长人者之所急。元和五年五月二十七日。

【校】

①粤雅堂本"某"作"温"。

②粤雅堂本"情"作"惰"。

③粤雅堂本、四库本"狂"作"枉"。

④粤雅堂本"巳"作"以"。

⑤粤雅堂本"同"作"周"。

⑥粤雅堂本"堕"作"惰"。

⑦粤雅堂、四库全书本"动"作"勤"。

⑧粤雅堂本"某"作"温"。

【笺注】

[一] 作于元和五年，810年。

[二] 省览，《汉书·盖宽饶传》："狂夫之言，圣人择焉。唯裁省览。"

[三] 大中，《易·大有》："《大有》，柔得尊位大中，而上下应之，曰《大有》。"王弼注："处尊以柔，居中以大。"高亨注："象大臣处于尊贵之位，守大正之道。"

裴氏海昏集序[一]

《海昏集》者，有唐文行之，臣故度支郎中专判度支事赠尚书左仆射正平节公裴氏讳某字某考地毓德，会友辅仁，气志如神，英华发外之所由作也。初公违河洛之难，以其族行，攀大别，浮彭蠡，望洞庭，廻翔于巨①溢流，昈于海昏。海昏有欧山之奇[二]，修江之清，阳溪之邃，汤泉之灵，竹洞花坞，仙坛僧舍，鸡犬锺梵，相间②于青岚白云中，数百里不绝。时也，俗以远未扰，地以偏而宁。开元之遗老尽在，犹歌咏乎太平。公悠然乐之，遂与我外王父故屯田郎中集贤殿学士河东柳公讳某[三]、叔祖③故相国宜城伯讳浑[四]，洎故太常卿兰陵萧公定[五]、故秘书少监范阳卢公虚舟[六]、故左庶子陇西李公勋为尘外之交[七]，极心期之赏，唯故给事中汝南袁公高、故将作监河南元公亘以后进预焉[八]。江左搢绅诸生[九]，望之如神仙，邈不可及。每赋一泉，题一石，毫墨未干，传咏已遍，其为物情之所注慕如此。无何，朝廷命公盈虚东南，漕引吴楚。中原百万之众，仰食于公，人不堪其烦，我若无事。往往佩联印，拥大盖，枉道而过旧山。林壑之间④，琴诗不废，心计屈指⑤[十]，而军国饻赡，其大雅之全材者欤。於戏！太尉、侍中，勤劳王家，惠于生人，至公再世[十一]，又以盛德屈于年运。庆如壅川，其决必大，由是焜耀之烈[十二]，重集于我郇公。郇公始以大孝闻，中以大用显，次以大忠升，藩屏三朝，出入二揆，述先职而堂邦赋，修祖德而践台衡。理荆之政，篆在乐石；定蜀之武，藏在册府；汉南之化，方⑥洽于人谣[十三]。加以优游艺文[十四]，惇悦经术[十五]，身被华衮，门全素风，不畏强御，不侮孤贱，久要皆当代长者，推毂必一时俊杰[十六]，海内士大夫，如鳞羽之归龙鸾⑦。君子曰："宪公⑧、忠宪公⑨之勋德，节公之雅道，为不忘⑩矣。"郇公以霜露之感[十七]，泣编遗文，思所以垂诸不朽。以为节公消息出处之道[十八]，始于海昏，遂于正集外，别次当时唱和、游览、饯劳之作，凡九十六篇，勒为《海昏集》上下卷。不远三千里，授简于小生，俾酌归趣[十九]，而为序引。某⑪一作温字。常备中台之属[二十]，实辱至公之遇，命已哀，敬不敢文，为始⑫陈古义，用赞风训。昔者三代陈诗，以观民风，信、诈、淫、义、躁、静、柔、刚，于是乎取之，喜、怒、哀、乐、吉、凶、存、亡，于是乎观之，兆于此必应于彼，成乎终必见乎始。诗不可以为伪，魏公子为南皮之游[二十一]，以浮华相高[二十二]，故其诗傲荡骄志，胜而专，勤⑬而不安；晋名士为金谷之燕[二十三]，以邪侈相扇，故其诗滥溺淫志，冶而缓，往而不返。正平公为海昏之会，以礼义相诲，故其诗恬淡退志，庄直立志。退以独全其道，立以兼济于时。立而不矜，退而不悲，适而不放，乐而不荒，亲而不比，数而不黩。如切如磋[二十四]，婉而有直体[二十五]；曰比曰兴，近而有深致。仁者见之，遁世而无忧；智者见之，爱身而有待。暖乎若冬阳之煦，油乎若春泽之浸。其诱人也易，其感人也深，卒不知其所以然也。夫如是，则观南皮之诗，应、刘焉得不夭[二十六]，魏祚焉得不短；观金谷之诗，潘、石焉得不诛[二十七]，晋室焉得不乱；观海昏之诗，裴氏焉得不兴，我唐焉得不理？诗之时义其大矣哉！天人家国之际，其至矣哉！为节公、郇公之子孙者[二十八]，其无忘哉。元和五年五月七日。朝议郎使持节道州诸军事守道州刺史上骑都尉赐绯鱼袋东平吕某谨述。

【校】

①粤雅堂本"巨"作"匡"。

②粤雅堂本"间"作"闲"。

③粤雅堂本"叔祖"作"外叔祖"。

④粤雅堂本"间"作"闲"。

⑤粤雅堂本"屈指"作"颐指"。

⑥粤雅堂本无"方"字。

⑦粤雅堂本增"也"字。

⑧四库本"宪公"作"郇公"。

⑨粤雅堂本"忠宪公"作"忠献公"。

⑩粤雅堂本"忘"作"亡"。

⑪粤雅堂本"某"作"温"。

⑫粤雅堂本"始"作"姑"。

⑬粤雅堂本"勤"作"动"。

【笺注】

[一] 作于元和五年，810 年。裴氏，裴倩，字容卿，绛州闻喜人，裴行俭之玄孙，生卒年均不详。《新唐书·裴稹裴倩传》："（裴倩）历信州刺史，劝民垦田二万亩，以治行赐金紫服。"权德舆《尚书度支郎中赠尚书左仆射正平节公裴公神道碑铭》："（裴倩）历华阴冯翊二郡司户参军，转秘书郎，俄丁内艰，毁瘠如初礼。违难江介，就拜洪州司马，改太子司议郎，征为殿中侍御史，拜度支驾部二员外，迁司勋郎中秘书少监，历信饶二州刺史，复征为度支郎中。"又独孤及《唐故尚书祠部员外郎……裴公（稹）行状》："（裴稹）有才子四人，长曰倩，尚书驾部员外郎、兼殿中侍御史、江西道租庸盐铁等使。"海昏，师古曰："海昏，豫章之县。"《旧唐书·地理志》："汉海昏县，属豫章郡。后汉分立建昌……"757 年，裴倩任洪州司马，与柳识、柳浑、萧定、卢虚舟、李勋、袁高、元亘游。后编《海昏集》二卷，录其唱和之作九十六篇。

[二] 欧山，山名，亦称云居山，在江西永修县西南三十里。

[三] 河东柳公讳某，柳识，（光绪）《山西通志·文学录上·柳识》："（柳识）字方明，解人。梁仆射淡六世孙。后籍襄州。"柳浑兄长，曾任屯田郎中、集贤殿学士，累官至左拾遗。

[四] 宜城伯讳浑，柳浑（714—789），《旧唐书·柳浑传》："浑字夷旷，襄州人，其先自河东徙焉……贞元二年，拜兵部侍郎，封宜城县伯。……浑母兄识，笃意文章，有重名于开元、天宝间，与萧颖士、元德秀、刘迅相亚。其练理创端，往往诣极，当时作者，咸伏其简拔，而趣尚辨博。浑亦善为文，然趋时向功，非沉思之所及。浑警辩，好谐谑放达，与人交，豁然无隐。性节俭，不治产业，官至丞相，假宅而居。"

[五] 兰陵萧公定（708—784），《旧唐书·萧定传》："萧定，字梅臣，江南兰陵人，左仆射、宋国公瑀曾孙也。父恕，虢州刺史，以定赠工部尚书。定以荫授陕州参军、金城丞，以吏事清干闻。给事中裴遵庆奏为选补黜陟使判官。回改万年主簿，累迁侍御史、考功员外郎、左右司二郎中。为元载所挤，出为秘书少监，兼袁州刺史，历信、湖、宋、睦、润五州刺史。"

[六] 范阳卢公虚舟，卢虚舟，字幼真。唐幽州范阳人。上元中，在浔阳与李白游，李白作《庐山谣》相寄。累官左司、吏部员外郎，官至秘书少监。李华《三贤论》："范阳卢虚舟幼真，质方而清。"

[七] 陇西李公勋，未详。

[八] 汝南袁公高，《旧唐书·袁高传》："袁高字公颐，恕己之孙。少慷慨，慕名节。登进士第，累辟使府，有赞佐神益之誉。代宗登极，征入朝，累官至给事中、御史中丞。建中二年，擢为京畿观察使。以论事失旨，贬韶州长史，复拜为给事中。"河南元公旦，当为元德秀弟弟元旦。《旧唐书·柳浑传》："浑母兄识，笃意文章，有重名于开元、天宝间，与萧颖士、元德秀、刘迅相亚。其练理创端，往往诣极，当时作者，咸伏其简拔，而趣尚辨博。"《元和姓纂》卷四"河南洛阳县元姓"载："明元帝晃生范，乐安王，生良。良生法益、滕、忻。……滕，安乐王、吏部尚书，生荣。荣生康、慎。……慎生祎、均。……均曾孙思温，鄘州刺史、平阴公，生若拙、德秀。若拙，江夏令；生旦，宣、楚等州刺史、将作监。德秀，鲁山令。"

[九] 搢绅，也作缙绅。搢，插笏于带间。绅，大带。古时士大夫垂绅搢笏，因称士大夫为搢绅。《周礼·春官·典瑞》："王晋大圭，执镇圭。"

[十] 屈指，刘禹锡《让同平章事表》："克期而进，屈指可平。"

[十一] 至公，《吕氏春秋·慎大》："汤立为天子，夏民大说，如得慈亲，朝不易位，农不去畴，商不变肆，亲郼如夏，此之谓至公。"

[十二] 焜燿 kūn yào，《左传·昭公三年》："不腆之适，以备内官，焜燿寡人之望。"服虔云："焜，明也。燿，照也。言得备妃嫔之列，照明己之意望也。"

[十三] 理荆之政……方冶于人谣句。乐石，可作乐器的石料，泛指碑碣。《说文·石部》云："磬，乐石也。"册府，帝王藏书的地方。唐杨炯《原州百泉县令李君神道碑》："上帝之兵钤，入先王之册府。"冶于人谣，明李湘洲《江西布政使司右参议方万山》："昔裴倩之刺信州也，招亡万户，辟田万顷，去之日不书于籍，曰：'吾非以为名也。'"

[十四] 优游，从容。《诗·小雅·白驹》："慎尔优游，勉尔遁思。"

[十五] 惇 dūn，《韵会》："惇，厚也。"

[十六] 久要皆当代长者两句。久要，《文选·曹植〈箜篌引〉》："久要不可忘，薄终义所尤。"刘良注："久要，久交也。"推毂，本指推车前进。后指助人成事，举荐。司马光《送祖择之守陕》："俊德争推毂，荣涂易建瓴。"

[十七] 霜露之感，《礼记·祭义》："霜露既降，君子履之，必有凄怆之

心，非其寒之谓也。春雨露既濡，君子履之，必有怵惕之心，如将见之。"郑玄注："非其寒之谓，谓凄怆及怵惕，皆为感时念亲也。"

[十八] 消息，《易·丰》："日中则昃，月盈则食，天地盈虚，与时消息，而况于人乎？况于鬼神乎？"高亨注："消息犹消长也。"

[十九] 酌，取善而行曰酌。《礼记·坊记》："上酌民言，则下天上施。"

[二十] 中台，即尚书省。古代天子会诸侯时，为诸侯所设的台。分内外台，内台比外台尊贵。《逸周书·王会》："中台之外，其左泰士，台右弥士。"朱右曾校释："中台即内台，其外则下等也。"秦汉时尚书为中台，御史为宪台，谒者为外台。

[二十一] 南皮之游，《文选·曹丕〈与朝歌令吴质书〉》："每念昔日南皮之游，诚不可忘。"李善注："渤海郡有南皮县。"南朝谢灵运《拟魏太子邺中集诗·阮瑀》："念昔渤海时，南皮戏清沚。"

[二十二] 浮华，王充《论衡·自纪》："其文盛，其辩争，浮华虚伪之语，莫不澄定。"

[二十三] 金谷，即金谷园，西晋石崇之私家园林。《世说新语·品藻》："谢公云：'金谷中苏绍最胜。'"秦观《望海潮》："金谷俊游，铜驼巷陌，新晴细履平沙。"

[二十四] 如切如磋，《诗·卫风·淇奥》："如切如磋，如琢如磨。"

[二十五] 婉而有直体，《左传·襄公二十九年》："为之歌《大雅》，曰：'广哉，熙熙乎！曲而有直体，其文王之德乎？'"

[二十六] 应、刘，汉末文人应场、刘桢的并称。

[二十七] 潘、石，潘岳、石崇的并称。《世说新语·仇隙第三十六》："石先送市，亦不相知。潘后至，石谓潘曰：'安仁，卿亦复尔邪？'潘曰：可谓'白首同所归！'"

[二十八] 节公、郇公，指裴倩、裴倩子裴均。

卷四　表

代论伐剑南更发兵表^{元和元年①[一]}

臣某言：臣伏见某月日诏旨，更发太原、凤翔及神策诸镇兵赴剑南东川者。陛下睿算无遗，神武必断，与人除害，顺天行诛，奋如霆之威^②，乘破竹之势，期于久逸，无惮一劳，大正国经，永清时祲^[二]。百土^③盛事，千古英声，天下幸甚，天下幸甚。然或时事之可否，兵家之利病，道途之险易，将帅之宜称，不可不深图远计，原始要终。狂夫有可择之言，愚者有一得之虑，管窥所至^[三]，愿效微忠。臣窃以古今用兵，皆在将勇师和，政齐计胜，不必多兵广众，然后成功。今高崇文等诸将所统^[四]，已约一万五千余人，以整击乱，以顺讨逆，授之庙算，假之天威，馘丑摧凶，需有余力。若更多徵征镇，广合师徒，臣窃计之，其患有五。一则高崇文素非大将，拔自偏镇，忠勇虽著，威声^④未洽，本兵既少，兼统则多，将皆权隶，士非素抚，虽是统^⑤师，势同乌合，居常则犹可胁制，临敌则何以指挥？非惟崇文才分有限，此亦自古兵家所难。臣不敢广引载籍，上烦圣听，请直以近事明之。哥舒翰潼关之守^[五]，郭子仪相州之围^[六]，韩全义溵水之役^[七]，皆以兵多将杂，而致败衄^[八]；许叔冀之保灵昌^[九]，李光弼之全河阳^[十]，李晟之收复京邑^[十一]，皆以兵少将一，而建大功。成败昭然，而布在人口。二则贞元以来，天下无事，四方节将，人各怀安。陛下覆焘惟新^[十二]，理先清静。今以西南小丑，久稽天诛^[十三]，自春徂冬^[十四]，征发已广，见在兵力，破贼有余。若更务济师，屡闻动众，山崄深阻，暑隰^⑥为沴^[十五]，北人南役，谁不惮行，去土离家，动生愁怨。往年泾州叛卒，职此之由。事系安危，不可不察。三则吐蕃盟好未定，窥伺在心，间谍往来，急于邮传，又必持两端之计，与刘辟交通^[十六]。若闻发兵西南，多耿边镇^⑦。秋风即至，虏马已肥，冒隙乘虚，必有侵轶^[十七]。事出万一，悔何可追？四则刘辟穷寇，保险逃死，虽祸淫⑧助顺，天道甚明，而兵凶战危，人事难必。脱⑨貔武之师[十八]，少不如意，蜂蚁犹聚，假息旬时，攻守之间，动须应援，固当潜锋养锐，以逸待劳，今便息兵，后将何继？五则剑川⑩硗堉[十九]，居人食且不充，蜀路险艰，饷运无由多致。今屯兵日费，何啻万金，数州米贵，粂且将尽[二十]，千里飞挽[二十一]，所济几何，若更加兵，实难供赡。一夫设⑪有菜色，三军无复斗心，幸可少以成功，何必多而成⑫患？今太原及神策等军已上道者，其数颇多，足辨戎事。其凤翔等镇未发之兵，伏乞圣恩，且勒权停，续后⑬事宜，以议行止。臣谬膺重任，过蒙恩遇，辄率狂瞽，轻黩宸严⑭[二十二]。苟利国家，甘心鼎镬[二十三]。无任兢惶恳迫之至[二十四]，谨奉表陈奏以闻。

【校】

①粤雅堂本"代论伐剑南更发兵表元和元年"作"代李侍郎论伐剑南更发兵表元和元年"。

②四库本"戚"作"诛"。

③粤雅堂本、四库本"土"作"王"。

④粤雅堂本"威声"作"恩威"。

⑤粤雅堂本"统"作"锐"。

⑥粤雅堂本、四库本"隰"作"湿"。

⑦粤雅堂本"多耿边镇"作"多取边卒"，四库本"多耿边镇"作"多取边镇"。

⑧粤雅堂本"祸淫"作"淫祸"。

⑨粤雅堂本"脱"作"脱或"。

⑩四库本"川"作"州"。

⑪粤雅堂本"设"作"脱"。

⑫粤雅堂本"成"作"为"。

⑬粤雅堂本、四库本"后"作"候"。

⑭粤雅堂本"严"作"聪"。

【笺注】

[一] 作于元和元年，806 年。《旧唐书·宪宗纪上》："元和元年春正月……制：剑南西川……宜令兴元严砺、东川李康掎角应接，神策行营节度使高崇文、神策兵马使李元奕率步骑之师，与东川、兴元之师类会进讨。其粮料供饷，委度支使差官以闻。"此篇疑代李侍郎李巽作。

[二] 大正国经两句。国经，三国曹植《责躬》："伊尔小子，恃宠骄盈。举挂时网，动乱国经。"祲 jìn，班固《东都赋》："凤盖飒洒，和鸾玲珑。天官景从，祲威盛容。"

[三] 管窥，《后汉书·章帝纪》："朕在弱冠，未知稼穑之艰难，区区管窥，岂能照一隅哉!"

[四] 高崇文（746—809），字崇文，幽州人，祖籍渤海蓚县（今河北景县）。唐朝名将。《旧唐书·高崇文传》："以律贞师，勤于军政，戎麾指蜀，遽立奇功，可谓近朝之良将也。"

[五] 哥舒翰潼关之守，《旧唐书·玄宗纪下》："（天宝十五载）辛卯，哥舒翰至潼关，为其帐下火拔归仁以左右数十骑执之降贼，关门不守，京师大骇，河东、华阴、上洛等郡皆委城而走。"

[六] 郭子仪相州之围，《旧唐书·肃宗本纪》："（乾元二年）壬申，相州行营郭子仪等与贼史思明战，王师不利，九节度兵溃。"

[七] 韩全义溵水之役，《旧唐书·韩全义传》："十五年冬，王师为贼所败于小溵河。德宗以文场素待全义，乃用为蔡州四面行营招讨使，仍以陈许节度使上官涚副之。诸镇之师，皆取全义节度。全义将略非所长，能以巧佞财贿结中贵人，以被荐用。及师临贼境，又制在监军，每议兵出，一帐之中，中人十数，纷然争论莫决。蔡贼闻之，屡求决战。十六年五月，遇贼于溵水南广利城。旗鼓未交，诸军大溃，为贼所乘。"

[八] 衄 nǜ，本意是鼻出血，引申指挫伤、失败，特指战争中的失败。

[九] 许叔冀之保灵昌，许叔冀安史乱时任灵昌太守。

[十] 李光弼之全河阳，《旧唐书·河南道》："乾元中，史思明再陷洛阳，太尉李光弼以重兵守河阳。"

[十一] 李晟之收复京邑，兴元元年（784 年），李晟收复长安，平定朱泚之乱。

[十二] 覆帱，《礼记·中庸》："仲尼祖述尧舜，宪章文武，上律天时，下袭水土。譬如天地之无不持载，无不覆帱。""帱"同"焘"，意义施恩，比喻孔子德泽布于天下。韩愈《荐士》："庙堂有贤相，爱遇均覆焘。"

[十三] 久稽，《文子·上义》："士为诡辩，久稽而不决，无益于治。"稽，留。

[十四] 徂 cú，至，往 。

[十五] 暑隰 xí，唐顺之《送太平守江君序》："以北土能寒之人而争骛于毒利暑湿瘴疠之域……此兵家之忌。"沴 lì，许慎《说文》："沴，郎计切，水不

利也。"《汉书·五行志》:"气相伤谓之沴,沴犹临莅,不和意也。"服虔曰:"沴,害也。"

[十六] 刘辟,《资治通鉴·唐顺宗永贞元年》:"先时,刘辟以剑南节度副使将韦皋之意于叔文,求都领剑南三川。"胡三省注:"剑南东川、西川及山南西道为三川。"交通,串通。

[十七] 侵轶,《左传·隐公九年》:"北戎侵郑。郑伯御之,患戎师,曰:'彼徒我车,惧其侵轶我也。'"杜预注:"轶,突也。"

[十八] 貔 pí 武,貔虎。唐高祖李渊之祖名虎,唐代因避讳改"虎"为"武"。比喻勇猛的将士。唐薛存诚《观南郊回仗》:"阅兵貔武振,听乐凤皇来。"

[十九] 硗埆 qiāo jí,韦应物《答侗奴重阳二甥》:"弃职曾守拙,玩幽遂忘喧。山间依硗埆,竹树荫清源。"

[二十] 籴 dí,买进粮食。

[二十一] 挽 wǎn,《汉书·韩安国传》:"转粟挽输以为之备。"

[二十二] 辄率狂瞽两句。瞽 gǔ,不达事理。《庄子·逍遥游》:"瞽者无以与乎文章之观。"宸 chén 严,帝王的威严。白居易《为崔相陈情表》:"踏地仰天,不胜感咽,披陈诚恳,烦渎宸严。"

[二十三] 鼎镬 dǐng huò,烹任器。《周礼·天官·亨人》:"亨人掌共鼎镬以给水火之齐。"

[二十四] 无任,不胜。张九龄《请御注及疏施行状》:"凡在率土,实多庆赉;无任忻戴忭跃之至。"

代李侍郎贺德政表^[一]

臣某言:臣闻上天垂象^[二],当分野者先知;元后用心^[三],奉职司者方见。是以尧称光被^[四],四岳得于畴咨^[五];舜号文明^[六],九官禀于分命^[七]。岂非随方表忠^①,因事立言,陈力自参于化源^[八],造膝难迷于日用^[九]。伏惟皇帝陛下睿图浚发,玄^②德广运,恢纂鸿绪^[十],允升大猷^[十一],振十圣^③之遗休^[十二],复百王之坠典^[十三]。至如崇陵尽瘁^[十四],率礼无违,长信归尊,因心则感,内成则仁叙九族,外平则义协万方^④,厚俗则宠及高年,广孝则荣加锡类,能刑则朝无隐慝,善任则野无遗才,修文则戎蛮来王,整武则南北继捷。此皆事光日月,声洽寰区,黔首之所讴歌,搢绅之所抃叹^[十五]。其或机参造物,意兆先天,事

108

隔于人谣，功隐于朝听者，若非奉职之臣，官业所及，谅无得而称焉。臣以庸劣，谬膺寄任⑤，调盈虚而驭轻重，关成败而系安危。职思其忧，夕惕若厉[十六]，每因罄率，披竭愚衷⑥。亟奉温颜[十七]，累承睿旨，有以知造化之意，有以见天地之心，旷若发蒙[十八]，析⑦如愈疾，管窥所至，可得而言。昨者臣以潮州刺史李璲桡纵私盐[十九]，耗废公利，请从免职，以儆慢官。陛下以为法令更改⑧，且当申谕，道涂悠远，容或未知，俾为后图，用缓前责。弘⑨恕包于广大，明察贯于精微，此则群臣不可望清光者一也[二十]。江南西道观察使杨凭奏[二十一]，以支郡旱歉，经赋不充，请征居地之羡，且修税茶之法。陛下以为天灾流行，有时而息，人怨滞结，贻患则深，纵无日新之美，忍复已除之弊，特令寝奏，姑务流通⑩。有司知画一之方[二十二]，贩负有昭苏之望[二十三]，此又群臣不可望清光者二也。臣尝使推官殿中侍御史崔太素奉使淮南[二十四]，臣以其名秩甚卑，浚决务重[二十五]，徵令郡县，整训役徒，须示等威[二十六]，请赐章服。陛下以为职任伊始，勤效未成，必有可观，乃申后命。以再陈所切，方可其奏。虽事从权舆，且符济物之宜，而赏不僭行[二十七]，已见永图之旨[二十八]，此又群臣不可望清光者三也。臣对扬之日，亲奉德音[二十九]，知臣使司支计阙少，必拟昭明俭德，振起素风，率身为天下之先，节用自宫中而始。又云："台殿旧制，已当惕虑，经营改作，非所措怀，将不崇三尺之阶，岂复议十家之产[三十]。"发自宸念，形于天颜，意开而河海自清，言出而神祇知感，此又群臣不可望清光者四也。陛下光临大宝，星岁将周，贵戚之赐与无闻，恩幸之沾濡殆绝。至于赡军供国，行赏报功，则必鸿毛府库，粪土金玉。遂使夏州诸将，恨效浅而恩深，剑外三军，知生轻而义重，此又群臣不可望清光者五也。夫唐虞盛烈，文武余风，莫不传诸声诗，布在方册。且匹夫匹妇，片善必书；飞羽沉鳞，一祥皆纪。况陛下动关教化，言在政刑，理参至道之精，躬行盛德之事，而冲虚谦让，郁而未发，将何以光扬艺祖[三十一]，昭示后昆[三十二]？伏请宣付史官，永为代法。臣幸蒙恩遇，获奉昌期，言必亲闻，事皆目睹，分深骨髓，义激血诚，轻黩宸严，魂首飞越⑪。

【校】
①粤雅堂本"表忠"作"表志"。
②粤雅堂本"玄"作"元"。
③四库本"十圣"作"千圣"。
④粤雅堂本"万方"作"万邦"。
⑤四库本"寄任"作"重寄"。

⑥粤雅堂本与四库本"衷"作"忠"。

⑦粤雅堂本"析"作"晰"。

⑧粤雅堂本"更改"作"改更"。

⑨粤雅堂本"弘"作"宏"。

⑩粤雅堂本"流通"作"通商"。

⑪粤雅堂本"魂首飞越"作"魂首飞越。臣无任激切屏营之至"。

【笺注】

[一] 作于元和元年，806 年。李侍郎，李巽。《旧唐书·玄宗纪上》："（元和元年）丁未，以检校司空、平章事杜佑为司徒，所司备礼册拜，平章事如故；罢领度支、盐铁、转运等使，从其让也，仍以兵部侍郎李巽代领其任。"

[二] 上天垂象，《易·系辞上》："天垂象，见吉凶，圣人象之。"

[三] 元后用心，《尚书·大禹谟》："天之历数在汝躬，汝终陟元后。"孔传："言天道在汝身，汝终当升为天子。"

[四] 尧称光被，《尚书·尧典》："光被四表，格于上下。"

[五] 畴咨，《尚书·尧典》："畴咨若时登庸。"《水经注·淮水》："尚书曰：'尧畴咨四岳得舜，进十六族，殛鲧于羽山，是为梼杌，与驩兜、三苗、共工同其罪，故世谓之四凶。'"《汉书·武帝纪赞》："孝武初立……遂畴咨海内，举其俊茂，与之立功。"

[六] 舜号文明，《史记·五帝纪》："于是，禹乃兴九招之乐，致异物，凤凰来翔。天下明德，皆自虞舜始。"

[七] 九官，《汉书·刘向传》："臣闻舜命九官，济济相让，和之至也。"颜师古注："《尚书》：禹作司空，弃后稷，契司徒，咎繇作士，垂共工，益朕虞，伯夷秩宗，夔典乐，龙纳言，凡九官也。"

[八] 陈力，班彪《王命论》："举韩信于行阵，收陈平于亡命，英雄陈力，群策毕举。"化源，《旧唐书·李绛传》："陛下思广天聪，亲览国史，垂意精颐，鉴于化源，实天下幸甚。"

[九] 造膝，蔡邕《司空临晋侯杨公碑》："及其所以匡辅本朝，忠言嘉谋，造膝危辞，当事而行。"日用，《周易·系辞上》："一阴一阳之谓道，继之者善也，成之者性也。仁者见之谓之仁，知者见之谓之知。百姓日用而不知，故君子之道鲜矣。"

[十] 鸿绪，《后汉书·顺帝纪》："陛下践祚，奉遵鸿绪。"

[十一] 大猷，《诗·小雅·巧言》："奕奕寝庙，君子作之；秩秩大猷，圣

人莫之。"郑玄笺:"猷,道也;大道,治国之礼法。"

[十二] 这里指李唐唐高祖至唐顺宗的十位皇帝。

[十三] 坠典,废亡的典章制度。唐韩愈《贺赦表》:"罪人悉原,坠典咸举,生恩既及于四海,和气遂充于八纮。"

[十四] 崇陵,唐德宗的陵墓。

[十五] 抃 biàn。

[十六] 夕惕若厉,《易·乾》:"君子终日乾乾,夕惕若厉,无咎。"

[十七] 温颜,《汉书·韩王信传》:"为人宽和自守,以温颜逊辞承上接下,无所失意,保身固宠,不能有所建明。"

[十八] 发蒙,《易·蒙》:"初六,发蒙,利用刑人。"孔颖达疏:"以能发去其蒙也。"汉枚乘《七发》:"发蒙解惑,不足以言也。"愈疾,《诗·小雅·正月》:"父母生我,胡俾我瘉。"毛传:"瘉,病也。"高亨注:"瘉,病也,指受灾难。"

[十九] 潮州刺史李璱,未详。

[二十] 清光,《汉书·晁错传》:"今执事之臣皆天下之选已,然莫能望陛下清光,譬之犹五帝之佐也。"颜师古注引晋灼曰:"今之臣不能望见陛下之光景所及。"

[二十一] 杨凭,《旧唐书·杨凭传》:"杨凭字虚受,弘农人。举进士,累佐使府。征为监察御史,不乐检束,遂求免。累迁起居舍人、左司员外郎、礼部兵部郎中、太常少卿、湖南江西观察使,入为左散骑常侍、刑部侍郎、京兆尹。"

[二十二] 有司,《尚书·大禹谟》:"好生之德,洽于民心,兹用不犯于有司。"画一,《史记·萧相国世家》:"萧何为法,顜若画一。"司马贞索隐:"画一,言其法整齐也。"

[二十三] 昭苏,《礼记·乐记》:"蛰虫昭苏,羽者妪伏。"郑玄注:"昭,晓也;蛰虫以发出为晓,更息曰苏。"

[二十四] 崔太素,两唐书皆无传。《册府元龟》卷六九七:"裴均,德宗时为山南东道节度使。均素与内官左神策护军中尉窦文场善,有崔太素亦得幸于文场。太素一日晨省文场,文场卧帐中,宾客填门,独引太素入卧内,太素自谓文场之眷极深,徐观后床,一人寝方醒,乃均也。太素大惭而出。"

[二十五] 浚决务重,晋孙楚《为石仲容与孙皓书》:"伐树北山,则太行木尽;浚决河洛,则百川通流。"

[二十六] 等威,《左传·文公十五年》:"伐鼓于朝,以昭事神,训民事

君，示有等威，古之道也。"杜预注："等威，威仪之等差。"章服，以图纹为等级标志的礼服。

[二十七] 赏不僭行，《荀子·致士篇》："赏不欲僭，刑不欲滥，赏僭则利及小人，刑滥则害及君子。"孔颖达疏："僭，谓僭差；滥，谓滥佚（溢）。"

[二十八] 永图，《尚书·太甲上》："慎乃俭德，惟怀永图。"

[二十九] 德音，《诗经·豳风·狼跋》："公孙硕肤，德音不瑕。"朱熹《诗集传》："德音，犹令闻也。"

[三十] 十家之产，《史记·孝文纪》："（文帝）尝欲作露台，召匠计之，直百金。上曰：百金，中人十家之产，吾奉先帝宫室，常恐羞之，何以台为！"

[三十一] 艺祖，顾炎武《日知录·艺祖》："人知宋人称太祖为艺祖，不知前代亦皆称其太祖为艺祖……然则"艺祖"是历代太祖之通称也。"

[三十二] 后昆，《尚书·仲虺之诰》："垂裕后昆。"

代国子陆博士进集注春秋表[一]

臣闻①惟睿作圣，观乎人文，达则化成，穷则垂训[二]。先师所以祖述尧舜[三]，志在《春秋》，悬衡百王，拨乱三季，正大当之本，清至公之源，通群方以诚，贞天下于一[四]，动无不顺，道德之玄②机，断无不济③，帝王之利器。而梁木既坏，生知盖寡，三《传》得失，索隐未周，群儒异同，致远皆泥，没微言于滋蔓[五]，亡要旨于多岐。奥室不闻④，漫逾千祀，天其或者将有俟焉。伏惟陛下德合乾坤，明并日月，气和物茂，远至迩安，欲以人情为田，讲学而耨[六]，镇定皇极[七]，辉光时雍。道之将行，实在今日。臣不揣蒙陋，斐然有志，思窥圣奥，仰奉文明，以故润州再⑤阳县主簿臣啖助为严师[八]，以故洋州刺史臣赵匡为益友[九]，考《左传》之疎⑥密，辨《公》《谷》之善否，务去异端，用明本意。助或未尽，敢让当仁，匡有可行，亦刈其楚[十]，辄集注《春秋》经文，勒成十卷。上下千载，研覃三纪[十一]，玄首虽白，浊河已清。微臣何幸，与道相遇，窃以德之匪邻，骨肉⑦无应，道苟近合，古今相知。然则尧舜之心，非宣尼不见[十二]，宣尼之志，非陛下不行。庶因仪凤之辰，永洗获麟之恨[十三]。且臣官忝国学，思非出位，道为家宝，罪实欺天。谨昧死写前件书，诣东上合门奉进，伏候圣旨⑧。

【校】

①粤雅堂本"臣闻"作"臣某言臣闻"。

②粤雅堂本"玄"作"元"。

③粤雅堂本"济"作"齐"。

④粤雅堂本、四库本"闻"作"开"。

⑤粤雅堂本、四库本"再"作"丹"。

⑥粤雅堂本"竦"作"疏",四库本"竦"作"竦"。

⑦四库本"肉"作"月"。

⑧粤雅堂本后有"轻黩宸严,魂爽飞越。无任。兢惧屏营之至"字。

【笺注】

[一] 作于贞元十二年,796年。陆博士,陆质,《旧唐书·陆质传》:"陆质,吴郡人,本名淳,避宪宗名改之。质有经学,尤深于春秋,少师事赵匡,匡师啖助,助、匡皆为异儒,颇传其学,由是知名。"据杨慧文考证,796年,陆质为国子博士。

[二] 垂训,魏嵇康《答释难宅无吉凶摄生论》:"夫先王垂训,开端中人。"

[三] 祖述尧舜,《礼记·中庸》:"仲尼祖述尧舜,宪章文武。"

[四] 贞天下于一,《周易·系辞下》:"天下之动,贞夫一者也。"虞翻曰:"一谓干元。万物之动,各资天一阳气以生,故'天下之动,贞夫一者也'。"

[五] 微言,《逸周书·大戒》:"微言入心,凤喻动众。"朱右曾校释:"微言,微眇之言。"

[六] 耨 nòu,古代锄草的农具。

[七] 皇极,《尚书·洪范》:"五,皇极,皇建其有极。"孔颖达疏:"皇,大也;极,中也。施政教,治下民,当使大得其中,无有邪僻。"

[八] 啖助,《旧唐书·啖助传》:"啖助字叔佐,赵州人,后徙关中。淹该经术。天宝末,调临海尉、丹杨主簿。秩满,屏居,甘足疏粝。善为春秋,考三家短长,缝补漏阙,号集传,凡十年乃成,复摄其纲条,为例统……助门人赵匡、陆质,其高第也。助卒,年四十七。质与其子异衷录助所为春秋集注总例。"

[九] 赵匡,《(光绪)山西通志·文学录上》:"赵匡,字伯循,河东人。师事赵州啖助。大历中,以《春秋》学著名。历洋州刺史。"《旧唐书·陆质传》:"少师事赵匡,匡师啖助,助、匡皆为异儒。"

[十] 刈 yì,《诗·周南·汉广》:"翘翘错薪,言刈其楚。"

[十一] 覃,深广,延及。

[十二] 宣尼，汉平帝元始元年追谥孔子为襃成宣尼公，后因称孔子为宣尼。晋左思《咏史》："言论准宣尼，辞赋拟相如。"

[十三] 庶因仪凤之辰两句。仪凤，《尚书·益稷》："箫韶九成，凤凰来仪。"获麟，《春秋·哀公十四年》："春，西狩获麟。"杜预注："麟者仁兽，圣王之嘉瑞也。时无明王出而遇获，仲尼伤周道之不兴，感嘉瑞之无应，故因《鲁春秋》而修中兴之教。絶笔于'获麟'之一句，所感而作，固所以为终也。"

代齐贾二相贺迁①二祖表[一]

臣伏见②今月十四日制命[二]，以尊亲③之义[三]，虔附懿祖④、献祖⑤于德明兴圣庙室[四]，正太祖元⑥皇帝东向之尊者。十五日奉迁事毕，十六日祫飨礼成[五]。日月贞曜，乾坤定纪，称情靡忒，合敬有归，百神得受职之方，万国知来祭之本^{中谢}⑦。臣闻国有事⑧莫大于严祀，祀有经莫崇于尊祖，夏殷得之以繁祉[六]，周汉用⑨之而休明[七]。爰自魏晋⑩，迄于隋氏，或以祚短而不及祧正[八]，或以时难而未遑讨论，纷纶兴谢，绵旷载祀[九]，竟虚盛美[十]，允属昌期。陛下道冠⑪前王，庆殷累圣。奉无竞之烈，克广洪⑫休[十一]；瞻有赫之灵[十二]，思正大典。精诚感念，旰食畴咨[十三]，内断皇明，俯裁群议，奉祖宗于常尊之地，定昭穆于式序之宜[十四]，清庙肃雍[十五]，玄空⑬保祐⑭。奔走夷裔，鼓舞生灵，焕乎观一代之光，盛矣接千年之统。臣等自钟舛薄，坐婴衰瘵[十六]，不获躬执笾豆[十七]，称庆阙庭。诚仰圣敬，感深孝理，形留神往，倍百⑮恒情。

【校】

①粤雅堂本题中有"献懿"二字。

②粤雅堂本"臣伏见"作"臣某等言臣伏见"。

③粤雅堂本"尊亲"作"尊尊亲亲"。

④粤雅堂本"懿祖"作"献祖"。

⑤粤雅堂本"献祖"作"懿祖"。

⑥粤雅堂本"元"作"景"。

⑦粤雅堂本"谢"作"贺"。

⑧四库全书本"事"作"祀"。

⑨四库全书本"用"作"得"。

⑩四库全书本"魏晋"作"晋魏"。

⑪四库全书本"冠"作"贯"。

⑫粤雅堂本"洪"作"鸿"。

⑬粤雅堂本"玄空"作"元宵",四库全书本"空"作"宵"。

⑭粤雅堂本"祐"作"佑"。

⑮四库全书本"倍百"作"百倍"。

【笺注】

[一] 作于贞元十九年,803 年。齐贾二相,指齐抗、贾耽。《旧唐书·德宗纪下》:"(贞元十六年)庚申,以太常卿齐抗为中书侍郎、同平章事。"《旧唐书·贾耽传》:"贾耽字敦诗,沧州南皮人。以两经登第,调授贝州临清县尉。上疏论时政,授绛州正平尉。从事河东,检校膳部员外郎、太原少尹、北都副留守。又检校礼部郎中、节度副使。改汾州刺史,在郡七年,政绩茂异。入为鸿胪卿,时左右威远菅隶鸿胪,耽仍领其使。……自居相位,凡十三年,虽不能以安危大计启沃于人主,而常以检身厉行以律人。"

[二] 今月十四日制命,《旧唐书·德宗纪下》:"(贞元十九年)丁卯,以今年孟夏禘祫,前议太祖、懿、献之位未决,至此禘祭,方正太祖东向之位,已下列序昭穆。其献祖、懿祖祔于德明、兴圣之庙,每禘祫年就本室祫之。"

[三] 尊亲之义,《荀子·礼论》:"祭者,尊尊亲亲之义也。"

[四] 附,通"祔 fù",后死者合食于先祖。《礼记·檀弓下》:"(孔子曰)鲁人之祔也,合之。"郑玄曰:"祔,谓合葬也。"祔:祭名,原指古代帝王在宗庙内将后死者神位附于先祖旁而祭祀。《左传·僖公三十三年》:"凡君薨,卒哭而祔。"杜预注:"以新死者之神祔之于祖。"泛指配享、附祭。唐献祖,宣帝李熙,唐懿祖,光帝李天锡。

[五] 祫 xiá 祭,古代天子或诸侯把远近祖先的神主集合在太庙里进行祭祀。《公羊传》:"大事者何? 大祫也。大祫者何? 合祭也。"

[六] 繁祉,《诗·周颂·雝》:"我眉寿,介以繁祉。"郑玄笺:"繁,多也。"

[七] 休明,《左传·宣公三年》:"定王使王孙满劳楚子,楚子问鼎之大小轻重焉。对曰:'在德不在鼎。……德之休明,虽小,重也。'"

[八] 祧 tiāo,《礼记·祭法》:"远庙为祧。"孙希旦《礼记集解》:"盖谓高祖之父、高祖之祖之庙也,谓之远庙者,言其数远而将迁也。"

[九] 载祀,《左传·宣公三年》:"桀有昏德,鼎迁于商,载祀六百。"杜

预注："载、祀皆年。"杨伯峻注："古人或称载，或称祀，或称年，或称岁，其实一也。"

[十] 盛美，汉董仲舒《春秋繁露·俞序》："曾子、子石盛美齐侯安诸侯、尊天子。"

[十一] 无竞之烈，《诗·周颂·执竞》："执竞武王，无竞维烈。朱熹集传："言武王持其自强不息之心，故其功烈之盛，天下莫得而竞。"洪休，大业。

[十二] 有赫，《诗·大雅·皇矣》："皇矣上帝，临下有赫。"说文："赫，火赤貌。"大典，《南齐书·王俭传》："时大典将行，俭为佐命，礼仪诏策，皆出于俭。"

[十三] 旰 gàn 食，《左传·昭公二十年》："（伍）奢闻员不来，曰：'楚君大夫其旰食乎！'"杜预注："将有吴忧，不得早食。"畴咨，《尚书·尧典》："帝曰：'畴咨若时登庸。'"孔安国传："畴，谁；庸，用也。谁能咸熙庶绩，顺是事者，将登用之。"

[十四] 式序，《诗·周颂·时迈》："明昭有周，式序在位。"

[十五] 清庙，《诗·颂·清庙》："于穆清庙，肃雝显相。"贾逵左传注："肃然清静，谓之清庙。"蔡邕《明堂月令论》："取其宗祀之清貌，则曰清庙。"

[十六] 衰瘵 shuāi zhài，唐孟郊《与王二十一员外涯游昭成寺》："顾惭余眷下，衰瘵婴残身。"

[十七] 笾豆，《礼记·礼器》："三牲鱼腊，四海九州之美味也；笾豆之荐，四时之和气也。"孔颖达疏："盛其馔者，即三牲鱼腊笾豆是也。"阙庭，阙廷，《史记·秦始皇本纪》："将间曰：'阙廷之礼，吾未尝敢不从宾赞也。'"

谢拾遗表 ^{贞元十九年①}[一]

伏奉制命②，授③臣左拾遗；又中使毛进朝至宅④，奉宣进止，赐臣本官告身者泽濡穷鳞，雷起幽蛰，尘忝近侍[二]，冠轶常伦，震惊失图[三]，兢跼罔据[四]。^{中谢}臣常学旧史，承训先臣，皆以奉上自致为荣，附下苟进为耻。臣所以既孤之后，义不依人，卖洛中⑤薄田，归阙下之⑥旧宅，退藏其迹，私誓于心，不邀利于权门，不求名于众口，星霜苦节，夙夜精诚，唯⑦愿投躯盛时，自结明主。愚诚神感，人欲天从，果蒙陛下自记姓名，猥怜孤直，振零丁于绝望，拔暧昧于无陛⑧。独断皇明[五]，超真清列[六]，俯降中贵，内赐官告，特违恒例，光宠贱臣，俾其不出户庭，坐生羽翼，万乘知己，一鸣惊人，公朝得尽节之方，私室无谢恩之处，顾唯⑨凡琐，叨此殊尤，缠激血诚，铭镂肤骨。采拔恩重，泥涂感深[七]，毕性命以为期，裂肝胆而何述。唯当竭诚陈力，效节明忠，使丹心有孚[八]，白首无点。然后敢望披云捧日，一识天颜，则盍⑩门之灰粉如⑪归，百生之志⑫愿斯毕无⑬。任感恩荣耀之至。

【校】

①粤雅堂本"谢拾遗表"作"谢除左拾遗表"。

②粤雅堂本前有"臣温言"三字。

③粤雅堂本"授"作"擢授"。

④粤雅堂本"至宅"作"至臣宅"。

⑤四库本"洛中薄田"作"洛中之薄田"。

⑥粤雅堂本无"之"字。

⑦四库全书本"唯"作"惟"。

⑧粤雅堂本、四库本"陛"作"阶"。

⑨粤雅堂本、四库本"唯"作"惟"。

⑩粤雅堂本、四库本"盍"作"阖"。

⑪粤雅堂本"如"作"知"。

⑫四库本"志"作"至"。

【笺注】

[一] 作于贞元十九年，803 年。

[二] 赐臣本官告身者两句。告身，古代授官的文凭。尘忝，唐刘禹锡《代让同平章事表》："初受恩荣，若登霄汉；退思尘忝，如履春冰。"

[三] 冠轶，超过。失图，《左传·昭公七年》："孤与其二三臣悼心失图。社稷之不皇，况能怀思君德。"

[四] 蹰 jù。

[五] 暧昧，汉蔡邕《释诲》："若公子，所谓睹暧昧之利，而忘昭哲之害，专必成之功，而忽蹉跌之败者已。"无陛，也作无阶，三国曹植《离思赋》："虑征期之方至，伤无阶以告辞。"

[六] 清列，唐柳宗元《为刘同州谢上表》："尝惧叨冒清列，芜秽圣朝。"

[七] 泥涂，《左传·襄公三十年》："武不才，任君之大事，以晋国之多虞，不能由吾子，使吾子辱在泥涂久矣，武之罪也。"

[八] 有孚，《诗·大雅·下武》："成王之孚，下土之式。"

御答①

卿克修②学艺，信禀温良[一]，是用命官③列于近署[二]，惟④朝典烦有表章所谢知。

【校】

①粤雅堂本"御答"作"批答"。
②粤雅堂本"卿克修"作"省表具之卿^{一字符缺}修"。
③粤雅堂本"命官"作"谏官"。
④粤雅堂本"惟"作"亦惟"，四库本"惟"作"钦惟"。

【笺注】

[一] 温良，《管子·形势》："人主者，温良宽厚则民爱之。"
[二] 近署，汉孔融《荐祢衡表》："足以昭近署之多士，增四门之穆穆。"

谢章服表[一]

①今月二十一日，高品薛盈珍至凤翔府，奉宣进旨②，赐臣绯衣、鱼袋、笏并袋紫衣一副者[二]。发扬宸念，照③灼恩光，瞻奉自天，战踞无地。^{中谢}臣孤陋无取，过蒙奖录，圣慈周洽，天造曲成，恩重出疆，俾谐尽饰。九重清秘，不忘绝域之单车；万乘忧勤，特记微臣之命服[三]。衣分内府，锡及近藩，未申汗马之劳，遽冒濡鹈之刺[四]。在笏增感[五]，抚躬若惊，殒④越兢惭，罔知攸措。

【校】

①粤雅堂本有"臣温言"。
②粤雅堂，四库全书本"旨"作"止"。
③四库全书本"照"作"昭"。
④四库全书本"殒"作"陨"。

【笺注】

[一] 作于贞元二十年，804 年。章服，绣有日月、星辰等图案的古代礼

服。每图为一章，天子十二章，群臣按品级以九、七、五、三章递降。三国魏嵇康《与山巨源绝交书》："而当裹以章服，揖拜上官，三不堪也。"《旧唐书·吕温传》："二十年冬，副工部侍郎张荐为入吐蕃使，行至凤翔，转侍御史，赐绯袍牙笏。赐排袍牙茹。"

［二］绯衣，唐朝官制，四品官穿深绯色衣，五品官穿浅绯色衣。《新唐书·薛苹传》："所衣绿袍，更十年至绯衣，乃易。"鱼袋，银制之鱼，五品以上官员佩戴之物，按唐制五品以上佩鱼符袋，宋因之。韩愈《董公行状》："入翰林为学士，三年出入左右，天子以为谨愿，赐绯鱼袋。"

［三］命服，原指周代天子赐予元士至上公九种不同命爵的衣服。后泛指官员及其配偶按等级所穿的制服。

［四］未申汗马之劳两句。汗马之劳，《韩非子·五蠹》："弃私家之事而必汗马之劳，家困而上弗论，则穷矣。"濡鹈，《诗·曹风·候人》："维鹈在梁，不濡其翼。彼其之子，不称其服。"郑玄注："鹈在梁，当濡其翼；而不濡者，非其常也。以喻小人在朝，亦非其常。"

［五］笥 sì，盛饭或衣物的方形竹器。

代孔侍郎①蕃中贺顺宗登极表[一]

六月十四日②，入蕃告哀使左金吾③将军兼御史中丞田景度至吐蕃列④馆[二]，伏承皇帝陛下以正月二十六日明德奉天，篡临宸极，重光升耀，百化维⑤新，泽被幽遐，庆覃动植[三]，中贺。臣闻和气既蒸，勾⑥萌毕达；时雨将降，柱础犹知[四]。臣从⑦单车，闭留绝域。天临日照，而别处幽阴；雷动幽阴⑧，而兀为聋聩。伏愿⑨陛下义敦柔远，体⑩及穷荒，始获虔奉德音，仰沾圣泽。具寮就列[五]，无阶蹈踊⑪之初[六]；庶物效灵[七]，独在飞沉之后。舜薄钟命，耻玷自躬，疚心厚颜，罔知攸措[八]。今月七日自列⑫馆回至河州大夏川，即以十二日进发，星言夕惕[九]，莫敢遑宁。瞻望阙庭，载深感跃⑬，无任喜抃屏营之至。

【校】

①粤雅堂本无"代孔侍郎"字。

②粤雅堂本"六月十四日"作"臣温言六月十四日"。

③粤雅堂本"左金吾"作"左金吾衞"。

④粤雅堂本"列"作"别"。

⑤粤雅堂本"维"作"惟"。

⑥粤雅堂本"勾"作"句"。

⑦粤雅堂本"从"作"从役"。

⑧粤雅堂本"幽阴"作"风行",四库本"幽阴"作"声闻"。

⑨粤雅堂本"愿"作"赖",四库本"愿"作"承"。

⑩粤雅堂本"体"作"礼"。

⑪粤雅堂本"踊"作"咏"。

⑫粤雅堂本"列"作"别"。

⑬四库本"跃"作"踊"。

【笺注】

[一] 作于贞元二十一年,永贞元年,805 年。孔侍郎,未详。

[二] 田景度,两唐书无传。《旧唐书·吐蕃下》:"二十一年二月,顺宗命左金吾卫将军、兼御史中丞田景度持节告哀于吐蕃,以库部员外郎、兼御史中丞熊执易为副使。七月,吐蕃使论悉诺等来朝。"

[三] 庆覃 tán,福泽绵延。南朝梁沉约《梁雅乐歌·涤雅》:"骏奔伊在,庆覃退嗣。"

[四] 臣闻和气既蒸两句。勾萌,《隋书·音乐志下》:"勾萌既申,荑柞伊始。"柱础,《淮南子·说林训》:"山云蒸,柱础润。"高诱注:"础,柱下石礩也。"谢庄《喜雨诗》:"燕起知风舞,础润识云流。"

[五] 具寮,具僚,《北史·杨尚希传》:"或地无百里,数县并置;或户不满千,二郡分领。具僚以众,资费日多。"

[六] 蹈踊,蹈咏,宋周辉《清波别志》卷上:"独是涵濡德泽,厕五朝之幸民;蹈咏和平,际千载之嘉会。"

[七] 庶物,《易·乾》:"保合大和,乃利贞。首出庶物,万国咸宁。"《孟子·离娄下》:"舜明于庶物,察于人伦。"

[八] 罔知攸措,唐白行简《李娃传》:"生惶惑发狂,罔知所措。"

[九] 星言,《诗·墉风·定之方中》:"星言夙驾,说于桑田。"夕惕,《易·乾卦》:"君子终日乾乾,夕惕若厉,无咎。"

代百官请上尊号第三表[一]

臣某等言①：臣等自管窥天[二]，以凡揆圣[三]，虔奉徽号，馨陈至诚。而再降谦光[四]，未回宸眷[五]，惭局罔据，彷徨失图。臣等诚感诚惧顿首顿首②。臣闻强名曰道[六]，莫体混元之功；推大于天，岂执大成之德③。徒以物观德④，视⑤人津涯[七]，俾其会归，有所则象[八]。伏惟皇帝陛下克广睿图，绍休圣绪[九]，顺考古训，茂宣重光，亭毒以佐天和[十]，震曜以除人害[十一]，性与道合[十二]，身为化光⑥，神行六幽[十三]，威动九服[十四]。求珠赤水[十五]，观妙用于无方；捡⑦玉名山[十六]，告成功而有日。岂可过损盛德，不昭鸿休，弃臣子沥血之诚，阻⑧华夷倾首之望？当仁必受，乃曰至公；与物无私，宁嫌在己。安卑者地，山岳之峻岂惭；好谦者天，日月之光何让？道贵传继，礼从宜称[十七]。邦家之旧典，不可以废；天人之合应，不可以违。臣等缪⑨服官常，亲承至化，一披肝胆，三渎⑩宸严，殒越⑪为期[十八]，俯伏以俟。实望陛下随时立教，以欲从人[十九]，游神于不宰之乡[二十]，屈己于有名之域[二十一]，润色大宝[二十二]，发挥皇猷[二十三]，古今一时，天下幸甚。无任恳迫屏营之至，谨奉表陈请以闻⑫。

【校】

①粤雅堂本、四库本无"臣某等言"句。

②粤雅堂本、四库本无"臣等诚感诚惧顿首顿首"句。

③粤雅堂本"岂执大成之德"作"岂报生成之德"。

④粤雅堂本"徒以物观德"作"徒以定物视德"。

⑤粤雅堂本"视"作"示"。

⑥粤雅堂本、四库本"化光"作"化先"。

⑦粤雅堂本、四库本"捡"作"检"。

⑧粤雅堂本"阻"作"沮"。

⑨粤雅堂本"缪"作"谬"。

⑩粤雅堂本"三渎"作"三黩"。

⑪粤雅堂本"殒越"作"陨越"。

⑫粤雅堂本无"谨奉表陈请以闻"句。

【笺注】

[一] 疑作于元和三年，808 年。《旧唐书·宪宗纪上》："（元和）三年春

正月癸未朔。癸巳，群臣上尊号曰睿圣文武皇帝。御宣政殿受册，礼毕，移仗御丹凤楼，大赦天下。”

[二] 窥天，《庄子·秋水》："是直用管窥天，用锥指地也，不亦小乎?"

[三] 揆 kuí，《说文》："揆，度也。"《楚辞·离骚》："皇览揆予初度兮，肇锡予以嘉名。"

[四] 谦光，《周易·谦卦》："谦，尊而光，卑而不可逾。"孔颖达疏："尊者有谦而更光明盛大，卑谦而不可逾越。"

[五] 宸眷，《北史·刘炫传》："以此庸虚，屡动宸眷；以此卑贱，每升天府。"

[六] 强名曰道，《老子》第十一章："道本无名，强名曰道。道本无修，强名曰修。"

[七] 津涯，《尚书·微子》："今殷其沦丧，若涉大水，其无津涯。"

[八] 俾其会归两句。会归，《尚书·洪范》："会其有极，归其有极。"则象，效法。汉班固《〈离骚〉序》："其文弘博丽雅，为辞赋宗，后世莫不斟酌其英华，则象其从容。"

[九] 休绪，《汉书·武帝纪》："故旅耆老，复孝敬，选豪俊，讲文学，稽参政事，祈进民心，深诏执事，兴廉举孝，庶几成风，绍休圣绪。"颜师古注："休，美也。绪，业也。言绍先圣之休绪也。"

[十] 亭毒，《老子》第五十一章："长之育之，亭之毒之，养之覆之。"高亨正诂："'亭'当读为'成'，'毒'当读为'熟'，皆音同通用。"李周翰注："亭、毒，均养也。"

[十一] 震曜，《左传·昭公二十五年》："为刑罚威狱，使民畏忌，以类其震曜杀戮。"杜预注："雷震电曜，天之威也。圣人作刑狱，以象类之。"

[十二] 性与道合，本性与天道一致。

[十三] 六幽，《文选·班固〈典引〉》："神灵日照，光被六幽。"蔡邕注："六幽，谓上下四方也。"

[十四] 九服 jiǔ fù，南朝梁沉约《法王寺碑》："济横流而臣九服，握干纲而子万姓。"

[十五] 求珠赤水，《庄子·天地》："黄帝游乎赤水之北，登乎昆仑之丘而南望，还归遗其玄珠。"

[十六] 揃玉名山，《礼记·礼器》："是故因天事天，因地事地，因名山升中于天，因吉土以飨帝于郊。"郑玄注："名，犹大也。"

[十七] 宜称，汉贾谊《新书·容经》："故身之倨佝，手之高下，颜色声

气，各有宜称，所以明尊卑，别疏戚也。"

[十八] 殒越，《国语·周语中》："昔先王之教，懋帅其德也，犹恐殒越。"
韦昭注："犹恐落坠也。"

[十九] 从人，《孟子·公孙丑上》："大舜有大焉，善与人同，舍己从人，
乐取于人以为善。"

[二十] 不宰，《老子》第五十一章："生而不有，为而不恃，长而不宰，
是谓玄德。"

[二十一] 有名之域，何晏《无名论》："故虽处有名之域而没其无名
之象。"

[二十二] 大宝，《周易·系辞下》："圣人之大宝曰位。"

[二十三] 皇猷，帝王的谋略或教化。唐岑参《送颜平原》："吾兄镇河朔，
拜命宣皇猷。"

代文武百寮谢宣示元和观象历表[一]

臣等言①：伏见今月十三日宰臣奉宣圣旨，以肇建元和[二]，惟新宝历[三]，
极其幽赜[四]，冠以睿文[五]，恩示具②寮，庆昭万国。^{中谢}臣闻清浊既判[六]，象数
相生[七]，一元起于帝图[八]，三统成于人道[九]。形器之表，推步而得[十]，恍惚
之际，锱铢不差[十一]。有开必先[十二]，圣作物睹。伏惟皇帝陛下诞膺骏命[十三]，
敬授人时[十四]，爰诏日官，底定历法[十五]，启闭元气[十六]，节宣群生[十七]。役五
行③于文字[十八]，贯七曜于珠璧[十九]。仰观俯察[二十]，允协于神休[二十一]；东作
西成，永贞于农候[二十二]。感动夷夏，鼓④舞飞沉[二十三]，天子之大政行焉，圣人
之能事毕矣。臣等幸备朝序[二十四]，亲奉昌期，窃见天心[二十五]，敢迷日
用[二十六]。无任蹈咏之至⑤。

【校】
①粤雅堂本"臣等言"作"臣某等言"。
②粤雅堂本"具"作"百"。
③粤雅堂本"行"作"运"。
④四库本"鼓"作"歌"。
⑤粤雅堂本"无任蹈咏之至"作"无任蹈咏"。

【笺注】

［一］作于元和二年，807年。《旧唐书·宪宗纪上》："（元和二年二月）庚午，司天造新历成，诏题为《元和观象历》。"

［二］肇建，《资治通鉴·晋元帝建武元年》："今王业肇建，万物权舆。"

［三］惟新，《诗·大雅·文王》："周虽旧邦，其命维新。"宝历，《魏书·世宗纪》："朕幼承宝历，艰忧在疚，庶事不亲，风化未洽。"

［四］幽赜，幽深精微。《周书·儒林传赞》："至于天官、律历、阴阳、纬候，流略所载，释老之典，靡不博综，穷其幽赜。"

［五］睿文，皇帝文德。

［六］清浊，《文选·左思〈魏都赋〉》："夫泰极剖判，造化权舆，体兼昼夜，理包清浊。"李善注："清轻者上为天，浊重者下为地。"

［七］象数，《左传·僖公十五年》："龟，象也；筮，数也。物生而后有象，象而后有滋，滋而后有数。"杜预注："言龟以象示，筮以数告，象数相因而生，然后有占，占所以知吉凶。"

［八］一元，《汉书·董仲舒传》："《春秋》谓一元之意，一者万物之所从始也，元者辞之所谓大也。谓一为元者，视大始而欲正本也。"帝图，帝王治国的谋略。《北齐书·儒林传赞》："帝图杂霸，儒风未纯。"

［九］三统，《汉书·刘向传》："王者必通三统，明天命所授者博，非独一姓也。"颜师古注引张晏曰："一曰天统，为周十一月建子为正，天始施之端也。二曰地统，谓殷以十二月建丑为正，地始化之端也。三曰人统，谓夏以十三月建寅为正，人始成立之端也。"

［十］形器，晋葛洪《抱朴子·广譬》："澄精神于玄一者，则形器可忘。"推步，《后汉书·冯绲传》："绲弟允，清白有孝行，能理《尚书》，善推步之术。"李贤注："推步谓究日月五星之度，昏旦节气之差。"

［十一］锱铢，比喻微小。锱铢皆古重量单位，六铢为一锱，重六百黍。

［十二］有开必先，《广雅》："先，始也。"《礼记·孔子闲居》："清明在躬，气志如神。耆欲将至，有开必先。天降时雨，山川出云。"

［十三］骏命，《尚书·武成》："我文考文王，克成厥勋，诞膺天命，以抚方夏。"孔安国传："大当天命。"

［十四］人时，《尚书·尧典》："乃命羲和，钦若昊天，历象日月星辰，敬授人时"。蔡沉集传："人时，谓耕获之候。"《史记·五帝本纪》："敬授民时。"

［十五］底定，《尚书·禹贡》："三江既入，震泽底定。"孔安国传："言三

江已入，致定为震泽。"

[十六] 元气，唐陈子昂《谏政理书》："元气者，天地之始，万物之祖。"

[十七] 节宣群生，《左传·昭公元年》："君子有四时：朝以听政，昼以访问，夕以修令，夜以安身。于是乎节宣其气，勿使有所壅闭湫底，以露其体。"杜预注："宣，散也。"

[十八] 五行，《孔子家语·五帝》："天有五行，水、火、金、木、土，分时化育，以成万物。"

[十九] 七曜，晋范宁《谷梁传序》："阴阳为之愆度，七耀为之盈缩。"杨士勋疏："日、月、五星皆照天下，故谓之七曜。"珠璧，唐李善《上〈文选注〉表》："伏惟陛下经纬成德，文思垂风。则大居尊，耀三辰之珠璧；希声应物，宣六代之云英。"

[二十] 仰观俯察，《周易·系辞上》："仰以观于天文，俯以察于地理，是故知幽明之故。"

[二十一] 允协，符合。《尚书·说命》："王忱不艰，允协于先王成德。"孔安国传："王心诚不以行之为难，则信合于先王成德。"神休，《文选·扬雄〈甘泉赋〉》："惟汉十世，将郊上玄、定泰畤，拥神休，尊明号。"李善注："言将祭泰畤，冀神拥祐之以美祥。"

[二十二] 永贞，《易·坤》："用六，利永贞。"孔颖达疏："永，长也，贞，正也，言长能贞正也。"

[二十三] 飞沉，唐刘禹锡《和乐天闲园独赏八韵》："动植随四气，飞沉含五情。"

[二十四] 朝序，南朝梁江淹《谢开府辟召表》："阐耀世经，发丽朝序。"

[二十五] 天心，《尚书·咸有一德》："克享天心，受天明命。"

[二十六] 日用，《易·系辞上》："百姓日用而不知，故君子之道鲜矣。"孔颖达疏："言万方百姓恒日日赖用此道而得生，而不知道之功力也。"

代百寮贺放浙西租赋表[一]

臣闻①等言：伏见今月十五日制命，以天下经赋，首于东南，浙右诸州，荐罹灾歉，全以②逋债大敷湛恩[二]。人谣勃兴，朝听震动[中贺]。臣闻三王③已降[三]，绵旷千祀，为邦之政尽在，欲理之主甚众，莫不知传戒独丰[四]，语称与足[五]。至于爱人节用之际，约躬纾国之时[六]，则必情随事迁，以欲忘道。故

125

曰：人鲜克举，行之惟艰[七]。伏惟皇帝陛下濬④发睿图，绍休圣绪，躬将⑤慈俭，子育困穷[八]，皇明烛幽[九]，惠训不倦。抚临万国，曾未再周，深求疾苦之源，屡下蠲除之诏[十]，裁戎祀之经费，减乘舆之服御。虽邦⑥计之有羡入，忧于未忧；虽生人之所乐输[十一]，损之又损。风行号令，日贯精诚[十二]，明神听其德音[十三]，和气生于文字[十四]。将舟车所及，咸升至理之期[十五]；岂江湖下方，独被曲成之泽[十六]。臣等尸素有日[十七]，献纳无闻[十八]，尚劳圣心，轸恤人隐[十九]。甘同凡品[二十]，不敢望于清光；窃与疲氓，共谢生于玄造⑦[二十一]。无任感忭⑧之至。

【校】

①粤雅堂本"臣闻"作"臣某"，四库本无"闻"字。

②粤雅堂本、四库本"以"作"已"。

③粤雅堂本"三王"作"三五"。

④粤雅堂本、四库全书本"濬"作"浚"。

⑤粤雅堂本"将"作"行"。

⑥四库本"邦"作"拜"。

⑦粤雅堂本"玄造"作"元造"。

⑧粤雅堂本"无任感忭"作"喜抃感跃"。

【笺注】

[一] 作于元和二年，807 年。《资治通鉴·宪宗元和二年》："有司籍锜家财输京师。翰林学士裴垍、李绛上言，以为'李锜僭侈，割剥六州之人以富其家，或枉杀其身而取其财。陛下闵百姓无告，故讨而诛之，今辇金帛以输上京，恐远近失望。愿以逆人资财赐浙西百姓，代今年租赋'。上嘉叹久之，即从其言。"

[二] 逋 bū 债，欠债，《宋书·文帝纪》："凡诸逋债，优量申减。"湛恩，《文选·司马相如〈封禅文〉》："故轨迹夷易，易遵也；湛恩厐鸿，易丰也。"李善注："湛，深也。"

[三] 三王，《谷梁传·隐公八年》："盟诅不及三王。"范宁注：三王，谓夏、殷、周也。夏后有钧台之享，商汤有景亳之命，周武有盟津之会。

[四] 独丰，《左传·桓公六年》："今民各有心，而鬼神乏主，君虽独丰，其何福之有！"

[五] 与足，《论语·颜渊》："百姓足，君孰与不足？百姓不足，君孰

与足?"

[六] 纾 shū，减轻。《左传·庄公三十年》："斗谷于菟为令尹，自毁其家以纾楚国之难。"

[七] 人鲜克举两句。人鲜克举，《诗·大雅·烝民》："人亦有言，德辅如毛，民鲜克举之。"郑玄注："辅，轻也。鲜，罕也。仪言德之轻如毛耳，人皆以为重，罕能举行之者。"行之惟艰，《尚书·说命》："非知之艰（知之非艰），行之惟艰。"

[八] 子育，《魏书·苻生传》："圣明宰世，子育百姓，罚必有罪，赏必有功。"

[九] 烛幽，《南齐书·王融传》："皇鉴烛幽，天高听下，赏片言之或善，矜一物之失时。"

[十] 蠲 juān 除，《南史·齐纪上·武帝》："吴兴、义兴遭水县，蠲除租调。"

[十一] 生人，民众。《墨子·兼爱》："是以老而无子者，有所得终其寿，连独无兄弟者，有所杂于生人之间。"乐输，《隋书·食货志》："浮浪人，乐输亦无定数，任量准所输，终优于正课焉。"

[十二] 风行号令两句。风行，德化广被。唐柳宗元《谢襄阳李夷简尚书委曲抚问启》："伏惟尚书鹗立朝端，风行天下。"精诚，《庄子·渔父》："真者，精诚之至也，不精不诚，不能动人。"

[十三] 德音，《诗·邶风·日月》："日居月诸，出自东方。乃如之人兮，德音无良。胡能有定？俾也可忘。"王先谦注："德音，以使命言，卑奉尊命谓之'德音'，若后世称'恩命'矣。"

[十四] 和气，《老子》第四十二章："万物负阴而抱阳，冲气以为和。"

[十五] 至理，唐元稹《观兵部马射赋》："虽当至理，不忘庸功。"

[十六] 曲成之泽，《易·系辞上》："曲成万物而不遗。"韩康伯注："曲成者，乘变以应物，不系一方者也。"孔颖达疏："言圣人随变而应，屈曲委细，成就万物。"

[十七] 尸素，自谦的说法。三国魏钟繇《上汉献帝自劾书》："尸素重禄，旷职废任。"

[十八] 献纳，《旧唐书·玄宗纪论》："昌言嘉谟，日闻于献纳。"

[十九] 轸恤 zhěn xù，《旧五代史·太祖纪七》："史载葬枯，用彰轸恤；礼称掩骼，将致和平。"人隐，百姓之痛苦。《国语》："勤恤人隐，而除其害。"《后汉书·张衡传》："故能同心戮力，勤恤人隐，奄受区夏，遂定帝位，皆谋臣

之由也。"李贤注:"隐,病也。"

[二十] 凡品,明吴承恩《陌上佳人赋》:"纵复有一焉,必非凡品,或幻怪而仙灵。"

[二十一] 玄造,指皇恩。

代百寮谢许游宴表^[一]

臣某等言:今月二十三日宰臣奉宣进止^[二],如闻百寮士庶等亲友追游公私宴集^[三],及昼日出城饯送,每虑奏报,自今已后,各畅所怀者。志存必信,义切同休^[四],令行如春,神应若响,寒木①晖润,严风变和,推己感于人心,发生先于天意。臣某②^{中谢}。臣闻与人同其乐者,不必尽致于韶夏之庭^[五],在夫不夺其欢而已;与物致其诚者,不必日效于丹青之信^[六],在夫不察其细而已。况乎缙③绅之乐名教^[七],聚皆以类^[八],臣子之事君父,游必有方^[九],岂足轻耸物情^[十],遽尘天听^[十一]。伏惟皇帝陛下光纂十圣,威临万国,神武功就,人文化成,穷溟无波,丰岁将宴④。乐奏穆清^[十二],感深乎共乐之道;驾言游幸,思所以适人之方。爰诏辅⑤臣,式将明命,优谕卿士,达于庶人。琴筑追游,无惮京毂^[十三];辒辌送远^[十四],勿限严城。禁吏司之苛察,尽朝野之欢泰。始觉飞沉之乐,宇宙之宽,物不自疑,人知得所。在宗载考,夜饮承湛露之恩^[十五];求友相鸣^[十六],时宴奉需云之庆。浃休声于夷夏^[十七],蒸喜气于山川。千载之昌运允符^[十八],百王之遗美斯举。臣等谬膺寄任,亲奉休明^[十九],方感生成之德^[二十],更蒙优贷之诏^[二十一]。恭承睿旨,务竭欢心,饱思属厌,醉念温克^[二十二],戒竹林之虚诞,去金谷之浮华^[二十三]。君虽不察于泉鱼^[二十四],臣敢有愧于屋漏^[二十五]?承欢且惧,居宠弥惊,稽首知惭,杀身何报。无任感恩兢惕之至。

【校】
①四库本"寒木"作"寒水"。
②粤雅堂本无"臣某"二字。
③粤雅堂本"缙"作"搢"。
④粤雅堂本、四库本"宴"作"晏"。
⑤四库本"辅"作"抚"。

128

【笺注】

[一] 作于元和二年，807 年。《旧唐书·宪宗纪上》："（元和二年）丙子，令宰臣宣敕：百僚游宴过从饯别，此后所由不得奏报，务从欢泰。"宋王溥《唐会要·追赏》："元和二年十二月。宰臣奉宣。如闻百官士庶等。亲友追游。公私宴会。乃昼日出城饯送。每虑奏报。人意未舒。自今以后。各畅所怀。务从欢泰。"

[二] 进止，《资治通鉴·唐德宗贞元元年》："泌（李泌）曰：'辞日奉进止，以便宜从事。'"胡三省注："自唐以来，率以奉圣旨为奉进止，盖言圣旨使之进则进，使之止则止也。"

[三] 追游，寻胜而游。

[四] 同休，同休等戚，祸福共之。韩愈《皇帝即位贺宰相启》："相公翼亮圣明，大庆资始，伏惟永永，与国同休。"

[五] 韶夏之庭，《文选·司马相如〈封禅文〉》："继韶夏，崇号谥。"李善注引文颖曰："韶，明也；夏，大也。"

[六] 丹青之信，《汉书·王莽传》下："明告以生活丹青之信。"师古曰："丹青之信，言明着也。"

[七] 缙绅，也作搢绅，《周礼·春官·典瑞》："王晋大圭。"郑玄注引郑司农曰："晋读为搢绅之搢，谓插于绅带之间，若带剑也。"

[八] 聚皆以类，《易·系辞上》："方以类聚，物以群分。"

[九] 游必有方，《论语·里仁》："父母在，不远游，游必有方。"

[十] 物情，世情。唐孟浩然《上张吏部》诗："物情多贵远，贤俊岂遥今？"

[十一] 天听，《尚书·泰誓中》："天视自我民视，天听自我民听。"

[十二] 穆清，太平祥和。汉蔡邕《释诲》："夫子生穆清之世，秉醇和之灵。"

[十三] 京毂，京辇，国都，晋葛洪《抱朴子·讥惑》："其好事者，朝夕放效，所谓京辇贵大眉，远方皆半额也。"

[十四] 辎軿 zī píng，辎车和軿车的并称。后泛指有屏蔽的车子。《汉书·张敞传》："礼，君母出门则乘辎軿。"颜师古注："辎軿，衣车也。"

[十五] 湛露，《诗·小雅·湛露》："湛湛露斯，在彼丰草。厌厌夜饮，在宗载考。"《左传·文公四年》："昔诸侯朝正于王，王宴乐之，于是乎赋《湛露》。则天子当阳，诸侯用命也。"

[十六] 求友相鸣，《诗经·小雅·鹿鸣》："呦呦鹿鸣，食野之苹。我有嘉宾，鼓瑟吹笙。"毛序："《鹿鸣》，燕群臣嘉宾也。"

[十七] 浃 jiā，休声，赞美声。

[十八] 允符，符合。韩愈《祭裴太常文》："兄皆指陈根源，斟酌通变，莫不允符天旨，克协神休。"

[十九] 休明，《左传·宣公三年》："定王使王孙满劳楚子，楚子问鼎之大小轻重焉。对曰：'在德不在鼎。……德之休明，虽小，重也。'"

[二十] 生成之德，《易·系辞下》："天地之大德曰生，圣人之大宝曰位。"

[二十一] 优贷，宽容。唐韩愈《顺宗实录》："宜加贬黜，用申邦宪；尚从优贷，俾佐远藩。"

[二十二] 恭承睿旨，务竭欢心，饱思属厌，醉念温克句。欢心，《韩非子·存韩》："斯之来使，以奉秦王之欢心，愿效便计，岂陛下所以逆贱臣者邪？"属厌，《左传·昭公二十八年》："愿以小人之腹，为君子之心，属厌而已。"杜预注："属，足也。言小人之腹饱，犹知厌足，君子之心亦宜然。"温克，《诗·小雅·小宛》："人之齐圣，饮酒温克。"郑玄注："中正通知之人，饮酒虽醉犹能温藉自持以胜。"

[二十三] 戒竹林之虚诞两句。竹林之虚诞，《世说新语·任诞》："陈留阮籍、谯国嵇康、河内山涛，三人年皆相比，康年少亚之。预此契者：沛国刘伶、陈留阮咸、河内向秀。琅邪王戎。七人常集于竹林之下，肆意酣畅，故世谓竹林七贤。"金谷之浮华，《世说新语·品藻》"谢公云金谷中"刘孝标注引晋石崇《金谷诗叙》："（余）有别庐在河南县界金谷涧中……余与众贤共送往涧中，昼夜游宴，屡迁其坐，或登高临下，或列坐水滨。时琴瑟笙筑，合载车中，道路并作。及住，令与鼓吹递奏。遂各赋诗，以叙中怀。或不能者，罚酒三斗。"

[二十四] 泉鱼，唐刘知几《史通·补注》："孝标善于攻缪，博而且精，固以察及泉鱼，辨穷河豕。"也作渊鱼，《史记·吴王濞列传》："且夫'察见渊鱼，不祥'。"

[二十五] 屋漏，《诗·大雅·抑》："相在尔室，尚不愧于屋漏。"毛传："西北隅谓之屋漏。"郑玄注："屋，小帐也；漏，隐也。"明李东阳《土室》："古人戒屋漏，所贵无愧色。"

代百寮进农书表[一]

　　臣某等言：臣等伏准故事[二]，每年二月一日，以农务方兴，令百寮具则天太①圣皇后所删定《兆人本业记》奉进者中谢[三]。臣闻不爱牲玉[四]，祈谷于圜丘[五]，可以致诚，未足以劝为②；躬秉耒耜[六]，籍田于千亩[七]，可以示劝，未足以③教人。必也殷④天地之和，顺阴阳之理，利其器用[八]，精厥法式[九]，变之而不倦，动之而不劳，四海靡而风行，百姓迷其日用[十]，弘我⑤政本[十一]，实惟农书。伏惟睿圣文武皇帝陛下德茂生成[十二]，道光慈俭[十三]，捐金而宝谷，菲食而粒人[十四]，考《尧典》以授时[十五]，稽《禹贡》而任土[十六]，洁粢盛而大事在祀[十七]，销剑戟而尽力为农，丰年屡荐于郊歌，嘉瑞继光于国史。而不自满假[十八]，惟怀永图[十九]，每至献岁载阳[二十]，仲春初吉，俯察土膏之候[二十一]，仰观晨正⑥之祥[二十二]，经始岁功，导扬生德。征有司之旧典，奉先后之遗文，深居穆清[二十三]，亲览奥妙，匪崇朝而尽更田亩，不出户而遍洽人情，见捽草坺⑦土之艰[二十四]，知寒耕热耘之苦[二十五]。宸心感念，圳亩昭苏[二十六]，一叹而时雨先飞，三复而春雷自起。臣等业惭学稼，禄过代耕[二十七]，亲承务本之风[二十八]，日奉在勤之训[二十九]。三时不害[三十]，观玉烛于氤氲[三十一]；九扈孔修[三十二]，贺生灵于富庶。谨缮写前件书凡二十篇，共成三卷，谨诣东上阁门奉表陈献以闻。

【校】

①粤雅堂本、四库本"太"作"大"。

②四库本"为"作"众"。

③粤雅堂本"足以"作"可以"。

④四库全书"殷"作"应"。

⑤粤雅堂本"弘我"作"宏我"。

⑥粤雅堂本"晨正"作"农正"。

⑦四库全书"坺"作"抷"。

【笺注】

[一] 百寮进农书，文中称"睿圣文武皇帝陛下"，应作于宪宗朝。

[二] 故事，旧日的典章制度。《汉书·刘向传》："宣帝循武帝故事，招名

儒俊材置左右。"

[三] 兆人本业记，《唐会要·修撰》："垂拱二年四月七日，太后撰百寮新诫。及兆人本业记。颁朝集使。"《唐会要·节日》："（贞元）六年二月。百官以中和节。晏于曲江亭上。赋诗以锡之。其年。以中和节。始令百官进太后所撰兆人本业记三卷。司农献黍粟种各一斗。"《旧唐书·德宗纪下》："（贞元六年中和节）是日，百僚进兆人本业三卷，司农献黍粟各一斗。"

[四] 牲玉，《国语·鲁语上》："余不爱衣食于民，不爱牲玉于神。"韦昭注："牲，牺牲；玉，珪璧，所以祭祀也。"

[五] 圜 yuán 丘，《周礼·春官·大司乐》："冬日至，于地上之圜丘奏之。"贾公彦疏："土之高者曰丘，取自然之丘。圜者，象天圜也。"

[六] 耒耜 lěi sì，《礼记·月令》："（孟春之月）天子亲载耒耜，措之于参保介之御间。"郑玄注："耒，耜之上曲也。"

[七] 籍田，《诗·周颂·载芟序》："载芟，春籍田而祈社稷也。"郑玄笺："籍田，甸师氏所掌，王载耒耜所耕之田。天子千亩，诸侯百亩。籍之言借也，借民力治之，故谓之籍田。"

[八] 利其器用，《论语·卫灵公》："子贡问为仁。子曰：'工欲善其事，必先利其器。居是邦也，事其大夫之贤者，友其士之仁者。'"

[九] 法式，《管子·明法解》："案法式而验得失，非法度不留意焉。"

[十] 迷其日用，《易·系辞上》："百姓日用而不知，故君子之道鲜矣。"孔颖达疏："言万方百姓恒日日赖用此道而得生，而不知道之功力也。"

[十一] 政本，《汉书·萧望之传》："望之以为中书政本，宜以贤明之选。"

[十二] 德茂，汉司马相如《难蜀父老》："汉兴七十有八载，德茂存乎六世。"

[十三] 道光，《晋书·汝南王亮等传论》："分茅锡瑞，道光恒典。"慈俭，《新唐书·赵宗儒传》："尧舜之化，慈俭而已。"

[十四] 菲食，晋陆机《辨亡论》："卑宫菲食，丰功臣之赏。"

[十五] 授时，《尚书·尧典》："历象日月星辰，敬授人时。"孔传："敬记天时以授人也。"

[十六] 任土，《尚书·禹贡序》："禹别九州，随山濬川，任土作贡。"孔安国传："任其土地所有定其贡赋之差。"

[十七] 粢 zī，古代供祭祀用的谷类。《尔雅·释草·疏》："粢者，稷也。"

[十八] 不自满假，《尚书·大禹谟》："克勤于邦，克俭于家，不自满假。"孔颖达疏："言己无所不知，是为自满；言己无所不能，是为自大。"

[十九] 惟怀永图，《尚书·太甲上》："慎乃俭德，惟怀永图。"孔安国传："言当以俭为德，思长世之谋。"

[二十] 献岁，《楚辞·招魂》："献岁发春兮，汨吾南征。"王逸注："献，进；征，行也。言岁始来进，春气奋扬，万物皆感气而生。"《诗·豳风·七月》："春日载阳，有鸣仓庚。"瑞辰按，《尔雅》："春为青阳。"故诗言："春日载阳"。

[二十一] 土膏，《国语·周语上》："阳气俱蒸，土膏其动。"

[二十二] 晨正，《国语·周语上》："农祥晨正，日月底于天庙，土乃脉发。"韦昭注："农祥，房星也。晨正，谓立春之日，晨中于午也。"

[二十三] 穆清，太平祥和。汉蔡邕《释诲》："夫子生穆清之世，秉醇和之灵。"

[二十四] 捽 zuó，拔。

[二十五] 寒耕热耘，《孔子家语·屈节解》："民寒耕热耘曾不得食，岂不衰哉！"

[二十六] 昭苏，《礼记·乐记》："蛰虫昭苏，羽者妪伏。"郑玄注："昭，晓也；蛰虫以发出为晓，更息曰苏。"

[二十七] 代耕，《礼记·王制》："诸侯之下士，视上农夫，禄足以代其耕也。"

[二十八] 务本，《论语·学而》："君子务本，本立而道生。孝弟也者，其为仁之本与？"

[二十九] 在勤，《左传·宣公十二年》："民生在勤，勤则不匮。"

[三十] 三时，《左传·桓公六年》："洁粢丰盛，谓其三时不害而民和年丰也。"杜预注："三时，春、夏、秋。"

[三十一] 玉烛，《尔雅·释天》："四气和谓之玉烛。"氤氲 yīn yūn，《周易》："天地氤氲，万物化生。"

[三十二] 九扈，《左传·昭公十七年》："九扈为九农正。"杜预注："扈有九种也……以九扈为九农之号，各随其宜以教民事。"孔修，《尚书·禹贡》："四海会同，六府孔修。"孔安国传："水、火、金、木、土、谷甚修治，言政化和。"

代杜司徒谢上表^[一]

　　臣某言：伏蒙圣恩。以臣久更重职，谬践中台，爰诏有司，俾选良日，授节册命，备礼莅①官。当千载之休期，复三公之故事^[二]。俯偻恭命，震惊失图^{中谢}。臣闻官以昭德，物以表功，赏不僭行，礼无虚设。臣识非经远，才乏将明^[三]，阶缘恩遇^[四]，叨历②寄任。漫踰三纪，祗事四朝，徒竭筋力之勤，曾无尘路③之效。陛下矜其衰疾，许释烦重，而犹委代天之务，正论道之司。拜册彤庭，奉谒清庙^[五]，被之法服，导以羽仪^[六]，会府宿设，群官序送，降德音于中贵^[七]，分肴醴于御厨^[八]。事出殊恩，动为荣观。礼成而退，身惊日月之光，宠极自思，心醉云天之泽。素发垂领，华衮在躬，喜过生悲，感深以泣。虽志同犬马，愿奉主于无疆。而年在桑榆，将报恩而何力，无任感抃屏营之至。

【校】

①粤雅堂本"莅"作"涖"。
②粤雅堂本"历"作"承"。
③粤雅堂本、四库本"路"作"露"。

【笺注】

[一] 作于元和元年，806 年。杜司徒，杜佑（735—812），《旧唐书·杜佑传》："杜佑字君卿，京兆万年人。曾祖行敏，荆、益二州都督府长史、南阳郡公。祖悫，右司员外郎、详正学士。父希望，历鸿胪卿、恒州刺史、西河太守，赠右仆射。佑以荫入仕，补济南郡参军、剡县丞……十九年入朝，拜检校司空、同平章事，充太清官使。德宗崩，佑摄冢宰，寻进位检校司徒，充度支盐铁等使，依前平章事。旋又加弘文馆大学士……元和元年，册拜司徒、同平章事，封岐国公。"《旧唐书·宪宗纪上》："（元和元年）丁未，以检校司空、平章事杜佑为司徒，所司备礼册拜，平章事如故。"

[二] 当千载之休期两句。休期，美好的时期。三公，《尚书·周官》："立太师、太傅、太保。兹惟三公，论道竟邦，燮理阴阳，官不必备，惟其人。"

[三] 将明，《诗·大雅·烝民》："肃肃王命，仲山父将之；邦国若否，仲山父明之。"

[四] 阶缘，凭借。《北史·外戚传序》："凭藉宠私，阶缘恩泽。"

[五] 清庙，即太庙，古代帝王的宗庙。《诗·周颂·清庙》："于穆清庙，肃雝显相。"

[六] 羽仪，《易·渐》："鸿渐于陆；其羽可用为仪。"孔颖达疏："处高而能不以位自累，则其羽可用为物之仪表，可贵可法也。"

[七] 德音，《国语·楚语上》："忠信以发之，德音以扬之。"

[八] 醴lǐ。

代杜司徒贺赦表[一]

臣某言：伏见今月二日制书，改元元和[二]，大赦天下。新雷雨之泽，重日月之光，仁被幽遐，庆覃动植，三元经始[三]，万化惟新[四]。臣某诚欢诚忭顿首顿首①[五]。臣闻羲轩驭宇②[六]，尧舜为君，德莫盛于好生[七]，政莫弘③于在宥[八]。然而事资体要[九]，理极精微[十]，百王所难，千载斯遇。伏惟皇帝陛下纂临大宝，光启睿图[十一]，当献岁之元④[十二]，顺阳春之气，朝前殿[十三]，御正门[十四]，发德音[十五]，布慈旨，明大孝之本[十六]，褒至忠之后。省徭捐税，以清疾苦之源[十七]；荡累涤瑕[十八]，以厚廉耻之俗[十九]。往典之所未举，前代之所未该，莫不悉出宸衷，咸归圣政。坐开仁寿之域[二十]，伫见雍熙之期[二十一]，凡在生灵，孰不庆幸？况臣陈力岁久，受恩最深，而蒲柳余年[二十二]，犬马多疾，不获奉觞丹陛，蹈咏康衢[二十三]，犹蒙天眷留圣慈曲至⑤，特降中使，俯加慰勉。衰惫增气，枯朽生光⑥，施重丘山⑦，感深骨髓，阖门灰粉[二十四]，岂足上报。无任喜惧屏营之至。

【校】

①粤雅堂本无"臣某诚欢诚忭顿首顿首"句，有"中谢"两字。
②粤雅堂本"驭宇"作"驭物"。
③粤雅堂本"弘"作"宏"。
④粤雅堂本"元"作"辰"。
⑤粤雅堂本"留圣慈曲至"作"再留圣慈曲至"，四库本"留圣慈曲至"作"留家圣慈曲至"。
⑥粤雅堂本"生光"作"生枝"。
⑦粤雅堂本"丘山"作"邱山"。

【笺注】

［一］作于元和元年，806年。杜司徒，杜佑（735—812），《旧唐书·宪宗纪上》："（元和元年）丁未，以检校司空、平章事杜佑为司徒，所司备礼册拜，平章事如故。"

［二］改元元和，《旧唐书·宪宗纪上》："元和元年春正月丙寅朔，皇帝率群臣于兴庆宫奉上太上皇尊号曰应干圣寿太上皇。丁卯，御含元殿受朝贺。礼毕，御丹凤楼，大赦天下，改元曰'元和'。"

［三］三元，指夏历正月初一，此日为年、月、日之始，故称"三元"。经始，《诗·大雅·灵台》："经始灵台，经之营之。"

［四］万化，《汉书·京房传》："古帝王以功举贤，则万化成，瑞应着。"颜师古注："万化，万机之事，施教化者也。一曰万物之类也。"

［五］诚欢诚忭 biàn，欢喜，南朝谢庄《谢赐貂裘表》："臣欢忭自歌，而同委裘之泽。"

［六］羲轩，伏羲氏和轩辕氏（黄帝）的并称。李白《金陵凤凰台置酒》："明君越羲轩，天老坐三台。"驭宇，《旧唐书·高祖纪》："朕膺期驭宇，兴隆教法。"

［七］德莫盛于好生，《尚书·大禹谟》："好生之德，洽于民心。"

［八］在宥，《庄子·在宥》："闻在宥天下，不闻治天下也。"郭象注："宥使自在则治，治之则乱也。"司马彪注："在，察也。宥，宽也。"

［九］资，取。《尚书·毕命》："政贵有恒，辞尚体要。"孔颖达疏："为政贵在有常，言辞尚其体实要约。"

［十］精微，《礼记·经解》："洁静精微，《易》教也。"

［十一］睿图，《隋书·音乐志下》："皇矣上帝，受命自天。睿图作极，文教遐宣。"

［十二］献岁，《楚辞·招魂》："献岁发春兮，汨吾南征。"王逸注："献，进；征，行也。言岁始来进，春气奋扬，万物皆感气而生。

［十三］朝，与野相对。前殿，《文选·扬雄〈甘泉赋〉》："前殿崔巍兮，和氏灵珑。"李善注："前殿，正殿也。诸宫皆有之。"

［十四］正门，《诗·大雅·緜》："迺立应门，应门将将。"毛传："王之正门曰应门。"

［十五］德音，《国语·楚语上》："忠信以发之，德音以扬之。"

［十六］大孝之本，《孝经·开宗明义章》："子曰：'夫孝，德之本也，教

之所由生也。'"

［十七］以清疾苦之源。清源，亦作"清原"，清理本源，从根本上加以整顿。

［十八］荡累，消除烦恼。涤瑕，唐柳宗元《解崇赋》："以泠风濯热，以清源涤瑕。"

［十九］厚廉耻之俗，廉耻，《淮南子·泰族训》："民无廉耻，不可治也。非修礼义，廉耻不立。"北齐刘昼《新论·风俗》："风有厚薄，俗有淳浇。"

［二十］仁寿，《论语·雍也》："知者动，仁者静，知者乐，仁者寿。"《汉书·董仲舒传》："尧舜行德，则民仁寿。"

［二十一］雍熙，《文选·张衡〈东京赋〉》："百姓同于饶衍，上下共其雍熙。"薛综注："言富饶是同，上下咸悦，故能雍和而广也。"

［二十二］蒲柳，喻未老先衰，或体质衰弱。南朝刘义庆《世说新语·言语》："蒲柳之姿，望秋而落；松柏之质，经霜弥茂。"

［二十三］康衢 qú，《晋书·潘岳传》："动容发音，而观者莫不扑舞乎康衢，讴吟乎圣世。"

［二十四］阖门，晋皇甫谧《高士传·荀靖》："阖门悌睦，隐身修学，动止合礼。"灰粉，谓粉身碎骨。

卷五　表状

代李侍郎贺收西川表[一]

臣某言：伏见高崇文奏，以九月二十一日官军入城都①府，逆贼刘辟走出，见勒兵追捕者[二]。臣闻夏震秋落，乃观成物之功[三]；善阵有征[四]，方见胜残之礼②[五]。然则杀之所以生之也，动之所以绥之也。气和则岁功早就[六]，德盛则庙算先期[七]，无遗镞而巨寇穷奔[八]，不血刃而全蜀底定。奔走夷裔，歌舞③生灵，腾瑞气而跃祥风，披庆霄而捧白日^{中贺}。伏以陛下纂临宸极[九]，惟新庶政[十]，拓迹开统之始[十一]，作法定制之初，而贼辟敢犯天威，首干大纪[十二]，恃险与远，穷凶极暴④。虽祸淫助顺，诚天道之必然；而制胜举全[十三]，皆圣谟之自出[十四]。一昨诸军既集，锋镝争先[十五]，陛下以为方暑用兵，触冒害气[十六]，与剿人而欲速，宁全众而功迟[十七]，遂令缓蝼蚁之诛，抑貔貅之锐[十八]，休养磨砺，以须秋期。由是感恩而思奋者，万心如一。又高崇文疾恶太甚，然伤⑤小过，陛下推吊伐之义[十九]，弘⑥覆焘⑦之慈[二十]，寇逆是诛，吾人何罪，遂令逐北者生致为上，胁从者获则免之；且谕鸿私[二十一]，仍加晏⑧慰。由是饮泽而回化⑨者[二十二]，十室而九。加以圣慈曲被，大信有孚[二十三]，当挟纩之时[二十四]，赐战士悉出内府[二十五]，开食椹之路，赏降者曾不踰晨⑩。遂使昏迷革心，义勇增气，江山自拔，雷雨长驱，渠魁假息而逃威[二十六]，士众顺风而舍杖⑪，市不易肆，巷无惊犬，人蒙骨肉⑫？户解倒悬，旌旗导长养之风[二十七]，金鼓动发生之气。然后知至仁能煞⑬，睿略无方，大典用彰，神武可慰⑭。全苞形气之内[二十八]，有罪必诛；旁行天地之间，无思不服[二十九]。臣谬膺重寄，亲奉昌期，坐观氛祲之清，目睹鲸鲵之戮[三十]，手舞足蹈，倍万恒情。

【校】

①粤雅堂本、四库本"城都"作"成都"。

②粤雅堂本"礼"作"理"。

③粤雅堂本"歌舞"作"鼓舞"。

④四库本"极暴"作"极恶"。

⑤粤雅堂本"然伤"作"杀伤"。

⑥粤雅堂本"弘"作"宏"。

⑦四库本"素"作"愽"。

⑧粤雅堂本"晏"作"宴",四库本"晏"作"安"。

⑨粤雅堂本"回化"作"向化"。

⑩粤雅堂本"踰晨"作"踰辰"。

⑪粤雅堂本"杖"作"仗"。

⑫粤雅堂本"骨肉"作"肉骨"。

⑬粤雅堂本、四库本"煞"作"杀"。

⑭粤雅堂本"慰"作"畏"。

【笺注】

[一] 作于元和元年,806 年。李侍郎,疑指李巽。

[二] 以九月二十一日官军入城都府……贝勒兵追捕者句。《旧唐书·刘辟传》:"(元和元年)九月,崇文收成都府。刘辟以数十骑遁走。"

[三] 成物之功,《礼记·中庸》:"诚者,非自成己而已也,所以成物也。成己,仁也;成物,知也。性之德也,合外内之道也。"

[四] 善阵有征,《谷梁传·庄公八年》:"故曰:善阵者不战,此之谓也。"

[五] 胜残之礼,《论语·子路》:"善人为邦百年,亦可以胜残去杀矣。"何晏集解:"王曰:'胜残,残暴之人使不为恶也;去杀,不用刑杀也。'"

[六] 岁功早就,《汉书·律历志上》:"权者,铢、两、斤、钧、石也……四万六千八十铢者,万一千五百二十物历四时之象也。而岁功成就,五权谨矣。"

[七] 庙算先期,《孙子·计》:"夫未战而庙算胜者,得算多也;未战而庙算不胜者,得算少也。"张预注:"古者兴师命将,必致斋于朝,授以成算,然后遣之,故谓之庙算。"

[八] 遗镞 zú,汉贾谊《过秦论上》:"秦无亡矢遗镞之费,而天下诸侯已困矣。"南朝梁陆倕《石阙铭》:"兵不血刃,士无遗镞,而樊邓威怀,巴黔底定。"

[九] 宸 chén 极,《文选·刘琨〈劝进表〉》:"宸极失御,登遐丑裔。"李

善注："宸极，喻帝位。"

[十] 庶政，《易·贲》："山下有火，贲。君子以明庶政，无敢折狱。"

[十一] 拓迹，创业。《三国志·魏志·高堂隆传》："夫拓迹垂统，必俟圣明；辅世匡治，亦须良佐。"

[十二] 大纪，三国魏嵇康《管蔡论》："今若本三圣之用明，思显授之实理，推忠贤之暗权，论为国之大纪。"

[十三] 制胜，《孙子·虚实》："人皆知我所以胜之形，而莫知吾所以制胜之形。"

[十四] 圣谟，《尚书·伊训》："圣谟洋洋，嘉言孔彰。"

[十五] 锋镝，刀刃和箭镞，借指兵器。唐张说《赠上柱国郭君碑》："命公统陇右之骑，济河曲之师，锋镝争先，玉石俱碎。"

[十六] 害气，《后汉书·马援传》："惟援得事朝廷二十二年，北出寒漠，南度江海，触冒害气，僵死军事。"

[十七] 全众，《韩非子·说疑》："若夫转法易位，全众传国，最其病也。"

[十八] 貔貅，《史记·五帝本纪》："（轩辕）教熊罴貔貅貙虎，以与炎帝战于阪泉之野。"司马贞索隐："此六者猛兽，可以教战。"

[十九] 吊伐，吊，慰问；伐，讨伐。《孟子·滕文公下》："诛其罪，吊其民，如时雨降，民大悦。"

[二十] 覆焘亦作"覆帱"，施恩，加惠。《礼记·中庸》："辟如天地之无不持载，无不覆帱。"

[二十一] 鸿私，南朝梁江淹《萧领军让司空并敦劝启》："且皇华之命，居上之鸿私；凤举之招，为下之殊荣。"

[二十二] 饮泽，谓蒙受恩泽。《乐府诗集·郊庙歌辞十·唐享太庙乐章》："百蛮饮泽，万国来王。"

[二十三] 大信有孚，《韩非子·外储说左上》："小信成，则大信立，故明主积于信。赏罚不信，则禁令不行。"

[二十四] 挟纩 jiā kuàng，《左传·宣公十二年》："申公巫臣曰：'师人多寒。'王巡三军，拊而勉之，三军之士皆如挟纩。"杜预注："纩，绵也。言说（悦）以忘寒。"

[二十五] 内府，《周礼·天官·内府》："内府掌受九贡、九赋、九功之货贿，良兵，良器，以待邦之大用。"

[二十六] 渠魁，《尚书·胤征》："歼厥渠魁，胁从罔治。"孔安国传："渠，大。魁，帅也。"孔颖达疏："'歼厥渠魁'，谓灭其元首，故以渠为大，魁

为帅，史传因此谓贼之首领为渠帅，本原出于此。"

[二十七] 长养，《荀子·非十二子》："长养人民，兼利天下。"

[二十八] 形气之内，汉贾谊《鵩鸟赋》："形气转续兮，变化而蟺。"

[二十九] 无思不服，《诗·大雅·文王有声》："镐京辟雍，自西自东，自南自北，无思不服。"朱熹注："无思不服，心服也。"

[三十] 鲸鲵，《左传·宣公十二年》："古者明王伐不敬，取其鲸鲵而封之，以为大戮。"杜预注："鲸鲵，大鱼名，以喻不义之人吞食小国。"

代李侍郎谢内库钱充军资表①[一]

臣某言：今月十三日面奉进旨②，其南郊赏设钱[二]，恐度支支计阙少，以内库钱③充者。臣闻王者以四海为家，君道唯百姓与足，象天平施而无别，如地生财而不私，薄奉己而后奉公，重从人而轻从欲。知则孔易，行之惟艰[三]，旷代莫闻，今日斯遇。伏惟皇帝陛下诞膺骏命[四]，富有万邦，而能宝玄④元慈俭之宗，奉列圣忧勤之绪。臣谬思⑤禹贡，窃见尧心。非戎祀之用无急宣[五]，非轨物之经无别献[六]，土木之功，遂闻于废息，恩幸之赐，殆绝于沾濡[七]，固已行路讴吟[八]，搢绅抃叹者久矣[九]。伏以郊禋有日[十]，庆泽自天，楚师思挟纩之恩[十一]，汉将望解衣之惠[十二]。国存旧典，事有恒规，在臣职司，敢不供集。陛下怜江淮甫罹旱歉，念庸蜀新罢大兵，虽经费有余，而圣虑犹轸。昨因伏奏，亲奉德音，悉拟发内府金钱，御服缯彩[十三]，约躬节用，纾国赡军[十四]，允叶⑥师和[十五]，虔⑦恭祀事。必知感神人之德，未酌献而幽通[十六]，动天地⑧之诚，先燎烟而上达，百祥所降，万福攸宜[十七]。信可以光洽寰区，夐掩图箓[十八]，家知自遂，户识至公，风人寝抒轴⑨之诗，黔首臻富庶之域[十九]。微臣何幸，获睹升平，至德难名，载深感惧。无任喜忭激切之至，谨奉表陈谢以闻⑩。

【校】

①粤雅堂本"代李侍郎谢内库钱充军资表"作"代李侍郎谢用内库钱充南郊赏表"。

②粤雅堂本"旨"作"止"。

③粤雅堂本"库钱"作"库钱物"。

④粤雅堂本"宝玄"作"宝元"。

⑤粤雅堂本"思"作"司"。

⑥四库本"允叶"作"允协"。

⑦粤雅堂本"虐"作"克虐"。

⑧粤雅堂本"天地"作"天"。

⑨粤雅堂本、四库本"抒轴"作"杼轴"。

⑩粤雅堂本"无任喜忭激切之至，谨奉表陈谢以闻"作"无任喜忭激切之至"。

【笺注】

[一] 李侍郎，未详。作于元和二年，807年。李侍郎，疑指李吉甫。

[二] 南郊，古代帝王祭天的大礼。

[三] 行之惟艰，《尚书·说命中》："非知之艰，行之惟艰。"

[四] 诞膺，承当。《尚书·武成》："我文考文王，克成厥勋，诞膺天命，以抚方夏。"孔传："大当天命。"

[五] 戎祀，《左传·成公十三年》："国之大事，在祀与戎。"战争和祭祀，古以为国之大事，此指国事。

[六] 轨物，《左传·隐公五年》："君将纳民轨物者也。"杜预注："言器用众物不入法度，则为不轨不物。"

[七] 沾濡，《楚辞·贾谊〈惜誓〉》："观江河之纡曲兮，离四海之沾濡。"王逸注："遇四海之风波，衣为濡湿。"

[八] 讴吟，《管子·侈靡》："安乡乐宅享祭，而讴吟称号者皆诛，所以留民俗也。"

[九] 搢绅，也作缙绅。搢，插笏于带间。绅，大带。古时士大夫垂绅搢笏，因称士大夫为搢绅。《周礼·春官·典瑞》："王晋大圭，执镇圭。"抃 biàn。

[十] 郊禋 yīn，古帝王升烟祭祀天地的大礼。汉扬雄《甘泉赋》："来祗郊禋，神所依兮。"

[十一] 挟纩 jiā kuàng，《左传·宣公十二年》："申公巫臣曰：'师人多寒。'王巡三军，拊而勉之，三军之士皆如挟纩。"杜预注："纩，绵也。言说（悦）以忘寒。"

[十二] 解衣，《史记·淮阴侯列传》："汉王授我上将军印，予我数万众，解衣衣我，推食食我。"

[十三] 缯彩，汉贾谊《新书·势卑》："以汉而岁致金絮缯彩，是入贡职于蛮夷也。"

[十四] 纾 shū 国，帮助国家减轻困难。赡军，周济。

[十五] 允叶，《北史·薛孝通传》："奉以为主，天人允叶。"

[十六] 酌献，酌酒献客。《礼记·仲尼燕居》："（子曰）师，尔以为必铺几筵，升降酌献酬酢，然后谓之礼乎？"

[十七] 攸宜，《诗·大雅·棫朴》："济济辟王，左右奉璋。奉璋峨峨，髦士攸宜。"

[十八] 敻 xuàn，营求。

[十九] 风人寝抒轴两句。抒轴应作"杼轴"，《文选·陆机〈文赋〉》："虽杼轴于予怀，怵佗人之我先。"李善注："杼轴，以织喻也。"黔首，《礼记·祭义》："明命鬼神，以为黔首则。"郑玄注："黔首，谓民也。"孔颖达疏："黔首，谓万民也。黔，谓黑也。凡人以黑巾覆头，故谓之黔首。"

代李侍郎贺雨雪感应表①[一]

臣某言：臣闻周陈《洪范》[二]，王者之首政惟农；鲁作《春秋》[三]，国家之大事在祀。农忧旱之为虐，祀戒雨之失容，亦由圣感节宣[四]，孰云冥数前定。臣伏见比者冬阳愆候，宿麦未滋[五]，陛下减膳撤悬，晨兴夕惕[六]。加以郊禋日近，辇路飞尘②[七]，窃虑增轸圣情，微昏羽卫[八]。帝诚神应，人欲天从，果得风雨叶期，阴明若契。每至乘舆就次，御幄宁居[九]，然后助澄③扫于前驱，效沾润于清道。及夫庙廷金奏，则横汉昭回[十]，坛壝烟外④，则纤萝不动[十一]。从容成礼[十二]，鼓吹还宫，御正阳之门[十三]，施作解之令，欢呼夷夏，踊跃生灵，三代之备物克终，百王之能事斯毕。神休坐降[十四]，瑞气潜蒸，玉鸾仅辍其行音，素雪已飞于前殿[十五]，盈天⑤表庆，成花效奇，洽万国之欢心，启千载之昌运。若非孝逾圣一作舜⑥德，勤过尧心，则何以礼一接而幽报随彰，景未移而明征遽至[十六]。上辛受福，献岁告丰[十七]，天地回动于精诚，阴阳变化于宸念。始悟竹宫望拜，徒神无用之光；交门作歌，乃为语怪之事[十八]。臣谬膺重任，获侍严祠，嘉候殊祥，惬心在目，受恩既深于庶类，同休岂止于恒情[十九]，手之足之，罔知攸措。无任感跃屏营之至。

【校】

①此篇四部丛刊本题只一字"代"；粤雅堂本题为"代李侍郎贺雨雪感应表"，据此改；四库本题为"代贺瑞雪表"。

②粤雅堂本"飞尘"作"尘飞"。

③粤雅堂本"澄"作"泛"。

④粤雅堂本、四库本"外"作"升"。

⑤粤雅堂本"天"作"尺"。

⑥粤雅堂本、四库本"圣"作"舜"。

【笺注】

[一] 疑作于元和二年，807年。李侍郎，疑为李吉甫。《旧唐书·宪宗上》："二年春正月己丑朔，上亲献太清宫、太庙。辛卯，祀昊天上帝于郊丘，是日还宫，御丹凤楼，大赦天下。先是，将及大礼，阴晦浃辰，宰臣请改日，上曰：'郊庙事重，斋戒有日，不可遽更。'享献之辰，景物晴霁，人情欣悦。"

[二] 周陈《洪范》，《尚书·洪范》："武王胜殷，杀受，立武庚，以箕子归。作《洪范》。"

[三] 鲁作《春秋》，《诗·鲁颂·閟宫》："春秋匪解，享祀不忒。"郑玄笺："春秋犹言四时也。"

[四] 节宣，《左传·昭公元年》："君子有四时：朝以听政，昼以访问，夕以修令，夜以安身。于是乎节宣其气，勿使有所壅闭湫底，以露其体。"杜预注："宣，散也。"

[五] 臣伏见比者冬阳愆候两句。愆候 qiān hòu，失时。唐李德裕《论九宫贵神坛状》："累年以来，水旱愆候。"宿麦，隔年成熟的麦。即冬麦。《汉书·武帝纪》："遣谒者劝有水灾郡种宿麦。"颜师古注："秋冬种之，经岁乃熟，故云宿麦。"

[六] 减膳撤悬，晨兴夕惕句。减膳撤悬，《魏书·肃宗孝明帝纪》："减膳撤悬，禁止屠杀。"晨兴夕惕，《周易·乾》："君子终日乾乾，夕惕若厉，无咎。"

[七] 郊禋 yīn，古帝王升烟祭祀天地的大礼。辇路，《文选·班固〈西都赋〉》："辇路经营，修除飞阁。"李善注："辇路，辇道也。"

[八] 羽卫，南朝梁江淹《杂体诗·效袁淑〈从驾〉》："羽卫蔼流景，彩吹震沉渊。"

[九] 宁居，《左传·桓公十八年》："寡君畏君之威，不敢宁居，来脩旧好。"

[十] 及夫庙廷金奏两句。金奏，《周礼·春官·钟师》："钟师掌金奏。"郑玄注："金奏，击金以为奏乐之节。金谓钟及镈。"横汉，北周庾信《征调

曲》之四："白日经天中则移，明月横汉满而亏。"

[十一] 坛墠烟外两句。坛墠 shàn，《礼记·祭法》："天下有王，分地建国，置都立邑，设庙祧坛墠而祭之。"纤萝，晋木华《海赋》："轻尘不飞，纤萝不动。"

[十二] 成礼，《左传·庄公二十二年》："酒以成礼，不继以淫，义也；以君成礼，弗纳于淫，仁也。"

[十三] 御正阳之门，正阳，《史记·司马相如列传》："正阳显见，觉悟黎烝。"司马贞索隐引文颖曰："阳，明也。谓南面受朝也。"

[十四] 神休，《文选·扬雄〈甘泉赋〉》："惟汉十世，将郊上玄、定泰畤，拥神休，尊明号。"李善注："言将祭泰畤，冀神拥祐之以美祥。"

[十五] 玉鸾仅辍其行音两句。玉鸾，《楚辞·离骚》："扬云霓之晻蔼兮，鸣玉鸾之啾啾。"朱熹集注："鸾，铃之着于衡者。"素雪，司马相如《美人赋》："流风冽惨，素雪飘零。"

[十六] 明征，《尚书·胤征》："圣有謩勋，明征定保。"孔传："征，证；保，安也。圣人所谋之教训，为世明证，所以定国安家。"

[十七] 上辛受福，献岁告丰句。上辛，农历每月上旬的辛日。《谷梁传·哀公元年》："我以十二月下辛卜正月上辛。如不从，则以正月下辛卜二月上辛。如不从，则以二月下辛卜三月上辛。如不从，则不郊矣。"范宁注："郊必用上辛者，取其新洁莫先也。"受福，《易·困》："利用祭祀，受福也。"献岁，《楚辞·招魂》："献岁发春兮，汩吾南征。"王逸注："献，进；征，行也。言岁始来进，春气奋扬，万物皆感气而生。"

[十八] 始悟竹宫望拜两句。竹宫，作祠坛的泛称。南朝梁任昉《静思堂秋竹赋》："静思堂连洞房，临曲沼夹修篁，竹宫丰丽于甘泉之右，竹殿弘敞于神嘉之傍。"交门，《汉书·武帝纪》："夏四月，幸不其，祠神人于交门宫，若有乡坐拜者，作交门之歌。"颜师古注引晋灼曰："琅邪县有交门宫，武帝所造。"

[十九] 同休，同享福禄。常情。南朝宋颜延之《重释何衡阳》："况复道绝恒情，理隔常照。"

代贺生擒李锜表^{①[一]}

臣某言：臣得某官某乙状报，伏承今月十三日夜，浙西将士张子良等相率效顺，生擒李锜者[二]。天讨有罪，国无稽诛[三]，夷夏同欢，飞沈咸跃^{谢臣②}。臣闻炎气方蒸，伏阴不能藏其源[四]，必疑战发泄，以彰正阳之功；至化方融，大奸无^③隐其慝[五]，必陵犯诛夷，以耀圣人之武。沴不尽消[六]，生德不遂；奸不尽发，圣功不成：盖自然之明征[七]，而必至之恒理。伏惟皇帝陛下光膺峻命[八]，恢纂鸿休，仁育群生，义征不憻无与让而诞修文德[九]，不得已而有此武功。日者周岁之间，大刑再举[十]。朔陲叛将，献首于九庙之庭[十一]；益部凶渠，伏锧于万人之目[十二]。被发左衽[十三]，且犹知惧；肖形含气[十四]，孰不革心？贼锜身齿人伦，家承宗籍，三朝任遇，五族辉光[十五]，而独藏祸谋，密聚奸党。枭琳之牙旗尚在[十六]，忽已发狂；戮辟之刃血未干，敢兹拒命。陛下重^④食经略才下，形势已张。果得义勇叶^⑤心，鬼神假手，大旆回指，长戟合围，兵火之气天运，金鼓之声海震，曾不终夜，遂擒元凶。巷有居人，市无改肆，滔天之逆，逾月而平。去岁西征，则善阵不战[十七]；今兹东伐，则善师不阵。有以见睿略天纵，神武日新，圣道久而投刃皆虚，德泽深而用力弥寡。从此灾穷沴尽，俗变风移，百蛮成冠带之乡[十八]，五兵为耒耜之器[十九]，溥天同轨[二十]，比屋可封[二十一]，古今一时，尧舜何远。臣谬膺重寄，特贺殊恩，再逢河海之清，三睹鲸鲵之戮[二十二]，志深除恶，义切同休[二十三]，欢忭之诚，倍万恒品。无任手舞足蹈屏营之至，谨奉表陈贺以闻^⑥。

【校】

①粤雅堂本题作"代李尚书贺生擒李锜表"。

②粤雅堂本"谢臣"作"臣某诚欢诚感顿首顿首"，四库本"谢臣"作"中贺"。

③四库本"无"作"无敢"。

④粤雅堂本、四库本"重"字后皆加"难戎事深愍远人先示招谕后加讨伐方伯严兵有司调"字。

⑤四库本"叶"作"协"。

⑥粤雅堂书无"谨奉表陈贺以闻"字。

【笺注】

[一] 作于元和二年，807 年。据粤雅堂本，代李尚书作，李尚书疑指李巽。《旧唐书·宪宗纪上》："（元和二年）癸卯，判度支李巽为兵部尚书，依前判度支盐铁转运使。"李锜，《旧唐书·李锜传》："以父荫贞元中累至湖、杭二州刺史。多以宝货赂李齐运，由是迁润州刺史兼盐铁使，持积财进奉，以结恩泽，德宗甚宠之……初，锜以宣州富饶，有并吞之意，遣兵马使张子良、李奉仙、田少卿领兵三千分略宣、池等州。三将夙有向顺志，而锜甥裴行立亦思向顺，其密谋多决于行立，乃回戈趣城，执锜于幕，缒而出之，斩于阙下，年六十七。"

[二] 臣得某官某乙状报四句。《旧唐书·宪宗纪上》："（元和二年）十月癸酉，润州大将张子良、李奉仙等执李锜以献。"

[三] 稽诛，《韩非子·难四》："稽罪而不诛，使渠弥含憎惧死以微幸。"

[四] 伏阴，《左传·昭公四年》："冬无愆阳，夏无伏阴。"杜预注："伏阴，谓夏寒。"

[五] 大奸，《管子·明法》："外内朋党，虽有大奸，其蔽主多矣。"

[六] 沴 lì，灾害。

[七] 明征，《尚书·胤征》："圣有謩勋，明征定保。"孔安国传："征，证；保，安也。圣人所谋之教训，为世明证，所以定国安家。"

[八] 峻命，《礼记·大学》："《诗》云：'殷之未丧师，克配上帝，仪监于殷，峻命不易。'"郑玄注："天之大命，得之诚不易。"

[九] 憓 huì，给人好处。

[十] 大刑，《周礼·地官·司市》："市刑：小刑宪罚，中刑徇罚，大刑扑罚。"

[十一] 九庙，指帝王的宗庙。古时帝王立庙祭祀祖先，有太祖庙及三昭庙、三穆庙，共七庙。王莽增为祖庙五、亲庙四，共九庙。后历朝皆沿此制。《汉书·王莽传下》："取其材瓦，以起九庙。"

[十二] 益部凶渠，伏锧于万人之目句。凶渠，《资治通鉴·宋顺帝升明元年》："凶渠逆党，尽已枭夷。"胡三省注："凶渠，谓渠魁也。"伏锧 zhì，亦作"伏质"。古代有腰斩的死刑，施刑时罪犯裸身俯伏砧上，故称"伏锧"。

[十三] 被发左衽，《论语·宪问》："微管仲，吾其被发左衽矣。"

[十四] 肖形，《淮南子·地形训》："五类杂种，兴乎外肖形而蕃。"高诱注："肖，像也，言相代象而蕃多也。"

[十五] 五族，五服内亲。

[十六] 牙旗，《文选·张衡〈东京赋〉》："戈矛若林，牙旗缤纷。"薛综注："兵书曰，牙旗者，将军之旌。谓古者天子出，建大牙旗，竿上以象牙饰之，故云牙旗。"

[十七] 善阵不战，《谷梁传·庄公八年》："故曰：善阵者不战，此之谓也。"

[十八] 冠带，《文选·张衡〈西京赋〉》："冠带交错，方辕接轸。"薛综注："冠带，犹搢绅，谓吏人也。"

[十九] 耒耜 lěi sì，农具的总称。

[二十] 溥天同轨，溥天，《诗·小雅·北山》："溥天之下，莫非王土。"同轨，《汉书·韦玄成传》："四方同轨，蛮貊贡职。"颜师古注："同轨，言车辙皆同，示法制齐也。"

[二十一] 比屋可封，汉班固《汉书·王莽传上》："明圣之世，国多贤人，故唐虞之时，可彼屋而封。"

[二十二] 鲸鲵之戮，《左传·宣公十二年》："古者明王伐不敬，取其鲸鲵而封之，以为大戮。"杜预注："鲸鲵，大鱼名，以喻不义之人吞食小国。"

[二十三] 同休，同休等戚，祸福共之。韩愈《皇帝即位贺宰相启》："相公翼亮圣明，大庆资始，伏惟永永，与国同休。"

代武相公谢枪旗器甲鞍马表①[一]

臣某言：今日中使某乙至臣宅，奉宣圣旨，赐臣枪旗甲器鞍马锦彩等②。礼殊其数，物备其容，肃以将威，焕以昭宠。云泽濡体，天光照门，抃③骇失图，兢惶罔据。臣某诚荷诚感顿首顿首④。臣才不可取⑤，进不因人，陛下怜其小心，知其尽节，特纡震睠⑥[二]，而谬委台司⑦。匡补之益无闻，将明之效靡著[三]，方俟严谴，忽蒙殊恩。寄重西南，任兼中外，封闻大郡，秩正黄枢[四]，登坛于六符之埒⑧[五]，被衮为三军之帅：古今盛典，尽在兹日，人臣宠⑨贵，举集微躬。岂臣孱庸⑩所克负荷，非臣陨越⑪所能上报。重锦名马，玄甲⑫朱旗，王事靡盬[六]，俨有行色。天颜咫尺，忽当远离，感恋彷徨，拜受涕咽。折冲分阃，愧非式遏之才[七]；荣耀自天，猥辱专征之赐[八]。无任感恩激切之至，谨奉表陈谢以闻⑬。

【校】

①粤雅堂本"代武相公谢枪旗器甲鞍马表"作"代武相公谢赐枪旗器甲案马表"。

②粤雅堂本"赐臣枪旗甲器鞍马锦彩等"作"赐臣枪旗器甲案马锦绣彩物等"。

③四库本"扝"作"忏"。

④粤雅堂本"臣某诚荷诚感顿首顿首"作"臣中谢"。

⑤粤雅堂本"不可取"作"无可取"。

⑥四库本"震睠"作"宸睠"。

⑦粤雅堂本"特纡震睠,而谬委台司"作"特纡宸睠,谬委台司"。

⑧四库本、粤雅堂本"堦"作"阶"。

⑨四库本"宠"作"富"。

⑩四库本"孱庸"作"孱弱"。

⑪粤雅堂本、四库本"陨越"作"殒越"。

⑫粤雅堂本"玄甲"作"元甲"。

⑬粤雅堂本无"谨奉表陈谢以闻"字。

【笺注】

[一] 作于元和二年,807 年。武相公,武元衡(758—815)。《旧唐书·武元衡传》:"武元衡字伯苍,河南缑氏人……先是,高崇文平蜀,因授以节度使。崇文理军有法,而不知州县之政,上难其代者,乃以元衡代崇文,拜检校吏部尚书,兼门下侍郎、平章事,充剑南西川节度使。将行,上御安福门以临慰之。高崇文既发成都,尽载其军资、金帛、帟幕、伎乐、工巧以行。元衡至,则庶事节约,务以便人。比三年,公私稍济。抚蛮夷,约束明具,不辄生事。重慎端谨,虽淡于接物,而开府极一时之选。八年,征还。至骆谷,重拜门下侍郎、平章事。"

[二] 纡 yū,纡尊降贵。睠 juàn,同"眷"。

[三] 将明,《诗·大雅·烝民》:"肃肃王命,仲山父将之;邦国若否,仲山父明之。"《汉书·刑法志》:"有司无仲山父将明之材。"颜师古注:"言王有诰命,则仲山父行之;邦国有不善之事,则仲山父明之。"

[四] 黄枢,指门下省。门下省在汉为黄门,位居枢要,故称。《梁书·萧昱传》:"(萧昱)迁给事黄门侍郎,上表曰:'圣监既谓臣愚短,不可试用,岂

容久居显禁，徒秽黄枢。'"

[五] 六符，《汉书·东方朔传》："愿陈《泰阶六符》，以观天变，不可不省。"颜师古注："孟康曰：'泰阶，三台也。每台二星，凡六星。符，六星之符验也。'应劭曰：'《黄帝泰阶六符经》曰：泰阶者，天之三阶也。上阶为天子，中阶为诸侯公卿大夫，下阶为士庶人。'"

[六] 王事靡盬 gǔ，《诗·唐风·鸨羽》："王事靡盬，不能蓺黍稷。"王引之《经义述闻·毛诗上》："盬者，息也……"

[七] 折冲分阃，愧非式遏之才句。折冲分阃，指克敌制胜，出任将帅，阃 kǔn。式遏之才，《诗·大雅·民劳》："式遏寇虐，无俾民忧。"郑玄笺："式，用；遏，止也。"后以"式遏"为遏制，制止。

[八] 猥辱，谦词，承蒙。专征，汉班固《白虎通·考黜》："好恶无私，执义不倾，赐以弓矢，使得专征。"

代武相公谢借飞龙马表[一]

臣某言：伏蒙圣慈①，借飞龙马若干匹，至京兆府界首者。臣谬处台司[二]，将明无效[三]。自忝方任[四]，恩礼特加，奖谕绸缪[五]，宠锡辉焕[六]。寒衣病药，悉出圣慈，匹马一人，咸经御选。远览图史，近征耳目，如臣蒙幸，未见其伦。实有何功，敢当斯遇？尽节竭诚，在臣子之本分；杀身致命，报君亲之常道[七]。竟将何力，上答殊私？空保丹诚[八]，以致灰粉。王程靡处，天驷言旋[九]，仰服皂之有期[十]，恨违颜之方始[十一]，精魂自越，顾步莫留[十二]。权奇之姿[十三]，向云阙以独去；悃款之恋[十四]，与星彩②而共驰。瞻望天庭，罔知所措。无任感戴③彷徨之至，谨奉表陈谢以闻④。

【校】

①粤雅堂本"圣慈"作"圣恩"。
②粤雅堂本"星彩"作"星影"。
③粤雅堂本"感戴"作"感恋"。
④粤雅堂本无"谨奉表陈谢以闻"。

【笺注】

[一] 作于元和二年，807年。武相公，武元衡。

[二] 台司，《文选·羊祜〈让开府表〉》："臣昨出，伏闻恩诏，拔臣使同台司。"李善注："台司，三公也。"

[三] 将明，《诗·大雅·烝民》："肃肃王命，仲山父将之；邦国若否，仲山父明之。"《汉书·刑法志》："有司无仲山父将明之材。"颜师古注："言王有诰命，则仲山父行之；邦国有不善之事，则仲山父明之。"

[四] 方任，《文选·任昉〈齐竟陵文宣王行状〉》："朝旨以董司岳牧，敷兴邦教，方任虽重，比此为轻。"张铣注："方任，谓太守也。言太守虽重，比此司徒侍中之职，太守为轻也。"

[五] 绸缪，《文选·张衡〈思玄赋〉》："倚招摇、摄提以低回剹流兮，察二纪、五纬之绸缪遹皇。"李善注："绸缪，连绵也。"

[六] 宠锡，皇帝的恩赐。辉焕，《隋书·经籍志四》："辉焕斌蔚，辞义可观。"

[七] 君亲，晋葛洪《抱朴子·酒诫》："臣子失礼于君亲之前，幼贱悖慢于耆宿之坐。"

[八] 丹诚，《三国志·魏志·陈思王植传》："承答圣问，拾遗左右，乃臣丹诚之至愿，不离于梦想者也。"

[九] 天驷，《国语·周语下》："昔武王伐殷，岁在鹑火，月在天驷。"韦昭注："天驷，房星也。"

[十] 服皂，《淮南子·览冥训》："黄帝治天下，于是飞黄服皂。"高诱注："皂，枥也。"服，通"伏"。伏枥，伏于马槽，亦喻受人恩养。

[十一] 违颜，《左传·僖公九年》："天威不违颜咫尺。"原谓天鉴察不远，威严如常在面前。"

[十二] 顾步，唐杜甫《画鹘行》："吾今意何伤，顾步独纤郁。"仇兆鳌注："顾步，行步自顾也。"

[十三] 权奇，《汉书·礼乐志》："太一况，天马下，沾赤汗，沫流赭。志俶傥，精权奇。"王先谦注："权奇者，奇谲非常之意。"

[十四] 悃 kǔn 款，诚挚。《楚辞·卜居》："吾宁悃悃款款，朴以忠乎？将送往劳来斯无穷乎？"王逸注："志纯一也。"

代张侍郎起居表[一]

臣某言：孟秋尚热，伏惟圣躬万福。臣以去月二十一日到薄安①山[二]，见蕃②胡③尚绮里徐等，固令盈珍等却回奏事，令臣取今月发赴衙帐者。伏帷④圣泽柔远，皇明烛幽⑤，蕃情大欢，酋帅知感，虔奉朝⑥旨，宾礼使臣，迎劳肃恭[三]，馈饩丰洁[四]，益明向化[五]，弥表革心。臣恭备单车，不胜庆抃⑦。严程方始[六]，绝域未穷，白日在天，瞻仰如近，青蒲之地，伏奏犹赊，感恋彷徨，罔知攸措。无任犬马屏营之至，谨因中使第五忠宪附表起居以闻⑧。

【校】

①粤雅堂本、四库本"安"为"寒"。

②粤雅堂本"蕃"作"吐蕃"。

③粤雅堂本"胡"作"相"。

④粤雅堂本"帷"作"以"，四库本"帷"作"惟"。

⑤粤雅堂本和四库本"皇明"后加"烛幽"字，四部丛刊无"烛幽"字，据改。

⑥粤雅堂中"朝"为"圣"。

⑦四库本"抃"为"忭"。

⑧四部丛刊本"青蒲之地，伏□□攸措。无任犬马屏营之至，谨因中□□居以闻"两处缺字。粤雅堂本作"青蒲之地，伏奏犹赊，感恋彷徨，罔知攸措。无任犬马屏营之至，谨因中使第五忠宪附表起"。四库本作"青蒲之地，黄云覆塞欣欢无殊丹凤之域无任犬马屏营之至，谨因中使奉表称贺恭祝起居以闻"。

【笺注】

[一] 作于贞元二十年，804 年。张侍郎，张荐。张荐字孝举，深州陆泽(河北衡水)人。《旧唐书·德宗纪下》："（贞元二十年）乙亥，以史馆修撰、秘书监张荐为工部侍郎、兼御史大夫，充入吐蕃吊祭使。"

[二] 薄寒山，在今甘肃陇西县西南。

[三] 迎劳，《汉书·陈汤传》："使者迎劳道路。"肃躬，《尚书·微子之命》："恪慎克孝，肃恭神人。"

[四] 馈饩 kuì xì，赠送粮草、牲腥。《晋书·隐逸传·杨轲》："轲在永昌，季龙每有馈饩，辄口授弟子，使为表谢。"丰洁，谓俎豆饮食丰盛洁净。《左传·僖公五年》："公曰：'吾享祀丰絜，神必据我。'"

[五] 向化，《后汉书·寇恂传》："今始至上谷而先堕大信，沮向化之心，生离畔之隙，将复何以号令它郡乎？"

[六] 严程，期限紧迫的路程。唐杜审言《赠崔融二十韵》："高选俄迁职，

严程已饬装。"

代伊仆射谢男宥授安州刺史表^[一]

臣慎^①言：伏奉某月日^②制书，授^③臣男宥安州刺史兼侍御史充武昌军兵马留后仍赐紫金鱼袋者。雷惊里巷，日照闺门^[二]，宠命自天，战局无地。臣^④诚惧诚感顿首顿首。臣闻惟君任臣^[三]，固无虚授，知子者父，敢私不才^⑤？臣顷者伏以圣政惟新，时清无事，遂绝指纵之望，求申恋主之诚^[四]。陛下以臣所统岁深，周旋艰险^[五]，长三军之子弟，积百战之疮痍，将有去留，念其情义，理资感励，事贵使安，爰敕臣男，试总戎务^[六]。臣虽训之以义，教之以忠，而朽钝有涯，策磨靡及^[七]。童子代斫^[八]，每怀伤手之忧；小儿在边，曾无折屦之喜^[九]。将何^⑥遽膺宠命，荐沐恩光，真^⑦授竹符^[十]，就加金组^[十一]。且祁午之为军尉，父已悬车^[十二]；陆抗之将父兵，子非彩服^[十三]。岂比臣身居端右^[十四]，男领方州^[十五]，鸣玉会朝，朱轓行乐^{⑧[十六]}，焜耀中外，冠超古今。名数之乐何如^{⑨[十七]}，人臣之事斯极。千载至公之运^[十八]，独被殊私；万物咸遂之辰^[十九]，先蒙曲泽。沥肝呈胆，莫尽微诚；毁族灭名^⑩，宁足上报？臣^⑪无任感恩陨越之至，谨奉表陈谢以闻^⑫。

【校】
①粤雅堂本"慎"作"闻"。
②粤雅堂本"奉某月日"作"见今月某日"。
③粤雅堂本"授"作"擢授"。
④粤雅堂本"臣"作"臣某"。
⑤粤雅堂本"才"作"材"。
⑥粤雅堂本"何"作"何以"。
⑦四库全书本"真"作"直"。
⑧粤雅堂本"乐"作"县"。
⑨粤雅堂本"如"作"加"。
⑩粤雅堂本"灭名"作"杀身"。
⑪粤雅堂本"臣"作"无"。
⑫粤雅堂本无"谨奉表陈谢以闻"句。

【笺注】

[一] 作于元和元年，806年。伊仆射，伊慎，兖州人。《旧唐书·伊慎传》："以功拜安州刺史、兼御史大夫，仍赐实封一百户……贞元十五年，以慎为安黄等州节度、管内支度营田观察等使。十六年，吴少诚阻命，诏以本道步骑五千，兼统荆南湖南江西三道兵，当其一面。于申州城南前后破贼数千，以例加检校刑部尚书。二十一年，于安黄置奉义军额，以为奉义军节度使、检校右仆射。宪宗即位，入真拜右仆射。元和二年，转检校左仆射，兼右金吾卫大将军。"伊宥，伊慎儿子。《资治通鉴·元和元年》："癸酉，以奉义留后伊宥为安州刺史兼安州留后。宥，慎之子也。"

[二] 闺门，《礼记·乐记》："闺门之内，父子兄弟同听之则莫不和亲。"

[三] 任臣，指忠于职守的大臣。《晋书·刘颂传》："臣又闻国有任臣则安，有重臣则乱。"

[四] 指纵，亦作"指踪"，指挥谋划。《后汉书·荀彧传》："是故先帝贵指纵之功，薄搏获之赏。"恋主，三国魏曹植《上责躬应诏诗表》："僻处西馆，未奉阙庭，踊跃之怀，瞻望反侧，不胜犬马恋主之情。"

[五] 周旋艰险，不畏艰险。《三国志·蜀志·关羽传》："随先主周旋，不避艰险。"

[六] 戎务，唐李逢吉《奉送李相公重镇襄阳》："终期谢戎务，同隐凿龙山。"

[七] 策蹇，磨铅策蹇，唐白居易《与陈给事书》："可与进也，乞诸一言，小子则磨铅策蹇，骋力于进取矣。"

[八] 代斫 zhuó，《老子》："常有司杀者杀，而代司杀者杀，是代大匠斫。夫代大匠斫者，稀有不自伤其手矣。"

[九] 折屐 shé jī，《晋书·谢安传》："玄等既破坚，有驿书至，安方对客围棋，看书既竟，便摄放床上，了无喜色，棋如故。客问之，徐答云：'小儿辈遂已破贼。'既罢，还内，过户限，心喜甚，不觉屐齿之折。"

[十] 竹符，《后汉书·百官志三》："尚符玺郎中四人。本注曰：旧二人在中，主玺及虎符、竹符之半者。"

[十一] 金组，《文选·颜延之〈赭白马赋〉》："具服金组，兼饰丹腰。"李善注："金组，二甲也……马融曰：'组甲，以组为甲也。'"

[十二] 且祁午之为军尉，父已悬车句。祁午，晋人，中军尉祁黄羊之子。在祁黄羊告老还乡后接替其父职位。悬车，汉班固《白虎通·致仕》："臣年七

十悬车致仕者，臣以执事趋走为职，七十阳道极，耳目不聪明，跂踦之属，是以退老去避贤者……悬车，示不用也。"

［十三］陆抗之将父兵，子非彩服句。陆抗（226—274），字幼节，吴郡吴县（今江苏苏州）人。三国时期吴国名将，陆逊次子。彩服，唐杜甫《和宋大少府暮春雨后同诸公及舍弟宴书斋》："彩服，有职者之服。"

［十四］端右，《周书·赵善传》："虽位居端右，而逾自谦退。"

［十五］方州，《资治通鉴·宋顺帝升平元年》："诉以其私用人为方州。"胡三省注："古者八州八伯，谓之方伯，后世遂以州刺史为方州。"

［十六］鸣玉会朝，朱轓行乐句。鸣玉，《国语·楚语下》："王孙围聘于晋，定公飨之。赵简子鸣玉以相。"韦昭注："鸣玉，鸣其佩玉以相礼也。"南朝梁刘勰《文心雕龙·章表》："天子垂珠以听，诸侯鸣玉以朝。"朱轓 fān，《汉书·景帝纪》："令长吏二千石车朱两轓，千石至六百石朱左轓。"颜师古注引应劭曰："所以为之藩屏，翳尘泥也。"

［十七］名数，《左传·庄公十八年》："王命诸侯，名位不同，礼亦异数。"

［十八］至公，《吕氏春秋·慎大》："汤立为天子，夏民大说，如得慈亲，朝不易位，农不去畴，商不变肆，亲郼如夏，此之谓至公。"

［十九］咸遂，唐李朝威《柳毅传》："毅之族咸遂濡泽。以其春秋积序，容状不衰，南海之人，靡无惊异。"

道州刺史谢上表①[一]

臣某②言：臣去十月十七日蒙恩授使持节道州诸军事守道州刺史。奉命星驰，不敢遑息，以今月七日到州上讫。祗宠自天，战③跼无地[二]。臣某④诚兢⑤诚感⑥顿首顿首。臣谬以孱庸，早忝朝序，再尘宪府[三]，三践文昌[四]，竟不能著称弥纶[五]，赞肃纲纪。合行殿黜⑦，翻蒙奖任。共至公之理，分子物之忧，自古审官，莫斯为重。臣才乏吏用，识昧政经，将何以克副圣心，抚宁遐俗[六]？惟⑧当勤宣皇一作王化，虔奉彝章[七]，苦节励精⑨[八]，少酬万一。臣无任受恩感激之至，谨奉表陈谢以闻⑩。

【校】
①粤雅堂题为"道州谢上表"。
②粤雅堂本"某"作"温"。

③粤雅堂本"战"作"抃"。

④粤雅堂本"某"作"温"。

⑤粤雅堂本"兢"作"感"。

⑥粤雅堂本"感"作"惧"。

⑦粤雅堂本"合行殿黜"作"诚合汰黜"。

⑧四库全书、粤雅堂本"惟"作"唯"。

⑨粤雅堂本"励精"作"精心"。

⑩粤雅堂本缺"臣""谨奉表陈谢以闻"字。

【笺注】

[一] 疑作于元和三年，808年。《旧唐书·吕温传》："三年……温均州刺史。朝议以所责太轻，群再贬黔南，温贬道州刺史。"刘德重考证此篇作于元和四年，存疑。

[二] 祗宠自天，战蹈无地句。祗，敬。蹈jù。

[三] 宪府，唐杜甫《哭长孙侍御》："礼闱曾擢桂，宪府屡乘骢。"仇兆鳌注："御史所居之署，汉谓之御史府，亦谓宪台。"

[四] 文昌，《文选·左思〈魏都赋〉》："造文昌之广殿，极栋宇之弘观。"张载注："文昌，正殿名也。"

[五] 弥纶，《易·系辞上》："《易》与天地准，故能弥纶天地之道。"高亨注："《释文》引京云：'准，等也。弥，遍也。'"

[六] 抚宁，汉韦孟《讽谏》："彤弓斯征，抚宁遐荒，总齐群邦，以翼太商。"

[七] 彝章，旧典。

[八] 苦节，《易·节》："节，亨。苦节，不可贞。"孔颖达疏："节须得中。为节过苦，伤于刻薄。物所不堪，不可复正。故曰'苦节，不可贞'也。"

贺册皇太子表[一]

臣某①言：伏见十月十二日敕，伏承皇太子以四月二十一日册命礼毕。光绍前典，惟怀永图，神人允谐，动植咸赖。臣某②诚欢诚忭顿首顿首。臣闻燕翼贻谋[二]，帝王之大孝；立嫡主器[三]，《礼》《易》之明训。伏惟皇帝陛下克明骏德一作俊，恢纂鸿休，武功有成，文理既定，然后弘③三王之教谕，建国④之元良。

凡在生灵，孰不庆幸？臣守官荒服，称贺无阶，窃忭岭隅，倍万恒品。无任感悦屏营之至，谨奉表陈贺以闻⑤。

【校】

①粤雅堂本"某"作"温"。

②粤雅堂本"某"作"温"。

③粤雅堂本"弘"作"宏"。

④粤雅堂本、四库本"国"作"万国"。

⑤粤雅堂本缺"谨奉表陈贺以闻"字。

【笺注】

[一] 作于元和四年，809年。《旧唐书·宪宗纪上》："（元和四年）庚寅，册邓王宁为皇太子。"

[二] 燕翼贻谋，《诗经·大雅·文王有声》："武王岂不仕，诒厥孙谋，以燕翼子。"毛传："燕，安；翼，敬也。"孔颖达疏："思得泽及后人，故遗传其所以顺天下之谋，以安敬事之子孙。"

[三] 立嫡主器，《易·序卦》："主器者莫若长子。"

衡州谢上表[一]

臣某①言：伏奉五月一日恩制，授臣使持节衡州诸军事守衡州刺史，散官勋赐如故。谨以七月十五日到本州上讫。恭承宠命，循顾庸虚，感忾失图[二]，战局②无地。臣某③诚感诚惧顿首顿首。臣闻三载陟明[三]，《虞书》盛典，六条举最[四]，汉制宏规[五]。必在上允帝俞，俯谐师锡[六]。臣谬领郡务，素无吏能，虔守国章，布宣皇化，匪宁一作能夙夜[七]，再换炎凉。仰奉陛下忧勤，以恤远人凋瘵[八]。虽检身肃下，不敢愧于神明，而阜俗移风[九]，竟未彰于绩用，将何以特膺睿奖，简在宸心[十]，当恺悌之旁求[十一]，副④循良之盛选？省躬增惕，殒首知惭。谨当馨竭精诚，策磨朽钝[十二]，庶立日新之效[十三]，少酬天覆之恩。实望圣慈，照臣肝胆。臣⑤无任感跃屏营之至，谨差某官某乙奉表陈谢以闻⑥。

【校】

①粤雅堂本"某"作"温"。

②粤雅堂本"战局"作"踞躇"。

③粤雅堂本"某"作"温"。

④粤雅堂本、四库本"副"作"辱"。

⑤粤雅堂本无"臣"字。

⑥粤雅堂本无"谨差某官某乙奉表陈谢以闻"字。

【笺注】

[一] 作于元和五年，810 年。

[二] 失图，失去主意。《左传·昭公七年》："孤与其二三臣悼心失图。社稷之不皇，况能怀思君德。"

[三] 陟 zhì 明，《尚书·舜典》："黜陟幽明。"

[四] 举最，定期考查地方官吏，政绩优异者予以升迁，谓之"举最"。《汉书·京房传》："（焦赣）爱养吏民，化行县中，举最当迁。"

[五] 宏规，南朝宋鲍照《〈河清颂〉序》："圣上犹凤兴昧旦，若有望而未至；宏规远图，如有追而莫及。"

[六] 师锡，《尚书·尧典》："师锡帝曰：'有鳏在下，曰虞舜 。'"孔安国传："师，众；锡，与也。"

[七] 凤夜，《尚书·旅獒》："凤夜罔或不勤，不矜细行，终累大德。"孔安国传："言当早起夜寐。"

[八] 凋瘵 zhài，唐王勃《广州宝庄严寺舍利塔碑》："昔者万人疾疫，神农鞭草而救之；四维凋瘵，夏禹刊木以除之。"

[九] 皁俗，唐薛逢《惊秋》："明霜义分成虚话，皁俗文章惜暗投。"

[十] 宸心，唐李峤《奉和幸长安故城未央官应制》："宸心千载合，睿律九韵开。"

[十一] 恺悌，《左传·僖公十二年》："《诗》曰：'恺悌君子，神所劳矣。'"杜预注："恺，乐也；悌，易也。"

[十二] 策磨朽钝，搁朽磨钝。《文选·班固〈答宾戏〉》："当此之时，搁朽磨钝，铅刀皆能一断。"李善注引韦昭曰："搁，摩也。"刘良注："朽钝谓不才之人也，搁、磨皆自激厉也。言当此之时，不才者皆亦激厉以求侥幸，如铅锡之刀能一断割。"

[十三] 日新，《易·系辞上》："富有之谓大业，日新之谓盛德。"孔颖达疏："其德日日增新。"

代郑南海谢上表^[一]

臣某言：臣自远离阙庭^{①[二]}，晨夜奔涉，祗承宠命，不敢遑宁，谨以某月某日到所部上讫。奉宣圣旨，亲谕远人^[三]，酬恩之效未期，恋主之诚已积。臣某诚感诚惧顿首顿首。臣本章句诸生，器用无取^[四]，徒以小心畏敬，谬为先圣所知，趋奉禁闱，浸^②踰星纪^[五]。属内外危疑之际，是非剖判之初，实以艰贞自持^[六]，中立无倚。天高听近，愚欵^③获申^[七]，神幽鉴明，昌运^④斯属，遂蒙陛下擢于侍从，超冠等^⑤伦^[八]，用其忧国之寸心，委以代天之重务。俯偻三命，炎凉五周，登车奏^⑥"驭朽"之怀^[九]，假寐感"宵衣"之志^[十]，徒耗神用，莫能将明。箧盈谤而方赐駃騠^[十一]，鼎折足而未忘簪履^{⑦[十二]}，竟以陈乞，遂其优容。无绮季夏黄^⑧之德^[十三]，而猥当调护；无窦融贾复之劳^[十四]，而获奉朝请。以此没齿，犹为负恩。岂意曾未踰年，忽蒙抽奖，庙授鈇钺^[十五]，廷^⑨赐旌旗，俾臣懦夫，当此大任，节制五岭，幅员万里。伏波之铜柱犹在^[十六]，永谢奇功；士燮之鼓吹日闻，弥惭武干^[十七]。将何以宣美皇化，振扬国威，洗愆责于千龄，答生成于再造。唯当举章脩^⑩法，苦节清心^[十八]，抚犷俗以^⑪思柔，酌贪泉而无惧^[十九]，庶几万一^[二十]，仰副忧勤^[二十一]。但以白日在天，长安不见，丹涯限地，溟海方深，顾蒲柳之前衰，奉轩墀而尚远^[二十二]。无任感恋屏营之至，谨差某官某奉表陈谢以闻^⑫。

【校】

①粤雅堂本"臣自远离阙庭"作"臣伏奉制书授某官臣自远离阙庭"。

②粤雅堂本"浸"作"漫"，四库本"浸"作"寖"。

③粤雅堂本"欵"作"款"。

④四库本"运"作"期"。

⑤粤雅堂本"等"作"羣"。

⑥粤雅堂本"奏"作"奉"。

⑦粤雅堂本"簪履"作"簪屦"。

⑧四库本"夏黄"作"黄夏"。

⑨四库本"廷"作"庭"。

⑩粤雅堂本"脩"作"循"。

⑪四库本"以"作"而"。

⑫粤雅堂本无"谨差某官某奉表陈谢以闻"字。

【笺注】

[一] 作于元和五年，810 年。郑南海，郑絪（752—829），字文明。《旧唐书·郑絪传》："父羡，池州刺史……德宗朝，在内职十三年，小心兢谦，上遇之颇厚……宪宗初，励精求理，絪与杜黄裳同当国柄。黄裳多所关决，首建议诛惠琳、斩刘辟及他制置。絪谦默多无所事，由是贬秩为太子宾客。出为岭南节度观察等使、广州刺史、检校礼部尚书，以廉政称。"《旧唐书·宪宗纪上》："（元和）五年癸巳，以太子宾客郑絪检校礼部尚书、广州刺史、岭南节度使。"

[二] 阙廷，《史记·秦始皇本纪》："将闾曰：'阙廷之礼，吾未尝敢不从宾赞也。'"

[三] 远人，《诗·齐风·甫田》："无思远人，劳心忉忉。"

[四] 臣本章句诸生，器用无取句。章句，北齐颜之推《颜氏家训·勉学》："空守章句，但诵师言，施之世务，殆无一可。"器用，汉王褒《圣主得贤臣颂》："夫贤者，国家之器用也。"

[五] 星纪，晋陶潜《五月旦作和戴主簿》："发岁始俯仰，星纪奄将中。"

[六] 艰贞，《易·明夷》："明夷，利艰贞。"孔颖达疏："时虽至闇，不可随世倾邪，故宜艰难坚固，守其贞正之德。"

[七] 愚款 kuǎn，《荀子·修身》："愚款端悫，则合之以礼乐。"杨倞注："款，诚款也。"

[八] 等伦，《汉书·甘延寿传》："少以良家子善骑射为羽林，投石拔距绝于等伦。"

[九] 驭朽，《尚书·五子之歌》："予临兆民，懔乎若朽索之驭六马。"孔颖达疏："我临兆民之上，常畏人怨，懔懔乎危惧，若腐索之驭六马。索绝则马逸，言危惧之甚。"

[十] 宵衣，南朝陈徐陵《陈文皇帝哀册文》："勤民听政，昃食宵衣。"

[十一] 箧盈，南朝梁沈约《舍身愿铭》："至于积箧盈藏，未尝登体；溢俎充庖，既沃斯弃。"驶骎 jué tí，《史记·李斯列传》："骏良驶骎，不实外厩。"

[十二] 鼎折足，《易·鼎》："九四，鼎折足，覆公餗，其形渥，凶。"孔颖达疏："施之于人，知小而谋大，力薄而任重，如此必受其至辱，灾及其身也，故曰其形渥，凶。"簪履，也作"簪屦"，簪笄和鞋子，常以喻卑微旧臣。《魏书·于忠传》："皇太后圣善临朝，衽席不遗，簪屦弗弃。"

[十三] 绮季夏黄之德，唐司马贞《史记索隐》："四人，四皓也，谓东园

公、绮里季、夏黄公、甪里先生。"秦末东园公、绮里季、夏黄公、甪里先生,
避秦乱,隐商山,年皆八十有余,须眉皓白,时称"商山四皓"。

[十四] 窦融(前16—62),字周公。扶风平陵(今陕西咸阳西北)人。新
莽末至东汉时期军阀、名臣。贾复(9—55),字君文,汉族,南阳冠军(今河
南省邓县西北)人,东汉名将。

[十五] 鈇钺 fū yuè,《荀子·乐论》:"且乐者,先王之所以饰喜也;军旅
鈇钺者,先王之所以饰怒也。"

[十六] 伏波,汉将军名号。西汉路博德、东汉马援都受封为伏波将军。

[十七] 武干,指军事才干。《魏书·吕罗汉传》:"罗汉仁笃慎密,弱冠以
武干知名。"

[十八] 苦节,《易·节》:"节,亨。苦节,不可贞。"孔颖达疏:"节须得
中。为节过苦,伤于刻薄。物所不堪,不可复正。故曰'苦节,不可贞'也。"

[十九] 酌贪泉而无惧,《晋书·吴隐之传》:"(吴隐之为广州刺史)未至
州二十里,地名石门,有水曰贪泉,饮者怀无厌之欲。……(隐之)至泉所,
酌而饮之,因赋诗曰:'古人云此水,一歃怀千金,试使夷齐饮,终当不易心。'
及在州,清操逾厉。"唐王勃《滕王阁序》:"酌贪泉而觉爽,处涸辙以犹欢。"

[二十] 庶几,《诗·小雅·车辖》:"虽无旨酒,式饮庶几;虽无嘉肴,式
食庶几。"袁梅注:"庶几,幸。此表希望之词。"

[二十一] 忧勤,《史记·司马相如列传》:"且夫王事固未有不始于忧勤,
而终于佚乐者也。"

[二十二] 顾蒲柳之前衰两句。蒲柳,南朝宋刘义庆《世说新语·言语》:
"蒲柳之姿,望秋而落;松柏之质,经霜弥茂。"轩墀,北周庾信《贺新乐表》:
"臣等并预钧天,同观张乐,轩墀弘敞,栏槛眺听。"

代都①监使奏吐蕃事宜状[一]

右,臣前月十四日至清水县西[二],吐蕃舍人郭至崇来迎,便请将书诏②先
去。臣以二十一日到薄寒山西,去蕃帅帐幕二十余里停止。至二十三日方见尚
绮里徐、拨布③、论乞心热,奉宣进止,兼付赐物,莫不祗奉圣恩,感悦过望,
部落欢抃,道路讴歌。加以接待殷勤,供拟丰厚,竭诚化归④,形状可知。臣亲
睹蕃情,不胜庆跃。绮里徐等固欲令臣与薛伾领蕃使却归奏事[三],臣当时苦
争,请赴衙帐,自辰及午[四],意竟不移⑤。今日再见恳论,尽词往后⑥,势既难

161

拒，恐失事宜，即于⑦今月五日令臣与张荐分背便发。彷徨中路，忧惧实深，心魂震惊，进退无据。谨勒某官某乙陈奏以闻，谨奏⑧。

【校】

①粤雅堂本"都"作"郑"。

②粤雅堂本"书诏"作"书诏等"。

③粤雅堂本"拔布"作"拔阐布"。

④粤雅堂本、四库本"化归"作"归化"。

⑤粤雅堂本"意竟不移"作"竟不见移"。

⑥粤雅堂本、四库全书本"后"作"复"。

⑦粤雅堂本"于"作"以"。

⑧粤雅堂本"以闻谨奏"作"以闻"。

【笺注】

[一] 作于贞元二十年，804 年。都监使，粤雅堂本作"郑监使"，未详，一说为薛盈珍。

[二] 清水，县名，属天水郡，今秦州县。

[三] 薛伾，《旧唐书·薛伾传》："薛伾，胜州刺史涣之子。尚父汾阳王召置麾下，著名于诸将间。左仆射李揆使西蕃，伾为将从役。时贼泚之难，昆夷赴义，伾驰骑响导，至于武功，擢授左威卫将军。使绝域者前后数四，累迁左金吾卫大将军、检校工部尚书、兼将作监，出为鄜坊观察使。元和八年，卒于官，赠潞州大都督。"

[四] 自辰及午，辰，上午七点至九点；午，上午十一点到一点。

代伊仆射奏请女正度状^[一]

光禄大夫尚书右仆射南充郡王臣女请度尼某乙，右，臣伏以陛下降诞之辰，率土蒙幸^[二]。臣于含气之内，受恩独深，思所以称庆南山，献心北极，遂剖①骨肉之爱，俾归岑②寂之门，结幽愿于金仙，奉胜因于宝寿。冒昧上请，精诚匪他^[三]。陛下以厘革初行，涣汗无反③^[四]，怜臣馨至之分，事与恩违，念臣愚鲁之忠，贷于④法外，特降中使，俯加慰谕。臣忝居端右之地^[五]，首干画一之文^[六]，诚虽奉上，义乖率下，合当严谴，忽被疏⑤私，震惊失图^[七]，惭跼罔据。荷降鉴之明，原情斯在；蒙曲全之泽，为感则深。轻渎⑥宸严，伏增殒越。谨奏⑦。

【校】

①粤雅堂本、四库本"逐剖"作"逐割"。

②粤雅堂本"岑"作"空"。

③粤雅堂本"无反"作"无返"。

④粤雅堂本"贷于"作"贷均"。

⑤粤雅堂本、四库本"踈"作"殊"。

⑥粤雅堂本"轻渎"作"轻黩"。

⑦粤雅堂本无"谨奏"，四库本"谨奏"作"谨表"。

【笺注】

[一] 伊仆射，伊慎。

[二] 率土，《诗·小雅·北山》："率土之滨，莫非王臣。"王引之《经义述闻·毛诗中》："《尔雅》曰：'率，自也。自土之滨者，举外以包内，犹言四海之内。'"

[三] 匪他，《诗·小雅·頍弁》："岂伊异人，兄弟匪他。"

[四] 涣汗无反，《易·涣》："九五，涣汗其大号。"孔颖达疏："人遇险阨惊怖而劳，则汗从体出，故以汗喻险阨也。九五处尊履正，在号令之中，能行号令以散险阨者也。"朱熹《周易本义》："九五巽体，有号令之象，汗谓如汗之出而不反也。"

[五] 端右，指宰辅重臣。

[六] 画一，《史记·萧相国世家》："萧何为法，顜若画一。"司马贞索隐："小颜云：画一，言其法整齐也。"

[七] 失图，失去主意。《左传·昭公七年》："孤与其二三臣悼心失图。社稷之不皇，况能怀思君德。"

代郑相公谢赐戟状[一]

门戟十二竿[二]。右，今日中使某乙至臣①私第，奉宣②圣旨，赐臣前件戟者。臣③伏以国朝之制，名器尤慎。吏考三十，始秩银青[三]；战勋十二，乃号

163

柱国[四]。必资具美[五]，方锡殊荣。于是有命服以朝[六]，加戟于户，将劝劳而责实[七]，亦驭贵而崇名[八]。上无谬恩，下不虚受。臣迹非奇致，擢自诸生，先皇以廉谨赐知，密勿踰于一纪[九]，陛下以勤忧过听[十]，委遇首于郡僚④。叼据枢衡[十一]，亟移星岁。雷霆用武，曾无犬马之劳；日月垂文，岂有萤烛之助[十二]。徒以侍祠清庙，拜寿鸿名[十三]，累逢庆赖⑤[十四]，骤假勋秩，礼异其数，物盛其容，新其闬闳，赐之荣戟[十五]。衡门燕雀，乍相贺于朱楹；武库龙蛇，忽追飞于陋巷[十六]。焜燿当代，宠灵自天[十七]，聚族知惭，杀身匪报。无任荷惧屏营之至，谨奉状陈谢以闻。

【校】

①粤雅堂本无"臣"字。

②四库本"奉宣"作"奏宣"。

③粤雅堂本无"臣"字。

④粤雅堂本"郡僚"作"群祭"，四库本"郡僚"作"群僚"。

⑤四库本"庆赖"作"庆赉"。

【笺注】

[一] 疑作于永贞元年，805年。郑相公，郑絪（752—829）。《旧唐书·宪宗上》："（永贞元年十二月）壬戌，以朝请大夫、守中书舍人、翰林学士、上柱国郑絪为中书侍郎、同平章事、集贤殿学士。"

[二] 门戟十二竿，《宋史·舆服志》："门戟。木为之而无刃，门设架而列之，谓之棨戟。天子宫殿门左右各十二，应天数也。宗庙门亦如之。国学，文宣王庙、武成王庙亦赐焉，惟武成王庙左右各八。臣下则诸州公门设焉，私门则府第恩赐者许之。"唐白居易《寄微之》："外物竟关身底事，谩排门戟系腰章。"

[三] 银青，《老学庵笔记》："官制，光禄大夫转银青，银青转金紫，金紫转特进。五代以前乃自银青转金紫，金紫转光禄。"梁章钜案：唐皆以金紫、银青光禄大夫为阶官，此沿汉代金印紫绶、银印青绶之称。汉丞相、太尉皆金印紫绶，御史大夫银印青绶。《宋史·职官志》："尚书，吏部以金紫光禄大夫，户、礼、兵、刑、工部以银青光禄大夫换授。"

[四] 柱国，官名。战国时楚国设置，为统率武装部队之官，或称"上柱国"，其地位略次于"令尹"。唐以后作为勋官的称号，"上柱国"为十二转（即第一级），正二品。

［五］具美，《晋书·山涛传论》：“若夫居官以洁其务，欲以启天下之方，事亲以终其身，将以劝天下之俗，非山公之具美，其孰能与于此者哉。”

［六］命服，《诗·小雅·采芑》：“服其命服，朱芾斯皇，有玱葱珩。”郑笺：“‘命服’者，命为将，受王命之服也。天子之服，韦弁服、朱衣裳也。”周王所赐的礼服，随爵位的高低而不同，分为九等。

［七］劝劳，慰劳。责实，《史记·太史公自序》：“若夫控名责实，参伍不失，此不可不察也。”

［八］崇名，汉刘向《说苑·建本》：“死有遗业，生有荣名，此皆人材之所能建也……夫学者崇名，立身之本也。”

［九］密勿，勤勉。《诗·小雅·十月之交》：“黾勉从事，不敢告劳。”王先谦《诗三家义集疏》：“鲁‘黾勉’作‘密勿’。”一纪，十二年。《旧唐书·郑絪传》：“德宗朝，（郑）在内职十三年，小心兢谦，上遇之颇厚。”

［十］过听，《史记·三王世家》：“陛下过听，使臣去病待罪行闲。”

［十一］叨据，谓占居不应有的职位。多用作自谦之词。唐刘肃《大唐新语·识量》：“吾少不才，位居宰相，汝今又得州牧，叨据过分，人所嫉也。”

［十二］萤烛，三国魏曹植《求自试表》：“萤烛末光，增晖日月。”

［十三］徒以侍祠清庙，拜寿鸿名句。清庙，《诗·周颂·清庙》：“于穆清庙，肃雍显相。”鸿名，《史记·司马相如列传》：“前圣之所以永保鸿名而常为称首者用此，宜命掌故悉奏其义而览焉。”

［十四］庆赖，《尚书·吕刑》：“一人有庆，兆民赖之。”

［十五］新其闳闳，赐之荣戟句。闳闳 hàn hóng，大门。《左传·襄公三十一年》：“高其闳闳，厚其墙垣。”荣戟 qǐ jǐ，古代官吏所用的仪仗，出行时作为前导，后亦列于门庭。《汉书·韩延寿传》：“功曹引车，皆驾四马，载荣戟。”

［十六］衡门燕雀两句。衡门，《诗·陈风·衡门》：“衡门之下，可以栖迟。”朱熹《诗集传》：“衡门，横木为门也。门之深者，有阿塾堂宇，此惟横木为之。”武库，《汉书·高帝纪下》：“萧何治未央宫，立东阙、北阙、前殿、武库、大仓。”后比喻干练多能的人。《晋书·杜预传》：“预在内七年，损益万机，不可胜数，朝野称美，号曰‘杜武库’，言其无所不有也。”

［十七］宠灵，得到恩宠。《左传·昭公七年》：“今君若步玉趾，辱见寡君，宠灵楚国，以信蜀之役，致君之嘉惠，是寡君既受贶矣，何蜀之敢望！”孔颖达疏：“言开其恩宠赐以威灵以及楚国。”

代郑相公请删定施行六典开元礼状^[一]

　　右，臣闻化人成俗[二]，莫大于礼乐；垂统建中，必资于制度[三]。然而忠敬有弊[四]，质文异数[五]，群儒之得失锋①起，历代之沿革丝棼[六]。或荣古而漏②今[七]，名实交丧[八]；或违经而便事[九]，本末相忘；或烦褻以为详，或阔略以为要[十]。未闻折衷，以叶通方[十一]。国家与天惟新，改物视听[十二]。太宗拯焚溺之余[十三]，粗立统纪[十四]；玄③宗承富庶之后，方暇论思[十五]。爰勅宰臣，将明睿旨[十六]，集儒贤于别殿，考古训于秘文[十七]，以论材审官之法，作《大唐六典》三十卷[十八]，以道德齐礼之力④，作《开元新礼》一百五十卷[十九]。网罗遗逸，芟翦奇邪[二十]，豆⑤百代以旁通[二十一]，立一王之定制。草奏三复，祗令宣示中外；星周六纪，未有明诏施行[二十二]。遂使祭、丧⑥、冠、婚，家犹异礼；等威名分，官靡成规[二十三]。不时裁正⑦，贻弊方远。伏惟睿圣文武皇帝陛下恢纂鸿业，升于⑧大猷[二十四]，雷霆⑨奋有截之威[二十五]，日月廓无私之照，三叛就戮，四夷来宾，牛马散于农郊，兵革藏于武库，严禋上帝[二十六]，祗受鸿名，惟怀永图，不自满假[二十七]，昧爽听政[二十八]，子夜观书，处成功而弗⑩休，求至理若不及。每怀经始[二十九]，则知贞观之难⑪；言念持盈[三十]，思复开元之盛。臣谬忝枢务，兼掌图籍，无能匡补，已负于恩私，有所发明，岂先于典礼。伏见前件《开元礼》《六典》等，先朝所制，郁而未用，奉扬遗美，允属钦明[三十一]。然或损益之间，讨论未尽；或弛张之间，宜称不同。将贻永代之规，必候不刊之妙[三十二]。臣请于常参官内选学艺优深、理识通敏者三五人，就集贤院，各尽异同，量加删定。然后冀纾睿览，特降德音，明下有司，着为恒式。使公私共守，贵贱遵行，苟有愆违⑫，必正刑宪。如此则职官有制，将兴"济济"之诗[三十三]；风俗大同，坐致"熙熙"之咏[三十四]。见可而献，知无不为，辄渎⑬宸严⑭，伏增陨⑮越。谨状⑯。

【校】

①四库本"锋"作"蜂"。

②粤雅堂本"漏"作"陋"。

③粤雅堂本"玄"作"元"。

④粤雅堂、四库本"力"作"方"。

⑤粤雅堂本、四库本"豆"作"亘"。

⑥粤雅堂本"祭、丧"作"丧、祭"。

⑦粤雅堂本"正"作"成"。

⑧四库本"升于"作"允升"。

⑨粤雅堂本"霆"作"电"。

⑩粤雅堂本"弗"作"勿"。

⑪粤雅堂本"难"作"艰"。

⑫粤雅堂本"愆违"作"愆忒"。

⑬粤雅堂本"辄读"作"轻黩"。

⑭粤雅堂本"严"作"疏"。

⑮粤雅堂本"陨"作"殒"。

⑯粤雅堂本无"谨状"。

【笺注】

［一］郑相公，郑絪（752—829）。《旧唐书·郑絪传》："郑絪，字文明，荥阳人。父羡，池州刺史。絪少有奇志，好学，善属文。大历中，有儒学高名……絪擢进士第，登宏词科，授秘书省校书郎、鄠县尉。张延赏镇西川，辟为书记，入除补阙、起居郎，兼史职。……宪宗监国，迁中书舍人，依前学士，俄拜中书侍郎、平章事，加集贤殿大学士，转门下侍郎、宏文馆大学士。"开元礼，《旧唐书·玄宗纪》："（开元）二十年……九月乙巳，中书令萧嵩等奏上《开元新礼》一百五十卷。制所司行用之。"

［二］化人成俗，《礼记·学记》："君子如欲化民成俗，其必由学乎。"

［三］垂统建中，必资于制度句。垂统，《孟子·梁惠王下》："君子创业垂统，为可继也。"建中，《尚书·仲虺之诰》："王懋昭大德，建中于民，以义制事，以礼制心，垂裕后昆。"蔡沉集传："立中道于天下。中者，天下之所同有也。"制度，《易·节》："天地节，而四时成。节以制度，不伤财，不害民。"孔颖达疏："王者以制度为节，使用之有道，役之有时，则不伤财，不害民也。"

［四］忠敬，《礼记·祭统》："致其诚信，与其忠敬，奉之以物……明荐之而已矣。"

［五］质文，《国语·周语下》："文王质文，故天祚之以天下。"韦昭注："质文，其质性有文德也。"异数，《左传·庄公十八年》："王命诸侯，名位不同，礼亦异数。"

［六］丝棼 fén，《左传·隐公四年》："臣闻以德和民，不闻以乱。以乱，犹治丝而棼之也。"杨伯峻注："棼，音汾，纷乱之意。"

167

[七] 荣古而漏今，唐柳宗元《与友人论为文书》："而又荣古虐今者，比肩叠迹，大抵生则不遇，死而垂声者众焉。"

[八] 交丧，《庄子·缮性》："由是观之，世丧道矣，道丧世矣，世与道交相丧也。"

[九] 违经，北齐颜之推《颜氏家训·省事》："用疏则藏奸而不信，用密则任数而违经。"

[十] 阔略，汉王充《论衡·实知》："众人阔略，寡所意识。"

[十一] 未闻折衷，以叶通方。折衷，《楚辞·九章·惜诵》："令五帝以折中兮，戒六神与向服。"朱熹集注："折中，谓事理有不同者，执其两端而折其中，若《史记》所谓'六艺折中于夫子'是也。"以叶通方，叶 xié，《汉书·韩安国传》："通方之士，不可以文乱。"颜师古注："方，道也。"

[十二] 改物，《左传·昭公九年》："文之伯也，岂能改物？"杜预注："言文公虽霸，未能改正朔、易服色。"

[十三] 焚溺，唐李渊《受禅告南郊文》："臣恭守晋阳，驰心魏阙，被首濡足，拯溺救焚，大举义兵，式宁区宇。"

[十四] 统纪，《史记·太史公自序》："为天下制仪法，垂《六艺》之统纪于后世。"

[十五] 论思，汉班固《两都赋》序："朝夕论思，日月献纳。"

[十六] 将明，《诗·大雅·烝民》："肃肃王命，仲山父将之；邦国若否，仲山父明之。"

[十七] 古训，《诗·大雅·烝民》："古训是式，威仪是力。"郑玄笺："故训，先王之遗典也。"

[十八] 论材，《管子·君臣上》："论材量能，谋德而举之，上之道也。"审官，《诗·周南·卷耳序》："又当辅佐君子，求贤审官，知臣下之勤劳。"孔颖达疏："欲令君子求贤德之人，审置于官位。"《大唐六典》成书于开元二十六年（738年）。

[十九] 以道德齐礼两句。《论语·为政》："道之以德，齐之以礼，有耻且格。"《开元新礼》，《唐会要·杂郊议上》："开元二十年九月乙巳。中书令萧嵩等。奏上开元新礼。"

[二十] 芟蕑 shān jiǎn，删减。

[二十一] 旁通，《易·干》："六爻发挥，旁通情也。"孔颖达疏："言六爻发越挥散，旁通万物之情也。"

[二十二] 星周六纪，未有明诏施行句。星周，星辰视运动历一周天为一星

周，即一年。一纪，十二年。据此推算此文应写于810年，但吕温时任地方刺史，故写作时间存疑。

［二十三］等威名分，官靡成规句。等威，《左传·文公十五年》："伐鼓于朝，以昭事神，训民事君，示有等威，古之道也。"杜预注："等威，威仪之等差。"名分，《庄子·天下》："《易》以道阴阳，《春秋》以道名分。"成规，《庄子·田子方》："昔之见我者，进退一成规，一成矩，从容一若龙，一若虎。"

［二十四］大猷，《诗·小雅·巧言》："奕奕寝庙，君子作之；秩秩大猷，圣人莫之。"郑玄笺："猷，道也；大道，治国之礼法。"

［二十五］有截，《诗·商颂·长发》："苞有三蘖，莫遂莫达，九有有截。韦顾既伐，昆吾夏桀。"郑玄笺："九州齐一截然。"

［二十六］严禋，庄重地祭祀。唐魏征《享太庙乐章·舒和》："严禋克配鸿基远，明德惟馨凤历昌。"

［二十七］不自满假，《尚书·大禹谟》："克勤于邦，克俭于家，不自满假。"孔传："满，谓盈实；假，大也。"孔颖达疏："言已无所不知，是为自满；言已无所不能，是为自大。"

［二十八］昧爽，拂晓。《尚书·牧誓》："时甲子昧爽，王朝至于商郊牧野。"

［二十九］经始，《诗·大雅·灵台》："经始灵台，经之营之。"

［三十］持盈，守成业。《老子》："持而盈之，不如其已。"《国语·越语下》："夫国家之事，有持盈，有定倾，有节事。"韦昭注："持，守也。盈，满也。"

［三十一］钦明，《尚书·尧典》："曰若稽古帝尧，曰放勋，钦明文思安安，允恭克让。"

［三十二］不刊，南朝梁刘勰《文心雕龙·宗经》："经也者，恒久之至道，不刊之鸿教也。"

［三十三］济济，《诗·大雅·旱麓》："瞻彼旱麓，榛楛济济。"毛传："济济，众多也。"

［三十四］熙熙，《汉书·礼乐志》："众庶熙熙，施及夭胎；群生喷喷，唯春之祺。"颜师古注："熙熙，和乐貌也。"

故博陵崔公行状①[一]

　　曾祖讳承福，皇朝太②中大夫广、越二府都督[二]。祖讳先意，皇朝朝议大夫邓州刺史[三]，父讳巘皇朝朝议大夫郑州长史赠左③散骑常侍状[四]：斧藻天理[五]，立为人极[六]。敬终端本，彼所以将就诚明[七]；褒殁劝存，此所以砥砺名教[八]。然而以道行已④，晦而弥光，大君子之行也；以法考行，直而无党[九]，贤有司之职也。且曰献状[十]，则唯所知。公清庄而和，博厚而敏，岐嶷而凤茂[十一]，羁丱而老成[十二]，性约情充⑤，静专动直，出入孝悌，周旋忠信。始以经明上第，调佐夏阳；次以词丽甲科，超尉王屋[十三]。事迫于官而举，言迫于事而扬，欲藏智而蒙滞来求，不近名而声华见逼。故相左仆射张公时尹洛京[十四]，首得才实，洎镇荆蜀，致于幕庭⑥。再兼理官，专领记室，健笔良画，二邦有闻。旋遭内艰，毁瘠仅立，善居得礼[十五]，族党称之。免丧之岁[十六]，天子南狩，大⑦尉西平王大会兵车，将图匡复。公首膺辟任，浚发义心，琴未成声，履⑧及于路，感激而将星芒怒，谋谟而兵祲廓清[十七]。翠华既还[十八]，优典斯及，拜殿中侍御史[十九]。时有宠臣为京兆者，政以暴闻，吏有冤弊，公表陈枉直，伏阁待旦，言忠主悟，事寝风生。以绳违称职[二十]，转侍御史，以求瘝慎选[二十一]，为华原令。大兵之后，旱岁为虐，公劳徕不倦[二十二]，弛张以宜，复流庸于润屋[二十三]，辟旷土为多稼。俄改歙州刺史，地杂瓯骆[二十四]，号为难理，下车而简其约束[二十五]，期月而明其信誓[二十六]，然后破散溪聚，剪锄山豪，既去害群之奸，遂宁挺险之俗[二十七]。征拜长安县令，威声先路，不肃而理，铠刃余地，所投皆虚。擢同州刺史，国⑨歉于丰，量赈为籴[二十八]，号里仓⑩者三百所，而凶年备矣；戒以暴骸，谕之速朽，成薄葬者九百家[二十九]，而奢俗惩矣。都人⑪有豪夺乡愍[三十]，阴持吏失，朋构讼狱[三十一]，累政所患。公断以寻斧，破其囊橐[三十二]，人乐其杀，而法制行焉。郡城自御寇之余，复隍殆尽，朝贡所经，夷夏何仰。公悦使裋负[三十三]，大兴版筑[三十四]，下不知役，而扁⑫固立焉。其余则去思有碑，详在篆述，可覆视也[三十五]。朝议陟明[三十六]，迁于陕服[三十七]，封介晋楚，寄分函洛[三十八]，而戎备不修，兵库虚闭。公乃鸠工以利器[三十九]，阅实以练卒[四十]，金革中度，义勇知方[四十一]。既而有淮西之役，晨令暮具，凛然而可观矣。河出城下，造舟为梁，经始匪工[四十二]，败决相继。公乃沉石而双固中沚[四十三]，省舰而三分巨渠，水与意会，势若天成。既而有奔涛之沴[四十四]，智胜功显，终然而无害矣。其余则三降玺书，就加爵秩，是明征也。移疾入觐，贰职冬官^[四十五]，归载不过图书，留府盈乎粟帛丰公约私，于是乎在。至既陈乞^[四十六]，以尚书致政。室不交要路之宾，口不言当代之事，就阴委顺^[四十七]，谈者多之。公目解巾至于撤乐^[四十八]，思不逾矩，动不越思^[四十九]，以忠贞为仕模，以勤俭为家训。身居侯邸，清节如初^[五十]；男降王姬，素风愈励⑬。羁孤聚室^[五十一]，人各忘其亡；布褐分庭，士不知其贵。体温柔而事至能断，性坦易而物莫能窥。当官不务于⑭名声，所去必遗其功利，甿谣尚在，时论可征。已逾书葬之期，请举易多⑮之典^[五十二]，谨状。元和三年四月日，故银青光禄大夫守工部尚书致仕⑯赠陕州大都督博陵崔公外生甥朝议郎司封员外郎上骑都尉赐绯鱼袋吕温谨上⑰。

【校】

①粤雅堂本"故博陵崔公行状"作"唐故银青光禄大夫守工部尚书致仕上柱国中山郡开国公食邑二千户赠陕州大都督博陵崔公行状"。

②四库本"太"作"大"。

③四库本无"左"字。

④粤雅堂本、四库本"巳"作"己"。

⑤粤雅堂本"性约情充"作"情约性充"。

⑥粤雅堂本、四库本"庭"作"府"。

⑦四库本"大"作"太"。

⑧粤雅堂本"履"作"屦"。

⑨粤雅堂本"国"作"图"。

⑩四库本"仓"作"巷"。

⑪粤雅堂本"都人"作"郡人"。

⑫粤雅堂本"扁"作"局"。

⑬粤雅堂本、四库本"励"作"厉"。

⑭四库本"于"作"其"。

⑮四库本"易多"作"易名"。

⑯粤雅堂本"致仕"后加"上柱国中山郡开国公食邑二千户"字。

⑰粤雅堂本"吕温谨上"后加"尚书考功。夫立身之道，始于君亲，中于人，终于身。若府君者，居丧有闻，临难有功，善其始也；勤于官业，惠于鳏寡，敬其中也；家事以理，年至而退，谨其终也。率是三懿，光于前训，以咨谥法，无愧至公。谨状"。

【笺注】

[一] 作于元和三年，808 年。博陵崔公，崔淙，唐博陵人，《新唐书·宰相世系二下》："淙字君济，同州刺史。"陶敏认为《唐方镇年表》卷四"陕虢"贞元十四年列崔琮，实为崔淙之误。

[二] 曾祖讳承福两句。李德辉认为崔承福，约高宗中期任左司郎中，历齐、润等五州刺史，越、广二州都督。

[三] 祖讳先意，《新唐书·宰相世系二下》："（博陵二房崔氏）挺后承福子先意，邓州刺史。"

[四] 父讳巘 yǎn，《新唐书·宰相世系二下》："巘，荥阳郡长史。"

[五] 斧藻，《文选·王融〈三月三日曲水诗序〉》："内积和顺，外发英华，斧藻至德，琢磨令范。"刘良注："斧藻，脩饰也。"

[六] 人极，纲纪。唐白居易《立制度策》："夫制度者，先王所以下均地财、中立人极、上法天道者也。"

[七] 诚明，《礼记·中庸》："自诚明谓之性，自明诚谓之教，诚则明矣，明则诚矣。"郑玄注："由至诚而有明德，是圣人之性者也。"

[八] 砥砺，晋陈寿《三国志·魏志·杜畿传》："丰砥砺名行以要世誉，而恕诞节直意，与丰殊趣。"

[九] 直而无党，《尚书·洪范》："无偏无党，王道荡荡，无党无偏，王道平平。"

[十] 献状，《左传·僖公二十八年》："三月丙午，（晋侯）入曹。数之，以其不用僖负羁而乘轩者三百人也，且曰'献状'。"惠栋补注："献状，谓观状也。先责其用人之过，然后诛观状之罪。"

[十一] 岐嶷 qí yí，《诗·大雅·生民》："诞实匍匐，克岐克嶷。"朱熹《诗集传》："岐嶷，峻茂之状。"后多以"岐嶷"形容幼年聪慧。

[十二] 丱 guàn，指年幼。《诗·齐风·甫田》："婉兮娈兮，总角丱兮。"

[十三] 王屋，《史记·周本纪》："（武王）既渡，有火自上复于下，至于王屋，流为乌，其色赤，其声魄云。"

[十四] 左仆射张公，张延赏。《旧唐书·张延赏》："张延赏，中书令嘉贞之子。……大历二年，拜河南尹，充诸道营田副使。贞元元年……改授左仆射。"

[十五] 毁瘠仅立，善居得礼句。毁瘠，《荀子·礼论》："故量食而食之，量要而带之，相高以毁瘠，是奸人之道也，非礼义之文也，非孝子之情也，将

以有为者也。"善居，汉王肃《孔子家语·六本》："子曰：'与善人居，如入芝兰之室，久而不闻其香，即与之化矣。'"

［十六］免丧之岁，谓守孝期满，除去丧服。《礼记·杂记下》："免丧之外，行于道路，见似目瞿，闻名心瞿。"

［十七］感激而将星芒怒两句。《隋书·天文志》："大将星摇，兵起，大将出。"铓máng，刀剑等尖端。祲，《周礼·眡祲》"阴阳气相祲，渐成祥者。"谋谟mó，谋略。廓清，肃清。

［十八］翠华，《文选·司马相如〈上林赋〉》："建翠华之旗，树灵鼍之鼓。"李善注："翠华，以翠羽为葆也。"

［十九］殿中侍御史，《旧唐书·职官三》："殿中侍御史六人。从七品下，掌殿廷供奉之仪式。凡冬至、元正大朝会，则具服升殿。若郊祀、巡幸，则于卤簿中纠察非违，具服从于旌门，视文物有所亏阙，则纠之。凡两京城内，则分知左右巡，各察其所巡之内有不法之事。"

［二十］绳违，《晋书·钟雅传》："雅直法绳违，百僚皆惮之。"

［二十一］求瘼mò，唐陆贽《请依京兆所请折纳事状》："求瘼救灾，国之令典。"

［二十二］劳徕，劳来，《诗·小雅·鸿雁序》："万民离散，不安其居，而能劳来还定，安集之。"

［二十三］流庸，《汉书·昭帝纪》："比岁不登，民匮于食，流庸未尽还。"颜师古注："流庸，谓去其本乡而行为人庸作。"润屋，晋葛洪《抱朴子·安贫》："明哲消祸于未来，知士闻利则虑害，而吾子讯仆以泛舟，孳孳于润屋。"

［二十四］瓯骆，古族名。百越的一支。

［二十五］约束，《文子·上义》："约束信，号令明。"

［二十六］期月，《论语·子路》："子曰：'苟有用我者，期月而已可也，三年有成。'"邢昺疏："期月，周月也，谓周一年之十二月也。"

［二十七］挺险之俗，《左传·文公十七年》："铤而走险，急何能择。"

［二十八］籴dí，买进粮食，与"粜"相对。

［二十九］薄葬，汉王充《论衡·薄葬》："贤圣之业，皆以薄葬省用为务。"

［三十］惸qióng，《周礼·秋官·大司寇》："凡远、近、惸、独、老、幼之欲有复于上，而其长弗达者，立于肺石。"郑玄注："无兄弟曰惸。"

［三十一］讼狱，诉讼。《管子·小匡》："无坐抑而讼狱者，正三禁之。"

［三十二］囊橐tuó，《诗·大雅·公刘》："乃裹糇粮，于橐于囊。"毛传：

"小曰橐,大曰囊。"郑玄笺:"乃裹粮食于橐囊之中。"《汉书·张敞传》:"广川王姬昆弟及王同族宗室刘调等通行为之囊橐,吏逐捕穷窘,踪迹皆入王宫。"颜师古注:"言容止贼盗,若囊橐之盛物也。"

[三十三]襁负,以带系财货负之于背。《隋书·慕容三藏传》:"及三藏至,招纳绥抚,百姓爱悦,繦负日至。"繦,通"襁"。

[三十四]版筑,《汉书·英布传》:"项王伐齐,身负版筑。"颜师古注引李奇曰:"版,墙版也;筑,杵也。"

[三十五]覆视,查看。《左传·定公四年》:"藏在周府,可覆视也。"

[三十六]陟明,《书·舜典》:"黜陟幽明。"

[三十七]陕服,《文选·任昉〈齐竟陵文宣王行状〉》:"初,沉攸之跋扈上流,称乱陕服。"吕向注:"上流,荆州也。时攸之为荆州刺史,宋顺帝即位,起兵作乱。时以荆州比陕州,为分陕之望也,如侯、甸之服,故云陕服也。"

[三十八]函洛,《文选·任昉〈王文宪集序〉》:"自函洛不守,宪章中辍。"吕延济注:"函,函关,谓长安也。洛,洛阳也。言自西晋丧乱,不守二京之都,而宪章经籍皆中道而坏也。"

[三十九]鸠工,唐黄滔《泉州开元寺佛殿碑记》:"乃割俸三千缗,鸠工度木。"利器,《论语·卫灵公》:"工欲善其事,必先利其器。"汉孔安国注:"言工以利器为用。"

[四十]阅实,《尚书·吕刑》:"阅实其罪。"孔颖达疏:"阅实其罪,检阅核实其所犯之罪,使与罚名相当。"练卒,唐杜甫《新安吏》:"就粮近故垒,练卒依旧京。"

[四十一]金革中度,义勇知方句。金革,《礼记·中庸》:"衽金革,死而不厌。"孔颖达疏:"金革,谓军戎器械也。"朱熹《四书章句集注》:"金,戈兵之属;革,甲胄之属。"中度,合乎法度。《淮南子·主术训》:"犯法者,虽贤必诛;中度者,虽不肖必无罪。"知方,《论语·先进》:"可使有勇,且知方也。"刘宝楠正义引郑玄曰:"方,礼法也。"

[四十二]经始,《诗·大雅·灵台》:"经始灵台,经之营之。"

[四十三]沚 zhǐ,《诗·小雅·菁菁者莪》:"菁菁者莪,在彼中沚。"毛传:"中沚,沚中也。"

[四十四]涉 lì,水流不畅。

[四十五]移疾入觐,贰职冬官句。移疾,《北史·高德正传》:"德正甚忧惧,乃移疾,屏居佛寺,兼学坐禅,为退身之计。"入觐,《诗·大雅·韩奕》:"韩侯入觐,以其介圭,入觐于王。"郑玄笺:"诸侯秋见天子曰觐。"孔颖达

疏："朝者四时通名，觐则唯是秋礼。"贰职，唐刘知几《史通·史官建置》："夫起居注者……即今为载笔之别曹，立言之贰职。"冬官，据《周礼》，周代设六官，司空称为冬官，掌管工程制作。后世亦以冬官为工部的通称。

［四十六］陈乞，陈述请求。

［四十七］委顺，《庄子·知北游》："性命非汝有，是天地之委顺也。"

［四十八］解巾，《后汉书·韦彪传》："诏书逼切，不得已，解巾之郡。"李贤注："巾，幅巾也。既服冠冕，故解幅巾。"

［四十九］越思，《左传·襄公二十五年》："行无越思，如农之有畔，其过鲜矣。"

［五十］清节，陶潜《咏贫士》诗之五："至德冠邦间，清节映西关。"

［五十一］羁孤，《文选·谢庄〈月赋〉》："亲懿莫从，羁孤递进。"李善注："羁孤，羁客孤子也。"

［五十二］易多，应作"易名"。《礼记·檀弓下》："公叔文子卒，其子戌请谥于君，曰：'日月有时，将葬矣，请所以易其名者。'"

卷六　志铭

三受降城碑铭^{并序[一]}

夏后氏^[二]遏洪水，驱龙蛇，能御大菑^[三]，以活黔首^[四]。周文王城朔方，逐猃狁^[五]，能捍大患，以安中区①。若非高岸峻防，重门击柝，虽有盛德，曷观成功。然则持璇玑而弛张万象^[六]，昊穹之妙用。扼胜势以擒纵八极，王者之宏图②。道虽无外，权则有备，变化消息，存乎其人。三受降城，皇唐之胜势者也。昔秦不量力，北筑长城，右扼③临洮，左驰碣石，生人尽去，不足乘障^[七]。两汉之后，颓为荒丘④，退居河浒，历代莫进，矫亡秦之弊则可矣，尽中国之利则未然⑤。唐兴因循，未暇经启，有拂云祠者，在河之北。地形雄坦，控扼枢会。虏伏其下，以窥域中，祷神观兵，然后入寇。甲不及擐^[八]，突如其来，鲸一跃而吞舟，虎数步而择肉。塞草落而边氓惧，河水⑥坚而羽檄走。爰自受命，至于中兴，国无宁岁。景龙二年^[九]，默啜强暴，渎⑦邻构怨，扫境西伐。汉⑧南空虚，朔方大总管韩国公张仁愿蹑机而谋^[十]，请筑三城，夺据其地。跨大河以北向，制胡马之南牧。中宗诏许，横议不挠^{时唐休璟建议非之⑨}。于是留及瓜之戍^[十一]，斩奸命之卒。六旬雷动，三城⑩岳立。以拂云祠为中城，东西相去各四百里。过朝那而北辟，斥候⑪迭望，几二千所⑫。损费亿计，减兵万人。分形以据，同力而守。东极于海，西穷于天，纳阴山于寸眸，拳大漠于一掌。惊尘飞而烽火燿，孤雁起而刁斗鸣。涉河而南，门用晏闲，韩公犹以为未也。方将建大旆，提金鼓^[十二]，驰神算，鞠虎旅^[十三]，看旄头明灭，与太白进退。小则责琛赆，受厥角^[十四]，定保塞一隅之安⑬。大则倒狼居^[十五]，竭瀚海，空苦塞⑭万里之野。大略方运，元勋不集。天其未使我唐无北顾之忧乎。厥后贤愚迭任。工拙异势，刚者⑮黩武，柔者败律，城隳险⑯固，寇得凌轶。或驱马饮河而去，或控弦剧⑰垒而旋。吾知韩公不瞑目于地下矣。今天子诞敷文德，茂⑱育群生，载兵和亲，七狄右衽，然而军志有受降如敌，大易有安不忘危。崇墉言言，其可施⑲柝，亦宜镇以元老，授之庙胜⑳，劚㉑述旧职而恢遗功[十六]。外动抚绥，内谨经略，使其来不敢仰视，去不敢反顾。永耆猛气[十七]，无生祸心。耸威驯恩，禽息㉒荒外。安固万代，术何加焉？敢勒铭城隅，庶复隍而光烈不昧[十八]。铭曰：

韩侯受命，志在㉓朔易[十九]。北方之强，制以全策[二十]。亘汉横塞，揭兹雄璧。如三斗龙，跃出大泽。并分襟带，各闭风雷。俯视阴山，仰看昭回。一夫登陴[二十一]，万里洞开。日晏秋尽[二十二]，纤尘不来。时维㉔韩侯，方运神妙。观衅则动[二十三]，乃诛乃吊。廓乎穷荒，尽日所照。天乎未赞，不策㉕清庙[二十四]。我圣耀德，罢肩北门。优而柔之，用息元元。曷若完守[二十五]，推亡固存。于襄于夷，永裕后昆[二十六]。

【校】

①四库本"中区"作"中国"。

②粤雅堂本"宏图"作"雄图"。

③粤雅堂本"右扼"作"右振"。

④粤雅堂本"丘"作"邱"。

⑤粤雅堂本"未然"作"不然"。

⑥粤雅堂本、四库本"河水"作"河冰"。

⑦粤雅堂本"渎"作"黩"。

⑧粤雅堂本"汉"作"漠"。

⑨粤雅堂本、四库本"时唐休璟建议非之"作"时休璟建唐议非之"。

⑩粤雅堂本"三城"作"三垒"。

⑪四库本"候"作"堠"。

⑫四库本"几二千所"作"几二千所省"。

⑬粤雅堂本"一隅之安"作"一时之安"。

⑭粤雅堂本、四库本"塞"作"寒"。

⑮粤雅堂本"者"作"则"。

⑯粤雅堂本"险"作"警"。

⑰粤雅堂本"剧"作"劚"。

⑱粤雅堂本"茂"作"稚"。

⑲粤雅堂本"施"作"弛"。

⑳四库本"胜"作"算"。

㉑粤雅堂本"劚"作"倬"。

㉒四库本"禽息"作"安居"。

㉓粤雅堂本"志在"作"平在"。

㉔四库本"时维"作"时惟"。

㉕粤雅堂本"不策"作"不册"。

【笺注】

[一]受降城，汉唐筑以接受匈奴、突厥族的投降。汉故城在今内蒙古乌拉特旗北。唐筑三城，中城在朔州，西城在灵州，东城在胜州。《史记·匈奴列传》："汉使贰师将军广利西伐大宛，而令因杆将军敖筑受降城。"《新唐书·张仁愿传》："时默啜悉兵西击突骑施，仁愿请乘虚取漠南地，于河北筑三受降城，绝虏南寇路。"

[二]夏后氏，《史记·夏本纪》："禹于是遂即天子位，南面朝天下，国号曰夏后，姓姒氏。"

[三]菑 zāi，《礼记·祭法》："夫圣王之制祭祀也，法施于民则祀之，以死勤事则祀之，以劳定国则祀之，能御大菑则祀之，能捍大患则祀之。"

[四]黔首，《礼记·祭义》："明命鬼神，以为黔首则。"郑玄注："黔首，谓民也。"孔颖达疏："黔首，谓万民也。黔，谓黑也。凡人以黑巾覆头，故谓之黔首。"

[五]周文王城朔方，逐猃狁句。朔方，《尚书·尧典》："申命和叔，宅朔方，曰幽都。"蔡沉集传："朔方，北荒之地。"猃狁 xiǎn yǔn，中国古代北方的民族。《史记·匈奴列传》："匈奴，其先祖夏后氏之苗裔也，曰淳维。唐虞以上有山戎、猃狁、荤粥，居于北蛮，随畜牧而转移。"

[六]璇玑 xuán jī，古代测天文的仪器。

[七]乘障，南朝宋鲍照《拟古》："晚节从世务，乘障远和戎。"

[八]擐 huàn，擐甲执兵。

[九]景龙二年，公元708年。景龙（707—710）是唐中宗李显的年号。

[十]张仁愿，《新唐书·张仁愿传》："时默啜悉兵西击突骑施，仁愿请乘虚取漠南地，于河北筑三受降城，绝虏南寇路。唐休璟以为'两汉以来皆北守河，今筑城虏腹中，终为所有'。仁愿固请，中宗从之。表留岁满兵以助功，咸阳兵二百人逃归，仁愿禽之，尽斩城下，军中股栗，役者尽力，六旬而三城就。以拂云为中城，南直朔方，西城南直灵武，东城南直榆林，三垒相距各四百余里，其北皆大碛也，斥地三百里而远。又于牛头朝那山北置烽候千八百所。自是突厥不敢逾山牧马，朔方益无寇，岁损费亿计，减镇兵数万。"

[十一] 及瓜《左传·庄公八年》："齐侯使连称、管至父戍葵丘，瓜时而往，曰：'及瓜而代'。"后以此典指任职期满由他人接任。

[十二] 金鼓，金钲和战鼓。

[十三] 虎旅，虎贲氏与旅贲氏的并称，指勇猛的军队。

[十四] 琛赆 chēn jìn，献贡的财货。厥角，《尚书·泰誓中》："百姓懔懔，若崩厥角。"孔颖达疏："以畜兽为喻，民之怖惧，若似畜兽崩摧其角然。"

[十五] 狼居，唐袁朗《赋饮马长城窟》："朝服践狼居，凯歌旋马邑。"

[十六] 崇墉言言四句。崇墉，高墙。庙胜，指朝廷预先制定的克敌制胜的谋略。劘 mó，《汉书·贾邹枚路传赞》："贾山自下劘上，邹阳、枚乘游于危国，然卒免刑戮者，以其言正也。"

[十七] 詟 zhé，惧怕。

[十八] 光烈，《尚书·洛诰》："王命予来，承保乃文祖受命民，越乃光烈考武王，弘朕恭。"

[十九] 朔易，《尚书·尧典》："平在朔易。"蔡沉集传："朔易，冬月岁事已毕，除旧更新，所当改易之事也。"

[二十] 全策，《三国志·魏志·诸葛诞传》："今三叛相聚于孤城之中，天其或者将使同就戮，吾当以全策縻之，可坐而制也。"

[二十一] 陴 pí，城上的矮墙。

[二十二] 日晏，《吕氏春秋·慎小》："明日日晏矣，莫有债表者。"

[二十三] 观衅，窥伺敌人的间隙。《左传·宣公十二年》："会闻用师，观衅而动。"陆德明释文引服虔曰："衅，间也。"

[二十四] 清庙，《尚书大传》卷二："古者帝王升歌《清庙》之乐。"

[二十五] 完守，《左传·襄公十八年》："二子。知子孔之谋，完守入保。"杨伯峻注："完守者，加强守备也。"

[二十六] 后昆，《尚书·仲虺之诰》："垂裕后昆。"

故太子少保赠尚书左仆射京兆韦府君神道碑[一]

山之大者，匿峰峦，含气象，积高无倪，而不见其险，孕粹有物，而不知其神，此其所以为大也。德之全者，毁圭方，点皎厉[二]，灵机密运，而智不惊愚，遐标①特立[三]，而迹无变俗，此其所以为全也。然则泰②山高而可陟，全德近而难知[四]，我求其伦，见之于少师③公矣。公讳某，字某，京兆杜陵人。其先帝尧光宅，让德储庆，建国命氏，列于夏商，相胄卿族，繁于汉魏，代济不殒^[五]，焕焉盛门。大王父讳某，皇朝主客郎中莱、济、商三州刺史。王父讳某，仓部郎中太原少尹赠秘书监。烈考讳某，检校都官郎中岭南节度行军司马赠同州刺史^[六]。或以瑚琏之器，才施郡政；或以岩廊之姿，仅及戎佐^[七]。与时俱息，从道而汙^[八]，屈不试于当年，启莫京于身后。公生而岐嶷^[九]，弱而老成，浑粹不散，清明虚映。朱弦遗音^[十]，而宫商自韵；大圭不琢，而符彩溢发^[十一]。邈是④天爵^[十二]，烂乎人文，鼓钟之声日远，卿典⑤之誉来逼^[十三]。释褐太子正字，与仲弟正卿以贤良偕征^[十四]，策入异等，鸿冥双举，当代荣之。授高陵主簿，迁监察御史，政⑥殿中内供奉东都留守判官，即拜东台侍御史^[十五]。参画惟允^[十六]，持绳不回，河洛之间，风声尚在。德宗躬决庶政，本于尚书，责成曹郎，综练材实^[十七]，荐出方伯，时超贰卿^[十八]，二十年间，斯为极选。公由是前后迁刑部、吏部员外郎、吏部郎中，奏议推美，弥纶成绩，南宫之故事存焉^[十九]。于时裁复日近^[二十]，勋勤者众，都市惰游，尽垂金组^[二十一]，邦畿豪夺，半赐丹书^[二十二]，轻禽逸于疏网，悍马骇于柔辔。上思惩抑，必挨⑦良能，公由是前后历奉天、长安二县令，仁护鳏惸，智铃豪右^[二十三]，舆人之遗咏在焉。望由⑧实济，任以望重，选曹未几^[二十四]，迁给事中⑨。既居驳正之司，不挠当官之论。属东南岁歉，俾乂惟难⑩，出为常州刺史^[二十五]。天宝之后，中原释耒，辇越而衣，曹⑪吴而食，一隅重困，五纪于兹^[二十六]。公临之清贞，结以忠恕^[二十七]，固给⑫惠寡，务啬⑬勤分。一法以去其侵渔^[二十八]，多方以备其灾患，以逸道而使缮完允济^[二十九]，以与道而取赋入先期。声闻天朝，考绩连最^[三十]，转苏州刺史。二境之间，百里而近，灵源自出，殊派共清⑭，膏泽所沾，异壤同润。下车期月^[三十一]，报政如初，加秩赐金，借留累岁。无何，彭沛丧师，兵骄地逼，安危所系，朝议难之，乃以公检校秘书监兼御史中丞，赐紫金鱼袋，充徐泗节度行军司马，重其威望，将委旄钺^[三十二]。而未命程伯，徐方之轨既同；不见贾生，宣室之征遽至^[三十三]。擢吏部侍郎，伦品甄明，通简节适^[三十四]。势有探汤之热，我以静濯；众有鼓簧之喧，我以心听^[三十五]。驯致其美，暗然日彰^[三十六]，不求无失职之人，人自以为不失职矣。辍⑮拜京兆尹，德刑交修，宽猛相济，匪设钩距，物无遁情，匪曜⑯锋铓，机无滞断，浩穰之理^[三十七]，不肃而成，不求无⑰不欺之吏，吏自以为不能欺矣。俄改太子宾客，辞剧就闲，图南之势一息，选德求旧，居东之命惟重^[三十八]，迁检校工部尚书兼御史大夫，充东都留守东都畿汝州都防御使。自盗起幽陵，兵屯诸夏，涉淮而北，军国异容，分陕以东，古今殊寄。公讲信修睦，外张保厘之政，完备训戎，内寓折冲之令^[三十九]，予⑱戟不露，德耀⑲蔼然，遐迩顿首⑳以承风，强暴革心而知惧。今上嗣统，就加检校吏部尚书。方入谐金属㉑，毗赞㉒大化[四十]，不幸婴疾，表求退归，优诏除太子少保[四十一]，冀其休复，将有后命。神祇竟昧[四十二]，药祷无降，以元和元年三㉓月十二日，薨于东都履信里之私第，享年六十有四。宠赠尚书左仆射，辒车西归，制使赙吊，太常褒议，谥曰某公，哀荣备矣。夫人河东裴氏，侍中耀卿之孙，给事中皋之女，德门〔一作行〕钟美，淑问㉔充塞，薿荣早落[四十三]，着兆叶期，即以是年五月二十一日，合葬于万年县高平乡少陵原，礼也。公孝悌天至，行有余力，仁义性德㉕，匪俟服㉖膺[四十四]，不饰表以近名，恒纵心而中矩[四十五]。清虚简淡，而应物不倦；通旷夷易，而及门无杂[四十六]；不尚意气，而然诺笃志㉗；不好臧否，而鉴识超伦。与故相国齐江西映、穆宣州赞、赞弟侍御史员为文章道义之友[四十七]，可以视其所亲矣。今吏部郎中扶风窦群，杭㉘迹毗陵，退身进道。公三揖㉙郡榻之上，一振天墀之下，不数岁㉚间，蔚为重器，可以视其所举矣[四十八]。分正东郊，开府辟土㉛，则有今右司郎中炖煌段平仲、仓部员外郎安定皇甫镈、礼部员外郎清河张贾，此㉜京兆尹㉝韦嗣、陇西李景俭、中山卫中行、平阳路随，皆群彦之秀出，一时之高选，可以观其所任矣[四十九]。加以志尚幽远，冥搜好古，所居第㉞必有松石之致，退公暇日，常以图籍自娱，一字惬心，金玉不顾，片言同趣，布褐无间，亹亹然若见道之所存[五十]，陶陶然不知岁之云晏。於戏！策名从事，四十余年，朋友罕闻得丧之言，家人莫见喜愠之色，怛㉟怀以处，推分而行，无恩㊱于人，人亦不怨，无猜于物，物亦不猜，履信顺以优游，保福禄而㊲终始，其名教之大雅者欤[五十一]。有九子㊳：长曰元贽，前常州义兴县尉；次曰谷，前邠州司仓；次曰璋，乡贡进士，能修词㊴立诚，克家致美，茂扬风训，休有令闻；其㊵次某某等，皆殊资㊶异识，登于童齿，庆善之余也[五十二]。以某获窥墙仞[五十三]，见托篆述。究贤人之业，信而无愧，申孝子之志，直而不文。其词曰：

利建于商，介圭作宝[五十四]。爰立于汉，缁衣改造。克昌厥胤㊷，奕世载考[五十五]。亚尹擅名[五十六]，郎中怀道。莫跻贵仕[五十七]，莫享难老。蕴灵储休，以启少保。丕显少保[五十八]，其德惛惛[五十九]。有绰㊸遐姿，旷哉灵襟。显仁山立，藏用渊沉[五十九]。煦如冬阳，蔼若春阴。白圭三复[六十]，克保明心。黄钟九变[六十一]，莫匪和音。静专动直，谦进㊹柔克。宜践公辅，以祯㊺王国。促路顿轨[六十二]，中天坠翼。少陵古原，拱树寒色。寒壤㊻可弊，唯名不失㊼。金石垂之，以慰罔极。

【校】
①四库本"标"作"操"。

②粤雅堂本"太"作"泰"。

③粤雅堂本作"师"作"保"。

④粤雅堂本、四库本"是"作"矣"。

⑤粤雅堂本、四库本"卿典"作"乡曲"。

⑥粤雅堂本、四库本"政"作"改"。

⑦粤雅堂本、四库本"挨"作"俟"。

⑧四库本"由"作"以"。

⑨粤雅堂本"迁给事中"作"给事于中"。

⑩粤雅堂本、四库本"惟难"作"惟艰"。

⑪粤雅堂本、四库本"曹"作"漕"。

⑫粤雅堂本"固给"作"给存",四库本"固给"作"周给"。

⑬粤雅堂本"啬"作"穑"。

⑭四库本"共清"作"同清"。

⑮四库本"辍"作"名"。

⑯粤雅堂本"曜"作"耀"。

⑰粤雅堂本"无"作"有"。

⑱粤雅堂本、四库本"予"作"矛"。

⑲粤雅堂本"德耀"作"德辉"。

⑳粤雅堂本"顿首"作"倾首"。

㉑粤雅堂本"谐金属"作"金谐属"。

㉒粤雅堂本"毗赞"作"毗"。

㉓粤雅堂本"三"作"二"。

㉔粤雅堂本、四库本"问"作"闻"。

㉕粤雅堂本"德"作"得"。

㉖粤雅堂本"服"作"伏"。

㉗粤雅堂本"志"作"至"。

㉘粤雅堂本、四库本"杭"作"抗"。

㉙粤雅堂本"揖"作"挹"。

㉚四库全书本"岁"作"年"。

㉛粤雅堂本、四库本"土"作"士"。

㉜粤雅堂本无"此",四库本"此"作"权"。

㉝粤雅堂本无"尹"字。

㉞粤雅堂本"第"作"第内"。

㉟粤雅堂本、四库本"恒"作"坦"。

㊱粤雅堂本、四库本"恩"作"怨"。

㊲粤雅堂本"而"作"以"。

㊳四库本"有九子"作"有子九人"

㊴粤雅堂本"词"作"辞"。

㊵粤雅堂本无"其"字。

㊶粤雅堂本"资"作"姿"。

㊷粤雅堂本"胤"作"允"。

㊸粤雅堂本、四库本"绰"作"悼"。

㊹四库本"进"作"退"。

㊺粤雅堂本、四库本"祯"作"桢"。

㊻粤雅堂本"寒壤"作"穿壤",四库本"寒壤"作"黄肠"。

㊼粤雅堂本"失"作"息"。

【笺注】

[一] 作于元和元年,806 年。此碑为韦夏卿之碑。《旧唐书·韦夏卿传》:"韦夏卿字云客,杜陵人。父迢,检校都官郎中、岭南节度行军司马。夏卿苦学,大历中与弟正卿俱应制举,同时策入高等,授高陵主簿。累迁刑部员外郎。时久旱蝗,诏于郎官中选赤畿令,改奉天县令。以课最第一,转长安令。改吏部员外郎,转本司郎中,拜给事中。出为常州刺史。夏卿深于儒术,所至招礼通经之士。时处士窦群寓于郡界,夏卿以其所著史论,荐之于朝,遂为门人。改苏州刺史。贞元末,徐州张建封卒,初授夏卿徐州行军司马,寻授徐泗濠节度使。夏卿未至,建封子愔为军人立为留后,因授旄钺。征夏卿为吏部侍郎,转京兆尹、太子宾客,检校工部尚书、东都留守,迁太子少保。卒时年六十四,赠左仆射。"

[二] 皎厉,清高自持。《晋书·魏舒传》:"不修常人之节,不为皎厉之事,每欲容才长物,终不显人之短。"

[三] 退标,唐李翰《〈河中鹳鹊楼集〉序》:"筑为层楼,退标碧空。"

[四] 全德,《庄子·天地》:"天下之非誉,无益损焉,是谓全德之人哉。"

[五] 代济,世代相继。

[六] 大王父讳某,韦弼,字国桢,官户部员外郎、主客郎中,历莱、济、商三州刺史。王父讳某,韦伯阳,韩愈《监察御史元君妻京兆韦氏夫人墓志铭》:"曾祖父讳伯阳,自万年令为太原少尹、副留守北都,卒赠秘书监。"烈

考,《诗·周颂·雝》:"既右烈考,亦右文母。"毛传:"烈考,武王也。"郑玄笺:"烈,光也。"后多用为对亡父的美称。韦夏卿父亲韦迢,检校都官郎中、岭南节度行军司马。

[七] 或以瑚琏之器,才施郡政两句。瑚琏,《论语·公冶长》:"子贡问曰:'赐也何如?'子曰:'女,器也。'曰:'何器也?'曰:'瑚琏也。'"岩廊,《汉书·董仲舒传》:"盖闻虞舜时,游于岩郎之上,垂拱无为,而天下太平。"颜师古注引晋灼曰:"堂边庑岩郎,谓岩峻之郎也。"

[八] 从道,《易·复》:"中行独复,以从道也。"《荀子·臣道》:"'从道不从君',此之谓也。"

[九] 岐嶷 qí yí,《诗·大雅·生民》:"诞实匍匐,克岐克嶷。"朱熹集传:"岐嶷,峻茂之状。"后多以"岐嶷"形容幼年聪慧。

[十] 朱弦,《礼记·乐记》:"《清庙》之瑟,朱弦而疏越。"郑玄注:"朱弦,练朱弦。练则声浊。"孔颖达疏:"《虞书》传云:古者帝王升歌《清庙》之乐,大瑟练弦。此云朱弦者,明练之可知也。云练则声浊者,不练则体劲而声清,练则丝熟而弦浊。"

[十一] 大圭不琢,而符彩溢发句。大圭,《周礼·考工记·玉人》:"大圭长三尺,杼上终葵首,天子服之。"郑玄注:"王所搢大圭也,或谓之珽。"孙诒让正义引戴震云:"大圭,笏也。天子玉笏,其首六寸,谓之珽。"符采,《文选·左思〈蜀都赋〉》:"其间则有虎珀丹青,江珠瑕英,金沙银砾,符采彪炳。"刘逵注:"符采,玉之横文也。"

[十二] 天爵,《孟子·告子上》:"仁义忠信,乐善不倦,此天爵也;公卿大夫,此人爵也。"

[十三] 卿典,据粤雅堂本应作"乡曲",乡曲之誉,汉司马迁《报任少卿书》:"仆少负不羁之才,长无乡曲之誉。"

[十四] 贤良偕征,《旧唐书·韦夏卿传》:"大历中与弟正卿俱应制举,同时策入高等",《登科记考·大历二年》:"十月癸卯,上御紫宸殿,策试茂才异行、安贫乐道、孝悌力田、高蹈不仕等四科举人……茂才异行科:韦夏卿,韦正卿。"

[十五] 东台侍御史,侍御史,官名,属御史台。《新唐书·百官志》:"御史台。……侍御史六人,从六品下。掌纠举百寮及入阁承诏,知推、弹、杂事。"唐朝建都长安,而洛阳也有"留台",故称在洛阳的御史台为东台御史,在长安的御史台为西台御史。

[十六] 参画,参与谋划。唐黄滔《司直陈公墓志铭》:"今府相继拥于节

旄，益贤其参画。"

[十七] 综练，《晋书·葛洪传》："洪传玄业，兼综练医术。"

[十八] 荐出方伯，时超贰卿句。方伯，《礼记·王制》："天子百里之内以共官，千里之内以为御，千里之外设方伯。"《史记·周本纪》："周室衰微，诸侯彊并弱，齐、楚、秦、晋始大，政由方伯。"贰卿，指侍郎。古代尚书称卿，侍郎副之，故称贰卿。唐刘禹锡《山南西道新修驿路记》："今天官贰卿融，能嗣其耿光。"

[十九] 弥纶成绩，南宫之故事存焉句。弥纶，《易·系辞上》："《易》与天地准，故能弥纶天地之道。"高亨注："《释文》引京云：'准，等也。弥，遍也。'"南宫，《后汉书·郑弘传》："建初，为尚书令……弘前后所陈有补益王政者，皆着之南宫，以为故事。"南朝梁丘仲孚《南宫故事》百卷，亦以南宫称尚书省。唐及以后，尚书省六部统称南宫。

[二十] 戡复，平定叛乱，复兴王业。

[二十一] 金组，《文选·颜延之〈赭白马赋〉》："具服金组，兼饰丹腆。"李善注："金组，二甲也……马融曰：'组甲，以组为甲也。'"

[二十二] 丹书，《左传·襄公二十三年》："初，斐豹，隶也，着于丹书。"杜预注："盖犯罪没为官奴，以丹书其罪。"

[二十三] 仁护鳏惸，智钤豪右句。鳏惸 guān qióng，鳏孤。《诗·小雅·鸿雁》："爰及矜人，哀此鳏寡。"毛传："老无妻曰鳏，偏丧曰寡。"豪右，《后汉书·明帝纪》："滨渠下田，赋与贫人，无令豪右得固其利。"李贤注："豪右，大家也。"

[二十四] 选曹，主铨选官吏事。南朝宋刘义庆《世说新语·栖逸》："山公将去选曹，欲举嵇康，康与书告绝。"

[二十五] 俾乂 bǐ yì，乂，治理。《书·尧典》："下民其咨，有能俾乂。"出为常州刺史，《旧唐书·德宗纪》："贞元八年（792）四月，'给事中韦夏卿左迁常州刺史。'"

[二十六] 五纪，岁、月、日、星辰、历数。《尚书·洪范》："五纪；一曰岁，二曰月，三曰日，四曰星辰，五曰历数。"孔颖达疏："凡此五者，皆所以纪天时，故谓之五纪也。"

[二十七] 清贞，《列子·杨朱》："伯夷非亡欲，矜清之邮，以放饿死；展季非亡惰，矜贞之邮，以放寡宗。清贞之误善之若此！"忠恕，《论语·里仁》："夫子之道，忠恕而已矣。"朱熹集注："尽己之谓忠，推己之谓恕。"

[二十八] 一法，《荀子·王霸》："君者，论一相，陈一法，明一指，以兼

覆之，兼炤之，以观其盛者也。"

[二十九] 逸道，《三国志·蜀志·诸葛亮传》："孟轲有云：'以逸道使民，虽劳不怨；以生道杀人，虽死不怨。'信矣！"。缮完，完，通"院"。《左传·襄公三十一年》："以敝邑之为盟主，缮完葺墙，以待宾客。"《广雅·释宫》："院，垣也。"

[三十] 连最，旧指考评政绩、军功连续为上。《隋书·长孙炽传》："（长孙炽）频宰二邑，考绩连最，迁崤郡守。"

[三十一] 期月，《礼记·中庸》："择乎中庸，而不能期月守也。"孔颖达疏："假令偶有中庸，亦不能期帀一月而守之。"

[三十二] 旄钺 máo yuè，《书·牧誓》："王左杖黄钺，右秉白旄以麾。"蔡沉集传："钺，斧也，以黄金为饰……旄，军中指麾，白则见远。"

[三十三] 未命程伯，徐方之轨既同两句。徐方，《诗·大雅·常武》："徐方绎骚，震惊徐方。"高亨注："徐方，徐邦。"《晋书·宣帝纪》："周宣王时，以世官克平徐方。"周宣王之时，重黎的裔孙程伯休父入朝为大司马，后又因攻占徐方（今山东滕州东南薛故城）有功，被封到程邑（今陕西咸阳市东，一说在今洛阳市东）。贾生，即贾谊（前200—前168），洛阳（今河南洛阳东）人，西汉初年著名政论家、文学家。

[三十四] 节适，《晏子春秋·问上二六》："百官节适，关市省征，山林陂泽不专其利，领民治民勿使烦乱。"张纯一校注："节适，官无冗设。"

[三十五] 势有探汤之热，我以静濯两句。探汤，韦庄《和郑拾遗秋日感事一百韵》："中原初纵燎，下国竟探汤。盗据三秦地，兵缠八水乡。"鼓簧，《诗·秦风·车邻》："既见君子，并坐鼓簧。"毛传："簧，笙也。"朱熹集传："簧，笙中金叶，吹笙则鼓动之以出声者也。"

[三十六] 驯致其美，暗然日彰句。驯致，《易·坤》："履霜坚冰，阴始凝也；驯致其道，至坚冰也。"暗然日彰，《礼记·中庸》："故君子之道，暗然而日章；小人之道，的然而日亡。君子之道，淡而不厌，简而文，温而理，知远之近，知风之自，知微之显，可与入德矣。"郑玄注："言君子深远难知，小人浅近易知。人所以不知孔子，以其深远。"

[三十七] 浩穰 ráng，重大。

[三十八] 图南之势一息，选德求旧，居东之命惟重句。图南，《庄子·逍遥游》："北冥有鱼，其名为鲲。化而为鸟，其名为鹏。鹏之徙于南冥也，水击三千里，抟扶摇而上者九万里，背负青天而莫之夭阏者，而后乃今将图南。"居东之命，《尚书·金滕》："周公居东二年，则罪人斯得。"孔颖达疏："郑玄以

为武王崩，周公为冢宰三年，服终，将欲摄政，管蔡流言，即避居东都。"后因以指退职避居。

[三十九] 公讲信修睦两句。保厘，《尚书·毕命》："越三日壬申，王朝步目宗周，至于丰，以成周之众，命毕公保厘东郊。"孔传："用成周之民众，命毕公使安理治正成周东郊，令得所。"折冲，《吕氏春秋·召类》："夫脩之于庙堂之上，而折冲乎千里之外者，其司城子罕之谓乎?"高诱注："冲，车。所以冲突敌之军，能陷破之也……使欲攻己者折还其冲车于千里之外，不敢来也。"

[四十] 方入谐金属，毗赞大化句。金 qiān 属，众望。南朝梁沈约《王茂加侍中诏》："显命载加，允副金属。"毗 pí 赞，指辅佐，襄助。大化，《书·大诰》："肆予大化诱我友邦君。"孔颖达疏："故我大为教化，劝诱我所友国君，共伐叛逆。"

[四十一] 少保，《尚书·周官》："少师、少傅、少保曰三孤。"孔传："此三官名曰三孤。孤，特也。言卑于公，尊于卿，特置此三者。"

[四十二] 神祇，《史记·宋微子世家》："今殷民乃陋淫神祇之祀。"裴骃《史记集解》引马融曰："天曰神，地曰祇。"

[四十三] 淑问充塞，蕣荣早落句。淑问，《汉书·匡衡传》："道德弘于京师，淑问扬乎疆外。"颜师古注："淑，善也；问，名也。"蕣 shùn。

[四十四] 服膺，《礼记·中庸》："得一善，则拳拳服膺而弗失之矣。"朱熹集注："服，犹着也；膺，胸也。奉持而着之心胸之间，言能守也。"

[四十五] 中矩，《周礼·考工记·舆人》："圜者中规，方者中矩。"

[四十六] 及门，《论语.先进》："子曰：'从我于陈蔡者，皆不及门也。'"本谓现时不在门下，后以"及门"指受业弟子。

[四十七] 故相国齐江西映，齐映（747—795），《旧唐书·齐映传》："瀛州高阳人。映登进士第，应博学宏辞，授河南府参军……贞元七年，授御史中丞、桂管观察使，又改洪州刺史、江西观察使。"穆宣州赞、赞弟侍御史员，穆赞（748—805），穆员，出自河南穆氏，相州安阳令穆元休孙，祕书监穆宁子。

[四十八] 指韦夏卿力荐窦群事，据《旧唐书·窦群传》："贞元中，苏州刺史韦夏卿以丘园茂异荐，兼献其书，不报。及夏卿入为吏部侍郎，改京兆尹，中谢日，因对复荐群。"毗陵，即常州。《新唐书·地理志》："常州晋陵郡，望。本毗陵郡，天宝元年更名。"

[四十九] 则有今右司郎中炖煌段平仲等句。段平仲，《旧唐书·段平仲传》："段平仲，字秉庸，武威人。隋人部尚书段达六代孙也。登进士第，杜佑、李复相继镇淮南，皆表平仲为掌书记。……入朝为监察御史。"皇甫镈，《旧唐

书·皇甫镈传》："皇甫镈，安定朝那人。祖邻几，汝州刺史。父愉，常州刺史。镈贞元初登进士第，登贤良文学制科，授监察御史。"礼部员外郎清河张贾，据李德辉《全唐文作者小传正补》"张贾，行第十二，与韩愈、刘禹锡同时同官。贞元二年登进士第。贞元中，累官至礼、户二部员外郎。贞元十年后，在华州刺史卢征使幕，官侍御史。"韦嗣，未详。陇西李景俭，《旧唐书·李景俭》："李景俭字宽中，汉中王瑀之孙。父禇，太子中舍。景俭，贞元十五年登进士第。性俊朗，博闻强记，颇阅前史，详其成败。自负王霸之略，于士大夫间无所屈降。贞元末，韦执谊、王叔文东宫用事，尤重之，待以管、葛之才。叔文窃政，属景俭居母丧，故不及从坐。韦夏卿留守东都，辟为从事。"中山卫中行，卫中行，两《唐书》无传，贞元九年进士。贞元末，为韦夏卿东都留守司幕僚。平阳路随，《旧唐书·路泌传》："（随父）泌字安期，随珹与吐蕃会盟于平凉，因劫盟陷蕃。在绝域累年，栖心于释氏之教，为赞普所重，待以宾礼，卒于戎鹿……（路随）以通经调授润州参军，为李锜所困，使知市事，随儵然坐市中，一不介意。韦夏卿为东都留守，闻而辟之，由是声名日振。"

　　[五十] 亹 wěi 然，《诗经·大雅·文王》："亹亹文王。"

　　[五十一] 策名从事等句。策名，《后汉书·蔡邕传》："吾策名汉室，死归其正。"怛 dá，忧伤。推分，谓守分自安。《晋书·王导传》："及刘隗用事，导渐见疏远，任真推分，澹如也。"信顺，《易·系辞上》："天之所助者，顺也；人之所助者，信也。"福禄，《诗·大雅·凫鹥》："公尸燕饮，福禄来成。"

　　[五十二] 庆善，《易·丰》："六五：来章，有庆誉，吉。"唐孔颖达疏："以阴柔之质，来适尊阳之位，能自光大章显其德而获庆善也。"

　　[五十三] 墙仞，《论语·子张》："夫子之墙数仞，不得其门而入，不见宗庙之美，百官之富。"意谓孔子之才德不可企及，后因以"墙仞"喻贤者之门。

　　[五十四] 介圭，《诗·大雅·嵩高》："锡尔介圭，以作尔宝。"圭长尺二寸谓之介。

　　[五十五] 奕世，《后汉书·杨震传》："臣奕世受恩，得备纳言。"李贤注："奕犹重也。"

　　[五十六] 亚尹，少尹的别称。唐岑参《酬成少尹骆谷行见呈》："亚尹同心者，风流贤大夫。"

　　[五十七] 贵仕，《左传·僖公二十三年》："夫有大功而无贵仕，其人能靖者与有几？"杜预注："贵仕，贵位。"

　　[五十八] 丕显，《尚书·康诰》："惟乃丕显考文王，克明德慎罚。"

　　[五十九] 愔愔 yīn，《左传·昭公十二年》："祈招之愔愔，式招德音。"杜

预注："愔愔，安和貌。"

[六十]白圭三复，《论语·先进》："南容三复白圭，孔子以其兄之子妻之。"何晏集解引孔安国曰："《诗》云：'白圭之玷，尚可磨也；斯言之玷，不可为也。'南容读诗至此，三反复之，是其心慎言也。"

[六十一]黄钟，《礼记·月令》："（季夏之月）其日戊巳，其帝黄帝，其神后土，其虫倮，其音宫，律中黄钟之宫。"孔颖达疏："黄钟宫最长，为声调之始，十二宫之主。"

[六十二]促路，《文选·陆机〈吊魏武帝文〉》："长筭屈于短日，远迹顿于促路。"吕向注："长筭远迹，谓平生谋长远之事也。短日促路，生命穷尽也。"

唐故金紫光禄大夫检校兵部尚书使持节都督秦州诸军事兼秦州刺史御史大夫充保义军节度陇西经略军等使上柱国彭城郡开国公食邑二千户赠尚书右仆射中山刘公神道碑铭并序[一]

　　武有七德，以先九伐，圣王所以经邦也[二]。战有六器，以先五兵，贤侯所以述职也[三]。然德威并运，仁勇相宣，功业见乎礼义之门，将帅出乎《诗》《书》之府。若有览古成败，与时行藏，道惟忠贞，权利变化，兵机生于尽性，师律本乎修身[四]，饰怒之铁钺有归，当仁之坛场不让[五]，考诸名实，何代无人。公讳某，字某，其先帝尧之允事。事夏后者曰累，随会之子，处咸阳者为刘[六]。秦灭六雄，迁于丰沛，汉有四海，别封河朔，公即孝景帝中子中山靖王胜之后也。遭晋丧乱，流寓幽平，燕赵之朝，不绝如线。十一代祖后魏尚书左仆射燕郡公灵助，始有大功，建兹元社，遂为范阳人焉。厥后逶迤，世有潜德，详在家牒，略而不书。曾祖特进检校司卫卿临洮军使赠宋州刺史讳宏远，恢持重之姿，抚宁洮罕。王父特进检校右金吾卫大将军太常乡大同①军使赠扬州大都督讳贡，厉摧坚之气，震叠氐羌[七]。烈考开府仪同三司幽州大都督府长史带正省兵吏刑户四尚书左右仆射平章事兼御史大夫幽州卢龙军节度使累赠太师太保讳怦[八]，以正有功，以宽得众，书伐盟府，拥旄本邦[九]。於戏！以二特进之志略，用而不贵，以太保之忠勋，贵而不寿，水积而深，纵螯之鳞跃，风积而厉，垂天之翼奋[十]，庆灵久郁，必有勃兴。公即先太保之次子，今侍中之介弟。伯也嗣职幽都，仲也扬威陇坻^[十一]。虎旗龙节，交萃于一门，开国承家，并登于九命，倬绝天下，辉动人伦，勃焉之兴，斯可信矣^[十二]。公长源浚发，自天钟美，直尾箕之下，别禀英精，生恒碣之间，得其全气^[十三]。显仁藏智，勤孝朴忠，大略小心，寡言敏行^[十四]。虎抱崖窟，莫能象其深沈；鹗声青冥，未足拟其超远。幼挺奇节，长有雄姿，森武库之锋铓，错文昌之光色^[十五]，阅《礼》之别，惇《诗》之和，观《易》象之元，得《春秋》之正，申商之法，撮实而除苛，孙吴之书，取权而去诈^[十六]。行有余力，则遣词比兴，多中于雅音；材之旁通，则骑射剑击，皆穷其妙用。真所曰多能博识，允武允文者也。公弱冠之岁，朱滔败归幽陵，狼顾未定，先太保时为行军司马，用公之策，与滔定计，戢兵彻警，洗衅归诚^[十七]。致父于曲突之勋，拯人于坠涂之难^[十八]，由是山东侯伯，始闻其名。是岁孟秋，滔卒于镇^[十九]，幽人怀德，推奉太保，方执谦志，未允诚求。公以为幽燕本负气之乡，豪杰陷失节之地，自新无路，从乱如归，安危生于俯仰，逆顺决于指顾，权必有济，不可以假人，贵不为荣，岂嫌于在己，趋庭诤谕，决策指麾，正颓波于众心，回白日于王命。重氛载廓，阖境昭苏^[二十]，由是汉庭公卿，始重其节。太保既婴危疾，侍中时镇莫州，公总兵中权，尝药内寝。弛张在手，上下宅心，而见利不回，临事能断，推至公于门内，度德惟钧，申大义于军中，以长则顺^[二十一]。于是陟岗长望，飞驲潜迎，劝辍哭于创巨之晨，托理命于纲纪之仆，军府立定，国家乂安^[二十二]。然后退就丧庐，雨泣柴毁^[二十三]，三军感叹，四邻耸慕。子之道、弟之道备矣，孝之难、友之难至矣。既而侍中泣曰："金革无避，吾岂获已，手足相卫，尔何自安？"遂奏起公为涿州刺史。未几，转领瀛州。东负沧海，南驰诸夏，地饶俗杂，久号难理。公乃简其约束，峻其堤防^[二十四]，均其有无，一其劳逸，心听而方断，身践而后言。令下于流水之源，化行于草偃之势^[二十五]，盗奔他境，人复先畴，亦既富庶，聿观礼让，日用吾道，于何不臧^[二十六]。其年兼御史中丞充本道节度瀛州兵马留后，又兼御史大夫行军司马。丁越国夫人忧^[二十七]，至性继酷，终天穷感，杖而后起，殆不胜丧。军士泣留，王人逼谕，起复旧职，敬恭新命。孝在方寸，能尽其哀，政有典刑，不愆于素^[二十八]。服阕，加银青光禄大夫，余如故。公高视前代，志齐古人，疾没世不称之徒，慕其次立功之义^[二十九]。见去病无用家为，卷常三复，闻耿弇不以贼遗，坐惜分阴^[三十]，必欲悬旌黑山，饮马西海，气定百胜，身先七擒，讨冒顿之慢书，复犬戎之侵地^[三十一]。有怀未果，若耻在躬，爰因大阅，乃告于众曰："吾剖符别统^[三十二]，行已十年，训齐之士，不下十万，而靡衣鲜食，销锐刓锋，徒籍父兄之资，莫申丝发之效^[三十三]，永言及此，何以为容？且东胡之强，吾兄既雄其式遏；西丑之类，鄙志必期于殄歼^[三十四]。一家勤王，万里同力^[三十五]，游于地下，无负先公。谁居谁行，吾计决矣。"于是七营四校，一呼三跃，童儿奋臂，女子褰裳。奏书②朝下，牙旗夕出，穀骑八百^[三十六]，组甲五千，次舍按部^[三十七]。周旋成列，云鸟递引，龙蛇相追，夜度险③而不嚣，晨涉川而如贯。加以赢粮自给，假道无烦，历百城而馈饩皆辞，居一夕而墙宇必葺^[三十八]。憩林适去，坠果犹存，经田疾趋，滞穗不犯^[三十九]。军容之整，故老莫传，自燕抵秦，扶路瞻叹。初公躬率将士，以先启途，夫人抚其妻孥^[四十]，别次继进。爰自建旆，迄于解鞍，行不接尘，止④不通问，元帅去裘盖之逸，小君罢膏沐之容^[四十一]。在樵苏而必亲^[四十二]，历寒暑而无替，虽古名将，未之能行。德宗备礼劳迎，虚襟相待，一见升殿，目送杰人之姿，三接论边，心许成君之事。即日拜秦州刺史兼御史大夫，充陇西经略军使，割扶风之普润县以处之^[四十三]，倚为长城，镇我近辅。羽仪鼓吹^[四十四]，等西夏之雄藩，扉屡资粮^[四十五]，同北军之宠士，而犹未赐齐履，不拜汉坛，抑为偏师，所以观自致之效^[四十六]，假领侨郡，所以激必取之心。先皇将将，厥有深旨。公由是感悟神动，精诚涕流，荷知臣之明，思求已之报，砥砺壮节，激昂雄图。而地狭一同，众才十旅，逼介塞垣之下^[四十七]，崎岖山谷之间。因深为隍，即险增垒，翦蓬伐木，以立营署，凿石垦草，以开屯田。俸禄不入于私家，子弟必从于公役，缣绨之寻尺^[四十八]，咸在军装，金铁之锱铢^[四十九]，尽归兵器，无歌僮舞女之玩，而讲训为娱，绝良鹰异犬之求，而骁果是务^[五十]。加以推诚待下^[五十一]，爱士如身，视疾临丧，舆厮必至^[五十二]，字孤养老，骨肉何先。遂令千夫一心，积感思奋，各捐躯而唯恐后死，未见敌而争为前登。公曰："众知吾深，其可用也。"于是驰使阙下，请牧湟中^[五十三]，出自凶门，入于死地，衽席过兵之处^[五十四]，咽喉制敌之冲，威怀启闭之方，耕战疾徐之节^[五十五]，莫不封章定计，裂素成图^[五十六]。德宗览之，废食兴叹。属戎渠悔祸，朝议许盟，至诚达而允乎，全策知而未用。失机缓寇，虽负于雄心，违命有功，且非其雅志。尔乃慎固封守，掩抑岁时，狝狩搜苗^[五十七]，以寓军政，拔距投石，以摅士愤^[五十八]。枥马待骋，夜风起而长鸣，匣剑有灵，秋气来而自动，感物增慨，可胜言哉。然而十五年间，烽燧无警^[五十九]，数千里内，兵防倚重，志虽不获，赖则有余，篆迹图形，我无愧色。况又敦尚儒学，慕亲贤才，其妻子食淡，而宾膳丰珍，居室安卑，而候馆华峻，风声所及，日月继至。观夫危冠大带^[六十]，杂于介胄之间，春咏夏弦，不改胶庠之乐^[六十一]，光名四达，固有由焉。贞元二十一年，顺宗嗣统，中外增级，就加检校工部尚书。崇陵晏驾之初^[六十二]，太上传归之际，公严兵近服，警卫王室，擒摘奸党，黜遏邪谋，人心不摇，国隙遂闭，流公妙简，秘莫得闻。帝嘉厥诚，手制褒谕，珍裘实带，文马雕弓，以将殊恩，不可胜算。明年秩进武部，封启彭城，建保义之雄名[六十三]，益良原之重赋，知始赐节钺，许之专征[六十四]。爰承宠灵，得以入觐。銮声戾止，庭燎有辉，缛礼繁锡，率加恒数。然后诣便殿，奉温颜[六十五]，诉先朝未展之谋，陈西疆必复之志。膝席虚纳，指期决行。旋镇岁余，不幸遘疾，犹能籍士马，封府库，表请新帅，辇归京师。天惠寇仇，夺我忠武，以元和二年十二月日，薨于岐山县之行次，享年四十有九。皇上震悼，废朝彻乐[六十六]，未伺子明之疾[六十七]，遽迎征虏之丧，愍册极词，法赗优等[六十八]，赠尚书右仆射，谥曰某公。以三年十月日，列箫鼓灵仪，赐温明秘器[六十九]，卜兆十里，会车千乘，葬我某公于万年县之少陵原，备哀荣也。夫人河东柳氏，某官某之孙，某官某之女，清门华胄，媚德馨行，辅佐君子，蔚为时祯，抚训诸孤，继立家道，二《南》所美，无以尚之。有子五人：长曰锐，朝议郎太子洗马，周旋经训，斧藻身文，确有端操[七十]，雅多奇略，有识之士，知其大成；次曰师贞，前右武卫仓曹参军；次曰师礼，前商州司仓参军；次曰税，前钦王府参军；次曰兑，门子出身。杞桂殊姿而共芳，圭璋异质而同润[七十一]，百祥之庆，其在兹乎？洗马等相与谋曰："夫步星气者，无出于冯相之官；考钟律者，必求于伶伦之族[七十二]。我先人之业，非志士不知。"以某早纂功名，常窥阃奥，辨用心之所至，识行事之会归[七十三]，俾垂斯文，以示来哲。铭曰：

至精氤氲，为勇为仁。将昭文德，有此武臣。猛而不残，虚而能驯。情厉秋霜，气含阳春。源由尧兴，派自汉启。承光祖考，致美兄弟。通刑练政，达乐知礼。行归有方，用人无体[七十四]。中襟汤汤[七十五]，应变弛张。开则雷电，闭为金汤。能求敌情，善用已长。威不可犯，惠不可忘。静言未宾[七十六]，忠愤慷慨。翻翔燕海，来护秦塞。车无停轨[七十七]，甲⑤不解带。勤王万人，瞻我大斾。左汧右泾[七十八]，克壮其声。目尽西极，尘沙不惊。行人如归，战士且耕。陇首烽断，原川草生。方提金鼓，振国威武。建铭赤山，恢复旧宇。促运僭夺，奇功莫睹。殁而不瞑，足感明主。诏葬九原，宠昭幽魂。介士班剑[七十九]，送于都门。草陈霜来，树拱烟昏。万物有尽，唯石独存。

【笺注】

[一] 此篇四部丛刊本、四库本存题《刘公神道碑铭》文缺，据粤雅堂本补文。刘公，刘澭（759—807），幽州人。唐朝中期将领。《旧唐书·刘澭传》："刘澭，卢龙节度使怦之次子，济母弟也。涉书史，有材武，好施爱士，能得人死力……封累彭城郡公……赠尚书右仆射，谥曰景。"

[二] 武有七德两句。七德，《左传·宣公十二年》："夫武，禁暴、戢兵、

保大、定功、安民、和众、丰财者也。故使子孙无忘其章……武有七德，我无一焉，何以示子孙？"九伐，《周礼·夏官·大司马》："以九伐之法正邦国：冯弱犯寡则眚之，贼贤害民则伐之，暴内陵外则坛之，野荒民散则削之，负固不服则侵之，贼杀其亲则正之，放弑其君则残之，犯令陵政则杜之，外内乱、鸟兽行则灭之。"《大戴礼记·朝事》："明九伐之法，以震威之。"

[三] 战有六器两句。六器，《周礼·春官·大宗伯》："以玉作六器，以礼天地四方，以苍璧礼天，以黄琮礼地，以青圭礼东方，以赤璋礼南方，以白琥礼西方，以玄璜礼北方。"郑玄注："礼神者必象其类：璧圆象天；琮八方象地；圭锐象春物初生；半圭曰璋，象夏物半死；琥猛象秋严；半璧曰璜，象冬闭藏，地上无物，唯天半见。"五兵，《周礼·夏官·司兵》："掌五兵五盾。"郑玄注引郑司农云："五兵者，戈、殳、戟、酋矛、夷矛也。"《战国策·齐策五》："彼明君察相者，则五兵不动而诸侯从。"

[四] 兵机生于尽性，师律本乎修身两句。兵机，《北齐书·唐邕传》："显祖频年出塞，邕必陪从，专掌兵机。"尽性，《易·说卦》："穷理尽性，以至于命。"孔颖达疏："穷极万物深妙之理，究尽生灵所禀之性。"《礼记·中庸》："唯天下至诚为能尽其性，能尽其性，则能尽人之性，能尽人之性，则能尽物之性。"汉郑玄注："尽性者，谓顺理之使不失其所也。"师律，《易·师》："象曰：师出以律，失律，凶也。"后以指军队的纪律。

[五] 铁钺 fū yuè，斫刀和大斧。《荀子·乐论》："且乐者，先王之所以饰喜也；军旅铁钺者，先王之所以饰怒也。"坛场，古代设坛举行祭祀、继位、盟会、拜将等大典的场所。《史记·封禅书》："诸祠各增广坛场，珪币俎豆，以差加之。"

[六] 事夏后者曰累，随会之子两句。夏后，《史记·夏本纪》："禹于是遂即天子位，南面朝天下，国号曰夏后，姓姒氏。"随会，《国语·周语中》："晋侯使随会聘于周，定王享之肴烝。"韦昭注："随会，晋正卿，士蒍之孙，成伯之子士季、武子也。"《新唐书·宰相世系一上》："帝尧陶唐氏子孙生子有文在手曰：'刘累'，因以为名。能扰龙，事夏为御龙氏，在商为豕韦氏，在周封为杜伯，亦称唐杜氏。"

[七] 震叠，震动，恐惧。《诗·周颂·时迈》："薄言震之，莫不震叠。"毛传："震，动；叠，惧。"

[八] 刘怦，《旧唐书·刘怦传》："刘怦，幽州昌平人也。父贡，尝为广边大斗军使。"

[九] 拥旄，《文选·丘迟〈与陈伯之书〉》："朱轮华毂，拥旄万里，何其

壮也。"李善注:"班固《涿邪山祝文》:'杖节拥旄,征人伐鼓。'"刘怦为幽州节度使朱滔之部将。贞元元年朱滔病死,朝廷任命刘怦为幽州、卢龙节度使,河北之乱告平。

[十] 纵壑之鳞跃,汉王褒《圣主得贤臣颂》:"千载一会,论说无疑,翼乎如鸿毛遇顺风,沛乎若巨鱼纵大壑。"

[十一] 伯也嗣职幽都两句。《旧唐书·刘济传》:"怦卒,军人习河朔旧事,请济代父为帅,朝廷姑务便安,因而从之。累加至检校兵部尚书。"幽都,《尚书·尧典》:"申命和叔宅朔方,曰幽都。"孔传:"北称幽,则南称明,从可知也。都,谓所聚也。"蔡沉集传:"朔方,北荒之地……日行至是,则沦于地中,万象幽暗,故曰幽都。"陇坻,北魏郦道元《水经注·河水二》:"水出鸟鼠山西北高城岭,西迳陇坻,其山岸崩落者,声闻数百里。故杨雄称响若坻颓是也。"

[十二] 虎旗龙节……斯可信也句。虎旗,《释名·释兵》:"熊虎为旗……军将所建,象其猛如熊虎也。"龙节,《周礼·地官·掌节》:"凡邦国之使节,山国用虎节,土国用人节,泽国用龙节。"郑玄注:"泽多龙,以金为节,铸象焉。"九命,《周礼·春官·典命》:"上公九命为伯,其国家、宫室、车旗、衣服、礼仪皆以九为节。"倬 zhuō,《诗·大雅·云汉》:"倬彼云汉。"

[十三] 尾箕,《晋书·天文志上》:"天汉起东方,经尾箕之间,谓之汉津。"恒碣,恒山、碣石山的并称。

[十四] 大略小心,寡言敏行句。大略,《史记·郦生陆贾列传》:"郦生曰:吾闻沛公慢而易人,多大略。"小心,《礼记·表记》:"卑己而尊人,小心而畏义,求以事君。"敏行,《论语·里仁》:"君子欲讷于言而敏于行。"

[十五] 森武库之锋铦,错文昌之光色句。武库,《晋书·杜预传》:"预在内七年,损益万机,不可胜数,朝野称美,号曰'杜武库',言其无所不有也。"文昌,《史记·天官书》:"斗魁戴匡六星曰文昌官:一曰上将,二曰次将,三曰贵相,四曰司命,五曰司中,六曰司禄。"

[十六] 申商之法,摭实而除苛,孙吴之书,取权而去诈句。申商之法,申商,战国时申不害与商鞅的并称。孙吴之书,《荀子》:"孙吴用之,无敌于天下。"杨倞注:"孙,谓吴王阖闾将孙武;吴,谓魏武侯将吴起也。"

[十七] 公弱冠之岁……洗衅归诚句。弱冠之岁,《礼记·曲礼上》:"二十曰弱,冠。"孔颖达疏:"二十成人,初加冠,体犹未壮,故曰弱也。朱滔败归幽陵,《旧唐书·朱滔传》:"兴元元年(784)……滔还幽州,为武俊所攻,仅不能军,上章待罪。"洗衅归诚,《旧唐书·刘澭》:"(刘澭)事朱滔,常陈逆

顺之理。"

[十八] 致父于曲突之勋，拯人于坠涂之难句。曲突，曲突徙薪，《汉书·霍光传》："臣闻客有过主人者，见其灶直突，傍有积薪。客谓主人，更为曲突，远徙其薪，不者且有火患，主人嘿然不应。俄而家果失火，邻里共救之，幸而得息。"

[十九] 是岁孟秋，《旧唐书·朱滔传》："贞元元年，寻卒于位，时年四十，赠司徒。"

[二十] 重氛，灾祸。《晋书·何无忌传》："无忌秉哲履正，忠亮明允，亡身殉国，则契协英谟；经纶屯昧，则重氛载廓。"昭苏，《礼记·乐记》："蛰虫昭苏，羽者妪伏。"郑玄注："昭，晓也；蛰虫以发出为晓，更息曰苏。"

[二十一] 太保既婴危疾……以长则顺句。《新唐书·刘澭传》："怦得幽州，不三月病且死，澭侍汤液未尝离，辄以父命召济于莫州。"《旧唐书·刘澭传》："即以父命召兄济自漠州至，竟得授节度使。济常感澭奉己。"

[二十二] 䭾 nì，驿马。又 yì，安定。

[二十三] 雨泣柴毁，《诗·邶风·燕燕》："瞻望勿及，泣涕如雨。"柴毁，唐杨炯《中书令汾阴公薛振行状》："太夫人薨，公每哭呕血，杖而后起。上见公柴毁，泣曰：'朕遂不识卿，卿事朕君父一致，遂至于灭性，可谓孝子。'"

[二十四] 约束，《文子·上义》："约束信，号令明。"峻其堤防，《礼记·月令》："（孟秋之月）命百官，始收敛，完隄防，谨壅塞，以备水潦。"

[二十五] 化行于草偃之势，《论语·颜渊》："君子之德风，小人之德草，草上之风，必偃。"

[二十六] 人复先畴，亦既富庶，聿观礼让，日用吾道句。先畴，《文选·班固〈西都赋〉》："士食旧德之名氏，农服先畴之畎亩。"吕延济注："先畴，先人畎亩。"礼让，《论语·里仁》："（子曰）能以礼让为国乎？何有？不能以礼让为国，如礼何？"邢昺疏："礼节民心，让则不争。"日用，《易·系辞上》："百姓日用而不知，故君子之道鲜矣。"孔颖达疏："言万方百姓恒日日赖用此道而得生，而不知道之功力也。"吾道，《论语·里仁》子曰："参乎，吾道一以贯之。"曾子曰："唯。"子出，门人问曰："何谓也？"曾子曰："夫子之道，忠恕而已矣。"

[二十七] 丁越国夫人忧，为其母守丧。

[二十八] 政有典刑，不愆于素两句。典刑，《尚书·舜典》："象以典刑。"孔安国传："象，法也。法用常刑，用不越法。"不愆于素，《左传·宣公十一年》："事三旬而成，不愆于素。"杜预注："不过素所虑之期也。"杨伯峻注：

"素谓原来计划。"

[二十九] 疾没世不称之徒两句。《史记·孔子世家》:"子曰:'弗乎!弗乎!君子病没世而名不称焉。吾道不行矣,吾何以自见于后世哉?'"其次立功,《左传·襄公二十四年》:"太上有立德,其次有立功,其次有立言,虽久不废,此之谓不朽。"孔颖达疏:"立德,谓创制垂法,博施济众;立功,谓拯厄除难,功济于时;立言,谓言得其要,理足可传。"

[三十] 见去病无用家为,卷常三复两句。去病无用家为,《汉书·霍去病传》:"去病为人少言不泄,有气敢往。上尝欲教之吴孙兵法,对曰:'顾方略何如耳,不至学古兵法。'上为治第,令视之,对曰:'匈奴不灭,无以家为也。'"三复,晋陶潜《答庞参军》:"三复来贶,欲罢不能。"耿弇 yān,《后汉书·耿弇传》:"陈俊谓弇曰:'剧虏兵盛,可且闭营休士,以须上来。'弇曰:'乘舆且到,臣子当击牛酾酒以待百官,反欲以贼虏遗君父邪?'乃出兵大战,自旦及昏,复大破之,杀伤无数,城中沟堑皆满。"坐惜分阴,《晋书·陶侃传》:"大禹圣人,乃惜寸阴;至众人,当惜分阴。"

[三十一] 慢书,侮辱性的书简。《左传·闵公二年》:"虢公败犬戎于渭汭。"杜预注:"犬戎,西戎,别在中国者。"

[三十二] 吾剖符别统,剖符,犹剖竹。古代帝王分封诸侯、功臣时,以竹符为信证,剖分为二,君臣各执其一,后因以"剖符""剖竹"为分封、授官之称。《战国策·秦策三》:"穰侯使者操王之重,决裂诸侯,剖符于天下,征敌伐国,莫敢不听。"别统,《资治通鉴·晋安帝义熙九年》:"河南王炽磐遣安北将军乌地延、冠军将军翟绍击吐谷浑别统句旁于浇勤川,大破之。"胡三省注:"别统,犹别帅也,别统部落者也。"

[三十三] 靡衣鲜食,销锐刓锋,徒籍父兄之资,莫申丝发之效句。靡衣鲜食,隋王通《中说·天地》:"士有靡衣鲜食而乐道者,吾未之见也。"刓 wán,削。丝发之效,《后汉书·南匈奴传》:"往者虽有和亲之名,终无丝发之效。"

[三十四] 且东胡之强两句。东胡,西五均指我国古代的少数民族。式遏,《诗·大雅·民劳》:"式遏寇虐,无俾民忧。"郑玄笺:"式,用;遏,止也。"殄 tiǎn 歼,《尚书·泰誓下》:"诞以尔众士,殄歼乃雠。"

[三十五] 一家勤王,万里同力句。勤王,《左传·僖公二十五年》:"狐偃言于晋侯曰:'求诸侯莫如勤王。'"同力,《尚书·泰誓上》:"同力度德,同德度义。"孔安国传:"力钧则有德者胜。"

[三十六] 牙旗夕出,毂骑八百句。牙旗,《文选·张衡〈东京赋〉》:"戈矛若林,牙旗缤纷。"薛综注:"兵书曰,牙旗者,将军之旌。谓古者天子出,

建大牙旗，竿上以象牙饰之，故云牙旗。"彀 gòu 骑，《史记·张释之冯唐列传》："委任而责成功，故李牧乃得尽其智能，遣选车千三百乘，彀骑万三千，百金之士十万。"司马贞《史记索隐》引如淳曰："彀骑，张弓之骑也。"

[三十七] 组甲五千，次舍按部句。组甲，《管子·五行》："天子出令，命左右司马衍组甲厉兵，合什为伍，以修于四境之内。"尹知章注："组甲，谓以组贯甲也。"次舍，《汉书·吴王刘濞传》："治次舍，须大王。"颜师古注："次舍，息止之处也。"按部，汉王粲《浮淮赋》："群师按部，左右就队。"

[三十八] 加以赢粮自给……而墙宇必葺两句。赢粮自给，《史记·陈涉世家》："斩木为兵，揭竿为旗，天下云集响应，赢粮而景从，山东豪俊遂并起而亡秦族矣。"假道，《庄子·天运》："古之至人，假道于仁，托宿于义，以游逍遥之虚，食于苟简之田，立于不贷之圃。"馈饩 kuì xì，赠送粮草、牲腥。《晋书·隐逸传·杨轲》："轲在永昌，季龙每有馈饩，辄口授弟子，使为表谢。"

[三十九] 滞穗，《诗·小雅·大田》："彼有遗秉，此有滞穗。"

[四十] 妻孥 nú，妻子和子女。

[四十一] 小君，对无亲族关系的长辈或所尊敬者之妻妾的尊称。《晋书·陶侃传》："（张夔）妻有疾，将迎医于数百里。时正寒雪，诸纲纪皆难之。侃独曰：'资于事父以事君。小君，犹母也，安有父母之疾而不尽心乎！'乃请行。"膏沐之容，《诗·卫风·伯兮》："自伯之东，首如飞蓬，岂无膏沐，谁适为容？"朱熹《诗集传》："膏，所以泽发者；沐，涤首去垢也。"

[四十二] 樵苏，《史记·淮阴侯列传》："臣闻千里馈粮，士有饥色，樵苏后爨，师不宿饱。"裴骃《史记集解》引《汉书音义》："樵，取薪也。苏，取草也。"

[四十三] 即日拜秦州刺史兼御史大夫两句。《新唐书·刘瀎传》："宗甚宠之，拜秦州刺史，屯普润。"

[四十四] 羽仪，《易·渐》："鸿渐于陆，其羽可用为仪。"孔颖达疏："处高而能不以位自累，则其羽可用为物之仪表，可贵可法也。"后因以"羽仪"比喻居高位而有才德，被人尊重或堪为楷模。

[四十五] 扉屦 fēi jù，《左传·僖公四年》："若出于陈郑之间，共其资粮扉屦，其可也。"杜预注："扉，草屦。"

[四十六] 抑为偏师，所以观自致之效句。偏师，《左传·宣公十二年》："韩献子谓桓子曰：'彘子以偏师陷，子罪大矣。'"自致，《论语·子张》："曾子曰：'吾闻诸夫子，人未有自致者也，必也亲丧乎。'"

[四十七] 逼介，《左传.昭公二十年》："逼介之关，暴征其私。"杨伯峻

注："此谓迫近国都之关卡。"塞垣，汉蔡邕《难夏育上言鲜卑仍犯诸郡》："秦筑长城，汉起塞垣，所以别外内异殊俗也。"

［四十八］缣缃 jiān xiāng，唐颜真卿《送辛子序》："惜乎困于缣缃，不获缮写。"寻尺，《国语·晋语八》："夫绛之富商……能行诸侯之贿，而无寻尺之禄，无大绩于民故也。"

［四十九］锱铢，《庄子·达生》："累丸二而不坠，则失者锱铢。"

［五十］骁果，《三国志·魏志·毌丘俭传》："扬州刺史前将军文钦，曹爽之邑人也。骁果粗猛，数有战功。"

［五十一］推诚，《淮南子·主术训》："块然保真，抱德推诚，天下从之，如响之应声，景之象形。"

［五十二］视疾临丧，舆厮必至句。临丧，《论语·八佾》："居上不宽，为礼不敬，临丧不哀，吾何以观之哉？"舆厮，舆隶与厮卒。《汉书·扬雄传上》："蹂尸舆厮，系累老弱。"王先谦补注引刘奉世曰："舆，舆隶也。厮，厮卒也。"

［五十三］湟中，在今青海省东北部，湟水流经其中。

［五十四］衽 rèn 席，《大戴礼记·主言》："是故明主之守也，必折冲乎千里之外；其征也，衽席之上还师。"

［五十五］威怀启闭之方，耕战疾徐之节句。威怀，《后汉书·荀彧传》："既停军所次，便宜与臣俱进，宣示国命，威怀丑虏。"耕战疾徐，《商君书·慎法》："故吾教令：民之欲利者非耕不得，避害者非战不免。境内之民，莫不先务耕战，而后得其所乐。"《周礼·夏官·大司马》："辨鼓铎镯铙之用……以教坐作进退疾徐疏数之节。"

［五十六］封章，机密事之章奏皆用皂囊重封以进，故名封章，亦称封事。汉扬雄《赵充国颂》："营平守节，屡奏封章。"裂素成图，唐李行敏《观庆云图》："裂素留嘉瑞，披图贺圣君。"

［五十七］狝狩搜苗，春猎为搜，夏猎为苗。泛指春夏秋冬的狩猎。

［五十八］拔距投石，《汉书·甘延寿传》："少以良家子善骑射为羽林，投石拔距绝于等伦，尝超逾羽林亭楼，由是迁为郎。"颜师古注："应劭曰：投石，以石投人也。拔距者，有人连坐相把据地，距以为坚而能拔取之，皆言其有手掣之力，超逾亭楼，又言其趫捷耳，非拔距也。今人犹有拔爪之戏，盖拔距之遗法。"摅 shū。

［五十九］烽燧，古代边防报警的信号，白天放烟叫烽，夜间举火叫燧。《墨子·号令》："与城上烽燧相望。"

［六十］危冠，《庄子·盗跖》："使子路去其危冠，解其长剑，而受教于

子。"陆德明释文:"李云:危,高也。子路好勇,冠似雄鸡形。"大带,《礼记·玉藻》:"大夫大带四寸。"郑玄注:"大夫以上以素,皆广四寸;士以练,广二寸。"

[六十一] 胶庠,《礼记·王制》:"周人养国老于东胶,养庶老于虞庠。"

[六十二] 崇陵晏驾。崇陵,唐德宗的陵墓。晏驾,《史记·范雎蔡泽列传》:"宫车一日晏驾,是事之不可知者一也。"裴骃《史记集解》引韦昭曰:"凡初崩为'晏驾'者,臣子之心犹谓宫车当驾而晚出。"

[六十三] 建保义之雄名,《旧唐书·刘滩传》:"及顺宗传位,称太上皇,有山人罗令则诣滩言异端数百言,皆废立之事,滩立命系之。令则又云某之党多矣,约以德宗山陵时伺便而动。滩械令则送京师,杖死之。后录功,赐其额曰保义。"

[六十四] 知始赐节钺两句。节钺 yuè,符节和斧钺。古代授予将帅,作为加重权力的标志。专征,汉班固《白虎通·考黜》:"好恶无私,执义不倾,赐以弓矢,使得专征。"

[六十五] 然后诣便殿,奉温颜句。便殿,《汉书·武帝纪》:"夏四月壬子,高园便殿火。"颜师古注:"凡言便殿、便室、便坐者,皆非正大之处,所以就便安也。园者,于陵上作之,既有正寝以象平生正殿,又立便殿为休息闲宴之处耳。"温颜,《汉书·韩王信传》:"为人宽和自守,以温颜逊辞承上接下,无所失意,保身固宠,不能有所建明。"

[六十六] 废朝彻乐,《左传·襄公二十三年》:"杞孝公卒,晋悼夫人丧之,平公不彻乐,非礼也。"

[六十七] 子明之疾,晋陆机《辨亡论下》:"屏气跼蹐,以伺子明之疾;分滋损甘,以育凌统之孤。"

[六十八] 愍 mǐn 册,怜恤抚慰的诏书。法赙 fù,古代官吏死后,朝廷按规定赠给的治丧财物。《汉书·何并传》:"告子恢,吾生素餐日久,死虽当得法赙,勿受。"

[六十九] 温明,古代葬器。《汉书·霍光传》:"光薨……东园温明,皆如乘舆制度。"颜师古注:"服虔曰:'东园处此器,形如方漆桶,开一面,漆画之,以镜置其中,以悬尸上,大敛并盖之。'"

[七十] 斧藻,汉扬雄《法言·学行》:"吾未见好斧藻其德,若斧藻其梲者也。"端操,《文选·颜延年〈和谢监灵运〉》:"弱植慕端操,窘步惧先迷。"刘良注:"言少小立身,慕端直之操,急步随之,常恐先迷其正道也。"

[七十一] 圭璋,《礼记·礼器》:"圭璋特。"孔颖达疏:"'圭璋特'者,

'圭璋'，玉中之贵也；'特'谓不用他物媲之也。诸侯朝王以圭，朝后执璋，表德特达不加物也。"

[七十二] 步星气者两句。冯相之官，《周礼·春官·序官》："冯相氏，中士二人，下士四人，府二人，史四人，徒八人。"郑玄注："冯，乘也；相，视也。世登高台，以视天文之次序。"伶伦之族，《吕氏春秋·古乐》："昔黄帝令伶伦作为律。"

[七十三] 以某早纂功名两句。阃 kǔn 奥，《三国志·魏志·管宁传》："娱心黄老，游志六艺，升堂入室，究其阃奥。"会归，《尚书·洪范》："会其有极，归其有极。"后以"会归"为共同依归的极则。

[七十四] 无体，《礼记·孔子闲居》："孔子曰：'无声之乐，无体之礼，无服之丧，此之谓三无。'"孔颖达疏："非有升降揖让之礼，故为无体之礼也。"

[七十五] 中襟，晋陶潜《闲情赋》："傥行行之有觌，交欣惧于中襟。"汤汤 shāng，梁沈约《梁鼓吹曲·木纪谢》："仁荡荡，义汤汤。"

[七十六] 静言，《诗·邶风·柏舟》："静言思之，不能奋飞。"毛传："静，安也。"余冠英注："静言，犹静然，就是仔细地。"

[七十七] 车不停轨，《世说新语·德行第一》："郭林宗至汝南，造袁奉高，车不停轨，鸾不辍轭。"

[七十八] 汧泾 qiān jīng。

[七十九] 介士班剑，《韩非子·显学》："国平则养儒侠，难至则用介士。"梁启雄浅解："介士，即甲士、兵士。"班，通"斑"。汉制，朝服带剑。晋易以木，谓之班剑，取装饰灿烂之义。后用作仪仗，由武士佩持，天子以赐功臣。李白《天长节使韦公德政碑》："罗衣蛾眉，立乎玳筵之上；班剑虎士，森乎翠幕之前。"

南岳大师远公塔铭记<small>英作南岩弥陀寺承远和尚碑①[一]</small>

原夫法起于无，色生于妄，求离于色者，未得皆空，徇念于无者，斯为有着。是以至人心无所念，念无所求，利未动而谁安②，本不然而何灭？然而利根难植[二]，顿诣罕闻，不有舟梁，孰弘③济度[三]，匪因陛级，莫践堂涂[四]，必在极力以持其善心，惠④念以夺其浮想。不以身率，孰为教先，谁其弘⑤之，则南岳大师其人也。师讳承远，汉州绵竹县谢氏之子。积修妙性，宿起冥因，乘报现身，应期弘⑥道。自天钟美[五]，因地禀灵，七尺全躯，峨岷与瞻敬之状，九漏悬解[六]，江汉资清净之源，殊相凤成，隐照潜发。甫志学⑦，始游乡校[七]，惊《礼》《乐》之陷阱，觉《诗》《书》之桎梏，忽忽不乐，未知所逃。俄有信士，以尊胜真言[八]，质疑于学，怡然耸听，宛若前闻，识契心冥，神动意往，遂涕决慈顾，行徇幽缘。初事蜀郡康禅师。禅师学于资州诜公，诜公得于东山弘⑧忍，坚林不尽[九]，秘键相传。师乃委质僮役[十]，服勤星岁，旁窥奥旨，密悟真乘。既壮游方，沿浃⑨东下。开元二十三年，至荆州玉泉寺，谒兰若真和尚[十一]，荆蛮所奉，龙象斯存。历劫⑩方契其幽求，一言悬会于灵受，爰从剃毁，始备缁锡[十二]，昂然古貌，森映乔松。真公南指衡山，俾分法派。越洞庭，浮沉湘，息于天柱之阳，从通相先师受声闻具戒。三乘之经教，四分之纪律，八正之伦要，六度之根源，莫不更赞神机，递归心术。闻京师有慈敏三藏，出在广州，乃不远重阻，星言睹谒[十三]。学如不足⑪，求所未尽，一通心照，两舍言筌[十四]。敏公曰："如来付受吾徒，用宏拯救。超然独善，岂曰能仁？"俾依无量受经，而修念佛三昧，树功慈劫，以济群生。由是顿息诸缘，专归一念。天宝初岁，还于旧山。山之西南，别立精舍[十五]，号弥陀台焉。薙草编茅，仅蔽经像，居靡童侍，室无斗储，一食不遇，则茹草而过，弊衲莫充，而岁中⑫自若。奉持赞叹，苦剧精至，恒于真际，静见大身[十六]，花座踊于意田，宝月悬于眼界。永泰年，有高僧法照者[十七]，越自东吴，游于庐阜，寻远公教迹，结西方道场，入观积句，至想傍达，见弥陀座下，有老比丘⑬焉，启问何人，答曰："南岳承远。愿告吾土，胜缘既结，真影来现。"照公退而惊慕，径涉衡峰，一披云水之尘，宛契定中之见，因缘昭晰[十八]，悲喜流涕。遂执抠衣之敬[十九]，愿承入室之顾。大师德因感着，道以证光，远近聆风，归依载路。于是大建法宇，以从人欲，轮奂云起，丹刻化成。走檀记⑭于十方[二十]，尽庄严于五会。香花交散，钟梵相宣，火宅之烟焰皆虚，欲海之波澜自定。加以宝装秘偈⑮，建幢于台前；玉篆真文[二十一]，揭碑于路左；施随求之印，以广销业累；造轮转之藏，以大备教典[二十二]；劝念则编牒于崖谷，励学则兼述于缣缃[二十三]。其欲人如身，慈惠恳至，皆此类也。大师峰栖木下六十余年，苦节真修，老而弥笃。凤开户牖[二十四]，久启津途，法界之尊重在焉[二十五]，人天之瞻仰如是。常陋处方丈，志行平等，食不重味，寒不兼衣。王公之珍服盈厢⑯，甿庶之金钱布地，莫不回修佛事，赡养孤老，眷言施者，以是报之。期颐将及[二十六]，志力无替，中钟会食，到必先众，夕磬虔念，居恒达晨。其克己练心，慎终如始，皆此类也。大历末，门人法照辞谒五台，北辕有声，承诏入觐，坛场内殿，领袖京邑。托法云之远荫，自感初因；分慧日之余光，宁忘本照[二十七]。奉陈师德，乞降皇恩，由是道场有般舟之号^[二十八]。贞元岁，某获分朝寄，廉问湘中，近照德辉，备探众妙^[二十九]。况灵岳直午，先皇本命，宜有上士^[三十]，斯焉护持。表求兴崇，诏允诚愿，台虽旧号，其命维新。寺由是有弥陀之额，度生二七，会供千人。中贵巡香^[三十一]，守臣视馔，瑶图花捧，宝字烟开，宠降九天，晖映三界。师亦建不坏之塔，以寿君亲^[三十二]；修无边之功，以福邦国。梵王^⑰之能事毕矣，法门之荣观备矣^[三十三]。贞元十八年，孟秋既望，顾命弟子，申明教戒，扫室趺座^[三十四]，恬然化灭，报龄九十有一，僧腊六十有五^{⑱[三十五]}。先是忽告门人曰："国土空旷，各宜勉力。"数月而灾火梵寺^⑲，周岁而吾师解形，此盖宝去山枯，龙移水涸，空旷之旨，乃明前知。法众崩恸，若坏梁木，邦人号赴，如失舟航。以其年九月七日，迁神于寺之南冈，即安灵塔，教也，前后受法弟子百^⑳有余人，而全得戒珠密传心印者^[三十六]，盖亦无几。比丘惠诠、知明、道偵、超然等，皆奥室之秀者，以瞻奉将远，经行坐芜，永怀宗极，见托碑纪。移有道于物外，真无愧词；比遗爱于人间，诚当堕泪。铭曰：

浩浩清尘，茫茫逝川。大雄作矣，救物为先。明非有照，慈亦无缘。不宰功立^[三十七]，忘机智全。谁其弘之，南岳命代。习识虚受，应身圆对。理则归空，教惟不昧。末摇本静，行苦神泰。云迹一灭，天星六周。热恼就濯，童蒙来求^[三十八]。摄以尊^㉑念，驱之力修。我法有户，谁能不由？甘露晨稀^㉒，香云夕卷。彼岸方济，慈舟忽远。炉烟如在，塔树勿剪^㉓。刊勒丰碑，永想正眼。

【校】

①粤雅堂本题作"南岳大师远公塔铭记^{并序}"，四库本题作"南岳大师远公塔铭记"。

②粤雅堂本"利未动而谁安"作"初未动而谁安"，四库本"利未动而谁安"作"利未动而求安"。

③粤雅堂本"弘"作"宏"。

④粤雅堂本"惠"作"专"。

⑤粤雅堂本"弘"作"宏"。

⑥粤雅堂本"弘"作"宏"。

⑦粤雅堂本"甫志学"作"年甫志学"，四库本"甫志学"作"师甫志学"。

⑧粤雅堂本"弘"作"宏"。

⑨粤雅堂本、四库本"浃"作"峡"。

⑩四库本"劫"作"刿"。

⑪四库本"足"作"及"。

⑫粤雅堂本"中"作"终"。

⑬粤雅堂本"丘"作"邱"。

⑭粤雅堂本"记"作"施"。

⑮粤雅堂本"偈"作"笈"。

⑯粤雅堂本"厢"作"箱"。

⑰粤雅堂本"王"作"行"。

⑱粤雅堂本"五"作"三"。

⑲粤雅堂本"梵"作"焚",四库本"寺"作"宇"。

⑳粤雅堂本"百"作"千"。

㉑四库全本"尊"作"静"。

㉒粤雅堂本、四库本"稀"作"晞"。

㉓粤雅堂本、四库本"剪"作"翦"。

【笺注】

［一］疑作于贞元十八年,802 年。南岳即衡山。承远和尚,承远大师(712—802),唐代高僧,中国佛教净土宗第三代祖师。清李元度《南岳志·仙释二》:"代宗朝,其徒法照为国师,极称其师有异德。天子南面礼之,度不可征,乃名其居曰般舟道场,俾为教魁。人从而化者以万计。至德宗时,复诏立弥陀寺。贞元十八年七月十九日,年九十一终,塔于寺之南冈。"柳宗元作《南岳弥陀和尚碑》。一说据文中"云迹一灭,天星六周",作于 808 年。

［二］利根,佛教语,慧性。《法华经·妙音菩萨品》:"精进勇猛摄诸善法,利根智慧善答问难。"

［三］济度,《法华经·方便品》:"终不以小乘济度众生。"

［四］匪因陛级,莫践堂涂句。陛级,台阶,引申为地位。堂涂,《周礼·考工记·匠人》:"堂涂十有二分。"郑玄注:"谓阶前,若今令甓蔽也。"贾公彦疏:"汉时名堂涂为令甓蔽。令甓,则今之塼也,蔽则塼道也。"

［五］钟美,《左传·昭公二十八年》:"子貉早死,无后,而天钟美于是,将必以是大有败也。"

［六］九漏,佛家语。指由身、口、意所造恶业而产生的种种烦恼。九,九穴(眼、耳、鼻、口及两便);漏,烦恼的异称。唐张说《唐玉泉寺大通禅师碑》:"心洞九漏,悬解先觉。"

［七］乡校,《左传·襄公三十一年》:"郑人游于乡校以论执政。"杜预注:

"乡校，乡之学校……郑国谓学为校。"

[八] 尊胜，唐玄奘《大唐西域记·婆罗疟斯国》："夫处乎深宫，安乎尊胜，不能静志，远迹山林，弃转轮王位，为鄙贱人行，何可念哉？"

[九] 禅师学于资州诜公句。资州诜公，《历代法宝记》："资州德纯寺智诜禅师，俗姓周，汝南人也。随官至蜀。年十岁常好释教，不食薰莘，志操高标，不为童戏。年十三辞亲入道场。……后归资州德纯寺，化导众生。"东山弘忍，弘忍大师（601—674），东山法门开创者，被尊为禅宗五祖。《宋高僧传·唐蕲州东山弘忍传》："释弘忍，姓周氏，家寓淮左浔阳，一云黄梅人也……初，忍于咸亨初命二三禅子各言其志，神秀先出偈，惠能和焉。乃以法服付慧能，受衣化于韶阳。神秀传法荆门、洛下，南北之宗自兹始矣。"坚林，《翻译名义集·林木》："娑罗，此云坚固……冬夏不改，故名坚固"，亦省作"坚林"。

[十] 委质，亦作"委挚"，亦作"委贽"。《礼记·曲礼下》："卿羔，大夫雁，士雉，庶人之挚匹，童子委挚而退。"孔颖达疏："童子见先生或朋友，既未成人，不敢与主人相授受拜伉之仪，但莫委其挚于地而自退辟之。"僮役，仆役。

[十一] 兰若真和尚，李白《答族侄僧中孚赠玉泉仙人掌茶（并序）》："惟玉泉真公常采而饮之"，清王琦认为兰若真和尚即玉泉真公也。

[十二] 缁锡，缁衣锡杖。僧人所用。

[十三] 闻京师有慈敏三藏两句。慈愍三藏，《宋高僧传·唐洛阳罔极寺慧日》："释慧日，俗姓辛氏，东莱人也。中宗朝得度，及登具足，后遇义净三藏，造一乘之极，躬诣竺干，心恒羡慕。日遂誓游西域……计行七十余国，总一十八年。开元七年，方达长安。进帝佛真容、梵夹等，开悟帝心，赐号曰'慈愍三藏'。"星言，《诗·墉风·定之方中》："星言夙驾，说于桑田。"

[十四] 言筌，《庄子·外物》："筌者所以在鱼，得鱼而忘筌……言者所以在意，得意而忘言。"成玄英疏："筌，鱼笱也。"后因称在言词上留下的迹象为"言筌"。

[十五] 精舍，道士、僧人修炼居住之所。唐白居易《香山寺新修经藏堂记》："寺有佛像，有僧徒，而无经典。寂寥精舍，不闻法音，三宝阙一，我愿未满。"

[十六] 奉持赞叹两句。奉持，《百喻经·愿为王剃须喻》："奉持少戒便以为足，不求涅槃胜妙法也。"大身，《观无量寿经》："或现大身，满虚空中；或现小身，丈六、八尺。所现之形，皆真金色。"

[十七] 法照，法照大师（约747—821），唐代高僧，中国佛教净土宗第四

代祖师。代宗大历二年住衡山云峰寺，五年至五台山佛光寺。

[十八] 昭晰，清楚。汉应劭《风俗通·过誉·汝南戴幼起》："既推独车，复表其上，为其饰伪，良亦昭晰。"

[十九] 抠衣之敬，《礼记·曲礼上》："毋践屦，毋踏席，抠衣趋隅，必慎唯诺。"

[二十] 檀记，据粤雅堂本作"檀施"，布施。唐杨炯《后周明威将军梁公神道碑》："月抽官俸，日减私财，并入薰修，咸资檀施。"

[二十一] 玉篆，汉王褒《立通道观诏》："圣哲微言，先贤典训，金科玉篆，秘迹遗书，并宜弘阐，一以贯之。"真文，佛道所指经文、符箓等。唐高宗《述圣记》："以中华之无质，寻印度之真文。"

[二十二] 施随求之印两句。业累，佛教语。指恶业的牵累。轮转，南朝梁沉约《〈内典〉序》："妙法轮转，甘露启霏。"

[二十三] 缣缃 jiān xiāng，唐孙过庭《书谱》："若乃师宜官之高名，徒彰史牒；邯郸淳之令范，宜着缣缃。"

[二十四] 户牖 yǒu，南朝梁刘勰《文心雕龙·诸子》："夫自六国以前，去圣未远，故能越世高谈，自开户牖。"

[二十五] 法界，佛教术语。《坛经·般若品二》："善知识，心量广大，偏周法界。"

[二十六] 期颐，《礼记·曲礼上》："百年曰期、颐。"郑玄注："期，犹要也；颐，养也。不知衣服食味，孝子要尽养道而已。"

[二十七] 法云、慧日，《文选·王屮〈头陀寺碑文〉》："荫法云于真际，则火宅晨凉；曜慧日于康衢，则重昏夜晓。"李善注引刘虬曰："菩萨圆净，照均明两，故曰慧日。"

[二十八] 般舟，清李元度《南岳志·仙释二》："代宗朝，其徒法照为国师，极称其师有异德。天子南面礼之，度不可征，乃名其居曰般舟道场，俾为教魁。"

[二十九] 贞元岁两句。朝寄，朝廷的委托。《晋书·谢安传》："安虽受朝寄，然东山之志始末不渝，每形于言色。"众妙，《老子》："玄之又玄，众妙之门。"

[三十] 上士，《老子》："上士闻道，勤而行之。"北齐颜之推《颜氏家训·名实》："上士忘名，中士立名，下士窃名。"

[三十一] 中贵，唐李白《古风》之二四："中贵多黄金，连云开甲宅。"杨齐贤注："中贵，中都贵人也。"

[三十二] 君亲，晋葛洪《抱朴子·酒诫》："臣子失礼于君亲之前，幼贱悖慢于耆宿之坐。"

[三十三] 法门，《法华经·序品》："以种种法门，宣示于佛道。"

[三十四] 趺 fū 座，亦作"趺坐"，碑刻等的底座。

[三十五] 僧腊，僧尼受戒后的年岁。

[三十六] 戒珠，《妙法莲华经·譬喻品》："若见佛子，持戒清净，如净明珠。"

[三十七] 不宰，《老子》："为而不恃，长而不宰。"

[三十八] 童蒙，《易·蒙》："匪我求童蒙，童蒙求我。"朱熹《周易本义》："童蒙，幼稚而蒙昧。"

唐故银青光禄大夫京兆尹兼御史大夫上柱国赠吏部尚书京兆韦公神道碑铭并序[一]

工之良者，斧斤神运，不离绳墨之内；士之全者，器用无方，必归忠孝之域[二]。若离绳与墨，而厦屋立构，大匠以为妖也；失忠与孝，而功烈幸成，君子以为乱也。除妖讨乱，独立中道[三]，以人伦风俗为已任者，吾闻其语而见其人。公姓韦氏，讳武，字某，京兆杜陵人也。其先命于商，显于汉，蝉联于晋魏之后，或哲或谋，或肃或艾，大名大德，大节大勋，悬诸日月，倬在图史。族姓之盛，莫之与京[四]。曾祖皇朝金紫光禄大夫尚书左右仆射同中书门下三品讳待价[五]，致君皇极，时惮其正；祖银青光禄大夫梁州都督讳令仪[六]，布化南夏，民怀其惠；父举进士，宏词制策皆入殊科，又判入高等，累任畿赤名尉，迁朝议大夫监察御史，转殿中御史、侍御史、尚书礼、吏员外、中书舍人、给事中，擢授礼、吏、户三侍郎，亦列名藩及列卿之清者，时年四十九而薨。然亦由不一其名字，故家传略而不尽也。赠二部尚书讳镒[七]，时方大用，士痛其夭。公未免怀而孤，六岁知慕，每问居处几杖[八]，则失声啼叫，废绝于地，云物与之变色，乌鸟与之悲鸣，况夫搢绅之履霜露者。元中书载，公之先执，泣抚其首，目为孝治之瑞。衣无兼彩，食去鲜味，若居丧者数岁。年十一，始以门第补右千牛。历京兆府参军、高陵、栎阳、万年三县尉、长安县丞。昼则游刃吏事，夜则服膺经籍。循性为学[九]，深于礼服；顾行为文[十]，长于议论。曾未壮齿，郁其老成。颜太师真卿、萧黄门复以雅道名节自居[十一]，罕有及其门，而皆与公为忘年之契。由是振动于卿大夫间，擢为太常博士。草朝廷之仪，大事不繁，小事不略；谥人之行，褒者不德，贬者不怨。德宗西狩，委室随难，除殿中侍御史，执简于乱兵之中，顾指风生，邦宪不挠[十二]。皇舆反正[十三]，犹践旧职。崔大夫纵雅相推重[十四]，动静咨度，方表公为侍御史，副总台务。会户部元侍郎琇董司漕运，惧不克济，奏授公仓部员外郎，充水陆转运判官。得公之谋，而不能用，与道进退，义无沦胥，称疾杜门，数月而元果败。朝野之论，服其贤明。寻转礼部员外郎。上方以裁复之庆，亲告郊庙，大兵仅解，百度各缺，执事忧惑，悉咨于公[十五]。公以变通之识，酌于宜^{一字符缺}，备物约用，礼成掌中，群司遵行，罔惑愆素[十六]。属邦畿艰食，朝议敦本[十七]，选台阁之通理术者十人，分宰大邑。公与故相国郑公珣瑜等同被推择[十八]，遂检校本官兼昭应县令。时东后继觐，馆无虚日，王人急宣，冠盖相望，县道之弊，昭应为剧[十九]。公内结信惠，务稼劝芸，而农不释末；外运才敏，储费应卒，而宾不乏饩[二十]。传置如市[二十一]，田间不知。改遂州刺史。郡中地狭江隘，屋室骈接，岁有溃决焚如之害[二十二]。公顺势疏壅，峻其提防，而暴潦泄去，申禁严备，开其巷陌，而流焰断灭。二十年间，水火无惧，民到于今歌之。召拜户部郎中。不以望积南宫而息弃其职，修版图以隐核郡国，天下不敢以垦田籍民之数欺于有司。除万年令[二十三]。问民疾苦而不问过失，忧民赋输而^{一字符缺}忧盗贼，惠孚诚达，其令自行，端冕而朝，毂下清静[二十四]。迁京兆少尹。是岁荆吴昏垫，宸衷轸骇[二十五]，亲临轩分命十使，驰传吊谕，且令察视。非清明简重有生民之望者，不在此选。公复奏馨实，固言蠲赋息役之宜，为聚敛者所嫉，出为绛州刺史[二十六]。因其岁歉，导以地利，凿汾而灌注者十有三渠，环绛而开辟者三千余顷。舄卤之地，京坻勃兴[二十七]，课最屡闻，玺书降劳。迁晋慈隰等州都防御观察处置等使晋州刺史兼御史中丞[二十八]，赐紫金鱼袋。自绛及晋，不三百里，惠泽旁浸，仁声先路者久矣。至是疲瘵之心[二十九]，如幽蛰闻春雷而起，柔荑望和风而坼，其感煦驯致之自然欤！居晋郡六年，顺宗就加左散骑常侍银青光禄大夫，宠循政也[三十]。今上征为兵部侍郎，崇德^{一字符缺}也。方议毗倚，置于台司，中外翕然，日夕以冀[三十一]。俄以丰陵复土之重[三十二]，辍公严护，拜京兆尹兼御史大夫，充山陵桥道等使。公哀敬尽瘁，殆忘寝食，凡七十日，遇暴疾薨于长安通化里之私第，享年五十有五。皇帝悼惜兴叹，诏赠吏部尚书，太常谥曰某公，给卤簿鼓吹[三十三]。以某年某月日，葬于京兆府某县之某原，前夫人博陵崔氏祔焉[三十四]，礼也。公所撰《家祭仪》三卷，文集一十五卷，凡诸著述数万言，并行于代。崔夫人，京兆前御史大夫邠国公昭之女，柔德懿行，仪形闺壶，贵寿莫偕，先公而殁[三十五]。有子曰延亮，前某官，孝敬忠厚，英华逸发，胸襟所得，往往有绝云霓之势，若不离师友，无倦追琢[三十六]。吾见韦氏之余庆^[三十七]，未可量也。二女：长适桂管观察支使太常寺协律郎陇西李允元，次适荆南营田判官江陵府户曹参军陇西李景俭^[三十八]。有是子以为后，有是婿以托孤，公其无忧于地下矣。后夫人某郡某氏，某官某之女，继室以德，罔替前修^[三十九]。帷堂昼哭之后，女有归，男有立，姻族愈睦，门风益清，咏《鹊巢》之诗者，孰不归美^[四十]。公终鲜兄弟，有姊一人，承顺恩敬，贵而弥笃，为海内所称。於戏！六岁而孝闻，人子之难也；五十以悌闻，人弟之难也。苟非天性充塞，以身立教者，其孰能践百行之至难乎！况文章经术，礼乐刑政，磊落光耀之如彼，斯可以言士之全也。前年冬，延亮泣奉家传，造予衡门，以金石之事见托^[四十一]。会守远郡，岁月差池，作吏迫屑^[四十二]，文字殆废，卒不获命，诚无愧词。铭曰：

以甘受和，以白受采^[四十三]。洽自闺门^[四十四]，闻于四海。韦公之行，于是乎在。名教以来，未之有改。吁嗟乎韦公！天生蒸民^[四十五]，非礼弗存。贵为天子，非礼弗尊。韦公之学，实专其门。秉之以心，立之以言。吁嗟乎韦公！惠训孜孜，视民如伤^[四十六]。子产之后，莫如龚黄^[四十七]。韦公之政，允绍其良。民之父母，今也则亡。吁嗟乎韦公！奕奕相庭，在朝之右。人方瞩望，帝亦虚受。韦公之年，曷不悠久。德庆既郁，宜其有后。吁嗟乎韦公！

【笺注】

[一] 疑作于元和三年，808年。此篇四部、四库本存题《韦公神道碑铭》文缺，据粤雅堂本补。京兆韦公，韦武，韦武（752—806），京兆万年（今陕西西安）人，韦待价的曾孙。《新唐书·韦武传》："武，少孤。年十一，荫补右千牛，累迁长安丞。德宗幸梁州，委妻子奔行在，除殿中侍御史。户部侍郎元琇为水陆转运使，表武以仓部员外郎充判官。谋不用，杜门数月而琇败。转刑部员外郎。是时，帝以反正告郊庙，大兵后，典章苟完，执事者时时咨武。武酌宜约用，得礼之衷，群司奉焉。后为绛州刺史，凿汾水灌田万三千余顷，玺书劳勉。宪宗时，入为京兆尹，护治丰陵，未成，卒，赠吏部尚书。"

[二] 工之良者两句。斧斤，《文选·班固〈答宾戏〉》："逢蒙绝技于弧矢，般输摧巧于斧斤。"绳墨，《管子·法法》："引之以绳墨，绳之以诛僇。"器用，汉王褒《圣主得贤臣颂》："夫贤者，国家之器用也。"

[三] 中道，《孟子·尽心下》："孔子岂不欲中道哉？"赵岐注："中正之大道也。"

[四] 莫之与京，《左传·庄公二十二年》："五世其昌，并于正卿。八世之后，莫之与京。"孔颖达疏："莫之与京，谓无与之比大。"

[五] 曾祖，韦待价（？—689），雍州万年（今陕西西安）人。唐朝宰相，润州刺史韦挺之子。出身于京兆韦氏逍遥公房，为唐宗室江夏王道宗之婿，高宗时任兰州刺史，迁肃州，因边功授检校凉州都督。武周时为吏部尚书，拜相。

[六] 祖韦令仪，梁州都督。两唐书无传。《元和姓纂》卷二（京兆杜陵东眷韦氏）："令仪生鉴、銮、锜、镕、镒。……镒，监察御史；生武，兵部侍郎。"

[七] 父举进士句。韦武父亲韦镒，《新唐书·宰相世系四上》："镒，监察御史。"

[八] 公未免怀而孤两句。免怀，《论语·阳货》："子生三年，然后免于父母之怀。"几杖，借指老人，《礼记·曲礼上》："谋于长者，必操几杖以从之。"

[九] 循性，《孔子家语·弟子行》："不畏强御，不侮矜寡，其言循性，其都以富，材任治戎，是仲由之行也。"

[十] 顾行，汉贾谊《治安策》："顾行而忘利，守节而仗义，故可以托不御之权，可以寄六尺之孤。"

[十一] 颜太师真卿、萧黄门复，颜真卿（709—784），字清臣，京兆万年（今陕西西安）人，祖籍琅玡临沂，《旧唐书·颜真卿传》："（颜真卿）五代祖之推，北齐黄门侍郎。真卿少勤学业，有词藻，尤工书。开元中，举进士，登甲科。事亲以孝闻。四命为监察御史。"萧复（732—788），字履初。祖籍南兰陵，唐玄宗李隆基外孙，太子太师萧嵩之孙，南梁武帝萧衍之后。唐朝名相。《旧唐书·萧复传》："（萧复）太子太师嵩之孙，新昌公主之子。父衡，太仆卿、驸马都尉。少秉清操，其群从兄弟，竞饰舆马，以侈靡相尚，复衣澣濯之衣，独居一室，习学不倦，非词人儒士不与之游。伯华每叹异之。以主荫，初为官门郎，累至太子仆。"

[十二] 德宗西狩句。《新唐书·韦武传》："德宗幸梁州，委妻子奔行在，除殿中侍御史。"邦宪，《诗·小雅·六月》："文武吉甫，万邦为宪。"毛传："宪，法也。"后因以"邦宪"指国家大法。

[十三] 皇舆，《楚辞·离骚》："岂余身之惮殃兮，恐皇舆之败绩。"

[十四] 崔大夫，崔纵，唐代博陵安平（今河北）人。历任蓝田令、汴西水陆运、两税、盐铁等使。

[十五] 会户部元侍郎琇董司漕运……悉咨于公句。户部元侍郎琇，元琇，《旧唐书·德宗纪上》："辛丑，户部侍郎、判度支元琇兼诸道水陆运使。"《新唐书·韦武传》："户部侍郎元琇为水陆转运使，表武以仓部员外郎充判官。谋不用，杜门数月而琇败。转刑部员外郎。是时，帝以反正告郊庙，大兵后，典

章苟完，执事者时时咨武。武酌宜约用，得礼之衷，群司奉焉。"沦胥，《诗·小雅·雨无正》："若此无罪，沦胥以铺。"毛传："沦，率也。"郑玄笺："胥，相铺徧也。言王使此无罪者见牵率相引而徧得罪也。"戡 kān 复，平定叛乱，复兴王业。

[十六] 罔愆愆素，《左传·宣公十一年》："事三旬而成，不愆于素。"杜预注："不过素所虑之期也。"杨伯峻注："素谓原来计划。"

[十七] 属邦畿艰食，朝议敦本句。艰食，《尚书·益稷》："暨稷播，奏庶艰食鲜食。"孔传："艰，难也。众难得食处，则与稷教民播种之。"敦本，《宋书·武帝纪中》："公抑末敦本，务农重积，采蘩实殷，稼穑惟阜。"

[十八] 郑公珣瑜，《旧唐书·郑珣瑜传》："郑珣瑜，字符伯，郑州荥泽人。少孤，值天宝乱，退耕陆浑山，以养母，不干州里。转运使刘晏奏补宁陵、宋城尉，山南节度使张献诚表南郑丞，皆谢不应。大历中，以讽谏主文科高第，授大理评事，调阳翟丞，以拔萃为万年尉。……贞元初，诏择十省郎治畿、赤，珣瑜检校本官兼奉先令。明年，进饶州刺史。入为谏议大夫，四迁吏部侍郎。"

[十九] 昭应，《文选·颜延之〈三月三日曲水诗序〉》："晷纬昭应，山渎效灵。"李周翰注："晷，日；纬，星也。昭应，谓明而不错乱也。"

[二十] 饩 xì，赠送人的粮食或饲料。

[二十一] 传置如市，《汉书·文帝纪》："太仆见马遗财足，余皆以给传置。"颜师古注："置者，置传驿之所，因名置也。"

[二十二] 焚如之害，《易·离》："突如其来如，焚如，死如，弃如。"

[二十三] 万年令，官名。

[二十四] 毂下，辇毂之下，借指京城。

[二十五] 是岁荆吴昏垫，宸衷轸骇句。是岁，元和元年（806）。昏垫，《尚书·益稷》："洪水滔天，浩浩怀山襄陵，下民昏垫。"孔颖达疏："言天下之人，遭此大水，精神昏瞀迷惑，无有所知，又若沉溺，皆困此水灾也。郑云：'昏，没也；垫，陷也。禹言洪水之时，人有没陷之害。'"宸衷轸 zhěn 骇，皇帝心中担忧。

[二十六] 公复奏蠲实句。《旧唐书·韦武传》："（韦武）后为绛州刺史，凿汾水灌田万三千余顷，玺书劳勉。"蠲 juān 赋，免除赋役。

[二十七] 舄卤之地，京坻勃兴句。舄 xì 卤，含有过多盐碱成分不适于耕种的土地。京坻，《诗·小雅·甫田》："曾孙之庾，如坻如京。"

[二十八] 隰 xí，古州名。今山西省隰县。

[二十九] 瘵 zhài。

[三十]　循政，善政。

[三十一]　方议毗倚，置于台司，中外翕然，日夕以冀句。毗 pí 倚，《晋书·王祥传》："诏曰：'太保元老高行，朕所毗倚，以隆政道者也。'"翕然，一致称颂，晋葛洪《抱朴子·道意》："有一人，姓李名宽，到吴而蜀语，能祝水治病颇愈，于是远近翕然。"

[三十二]　丰陵，唐顺宗李诵与庄宪皇后的合葬陵。

[三十三]　卤簿，宋叶梦得《石林燕语》卷四："唐人谓卤，橹也，甲楯之别名。凡兵卫以甲楯居外为前导，捍蔽其先后，皆着之簿籍，故曰'卤簿'。因举南朝御史中丞、建康令皆有'卤簿'，为君臣通称，二字别无义，此说为差近。"

[三十四]　祔 fù，合葬。

[三十五]　崔夫人句。崔夫人为崔昭女，崔昭，唐博陵人。肃宗末，为河南尹。代宗大历三年，自左散骑常侍为京兆尹。复守右散骑常侍。五年，兼御史中丞，为宣、歙、池等州观察使。十一年，移镇浙东。德宗建中元年，为江西观察使。旋奉使回纥，为册立使。屡封至邺国公。闺壶，泛指女子所处的内室。

[三十六]　追琢，《诗·大雅·棫朴》："追琢其章，金玉其相。"毛传："追，彫也。金曰彫，玉曰琢。"

[三十七]　余庆，《易·坤》："积善之家，必有余庆。"

[三十八]　陇西李允元，未详。陇西李景俭，《旧唐书·李景俭传》："李景俭字宽中，汉中王瑀之孙。父褒，太子中舍。景俭，贞元十五年登进士第。性俊朗，博闻强记，颇阅前史，详其成败。自负王霸之略，于士大夫间无所屈降。贞元末，韦执谊、王叔文东宫用事，尤重之，待以管、葛之才……群以罪左迁，景俭坐贬江陵户曹。累转忠州刺史。"

[三十九]　罔替，不废除。

[四十]　归美，称许赞美。

[四十一]　造予衡门，以金石之事见托句。衡门，《诗经·陈风·衡门》："衡门之下，可以栖迟。"金石之事，金，钟鼎彝器。石，碑碣石刻。金石指用以颂扬功德的箴铭。《吕氏春秋·慎行论·求人》："故功德铭于金石，着于盘盂。"

[四十二]　迫屑，唐陈子昂《唐水衡监丞李府君墓志铭》："屈青云之资，从黄绶之任，虽吏道迫屑，而退情渺然。"

[四十三]　以甘受和，以白受采，《礼记·礼器》："甘受和，白受采。忠信之人，可以学礼。"

［四十四］闺门，《礼记·乐记》："在闺门之内，父子兄弟同听之则莫不和亲。"

［四十五］天生蒸民，《孟子·告子上》："《诗》曰：'天生蒸民，有物有则。'"

［四十六］视民如伤，《左传·哀公元年》："臣闻国之兴也，视民如伤，是其福也；其亡也，以民为土芥，是其祸也。"

［四十七］子产之后，莫如龚黄句。子产，春秋时期著名政治家、思想家。龚黄，汉循吏龚遂和黄霸二人的合称。《宋书·良吏传论》："汉世户口殷盛，刑务简阔，郡县治民，无所横扰……龚黄之化，易以有成。"

卷七 志铭

唐故太子舍人李府君夫人荥阳郑氏墓志铭^{并序[一]}

夫人讳，字，荥阳人。郑于姬姓最亲，为天下著族，自秦汉至于皇朝，萎
蕤轩冕^[二]，耿^①曜图史，如洪河东导江汉南纪^②，其源流不待问而可知矣。高祖
守元，朝散大夫袭丹徒公。曾祖嘉会，朝散大夫雅州司马。大父敬，正议大夫
金、衢二州刺史。严考钦英，朝议郎杭州别驾。皆以天爵^[三]，屈于人事，滋庆
羡美，实生夫人。夫人始生而仁，辨物而智，能言而信，既笄而知礼，有行而
制义^[四]。性与天成，质无表饰，冲灵虚映，和气交畅，不皦厉而妇道自着，不
整峻而母仪有严，实柔德之黄中^[五]，壶闱之尽善者。中舍府君出自我睿宗，让
皇帝之孙，汉中王之子。乃于锺鼎宝玉之间杰立雅尚，文学、政事，龟龙搢
绅^[六]。而夫人躬苹藻，服澣濯^[七]。去华斫雕，激清守素，辅佐将顺，实有力
焉^[八]。昼哭之后。训成诸子。长曰景俭。负王佐之才。探圣人之奥。磅礴秀
气。拔乎其伦。次曰景儒、景信、景仁。皆文敏洁修，保家良士^[九]。有以见夫
人明裕善教，继成义方。宜其及公侯必复之时，享春秋以贵之庆。闻天子叹息，
见公卿升堂，而时命不偕，与善茫昧。景俭有捧檄之役^[十]，夫人从养于越州。
以贞元十九年终于官舍，降生五十有四。景俭等以某年十一月一日，号奉裳
帏^[十一]。祔于京兆富平县万寿原之旧茔^[十二]，从周礼也。以某辱久要之契^[十三]，
俾稽懿实，敬为铭曰：

周受成命，郑为戚藩^[十四]。以国命氏，郁闻德门。缁衣垂芳，荥波发源。
为杞为梓，为兰为荪^[十五]。杞梓惟何，卿材克绍。兰荪惟何，女德之妙。抑抑
夫人，自他有耀。玉度旁达，泉心内照。和顺积中，高明有融。辅佐君子，与
道始终。族姻成化，慈俭为宗。让帝之后，门生素风^[十六]。宜及子贵，以荣教
义。如何高堂，奄忽违弃。万岁原上，松楸永秘^[十七]。惟命罕言，德音无愧。

【笺注】

[一] 此篇四部、四库本存题《郑夫人墓志铭》缺文，据粤雅堂补文。荣阳郑氏，李景俭的母亲。唐林宝《元和姓纂·郑》："周厉王少子受封于郑，是为桓公，在畿内，今华州郑县是也。威公生武公，与晋文公夹辅平王，东迁于洛。郑徙溱洧之间，谓之新郑。……当时六代孙穉，汉末自陈徙河南开封，晋置荣阳郡，开封隶焉，遂为郡人。"吕温与李景俭友善，韩愈《顺宗实录》："叔文最所贤重者李景俭，而最所谓奇才者吕温。"

[二] 萎蕤 wěi ruí，晋潘岳《橘赋》："既蓊茸而萎蕤，且参差而櫹蔧。"轩冕，《庄子·缮性》："古之所谓得志者，非轩冕之谓也，谓其无以益其乐而已矣。"

[三] 天爵，《孟子·告子上》："仁义忠信，乐善不倦，此天爵也；公卿大夫，此人爵也。"

[四] 制义，《国语·周语上》："考中度衷以莅之，昭明物则以训之，制义庶孚以行之。"韦昭注："义，宜也。"

[五] 黄中，《易·坤》："君子黄中通理，正位居体，美在其中，而畅于四支，发于事业，美之至也。"

[六] 龟龙，《礼记·礼运》："何谓四灵？麟凤龟龙，谓之四灵。"唐李白《化城寺大钟铭》："丞尉等并衣冠之龟龙，人物之标准。"搢，插。绅，大带。《庄子·天下》："其在于诗书礼乐者，邹鲁之士，搢绅先生多能明之。

[七] 而夫人躬苹藻，服澣濯句。躬苹藻，苹、藻皆水草名。古人常采作祭祀之用。《诗·召南·采苹》："于以采苹？南涧之滨；于以采藻？于彼行潦。"汉郑玄注："古者妇人先嫁三月，祖庙未毁，教于公宫，祖庙既毁，教于宗室。教以妇德、妇言、妇容、妇功。教成之祭，牲用鱼，芼用苹藻，所以成妇顺也。"服澣濯，《诗·周南·葛覃序》："服澣濯之衣，尊敬师傅。"

[八] 去华斫雕句。斫 zhuó。守素，保持素志。唐卢纶《纶与吉侍郎中孚》："百年甘守素，一顾乃拾青。"将顺，《孝经·事君》："将顺其美，匡救其恶，故上下能相亲也。"

[九] 次曰景儒、景信、景仁句。《旧唐书·李景俭传》："景俭弟景儒、景信、景仁，皆有艺学，知名于时。景信、景仁，皆登进士第。"絜脩，絜通"洁"，汉张衡《思玄赋》："雕鹗竞于贪婪兮，我脩絜以益荣。"

[十] 捧檄，《后汉书·刘赵淳于江刘周赵列传序》："庐江毛义少节，家贫，以孝行称。南阳人张奉慕其名，往候之，坐定而府檄（召书，委任状）适

至，以义守令（任命毛义为其令）。义奉（同捧）檄而入，喜动颜色。奉心贱之。自恨来，固辞而去。及义母死，去官行服……公车征，遂不至。张奉叹曰：'贤者固不可测。往日之喜，乃为亲屈也。斯盖所谓"家贫亲老，不择官而仕"者也。'"后以"捧檄"作官得俸养亲典故。

［十一］裳帷，古行丧礼时设于堂上用以分隔内外的帷幕。

［十二］祔，合葬。

［十三］久要，《论语·宪问》："久要不忘平生之言。"

［十四］戚藩，《文选·王俭〈褚渊碑文〉》："属值三季在辰，戚蕃内侮。"李周翰注："戚蕃，谓诸王也。"

［十五］为杞为梓，为兰为荪句。《左传·襄公二十六年》："晋卿不如楚，其大夫则贤，皆卿材也。如杞梓、皮革，自楚往也。虽楚有材，晋实用之。"杜预注："杞、梓皆木名。"《文选·沈约〈和谢宣城〉》："昔贤侔时雨，今守馥兰荪。"刘良注："兰荪，香草也。"

［十六］素风，晋袁宏《三国名臣序赞》："操不激切，素风愈鲜。"

［十七］松楸 qiū，松树与楸树，墓地多植，代称坟墓。南朝齐谢朓《齐敬皇后哀策文》："陈象设于园寝兮，映舆镂于松楸。"

大唐故纪国大长公主墓志铭^{并序[一]}

公主讳某，字某，睿宗大圣真皇帝之曾孙，元宗明皇帝之孙，肃宗宣皇帝之第二女也。皇唐骏启成明，再造生人，定四海以为家，统三灵而传庆，介圭作瑞[二]，外强磐石之宗，汤沐疏封[三]，内广关雎之化，兰芬玉振[四]，垂二百年。公主以娵宿①降神，坤元毓粹[五]，荷文武之余烈，资任姒之积德[六]，禀灵胎教，丽浦之生夜光，钟美天姿，彩云之捧朝日，生知信顺[七]，长习《诗》《礼》，士女之行，有闻必践，保姆之训，不肃而成。乾元二年，年若干，许笄从周，筑馆于鲁[八]。辒辌将其百两，环佩出乎九重[九]，以降于驸马都尉荥阳郑君曰某[十]，官至特进左散骑常侍，博学能文，善交好施，门多长者之辙，室有圣人之书，朝野钦叹，名声籍甚。公主辅佐君子，周旋《礼经》[十一]，尽志以奉舅姑，降心以谐姻族，夙兴夜寐，能服澣濯之衣，殷祭大宾，必躬蕴藻之事[十二]。恒自砥砺，未尝以箫歌废日，动循法度，曾不以嚬笑为容[十三]，事叶母仪，言成内则[十四]，考诸图史，罕见其伦。洎乎曳杖晨歌，帷堂昼哭，誓柏舟之志[十五]，尽祛繁华，洗清莲之心，坐归空寂。一男曰某，茂学懿文，凤成时秀，选尚顺宗次女普安长公主，拜驸马都尉秘书少监，其择邻之义笃欤。一女字某，淑质妙工，婉为邦媛，适将作少监武功苏某，其结缡之戒明欤[十六]。於戏！以顺成之德，柔立之操[十七]，茂正家道，宣美国风[十八]，历奉五朝，殆将六纪。赐金之外，无恃宠以私求，食租之余，不与人以争利，淑慎吾止，聿观厥终[十九]，信戚里之高标[二十]，天人之秀出者也。宜其崇享五福，远逾三寿[二十一]，辅时阴教，为国女师[二十二]。竟昧与善，忽焉遘疾。御医驰诊，阴阳之寇已深，中使相望，药祷之诚无及，以元和二年九月十二日，薨于长兴里之私第，享年若干。少监驸马痛殷创巨，杖起成丧。以三年某日月哀奉裳帷，合祔于某县某原先常侍之旧茔，礼也。以某学于旧史见托斯铭，姑用备人代陵谷之虞，岂敢究王姬阀阅之盛[二十三]。其文曰：

奕奕纪国，发祥圣源。祖武宗文，父乾母坤。肃宗爱女，元宗贵孙。倪天之妹[二十四]，大历加恩。问我诸姑，实惟贞元。迄于我皇，圣敬弥尊。纪国之德，如玉其温。纪国之庆，如河②浑浑。哲夫令望，身殁道存。有子克家，鸣玉晨昏。冢妇之贵[二十五]，普安在门。人生极休，胡可胜言。礼为藩兮俭为宝，神所劳兮宜寿考，俨高堂兮去何早？风白杨兮露秋草，出青门兮墓田道。镂德音于沉础，传风树于遗老[二十六]。

【笺注】

[一] 此篇四部、四库本存题《大长公主墓志铭》缺文，据粤雅堂本补文。作于元和三年，808年。纪国公主，唐肃宗之女，李淑，郑沛妻，子郑何，尚顺宗次女晋安长公主。《新唐书·肃宗七女》："纪国公主，始封宜宁。下嫁郑沛。薨元和时。"《新唐书·诸帝公主传》："（顺宗十一女）梁国恭靖公主，与汉阳同生。始封咸宁郡主，徙普安。下嫁郑何。薨，追封及谥。"

[二] 统三灵而传庆两句。三灵，《汉书·扬雄传上》："方将上猎三灵之流，下决醴泉之滋。"颜师古注引如淳曰："三灵，日、月、星垂象之应也。"介圭，《尚书·顾命》："太保承介圭。"孔安国传："大圭尺二寸，天子守之。"《诗·大雅·崧高》："锡尔介圭，以作尔宝。"郑玄笺："圭长尺二寸谓之介。非诸侯之圭。"

[三] 汤沐，《公羊传·隐公八年》："邴者何？郑汤沐之邑也。天子有事于泰山，诸侯皆从，泰山之下，诸侯皆有汤沐之邑焉。"何休注："有事者，巡守祭天告至之礼也，当沐浴絜齐以致其敬，故谓之汤沐邑也。"

[四] 内广关雎之化，兰芬玉振句。关雎之化，《诗·周南·关雎序》："是谓四始，诗之至也。然则《关雎》《麟趾》之化，王者之风，故系之周公。"玉

振，《孟子·万章下》："集大成也者，金声而玉振之也。"

　　[五] 婺宿降神，坤元毓粹句。婺宿，星宿名，也称须女、女宿，为二十八宿之一。坤元，《易·坤》："至哉坤元，万物资生，乃顺承天。"孔颖达疏："至哉坤元者，叹美坤德。"

　　[六] 资任姒之积德，《汉书·外戚传下·孝成班倢伃》："美皇英之女虞兮，荣任姒之母周。"颜师古注："任，太任，文王之母；姒，太姒，武王之母也。"

　　[七] 生知，《论语·季氏》："生而知之者上也。"信顺，《易·系辞上》："天之所助者，顺也；人之所助者，信也。"

　　[八] 乾元二年两句。乾元二年，759 年。许笄，《仪礼·士昏礼》："女子许嫁，笄而醴之称字。"据《春秋·庄公元年》，春秋时周平王之孙女嫁于齐，鲁侯主婚，周天子之卿送女来鲁，以备出嫁。鲁建馆舍以居之。后以"筑馆"为公主下嫁之典。唐颜真卿《和政公主神道碑》："诗美下嫁，书传筑馆，贵其中礼，载籍称焉。"

　　[九] 辎軿将其百两，环佩出乎九重句，辎軿 zī píng，《汉书·张敞传》："礼，君母出门则乘辎軿。"颜师古注："辎軿，衣车也。"九重，《楚辞·天问》："圜则九重，孰营度之？"

　　[十] 郑某，郑沛。郑沛墓志见《全唐文补遗》第七辑郑蕤《有唐故特进检校左散骑常侍驸马都尉赠工部尚书荥阳县开国公郑府君墓志铭》。

　　[十一] 周旋，《礼记·乐记》："升降上下，周还裼袭，礼之文也。"陆德明释文："还，音旋。"孔颖达疏："周谓行礼周曲回旋也。"

　　[十二] 夙兴夜寐，能服澣濯之衣两句。夙兴夜寐，《诗·卫风·氓》："夙兴夜寐，靡有朝矣。"服澣濯，《诗·周南·葛覃序》："服澣濯之衣，尊敬师傅。"殷祭，《礼记·曾子问》："君之丧服除，而后殷祭，礼也。"孔颖达疏："殷，大也。小大二祥变除之大祭，故谓之殷祭也。"蕴藻亦作"蘊藻"，《左传·隐公三年》："苟有明信，涧、溪、沼、沚之毛，蘋、蘩、蘊藻之菜……可荐于鬼神，可羞于王公。"藻草之聚积者。杜预注："蘊藻，聚藻也。"杨伯峻注："蘊藻，藻草之聚积者。蘋、蘩、蘊藻为三种植物。"

　　[十三] 嚬 pín 笑，《韩非子·内储说上》："吾闻明主之爱一嚬一笑……今夫袴岂特嚬笑哉！袴之与嚬笑相去远矣。"

　　[十四] 内则，《礼记·内则》题注孔颖达疏："郑玄目録云：'名曰《内则》者，以其记男女居室事父母舅姑之法。此于《别录》属子法。'以闺门之内，轨仪可则，故曰内则。"

[十五] 洎乎曳杖晨歌，帷堂昼哭，誓柏舟之志句。曳杖晨歌，孔子作《曳杖歌》，用泰山快要崩塌、梁木快要折断来比喻生命快要停息。《礼记·檀弓上》："孔子蚤作，负手曳杖，消摇于门，歌曰：'泰山其颓乎？梁木其坏乎？哲人其萎乎……'"柏舟之志，《诗·鄘风·柏舟》："汎彼柏舟，在彼中河，髧彼两髦，实维我仪。之死矢靡他，母也天只，不谅人只。"诗序："卫共伯早死，其妻共姜守义，父母欲夺而嫁之，故共妻作此以自誓。"

[十六] 一女字某句。邦媛，《诗·鄘风·君子偕老》："展如之人兮，邦之媛也。"结缡 lí，《诗·豳风·东山》："亲结其缡，九十其仪。"毛传："母戒女，施衿结帨。"

[十七] 以顺成之德，柔立之操句。顺成，《文选·颜延之〈宋文皇帝元皇后哀策文〉》："坤则顺成，星轩润饰。"李善注："《韩诗》曰：'淑女奉顺坤德，成其纪纲。'"柔立，三国魏刘劭《人物志·九征》："宽栗而柔立，土之德也。"

[十八] 茂正家道，宣美国风句。家道，《易·家人》："父父，子子，兄兄，弟弟，夫夫，妇妇而家道正。"国风，《史记·殷本纪》："帝武丁即位，思复兴殷，而未得其佐。三年不言，政事决定于冢宰，以观国风。"

[十九] 淑慎，《诗·邶风·燕燕》："终温且惠，淑慎其身。"郑玄笺："淑，善也。"孔颖达疏："又终当颜色温和，且能恭顺，善自谨慎其身。"厥终，《尚书·蔡仲之命》："尔其戒哉，慎厥初惟厥终。"

[二十] 戚里，《史记·万石张叔列传》："于是高祖召其姊为美人，以奋为中涓，受书谒，徙其家长安中戚里。"司马贞《史记索隐》引颜师古曰："于上有姻戚者皆居之，故名其里为戚里。"

[二十一] 宜其崇享五福，远逾三寿句。五福，《尚书·洪范》："五福：一曰寿，二曰富，三曰康宁，四曰攸好德，五曰考终命。"三寿，《诗·鲁颂·閟宫》："三寿作朋，如冈如陵。"毛传："寿，考也。"

[二十二] 辅时阴教，为国女师句。阴教，《周礼·天官·内宰》："以阴礼教六宫，以阴礼教九嫔。"《文选·宋玉〈神女赋〉》："顾女师命太傅。"李善注："古者皆有女师，教以妇德，今神女亦有教也。"《诗·周南·葛覃》："言告师氏。"毛传："师，女师也。古者女师教以妇德、妇言、妇容、妇功。"

[二十三] 姑用备人代陵谷之虞，岂敢究王姬阀阅之盛句。陵谷之虞，《诗·小雅·十月之交》："百川沸腾，山冢崒崩，高岸为谷，深谷为陵。"以"陵谷"比喻世事变迁。阀阅，功绩和经历。汉王充《论衡·程材》："儒生无阀阅，所能不能任剧，故陋于选举，佚于朝庭。"

[二十四] 俔 qiàn，《诗·大雅·大明》："大邦有子，俔天之妹。"郑玄笺：

"又知大姒之贤，尊之如天之有女弟。"

[二十五] 冢妇，《礼记·内则》："冢妇所祭祀宾客，每事必请于姑。"

[二十六] 镂德音于沉础，传风树于遗老句。德音，《诗·豳风·狼跋》："公孙硕肤，德音不瑕。"朱熹集传："德音，犹令闻也。"沉础，墓石。风树，《晋书·孝友传序》："聚薪流恸，衔索兴嗟，晒风树以陨心，俯寒泉而沬泣，追远之情也。"

故河中节度使检校司空平章事
杜公夫人李氏墓志铭^{并序[一]}

粤元和三年，岁在戊子八月某朔某日，河中、晋、绛等州节度使检校司空平章事邠国公夫人赵郡李氏薨于公宫之正寝，享年若干。有子五人：长曰载，河南府功曹参军；次曰翁归前太常寺奉礼郎，次曰宝符，前河南府参军，次曰德符，前太常寺协律郎，次曰义符，宏文馆明经。有女二人：长适监察御史苏德舆，次适故相国崖州员外司马韦执谊[二]。公命载等以其年十月某日，奉輴车裳帏[三]，备《春秋》葬君夫人之礼，卜定于某县之某原，俾门下士刑部郎中兼侍御史东平吕某为之志。李，着姓也，其因生启允之始，若旸谷出日[四]，岷山导江[五]，光流派别，百代可见。赵之东祖，尤贵州乡，缨组蝉联，布在家牒[六]。太宗革昏隋室，毓德秦邸，褒衣侍学[七]，十有八士。夫人之高祖天策府仓曹参军曰守素在焉[八]，与申公士廉刊定氏族，该明条贯，天下宗之。大王父稷山令讳延祖，王父赵城丞讳仲将，考宛邱令讳映[九]，皆以懿文通经，雅度清节，卒负天爵，沦于下寮。泌之洋洋，亦流恺悌[十]，夫人即宛邱府君之第五女也。积善余庆，未归后嗣，自他有耀，女德挺生[十一]。常山炳其阴灵，大陆资乎秀气，在娠而卜，光有贵繇。垂发之岁[十二]，蔚其德容，蕴沉明之识，含柔立之操，生知敬爱[十三]，性合图史。顾复长之[十四]，如滋芳兰之易茂，姆师教之，如琢美玉之易成也。年甫二十，归我邠公。爰自褕衣[十五]，至于陶翟，率履一贯[十六]，星纪四周。尽瘁德义之门[十七]，辅建公侯之业，祭服非手出不荐，宾馈非躬具不陈，非门内之事不询，非女工之物不视，言契《诗》教，动归礼防，不失信于儿童，无惰容于暗室，抚宁孤贱，膏雨之霑濡，叶比宗姻，阳春之感畅。式是家道，刑于国风[十八]，盖母仪之高标，内则之全致者已。宜其丰信顺之佑，迈期颐之年[十九]，抱孙高堂，视子华发。而未跻中寿[二十]，未极殊休，辍琴瑟于春堂，委繁华于朝露，莫诉之酷，可胜言哉。夫人始封赞皇县君进封真定郡君，又为真定夫人，特加邢国夫人，从夫之贵也。始家蒲城，司空委禽之日，实参汾阳王军事[二十一]，数十年外，来为小君，鱼轩昼游，里闾如旧[二十二]，稀代之荣也。呜呼！荣与阅水俱逝[二十三]，贵与朽壤同堙，唯柔芳与懿问，贯终古而不泯。铭曰：

仁为源，义为藩，启华胄，立清门[二十四]，代济美兮。娟清明，媚柔嘉，月之出，桃之华，天钟是兮。容在礼，言顾《诗》，工务本，德从宜，佐君子兮。富而约，贵而降，宜象服，封大邦，遽未始兮。荣何晚，落何先，郁遐庆，摧中年，懵神理兮。迁于堂，祖于庭，篆幽础，闭泉扃[二十五]，永垂范兮。

【笺注】

[一] 四部、四库本存题《李夫人墓志铭》缺文，据粤雅堂本补文。作于元和三年，808年。杜公夫人李氏，杜公，杜黄裳（738—808），《旧唐书·宪宗上》："杜黄裳字遵素，京兆杜陵人也。登进士第、宏辞科，（元和二年）乙巳，以门下侍郎、同平章事、南阳郡开国公杜黄裳检校司空、同平章事、兼河中尹、河中晋绛等州节度使……辛巳，封杜黄裳为邠国公。"

[二] 有子五人……有女二人两句。《旧唐书·杜黄裳传》："黄裳性雅澹宽恕，心虽从长，口不忤物。始为卿士，女嫁韦执谊……载为太子仆，长庆中，迁太仆少卿、兼御史中丞，充入吐蕃使。载弟胜，登进士第，大中朝位给事中。胜子庭坚，亦进士擢第。"

[三] 輤 qiàn 车，柩车。

[四] 旸 yáng 谷出日，《尚书·尧典》："分命羲仲，宅嵎夷，曰旸谷，寅宾出日。"孔安国传："旸，明也。日出于谷而天下明，故称旸谷。"孔颖达疏："日所出处，名曰旸明之谷。"

[五] 岷山导江，《尚书·禹贡》："岷山导江，东别为沱。"

[六] 赵之东祖句。《新唐书·宰相世系二上》："赵郡李氏定着六房：其一曰南祖，二曰东祖，三曰西祖，四曰辽东，五曰江夏，六曰汉中。东祖叡，字幼黄，高平太守、江陵宁公。生勖，字景贤，顿丘太守、大中正。生颐，字彦祖，高阳太守、武安公。四子：勔、系、奉、曾。"李氏为勔后。缨组，《南史·文学传·锺嵘》："服既缨组，尚为臧获之事。"

[七] 褒衣侍学，褒衣博带，指古代儒生的装束。

[八] 夫人之高祖，未详。

[九] 宛邱令，宛丘令，其父曾任宛丘令。宛丘，古地名，又称陈州，今河南淮阳。《诗·陈风》："宛丘子之汤兮，宛丘之上兮。"

[十] 恺悌,《左传·僖公十二年》:"《诗》曰:'恺悌君子,神所劳矣。'"杜预注:"恺,乐也;悌,易也。"

[十一] 女德,《左传·僖公二十四年》:"女德无极,妇怨无终。"挺生,晋左思《蜀都赋》:"王褒炜晔而秀发,扬雄含章而挺生。"

[十二] 垂发,《后汉书·吕强传》:"垂发服戎,功成皓首。"李贤注:"垂发,谓童子也。"

[十三] 含柔立之操,生知敬爱句。柔立,三国魏刘劭《人物志·九征》:"宽栗而柔立,土之德也。"生知,《论语·季氏》:"生而知之者上也。"

[十四] 顾复,《诗·小雅·蓼莪》:"父兮生我,母兮鞠我。拊我畜我,长我育我,顾我复我,出入腹我。"郑玄笺:"顾,旋视;复,反覆也。"孔颖达疏:"覆育我,顾视我,反覆我,其出入门户之时常爱厚我,是生我劬劳也。"

[十五] 褖 tuàn 衣,《礼记·玉藻》:"君命屈狄,再命祎衣,一命襢衣,士褖衣。"清朱彬注:"君,女君也。屈,周礼作阙,谓刻缯为翟,不画也。此子男之夫人及其卿、大夫之妻命服也。祎,当为鞠,字之误也。礼,天子诸侯命其臣、后夫人亦命其妻以衣服,所谓'夫尊于朝,妻荣于室'也。子男之卿再命,而妻鞠衣,则鞠衣、襢衣、褖衣者,诸侯之臣皆分为三等,其妻以次受此服也。公之臣,孤为上,卿大夫次之,士次之。侯伯子男之臣,卿为上,大夫次之,士次之。褖,或作税。"

[十六] 率履,《诗·周颂·长发》:"率履不越,遂视既发。"毛传:"履,礼也。"郑玄笺:"使其民循礼,不得逾越,乃遍省视之,教令则尽行也。"

[十七] 尽瘁,《诗·小雅·北山》:"或燕燕居息,或尽瘁事国。"毛传:"尽力劳病,以从国事。"

[十八] 式是家道,刑于国风句。家道,《易·家人》:"父父,子子,兄兄,弟弟,夫夫,妇妇而家道正。"国风,《史记·殷本纪》:"帝武丁即位,思复兴殷,而未得其佐。三年不言,政事决定于冢宰,以观国风。"

[十九] 宜其丰信顺之佑,迈期颐之年句。信顺,《易·系辞上》:"天之所助者,顺也;人之所助者,信也。"期颐之年,《礼记·曲礼上》:"百年曰期、颐。"郑玄注:"期,犹要也;颐,养也。不知衣服食味,孝子要尽养道而已。"

[二十] 中寿,说法不一。《左传·昭公三年》:"三老",唐孔颖达疏:"上寿百年以上,中寿九十以上,下寿八十以上。"汉王充《论衡·正说》:"上寿九十,中寿八十,下寿七十。"《淮南子·原道训》:"凡人中寿七十岁。"《吕氏春秋·安死》:"中寿不过六十。"

[二十一] 司空委禽之日两句。委禽,《左传·昭公元年》:"郑徐吾犯之妹

美，公孙楚聘之矣，公孙黑又使强委禽焉。"杜预注："禽，雁也，纳采用雁。"参汾阳王军事，《旧唐书·杜黄裳》："为郭子仪朔方从事，子仪入朝，令黄裳主留务于朔方。"

[二十二] 鱼轩昼游，里闬如旧句。鱼轩，《左传·闵公二年》："归夫人鱼轩。"杜预注："鱼轩，夫人车，以鱼皮为饰。"里闬 hàn，《后汉书·成武孝侯顺传》："顺与光武同里闬，少相厚。"李贤注："闬，里门也。"

[二十三] 阅水，《文选·陆机〈叹逝赋〉》："川阅水以成川，水滔滔而日度。"吕延济注："揔众水而成其川。"

[二十四] 清门，唐白居易《博陵崔府君神道碑铭》："长源远派，大族清门，珪组贤俊，准绳济美，斯崔氏所以绵千祀而甲百族也。"

[二十五] 泉扃 jiōng，南朝梁江淹《萧太傅谢追赠父祖表》："宠辉泉扃，恩凝松石。"

唐故湖南团练观察处置等使通议大夫使持节都督潭州诸军事守潭州刺史中丞赐紫金鱼袋赠陕州大都督东平吕府君夫人河东郡君柳氏墓志铭并序[一]

柳氏系起黄帝，世家河东。晋永嘉末，济南太守卓随军南迁，吾先太夫人其后也[二]。高祖善才，皇朝荆王侍读。曾祖尚素，润州江宁县令。大父庆休，渤海县丞。以第二子兵部侍郎浑平章政事[三]，追赠蔡州刺史、工部尚书。考识[四]，屯田郎中、集贤殿学士。或户牖儒奥，或绳墨吏道，或龟龙文章，率有纯行，皆有余力[五]。渤海府君以道之不行，储庆于相国；屯田府君以贤而无后，寓美于夫人。夫人年十四，归我先公，从秩封安邑县君，进为河东郡君。贞元十六年六月庚寅，前先公七日，弃养于潭州官舍，享年四十二。有男四人，长曰恭，举进士未第；幼曰让，年小未学；恭之中弟子翼，夭于襁褓。长女适淮南节度掌书记试太常寺奉礼郎豆卢策，次女适前进士柳淳[六]。二幼，曰贡娘、小贡，仅廿髫[七]。所母先公之子三人、女一人：长曰温，前集贤殿校书郎；次曰俭，前仆寺进马；季字秦生，能言而夭；女适故太常寺协律郎杜正。孤子温、恭，以某年十二月八日，号奉帷裳，从先公归奉祔于洛阳邙山清风原之大茔，礼也。呜呼痛哉！夫人事先公二十七年，事不思不行，言不践不发，循守法度，辉光辅佐，苟有亏先公而获己所安，未之或从，苟有宜先公而于己未适，无所不就。先公或未叶于中，必废食感悟，得请乃复。先公之允归于美，则耸美将顺以成[八]。为继王母在堂，峻妇姑之礼[九]。夫人柔色肃气，奉威承颜。虔盥洁馈之勤，寒煖匪懈[十]；和灰纫缞之事，顾指而具[十一]。备修妇顺[十二]，动以诚格；旁感母道，益无闲言。王氏姑尚礼而毅，尝言："吾嫂敬我，使我加重。"杜氏姑好仁而廉，尝言："吾嫂知我，使我加感。"刘氏姑与先公异出，尝言："吾嫂信我，使我加亲。"其余则循分制义，亲疏各得其所。有初克终，中外咸归于穆。夫人以恭既有誉处，每戒曰："文学政事，汝有父师，非吾所急。吾唯厚尔孝悌之望。"豆卢氏、柳氏女亦既有行，每戒曰："组纚环佩[十三]，汝有姆傅，非吾所勤。吾唯宜尔室家之望。"恭由是先行后艺，二妹皆自他有闻。钟爱于某，常称其克荷[十四]，劝先公命以为嗣，而使恭下之，惟疾之忧，则恭无加也。贤杜氏姊，怜其早孀，劝先公取以归宗[十五]，而躬抚之，衣服礼秩，则二妹莫伦也。推是以往，而配德肥家之道备矣。外祖母丧，夫人侍王母在洛，讣自江左，不勺饮者三日，礼不敢过，而哀有余。外祖前亦寓殡于丹阳，外叔祖至宰相而未克归葬，至是夫人诉于先公而假力焉。且刺指书血，寄誓家老，俾偕启兼护，归伊川旧茔。卜祥无收子之名，报德于移天之后[十六]，言孝者以为难。夫人出自崔，韦氏长姨出自萧。先公贵为方伯，韦府君黄绶早世[十七]。夫人于异同之间，荣悴之际，爱敬必尽，颜色无违，言友者以为难。从祖舅山南节度推官曰从，学于外祖，能业文行。夫人以终鲜兄弟，怜比同气，见其立也，喜亦如之。崔氏舅益王府参军曰泾，幼依外祖母，矢志邱园，夫人以如存之思，奉比诸父。闻其丧也，哀亦如之。推是以往，而反本睦亲之礼尽矣。皆可以仁蹈中庸，义合古训，慈感土木，孝通神明，宜乎从先公极贵，见诸子乘白[十八]，而始食郡封，未开国号。某未达，恭未官，幼弟甫卅，季妹方孩，曾不浃辰，怙恃继失，扠血相视[十九]，裂肝穷号，举世独冤，终天莫诉。鸣呼酷哉！孤子某永负极思，靡所置痛，稽铭懿实，不敢失坠。其词曰：

景云发祥古天子，圣人之清柳为氏。氛氲萎蕤积繁祉[二十]，南迁鼎玉烂江沚。吾先夫人懿厥后，感神慈孝因心友。辅佐盛德誉无咎，福宜高明寿悠久。湖之南，湘之阴，天乎匪忧摧棘心。洛有濒，邙有巅，邈万斯年咽寒泉。

【笺注】

[一] 作于贞元十六年，800 年。此篇四部、四库本存题《柳夫人墓志铭》文缺，据粤雅堂本补文。东平吕府君，吕渭，《旧唐书·吕渭传》："载，河中人。父延之，越州刺史、浙江东道节度使。渭举进士，累授婺州永康令、大理评事。……渭累授舒州刺史、吏部员外、驾部郎中、知制诰、中书舍人……贞

元十六年卒，年六十六，赠陕州大都督。子温、恭、俭、让。"

[二] 柳氏系起黄帝……晋永嘉末……两句。《新唐书·宰相世系三上》："柳氏出自姬姓。鲁孝公子夷伯展孙无骇生禽，字季，为鲁士师，谥曰惠，食采于柳下，遂姓柳氏。楚灭鲁，仕楚。秦并天下，柳氏迁于河东。秦末，柳下惠裔孙安，始居解县。安孙隗，汉齐相。六世孙丰，后汉光禄勋。六世孙轨，晋吏部尚书。生景猷，晋侍中。二子：耆、纯。耆，太守，号'西眷'。……平阳太守纯卓，晋永嘉中自本郡迁于襄阳，官至汝南太守。四子：辅、恬、杰、奋，号'东眷'。"河东柳氏为恬后。

[三] 柳浑（714—789），《元和姓纂·柳氏》："河东解县……映生庄、奭，陈度支尚书。奭曾孙庆休，生识、浑。识，屯田郎中，征不起。"《旧唐书·柳浑》："柳浑字夷旷，襄州人，其先自河东徙焉。六代祖恬，梁仆射。浑少孤，父庆休，官至渤海丞，而志学栖贫。天宝初，举进士，补单父尉。……贞元二年，拜兵部侍郎，封宜城县伯。三年正月，加同平章事，仍判门下省。"

[四] 考识，柳夫人父亲柳识，字方明。《大清一统志·襄阳府·人物》："柳识，字方明，襄阳人。工文章，与萧颖士、元德秀、刘迅相上下。练理创端，往往诣极。当时作者，服其简拔。"

[五] 或户牖儒奥，或绳墨吏道两句。户牖，南朝梁刘勰《文心雕龙·诸子》："夫自六国以前，去圣未远，故能越世高谈，自开户牖。"绳墨，《礼记·经解》："故衡诚县，不可欺以轻重；绳墨诚陈，不可欺以曲直；规矩诚设，不可欺以方圆。"龟龙，唐李白《化城寺大钟铭》："丞尉等并衣冠之龟龙，人物之标准。"纯行，《逸周书·谥法》："纯行不二曰定。"

[六] 豆卢策，柳淳，两唐书皆无传，《全唐诗》卷一八九有韦应物诗《送豆卢策秀才》，卷三七八有孟郊诗《送豆卢策归别墅》，卷四八五有鲍溶诗《悼豆卢策先辈》，《全唐诗》卷三百七十八有孟郊诗《大梁送柳淳先入关》。《新唐书·宰相世系四下》："豆卢氏本姓慕容氏。燕主廆弟西平王运生尚书令临泽敬侯制，制生右卫将军北地愍王精，降后魏，北人谓归义为'豆卢'，因赐以为氏。"

[七] 卅 guàn。

[八] 将顺以成，《孝经·事君》："将顺其美，匡救其恶，故上下能相亲也。"

[九] 妇姑，婆媳。

[十] 虔盥洁馈之勤，寒燠匪懈。盥馈 guàn kuì，《仪礼·士昏礼》："舅姑入于室，妇盥馈。"寒燠 yù，《汉书·天文志》："故日进为暑，退为寒。若日之

南北失节，暑过而长为常寒，退而短为常燠。此寒燠之表也，故曰为寒暑。"

[十一] 顾指，《文选·左思〈吴都赋〉》："麾城若振槁，搴旗若顾指。"刘逵注："顾指，谕疾且易也。"

[十二] 妇顺，《礼记·昏义》："舅姑入室，妇以特豚馈，明妇顺也……妇顺者，顺于舅姑，和于室人，而后当于夫，以成丝麻布帛之事，以审守委积盖藏。"孔颖达疏："明妇顺也者，言所以特豚馈者，显明其为妇之孝顺也。"

[十三] 组紃环佩，《礼记·内则》："女子十年不出，姆教婉娩听从。执麻枲，治丝茧，织纴组紃，学女事，以共衣服。"紃 xún。孔颖达疏："组、紃俱为绦也……然则薄阔为组，似绳者为紃。"

[十四] 克荷，《陈书·程文季传》："故散骑常侍、前重安县开国公文季，纂承门绪，克荷家声。"

[十五] 归宗，《诗·邶风·燕燕》："之子于归，远送于野。"毛传："归，归宗也。"

[十六] 移天，《隋书·王谊传》："（御史大夫杨素劾谊曰）窃以虽曰王姬，终成下嫁之礼，公则主之，犹在移天之义。"

[十七] 黄绶，古代官员系官印的黄色丝带。《汉书·百官公卿表上》："比二百石以上，皆铜印黄绶。"

[十八] 乘白，古代指战车和军旗。《荀子·王制》："司马知师旅甲兵乘白之数。"

[十九] 曾不浃辰句。浃 jiā 辰，《左传·成公九年》："浃辰之间，而楚克其三都。"杜预注："浃辰，十二日也。"怙恃 hù shì，父母的合称。《诗·小雅·蓼莪》："无父何怙，无母何恃！"抆 wěn 血，《文选·江淹〈别赋〉》："割慈忍爱，离邦去里，沥泣共诀，抆血相视。"李善注引《广雅》："抆，拭也。"

[二十] 氛氲 fēn yūn，指浓郁的烟气或香气。葳蕤 wěi ruí，草木茂盛貌。

陈先生墓表①[一]

　　有唐贞晦先生广陵郡棠邑乡陈君曰融，无字，享年七十有二②。游不出乡，考终厥命。呜呼至哉。良玉虽白不受采[二]，醴泉自甘非有和[三]，贞色缜密，丹青③无自入也，灵味天成，麹蘖无所资也[四]，故先生长而不学。大朴不通④乎⑤轮辕[五]，至音不谐乎宫商，曲直浑成，巧匠莫能材也，清浊一致，伶伦莫能器也[六]，故先生老而不仕。地虚而践则有迹，器疏而扣则成声，我践惟实，迹不可得而见也，我扣惟密，声不可得而闻也，故先生没而不称。若夫为养克孝，居丧致毁，事亡如存，朋友孜孜，兄弟怡怡，于乡恂恂，与物熙熙[七]，天性人道，其尽于兹，何必读书，然后为学。知命是达，怡神为荣，乐天忘忧，自宠不惊，贵我以道，此非禄乎⑥，何必入官，然后为仕。我有信顺[八]，自天祐之⑦。谓天盖高，亦既知矣，谓神盖幽，亦既闻矣，何必俗声，然后为名。大哉先生，行不学之道，据不仕之贵，负不称之名[九]，达人观焉，斯亦极矣。予贞元初，寓居是邑，言归京国，道出其乡，始见一乡之人，父义子孝，长惠幼敬，见乎词气，发乎颜色，不闻忿争之声，不见傲慢⑧之容，雍雍穆穆，甚足异也。因揣之而叹曰："芳兰所生，其草皆香，美玉所积，其山有光。此乡之人，岂必尽仁，其必有贤者生于是矣。"遂停车累日，周访故老，果曰："吾里尝有陈融，孝慈仁信，不学不仕，乡人见也⑨，皆自欲迁善远罪，亦不知其所以然。今也则亡，清风犹在。"予于是慨然痛先生以纯德至行，沉落光耀，官阙轼庐⑩之礼[十]，士无表墓之文[十一]。知而不书，我执其咎[十二]。乃披典校德，谥曰贞晦先生⑪，穷征其实，建石于路，用告将来之有识者云尔。贞元五年秋八月东平吕某述。

【校】

①粤雅堂本"陈先生墓表"作"广陵陈先生墓表"。

②粤雅堂本"七十有二"作"七十有三"。

③四库本"丹青"作"丹素"。

④粤雅堂本"不通"作"不适"。

⑤四库本"乎"作"于"。

⑥粤雅堂本"贵我以道，此非禄乎"作"贵我以道，此非爵乎，富我以德，此非禄乎"。

⑦粤雅堂本"我有信顺，自天祐之"作"我有信顺，自天祐之，我有正直，神之听之"。

⑧粤雅堂本"傲慢"作"傲惰"。

⑨粤雅堂本"也"作"之"。

⑩粤雅堂本"轼庐"作"式闾"。

⑪四库本"先生"作"处士"。

【笺注】

[一] 作于贞元五年，789 年。陈先生，陈融，（嘉庆）《重修扬州府志》：

"陈融，广陵棠邑乡人。有隐德，不出乡而里闬化之。"

〔二〕良玉虽白不受采，《礼记·礼器》："甘受和，白受采。忠信之人，可以学礼。"唐孔颖达疏"受和""受采"的本意："甘为众味之本，不偏主一味，故得受五味之和。白是五色之本，不偏主一色，故得受五色之采。以其质素，故能包受众味及众采也。"

〔三〕醴 lǐ 泉，《礼记·礼运》："故天降膏露，地出醴泉。"

〔四〕麹蘖 qū niè，《尚书·商书》："若作酒醴，尔惟麹蘖。"

〔五〕大朴，《文选·桓温〈荐谯元彦表〉》："大朴既亏，则高尚之标显。"刘良注："大朴，大道也。"

〔六〕伶伦，《吕氏春秋·古乐》："昔黄帝令伶伦作为律。"

〔七〕朋友孜孜，兄弟怡怡，于乡恂恂，与物熙熙句。孜孜，《尚书·益稷》："予何言？予思日孜孜。"孔颖达疏："孜孜者，勉功不息之意。"怡怡，《论语·子路》："朋友切切偲偲，兄弟怡怡。"恂恂，《论语·乡党》："孔子于乡党，恂恂如也，似不能言者。"陆德明释文："恂恂，温恭之貌。"熙熙，《逸周书·太子晋》："万物熙熙，非舜而谁能？"孔晁注："熙熙，和盛。"

〔八〕信顺，《易·系辞上》："天之所助者，顺也；人之所助者，信也。"

〔九〕不称之名，《周易·乾卦》："不易乎世，不成乎名。"

〔十〕轼庐，晋左思《魏都赋》："千乘为之轼庐，诸侯为之止戈，则干木之德，自解纷也。"

〔十一〕表墓，汉蔡邕《郭有道碑文》："于是树碑表墓，昭铭景行。"

〔十二〕执其咎，《诗·小雅·小旻》："发言盈庭，谁敢执其咎？"

唐故福建观察巡官前侯官县尉东平吕府君权殡记[一]

府君讳沆，字君梦，河东人。祖崇嗣，高尚邱园，不应征辟。考从之，皇朝左替善大夫。府君性重厚寡言，志于文学而不炫耀，尤好神景化之事，虽迫亲故，时或从人，而焚香炼气，常澹如也。与从子某，少同游处，有疎阮之契。洎某出守湘中，府君以山水之乐，远来依憩。不幸遇暴疾，元和五年七月二十二日，终于衡州官舍。呜戏！知命之年，未娶无嗣，家童护奠，旅樒单归[二]。追怀平昔，何可胜痛！以其年十月某日，权厝江陵城北某原[三]，以须通岁，归祔松槚，姑具时日，记于此石云。

【笺注】

　　[一] 此篇四部、四库本存题目《吕府权殡记》缺文，据粤雅堂本补文。作于元和五年，810 年。吕沆，《全唐文》为"吕沇"，皆未详。

　　[二] 旅梾 chèn，棺木。

　　[三] 权厝 cuò，临时置棺待葬。

卷八　铭文

傅岩铭并序[一]

　　昔殷高宗恭默思道，至诚动天，天将报之，以说为瑞。王在于寝，降神梦中，审形旁求，实得于此。曾不待敷奏以言，明试以功，脱刑人之衣，便①被公衮[二]。授受之际，君不疑，臣不惭。大哉邈乎，殷之所以兴也。若非武丁之心，周乎天地，傅说之德，通乎神明，何感动诉合[三]，如此其易。厥后唯文王以兆用太公[四]，自渔父而登国师，白旄一麾，光定天下，抑其邻欤。由兹而还，莫不先显后幽，右资左德，勒以汉秩，束于周行，使特达自致之士无闻焉[五]，吁可叹也。夫以天骥之材[六]，而造父御之，则必翼轻轩，凌高衢，风翔电迈，一日千里。若制非其人，服非其车，忘权奇，务牵束，挫盛气，顿逸足，使遵乎寻常之躅[七]，则终岁疾驱，望驽骀而不及矣。遇与不遇，又何疑哉。呜呼！见贤非难，知之难；知之非难，用之难；用之非难，特达难。君人者苟以特达为心，假无殷宗之梦，必自得说。不然，则虽使咎、夔、稷、契[八]，尽入其庭，亦叶公之见龙[九]，反疑惧矣，况氤氲之中乎，恍惚之际乎。贞元九年，予自镐徂洛，息驾于虞虢之间，升墟瞰原，仿佛其地，远迹虽昧，清风若存，想《说命》三篇[十]，几堕秦火，百代之后，德音如何，乃作铭曰：

　　赫赫汤德，如火不灭。滔滔商祚，如海不竭。发祥播气，世作圣哲。国诞武丁，野生傅说。说始胥靡，武丁即祚。德通神交，忽梦如悟。若帝导我，期于颢素。有无之间，邂逅相遇。宵衣而起，爰得其人。貌符心冥，如旧君臣。飞龙在天，山川出云。感激自致，其间无因。舍筑傅岩，脱鳞鹏程。作霖时和，奋楫川澄。金在吾砺，木从吾绳。君何言哉，殷道中兴。元凯攀尧，微舜曷阶。阿衡于汤，抱鼎徘徊。会合之际，厥惟难哉。何如梦中，天授神开。惟贤是登，道贵特达。匪次易用，才其壅遏。高宗得说，乃在恍惚。揭铭摘光[十一]，万古不没。

【校】

①粤雅堂本无"便"字。

【笺注】

[一] 作于贞元九年，793 年。

[二] 昔殷高宗恭默思道……便被公衮句。殷高宗，商王武丁。《史记·殷本纪》："（殷）帝小乙崩，子帝武丁立。帝武丁即位，思复兴殷，而未得其佐。三年不言，政事决定于冢宰，以观国风。武丁夜梦得圣人，名曰说。以梦所见视群臣百吏，皆非也。于是乃使百工营求之野，得说于傅险中。是时说为胥靡，筑于傅险。见于武丁，武丁曰是也。得而与之语，果圣人，举以为相，殷国大治。故遂以傅险姓之，号曰傅说。"唐司马贞《史记索隐》："旧本作'险'，亦作'岩'也。"唐张守节《史记正义》："《括地志》云：傅险即傅说版筑之处，所隐之处窟名圣人窟，在今陕州河北县北七里，即虞国虢国之界。"

[三] 䜣 xīn，同"欣"。

[四] 文王以兆用太公，《史记·周本纪第四》："西伯曰文王，遵后稷、公刘之业，则古公、公季之法，笃仁，敬老，慈少。礼下贤者，日中不暇食以待士，士以此多归之。太公望吕尚者，东海上人。……本姓姜氏，从其封姓，故曰吕尚。……吕尚盖尝穷困，年老矣，以渔钓奸周西伯。西伯将出猎，卜之，曰'所获非龙非螭，非虎非罴；所获霸王之辅'。于是周西伯猎，果遇太公于渭之阳，与语大说，曰：'自吾先君太公曰'当有圣人适周，周以兴'。子真是邪？吾太公望子久矣。'故号之曰"太公望"，载与俱归，立为师。"

[五] 特达，南朝宋刘义庆《世说新语·言语》："此子珪璋特达，机警有锋。"

[六] 天骥，《文选·张协〈七命〉》："天骥之骏，逸态超越。"李善注："天骥，天马也。"

[七] 躅 zhuó，《说文》："钲躅也。从足，蜀声。"

[八] 咎，通"皋"，皋陶。咎、夔、稷、契，他们四人均为舜之贤臣。《史记·五帝本纪第一》："三年丧毕，让丹朱，天下归舜。而禹、皋陶、契、后稷、伯夷、夔、龙、倕、益、彭祖自尧时而皆举用……"唐张守节《史记正义》："皋陶字庭坚。英六二国是其后也。契音薛，殷之祖也。伯夷，齐太公之祖也。夔，巨龟反，乐官也。"

[九] 叶公之见龙，汉刘向《新序·杂事五》："叶公子高好龙，钩以写龙，

凿以写龙，屋室雕文以写龙。于是天龙闻而下之，窥头于牖，施尾于堂。叶公见之，弃而还走，失其魂魄，五色无主。是叶公非好龙也，好夫似龙而非龙者也。”

［十］说命，《尚书·商书》：“高宗梦得说，使百工营求诸野，得诸傅岩，作说命三篇。”郑康成曰：“说命三篇亡。”王逸注楚辞云：“说命是佚篇也。”

［十一］摛 chī，散布。

望思台铭并序［一］

望思台者，汉武帝思戾太子之所建也，事具《汉书》。夫立人之道，本乎情性①，生而知曰性，感而动曰情。性虽生情，情或灭性，是以圣人患其然而为之节，诚而明之，中而庸之，建以大伦，统以至顺，伦莫极于父子，顺莫先于慈孝。然而全之者正也，慈不得其正则失子，孝不得其正则失亲。救失之术，存乎善教。昔者三王之教世子也，如周公乃为太傅，如召公乃为太保，如太公乃为太师，左右前后，罔非端士，礼以专其目，乐以一其耳，仁以制其气，义以凝其情［二］，故非②僻之心［三］，无自入也，谗慝之口［四］，莫能间③，父子君臣之道，所以全也。汉则不然，世子非三代之贤，保傅无二南之老，左右前后，惟刑余罪人，目流于靡慢，耳溺于滤滞［五］，气溢于宠渥［六］，情荡于骄奢，于是非④僻之心，得以入矣，谗慝之口，得以间矣，父子君臣之道，所以离矣。向使太子师友尊⑤严，左右端肃，虽江充之诈［七］，敢⑥以不义而加之耶？向使太子孝德彰闻，仁声茂著，虽武帝之惑，岂遽以大逆而疑之耶？向使太子早服师训，少知教义，岂忍以一朝之忿，弃其亲而忘其身耶？由是言之，其所以陷于此者渐矣，殆哉当时之势也。国忘⑦冢嗣，武老昭弱，京师喋血，天下疑动，若无霍光受负图之寄，秉不夺之节［八］，斥昏建明，镇翊洪业，则必庶孽寻戈，起商参⑧之祸［九］，奸臣秉衅，行羿没⑨之事［十］，汉家之厄，岂及三七哉。此有社稷者之所宜深戒也。乙亥岁［十一］，予经于湖，登兹荒台，望古太息，以为遇夫一物，有可以正训于世者，秉笔之士，未尝阙焉，乃作铭曰：

人伦大统，天性是宝。虽曰自然，亦资黼⑩藻［十二］。汉皇父子，一失其道。四海为家，不能相保。荒台岿而，千古之悲。悔目空⑪断，冤魂不归。疑生于微，祸积于基。苟有明义，谁其间之。嗣维邦本，本动邦危。於呼⑫后王，鉴兹在兹。

【校】

①四库本"情性"作"性情"。

②四库本"非"作"匪"。

③粤雅堂、四库本"莫能间"作"莫能间也"。

④四库本"非"作"匪"。

⑤四库本"尊"作"端"。

⑥粤雅堂本"敢"作"岂敢"。

⑦粤雅堂本、四库本"忘"作"亡"。

⑧粤雅堂本"商参"作"参商"。

⑨粤雅堂、四库本"没"作"浸"。

⑩粤雅堂本"黼"作"斧"。

⑪四库本"空"作"不"。

⑫四库本"呼"作"戏"。

【笺注】

[一] 作于贞元十一年，795 年。望思台，公元前91 年汉武帝听信谗言冤杀亲子刘据，后建造望思台以表思子之情。作者路经此处有感而作。

[二] 昔者三王之教世子也两句。《大戴礼记·保傅》："于是皆选天下端士，孝悌闲博有道术者以辅翼之，使之与太子居处出入，故太子乃目见正事，闻正言，行正道，左视右视前后皆正人，夫习与正人居，不能不正也。"

[三] 非僻，亦作"非辟"，邪恶。《礼记·玉藻》："非辟之心，无自入也。"

[四] 谗慝 tè，北齐颜之推《颜氏家训·养生》："夫生不可不惜，不可苟惜，涉险畏之途，干祸难之事，贪欲以伤生，谗慝而致死，此君子之所惜哉。"

[五] 滞滞，怗滞，《礼记·乐记》："（宫、商、角、徵、羽）五者不乱，则无怗滞之音矣。"

[六] 宠渥 wò，《周书·儒林传》："祗承宠渥，不忘恋本，深足嘉尚。"

[七] 江充之诈，唐白居易《思子台有感》："但使武皇心似烛，江充不敢作江充。"《汉书·江充传》："上（汉武帝）幸甘泉，疾病，充见上年老，恐晏驾后为太子所诛，因是为奸，奏言上疾祟在巫蛊。于是上以充为使者治巫蛊……坐而死者前后数万人。是时，上春秋高，疑左右皆为蛊祝诅，有与亡，莫敢讼其冤者。充既知上意，因言宫中有蛊气，先治后宫希幸夫人，以次及皇

后，遂掘蛊于太子官，得桐木人。太子惧，不能自明，收充，自临斩之。"

［八］若无霍光受负图之寄两句。负图之寄，承受辅佐幼君的嘱托。《后汉书·郑弘传》："周章身非负图之托，德乏万夫之望。"不夺之节，大节不夺。《论语·泰伯》："临大节而不可夺也。"

［九］商参之祸，商参，亦作参商。二十八宿的商星与参星，商在东，参在西，此出彼没，永不相见。后以"商参"比喻人分离不能相见。汉蔡琰《胡笳十八拍》："母分离兮意难任，同天隔越兮如商参。"

［十］"没"应是"浞"字误，羿浞 zhuó 之事，夏王相在位时，后羿（又称夷羿），占据夏都，夺取了王位，后被他的亲信寒浞所杀，寒浞自立为帝。

［十一］乙亥岁，为贞元十一年。

［十二］黼 fǔ 藻，《尚书·益稷》："藻火粉米，黼黻絺绣。"孔传："藻，水草有文者……黼，若斧形。"

东古周城铭^{并序①[一]}

鲁昭公三十二年，周苌叔^②合诸侯之大夫城成周^[二]，卫彪傒曰："天之所坏，不可支也。苌弘^③违天，必受其咎。"异岁周人煞^④苌弘^{⑤[三]}。左氏明征，以为世规，俾持颠之臣^[四]，沮其胜气，非所以厉^⑥尊王垂大训也。予经其地，而作是铭：

文武^⑦受命，肇兴西土。周公作洛，始会风雨。居中正本，拓统开祚。盛则骏奔，衰则夹辅。平王东迁，九鼎日^⑧轻。二伯之后，时无义声。大夫苌弘^⑨，言抗其倾。坐召诸侯，廓崇王城。虽微远猷^[五]，实被令名^[六]。宜福而祸，何伤于明。立臣之本，委质定分^[七]。为仁不卜^[八]，临义不问。无天无神，唯道是信。国危必扶，国威必振。求而不获，乃以死^⑩殉。兴亡治^⑪乱，在德非运。罪之违天，不可以训。升墟览古，慨焉遏愤。勒铭颓隅，以劝大顺。

【校】
①粤雅堂本、四库本"东古周城铭"作"古东周城铭"。
②四库本"叔"作"弘"。
③粤雅堂本"弘"作"宏"，四库本"弘"作"叔"。
④粤雅堂本、四库本"煞"作"杀"。
⑤粤雅堂本"弘"作"宏"。

⑥粤雅堂本"厉"作"励"。

⑦粤雅堂本"武"作"王"。

⑧粤雅堂本"日"作"巳"。

⑨粤雅堂本"弘"作"宏"。

⑩四库全书本"死"作"身"。

⑪粤雅堂本"治"作"理"。

【笺注】

[一] 东周成周城,南朝顾野王《舆地志》:"以周地在王城东,故曰东周。敬王避子朝乱,自洛邑东居此。以其迫厄不受王都,故坏翟泉而广之。"

[二] 鲁昭公三十二年句。《国语·周语》:"敬王十年,刘文公与苌弘欲城周,为之告晋。魏献子为政,说苌弘而与之。将合诸侯。"苌弘,周大夫苌叔。

[三] 卫彪傒曰句。《左传·定公元年》:"晋女叔宽曰:'周苌弘、齐高张皆将不免。苌弘违天,高子违人。天之所坏,不可支也。众之所为,不可奸也。'"卫彪傒,卫大夫。周人煞苌弘,《左传·哀公三年》:"刘氏、范氏世为婚姻,苌弘事刘文公,故周与范氏。赵鞅以为讨。六月癸卯,周人杀苌弘。"

[四] 持颠,《论语·季氏》:"危而不持,颠而不扶,则将焉用彼相矣。"

[五] 远猷,《书·康诰》:"顾乃德,远乃猷。"孔安国传:"远汝谋,思为长久。"

[六] 令名,《左传·襄公二十四年》:"侨闻君子长国家者,非无贿之患,而无令名之难。"

[七] 委质,《国语·晋语九》:"臣委质于狄之鼓,未委质于晋之鼓也。臣闻之:委质为臣,无有二心,委质而策死,古之法也。"韦昭注:"言委贽于君,书名于册,示必死也。"定分,《荀子·非十二子》:"终日言成文典,反纠察之,则倜然无所归宿,不可以经国定分。"

[八] 为仁不卜,《荀子·大略》:"善为《诗》者不说,善为《易》者不占,善为《礼》者不相,其心同也。"

成皋铭[一]

茫茫大野,万邦错峙。惟王守图,设险于此。呀谷成堑,崇颠①若累。势轶赤霄,气吞千里。洪河在下,太室旁倚。岗盘岭巘,虎伏龙起。锁天中区,控地西②鄙。出必由户，入皆同轨[二]。拒昏纳明，闭乱开治③。昔在秦亡，雷雨晦冥。刘项分险，扼喉而争[三]。汉飞镐京，羽斩东城。德有厚薄，此山无情。维唐初兴，时未大同[四]。王于东征，烈火顺风。乘高建瓴，擒建系充。奄有天下，斯焉定功。二百年间，大朴既还[五]。周道如砥，成皋不关。顺至则平，逆者惟艰。敢跡④成败，勒铭巉颜。

【校】

①粤雅堂、四库全书本“颜”作“巅”。

②粤雅堂本“西”作“四”。

③粤雅堂本“治”作“理”。

④粤雅堂本“跡”作“迹”。

【笺注】

[一]　成皋，古邑名。春秋郑邑，原名虎牢。战国属韩。在今河南省荥阳市汜水镇西。此地形势险要。《史记·秦本纪》：“（庄襄王元年前249年）秦伐韩，韩献成皋、巩。”秦汉之际，刘邦同项羽曾相持于此。汉置县。

[二]　同轨，《汉书·韦玄成传》：“四方同轨，蛮貊贡职。”颜师古注：“同轨，言车辙皆同，示法制齐也。”

[三]　刘项分险，扼喉而争句。刘项，刘邦、项羽的并称。《史记·项羽本纪第七》：“汉王之出荥阳，南走宛、叶，得九江王布，行收兵，复入保成皋。汉之四年，项王进兵围成皋。汉王逃，独与滕公出成皋北门，渡河走脩武，从张耳、韩信军。诸将稍稍得出成皋，从汉王。楚遂拔成皋，欲西。汉使兵距之巩，令其不得西。”

[四]　大同，北齐颜之推《颜氏家训·风操》：“今日天下大同，须为百代典式，岂得尚作关中旧意？”

[五]　大朴，《文选·桓温〈荐谯元彦表〉》：“大朴既亏，则高尚之标显。”刘良注：“大朴，大道也。”

谒舜庙文[一]

唐贞元年一年①岁次②乙亥十一月一日，东平吕某，敢盥沐斋洁，敬谒于帝舜之神。恭惟至仁无方，大孝不匮，德馨升闻，允厘百揆[二]，以圣授圣，犹言历试^[三]，择人之君，良不可易。圣功无全，相待而宣，雷驱四凶，云起八元^[四]，火冶陶世，璿玑转天^[五]，垂衣岩廊^[六]，万物浩然。是称至理，是曰帝者，混成雍熙，永锡大嘏^[七]。乃眷南顾，苍梧之野^[八]，归尧鸿名，付禹天下，茫茫推迁，邈万斯年。三代之后，谁为圣贤，政如颓波，俗若坏山，韶乐犹在，薰风不还^[九]。於戏！道有通变，事有同异，官帝家王，随时之义。揖让而禅，故非力致，所以识者，存而不议。若辅相之宜，裁^③成之规，焕乎文章，百代可知。九官惟旧，七政有彝^[十]，弘道在人，太平无时。如何后王，曾莫是思，甚易甚简，舍而弗为？历山岿然，河水东注，唐虞日远，杨墨谁拒^[十一]？瞻彼清庙，薄言往诉^[十二]，庶几精诚，必我依据，俾跃清源，俾飞曾云，神行^④之道，以致吾君，不然归来，鸟兽为群。敢竭微志，托于神明。

【校】

①粤雅堂本、四库本"贞元年一年"作"贞元十一年"。

②粤雅堂本"次"作"在"。

③粤雅堂本"裁"作"财"。

④粤雅堂本"神行"作"行神"。

【笺注】

[一] 作于贞元十一年，795 年。舜庙，一说，明蒋鐄《九疑山志》："舜庙在舜源峰下。"另一说，唐李吉甫《元和郡县图志·河东》："舜祠，在州理舜城中。贞观十一年诏致祭，以时洒埽。"据文意应指河东舜祠。

[二] 允厘，《尚书·尧典》："允厘百工，庶绩咸熙。"孔安国传："允，信；厘，治。"百揆，《尚书·舜典》："纳于百揆，百揆时叙。"蔡沉集传："百揆者，揆度庶政之官，惟唐虞有之，犹周之冢宰也。"

[三] 历试，《孔丛子·论书》："尧既得舜，历试诸难。"

[四] 雷驱四凶，云起八元句。四凶，《左传·文公十八年》："舜臣尧，宾于四门，流四凶族浑敦、穷奇、梼杌、饕餮、投诸四裔，以御魑魅。是以尧崩而天下如一，同心戴舜以为天子，以其举十六相，去四凶也。"八元，《左传·文公十八年》："高辛氏有才子八人，伯奋、仲堪、叔献、季仲、伯虎、仲熊、叔豹、季狸，忠肃共懿，宣慈惠和，天下之民，谓之'八元'。"孔颖达疏："元，善也，言其善于事也。"

[五] 火冶陶世，璿玑转天句。璿玑，《楚辞·王逸〈九思·怨上〉》："谣吟兮中野，上察兮璇玑。"洪兴祖补注："北斗魁四星为璇玑。"

　　[六] 垂衣岩廊，《尚书·武成》："谆信明义，崇德报功，垂拱而天下治。"

　　[七] 混成雍熙，永锡大嘏句。雍熙，《文选·张衡〈东京赋〉》："百姓同于饶衍，上下共其雍熙。"薛综注："言富饶是同，上下咸悦，故能雍和而广也。"嘏 gǔ，福，《诗·小雅·宾之初筵》："锡尔纯嘏，子孙甚湛。"

　　[八] 苍梧之野，《史记·五帝本纪第一》："舜年二十以孝闻，年三十尧举之，年五十摄行天子事，年五十八尧崩，年六十一代尧践帝位。践帝位三十九年，南巡狩，崩于苍梧之野。葬于江南九疑。"

　　[九] 韶乐犹在，薰风不还句。韶乐，《吕氏春秋·古乐篇》："帝舜乃命质修《九韶》《六列》《六英》以明帝德。"薰风，南朝梁刘勰《文心雕龙·时序》："有虞继作，政阜民暇，'薰风'诗于元后，'烂云'歌于列臣。"

　　[十] 九官惟旧，七政有彝句。九官，《汉书·刘向传》："臣闻舜命九官，济济相让，和之至也。"颜师古注："《尚书》：禹作司空，弃后稷，契司徒，咎繇作士，垂共工，益朕虞，伯夷秩宗，夔典乐，龙纳言，凡九官也。"七政，《尚书·舜典》："在璇玑玉衡，以齐七政。"孔安国传："七政，日月五星各异政。"孔颖达疏："七政，谓日月与五星也。"

　　[十一] 唐虞日远，杨墨谁拒句。唐虞，唐尧与虞舜的并称。《论语·泰伯》："唐虞之际，于斯为盛。"杨墨，战国时杨朱与墨翟的并称。《庄子·胠箧》："削曾史之行，钳杨墨之口。"成玄英疏："杨朱、墨翟秉性宏辩。"

　　[十二] 瞻彼清庙，薄言往诉句。清庙，《诗·周颂·清庙》："于穆清庙，肃雍显相。"薄言，《诗·周南·芣苢》："采采芣苢，薄言采之。"高亨注："薄，急急忙忙。言，读为焉或然。"

华山下酹王景略墓文[一]

　　唐贞元十二年十一月六日①，河东男子吕某②，敬酹于苻秦丞相王公景略之墓。昔马氏暴兴，世不及三，拔根河洛，遗梓东南[二]，锯牙霆声，争逐媭媭，天下为血，晋犹清谈[三]。帝命景略，被兹文武，秉心无亲[四]，用则为主。惟秦悼世，求我草莽，振衣投笔[五]，起作雷雨。雨莫不润，雷莫不震，吸凉吞燕，嚼魏含晋。海荡风扫，天临岳镇，功存生人，是曰大顺[六]。武功成矣，文治定矣，晏开太平，垂及三纪。子也无寿，秦其不祀，日沉天昏，水竭龙死。时更运往^{一作改}，道历消长，屹彼壮骨，沉为朽壤。烈气犹在，英风可想，云开华山，若见精爽。乐毅佐燕，功负其名[七]；汉犹求后，宠号华成[八]。谒如夫子，翊运而行^[九]，廓定八州，泽流群生。历代王者，迨我圣明，盛德未闻，荒坟欲平。我来于东，税驾酾酒^[十]，才何敢望，数亦未偶，终其自致，窥于^③户牖，灵魂若存，死为冥友。

【校】

①粤雅堂本"唐贞元十二年十一月六日"作"年月日"。

②粤雅堂本"河东男子吕某"作"吕某"。

③粤雅堂本"于"作"子"。

【笺注】

[一] 作于贞元十二年，796 年。王猛（325—375），字景略，北海郡剧县（今山东潍坊寿光东南）人，《晋书·王猛传》："苻坚将有大志，闻猛名，遣吕婆楼招之，一见便若平生，语及废兴大事，异符同契，若玄德之遇孔明也。及坚僭位，以猛为中书侍郎……迁尚书左丞、咸阳内史、京兆尹。"

[二] 栟 niè，古同"蘖"。

[三] 晋犹清谈，《晋书·王衍传》："王衍终日清谈。石勒、王弥寇京师，衍为元帅，举军为石勒所破。勒曰：'破坏天下，正是君罪。'使人夜排墙填杀之。衍将死，顾而言曰：'呜呼！吾曹虽不如古人，向若不祖尚浮虚，戮力以匡天下，犹不至今日。'"

[四] 无亲，《尚书·蔡仲之命》："皇天无亲，惟德是辅。"

[五] 振衣投畚 běn，振衣，《楚辞·渔父》："新沐者必弹冠，新浴者必振衣。"王逸注："去尘秽也。"

[六] 大顺，《礼记·礼运》："天子以德为车，以乐为御，诸侯以礼相异，大夫以法相序，士以信相考，百姓以睦相守，天下之肥也，是谓大顺。"

[七] 乐毅佐燕，功负其名句。《史记·乐毅列传》："乐毅贤，好兵，赵人举之。及武灵王有沙丘之乱，乃去赵适魏……燕国小，辟远，力不能制，于是屈身下士，先礼郭隗以招贤者。乐毅于是为魏昭王使于燕，燕王以客礼待之。乐毅辞让，遂委质为臣，燕昭王以为亚卿，久之……乐毅留徇齐五岁，下齐七十余城，皆为郡县以属燕，唯独莒、即墨未服。会燕昭王死，子立为燕惠王。……燕惠王固已疑乐毅，得齐反闲，乃使骑劫代将，而召乐毅。乐毅知燕惠王之不善代之，畏诛，遂西降赵。赵封乐毅于观津，号曰望诸君。尊宠乐毅以警动于燕、齐。"

[八] 汉犹求后，宠号华成句。《史记·乐毅列传》："其后二十余年，高帝

过赵,问:'乐毅有后世乎?'对曰:'有乐叔。'高帝封之乐卿,号曰华成君。华成君,乐毅之孙也。"

[九] 翊 yì 运,护卫国运。

[十] 税驾,《史记·李斯列传》:"物极则衰,吾未知所税驾也。"司马贞《史记索隐》:"税驾,犹解驾,言休息也。李斯言己今日富贵已极,然未知向后吉凶,正泊在何处也。"酾 shī 酒,《诗·小雅·伐木》:"伐木许许,酾酒有藇。"毛传:"以筐曰酾。"

代齐常侍祭樊襄阳文[一]

维年月日,某官某,以清酌之奠,敬祭于故襄阳节度使右仆射赠司空南阳樊公之灵。惟公直方忠厚,沉敏肃给[二]。通如川流,守若山立。精①风②方运,垂天难戢。建中旁求,策元③帝聪[三]。昌言右掖[四],高步南宫[五]。爰膺使选,将命序戎[六]。信在言前,知行诚中。消息其用,车书以同[七]。寇逼汉南,乃佐戎律。偏师靖难,全功受钺[八]。兵荒之后,政克画一[九]。直绳威奸,柔辔惠物。一临荆门,再抚岘阳[十]。积德逾纪[十一],暗然弥彰。天不慭遗[十二],人之云亡。朝野震悼,岂惟一方。清永之后④,获同王事。相府之举,谬厕公议。重以中外,绸缪亲懿[十三]。旋观全才⑤,备归⑥精义。交以气⑦合,情由道至。循躬虽虚,望古无愧。尝言"有德,必锡永年。元圣是毗[十四],大猷于宣[十五]。击壤鼓腹[十六],吾将老焉。"今则已矣,谁其问天?日月将葬,哀荣式⑧备。礼有执绋[十七],官无离次[十八]。辟寝⑨流动⑩[十九],哀何可既?遥申薄奠,歆此精意。呜呼哀哉!尚飨。

【校】

①粤雅堂本"精"作"积"。

②四库本"风"作"气"。

③粤雅堂本"元"作"允",四库本"元"作"名"。

④粤雅堂本"后"作"役"。

⑤四库本"才"作"材"。

⑥粤雅堂本"归"作"赜"。

⑦四库本"气"作"义"。

⑧四库本"式"作"是"。

⑨粤雅堂本、四库本"辟寝"作"寝辟"。

⑩粤雅堂本"动"作"恸",四库本"流动"作"动流"。

【笺注】

[一] 樊襄阳,樊泽(749—798),字安时。河中(今山西运城市)人。《旧唐书·樊泽》:"父咏,开元中举草泽,授试大理评事,累赠兵部尚书。泽长于河朔,相卫节度薛嵩奏为磁州司仓、尧山县令。……三岁(贞元八年),加检校礼部尚书,会襄州节度曹王皋卒于镇,军中剽劫扰乱,以泽威惠素著于襄、汉,复代曹王皋为襄州刺史、山南东道节度使。十二年,加检校右仆射。卒年五十,赠司空。"齐常侍指齐抗。

[二] 肃给,《管子·君臣上》:"是以上有余日而官胜其任,时令不淫而百姓肃给。此唯上有法制,下有分职也。"尹知章注:"肃给,言其敬而供上。"

[三] 建中旁求,策元帝聪句。《旧唐书·樊泽传》:"建中元年,(樊泽)举贤良对策,礼部侍郎于邵厚遇之。与杨炎善,荐为补阙,历都官员外郎。"策元,四库本作"策名",科试及第。

[四] 昌言,《尚书·皋陶谟》:"禹拜昌言曰:'俞!'"孔颖达疏:"禹乃拜受其当理之言。"右掖,唐时指中书省。因其在宫中右边,故称。掖,皇宫的旁垣或边门。

[五] 南宫,《后汉书·郑弘传》:"建初,为尚书令……弘前后所陈有补益王政者,皆着之南宫,以为故事。"

[六] 爰膺使选,将命序戎句。《旧唐书·樊泽传》:"朝廷以其有将帅材,寻兼御史中丞,充通和蕃使,蕃中用事宰相尚结赞深礼之。"

[七] 消息其用,车书以同句。消息,《易·丰》:"日中则昃,月盈则食,天地盈虚,与时消息,而况于人乎?况于鬼神乎?"高亨注:"消息犹消长也。"车书以同,《礼记·中庸》:"今天下车同轨,书同文。"谓车乘的轨辙相同,书牍的文字相同,表示文物制度划一,天下一统。后因以"车书"泛指国家的文物制度。

[八] 寇逼汉南四句。寇逼汉南,指李希烈背叛事,《旧唐书·樊泽传》:"时李希烈背叛,诏以普王为行军元帅,征泽为谏议大夫、元帅行军右司马。属驾幸奉天,普王不行,泽改右庶子、兼中丞,复为山南东道行军司马。"戎律,军机。受钺,古代大将出征,接受天子所授的符节与斧钺,称为"受钺"。唐岑参《西河太守杜公挽歌》:"剖符移北地,受钺领西门。"

[九] 画一,《史记·萧相国世家》:"萧何为法,顜若画一。"司马贞《史

记索隐》："小颜云：画一，言其法整齐也。"

[十] 一临荆门，再抚岘阳句。《旧唐书·樊泽传》："希烈既平，泽丁母忧，起复右卫大将军同正，余如故。三年，代张伯仪为荆南节度观察等使、江陵尹、兼御史大夫。"

[十一] 逾纪，超过十二年。

[十二] 慭 yìn 遗，《诗·小雅·十月之交》："不慭遗一老，俾守我王。"

[十三] 绸缪，《诗·唐风·绸缪》："绸缪束薪，三星在天。"毛传："绸缪，犹缠绵也。"孔颖达疏："毛以为绸缪犹缠绵束薪之貌，言薪在田野之中，必缠绵束之，乃得成为家用。"亲懿，《文选·谢庄〈月赋〉》："亲懿莫从，羁孤递进。"李善注："亲懿，懿亲也。"吕向注："亲近懿戚。"

[十四] 毗 pí，辅助。

[十五] 大猷 yóu，《诗·小雅·巧言》："奕奕寝庙，君子作之；秩秩大猷，圣人莫之。"郑玄笺："猷，道也；大道，治国之礼法。"

[十六] 击壤，《艺文类聚》卷十一引晋皇甫谧《帝王世纪》："（帝尧之世）天下大和，百姓无事，有五十老人击壤于道。"后因以"击壤"为颂太平盛世的典故。鼓腹，《庄子·马蹄》："夫赫胥氏之时，民居不知所为，行不知所之，含哺而熙，鼓腹而游。"

[十七] 执绋 fú，《礼记·曲礼上》："助葬必执绋。"郑玄注："葬，丧之大事。绋，引车索。"

[十八] 离次，《书·胤征》："畔官离次，俶扰天纪。"孔颖达疏："离其所居位次。"

[十九] 辟寝，独居。《韩诗外传》卷二："哀公喟然太息，为之辟寝三月，减损上服。曰：'不慎其前而悔其后，何可复得？'"

代宰相祭故齐相公文[一]

维年月日，某官某等，谨以清酌庶羞之奠[二]，敬祭于中书侍郎平章事太子宾客赠户部尚书齐公之灵。古人所难，有道有时。惟公挺生[三]，克叶昌期。云引乔干，雷起幽姿。礼义诚衡，文章元龟[四]。学睹儒奥，政为吏师。金锵遒音[五]，玉立清仪。始践南宫，洎参左掖[六]。麾幢符竹[七]，礼乐图籍。菱①菶焜燿[八]，出入扬历[九]。晦而逾明，虚乃受益。爰登大任，光赞庶绩。栋材斯全，鼎味以适。道始交泰，志惟匪躬[十]。方尽嘉猷，以奉时雍[十一]。疾罢私室，宠宾储宫。日冀勿药，再谐至公[十二]。如何忽焉，降命不融？竟孤宸眷，谁问苍穹。佑早辱见知，深契风义[十三]；耽获同枢近，备得纯懿[十四]；珣瑜三阿②交代，郢则两掖联事[十五]。气以正合，情由道至。视孤有怀，恧寝无愧。龟兆叶吉，素车东辕[十六]。喉舌追命，股肱殊恩[十七]。魂留魏阙，形返周原。凡我寮旧，举觞以言。神听不昧，知余所敦。尚飨。

【校】
①四库全书本"蒌"作"葳"。
②粤雅堂本"阿"作"河"。

【笺注】
[一] 宰相，疑为杜佑。齐相公，齐抗。《旧唐书·齐抗传》："齐抗字遐举，天宝中平阳太守澣之孙……贞元初，为水陆运副使，督江淮漕运以给京师。迁谏议大夫。历处州刺史，转潭州刺史、湖南都团练观察使。入为给事中，又为河南尹，历秘书监、太常卿，代郑余庆为中书侍郎、同中书门下平章事。……遇疾，上表请罢，改太子宾客，竟不任朝谢。贞元二十年卒，时年六十五，赠户部尚书。"

[二] 清酌庶羞，指祭奠用品。唐元稹《告祀曾祖文》："孝曾孙稹谨以清酌庶羞之奠，敢昭告于曾祖岐州参军府君。"

[三] 挺生，《后汉书·西域传论》："灵圣之所降集，贤懿之所挺生。"

[四] 元龟，晋刘琨《劝进表》："前事之不忘，后事之元龟也。"

[五] 遐音，晋陆云《九愍·修身》："仰勋华之耿辉，咏三辟之遐音。"

[六] 左掖，唐杜甫《宣政殿退朝晚出左掖》，仇兆鳌注："《唐六典》：在宣政门内，殿东有东上阁门，殿西有西上阁门。东上阁门，门下省在焉。西上阁门，中书省在焉。公时为左拾遗，属门下，故出左掖。"

[七] 麾幢 huī zhuàng，《三国志·吴志·全琮传》："权召琮还牛渚，罢东安郡。"裴松之注引晋虞溥《江表传》："琮还，经过钱唐，修祭坟墓，麾幢节盖，曜于旧里。"符竹，《汉书·文帝纪》："（二年）九月，初与郡守为铜虎符、竹使符。"颜师古注引应劭曰："铜虎符第一至第五，国家当发兵遣使者，至郡合符，符合乃听受之。竹使符皆以竹箭五枚，长五寸，镌刻篆书，第一至第五。"后因以"符竹"指郡守职权。

[八] 萎蕤 wěi ruí，晋潘岳《橘赋》："既蓊茸而萎蕤，且参差而櫹蓲。"焜耀，《左传·昭公三年》："不腆之适，以备内官，焜耀寡人之望。"陆德明释文

引服虔曰："焜，明也；煇，明也。"

[九] 扬历，《三国志·魏志·管宁传》："优贤扬历，垂声千载"。裴松之注："《今文尚书》曰'优贤扬历'，谓扬其所历试。"

[十] 志惟匪躬，谓忠心耿耿，不顾自身。《易·蹇》："王臣蹇蹇，匪躬之故。"孔颖达疏："尽忠于君，匪以私身之故而不往济君，故曰：匪躬之故。"

[十一] 嘉猷，《文选·王融〈永明九年策秀才文〉一》："瘝寐嘉猷，延伫忠实。"李周翰注："嘉，善；猷，道也。"时雍，《尚书·尧典》："百姓昭明，协和万邦，黎民於变时雍。"孔安国传："时，是；雍，和也。"

[十二] 至公，《吕氏春秋·慎大》："汤立为天子，夏民大说，如得慈亲，朝不易位，农不去畴，商不变肆，亲郼如夏，此之谓至公。"

[十三] 佑早辱见知，深契风义句。佑，杜佑。风义，犹风操。唐赵元一《〈奉天录〉序》："建中四祀，朱泚作乱，居我凤巢；忠臣义士，身死王事，可得而言者，咸悉载之，使后来英杰，贵风义而企慕。"

[十四] 耽获同枢近，备得纯懿句。耽，贾耽。枢近，枢要职位。唐张九龄《贺张待宾奏克捷状》："臣等幸忝枢近，承奉圣谋，边捷有符，不胜庆悦。"纯懿，《文选·张衡〈东京赋〉》："今捨纯懿而论爽德，以《春秋》所讳而为美谈。"李善注："纯，大；懿，美也。"

[十五] 珣瑜三阿交代，郢则两掖联事两句。珣瑜，郑珣瑜，字元伯，河南郑州人。三阿，据粤雅堂本应作"三河"，《史记·货殖列传》："昔唐人都河东，殷人都河内，周人都河南。夫三河，在天下之中，若鼎足，王者所更居也。"郑珣瑜和齐抗都曾为河南尹，《旧唐书·德宗下》："（贞元十年）乙卯，以给事中齐抗为河南尹。"高郢（740—811），字公楚，渤海蓨县（今河北景县）人。累迁刑部郎中，改中书舍人，后以礼部侍郎知贡举，拜太常卿，进位银青光禄大夫、守中书侍郎、同中书门下平章事。

[十六] 龟兆叶吉两句。《左传·昭公五年》："龟兆告吉，曰：'克可知也。'"素车，《周礼·春官·巾车》："素车，棼蔽。"郑玄注："素车，以白土垩车也。"

[十七] 股肱 gōng，《书·说命下》："股肱惟人，良臣惟圣。"孔传："手足具乃成人，有良臣乃成圣。"《左传·僖公二十六年》："昔周公、大公股肱周室，夹辅成王。"

祭陆给事文[一]

　　维贞元元年岁次乙酉①十月景②申朔十日乙巳，将仕郎守尚书户部员外郎赐绯鱼袋吕某，洁罇罍③诚[二]，敬祭于故给事中吴郡陆公之灵。呜呼噫嚱！道之难行，古人所悲，有时无人，有人无时，时可人可，则命夺之。公初负道，年志俱壮，已任致君[三]，指掌太平[四]。德宗旁求，始宾④明庭[五]，拔乎其伦，聿骏有声[六]。实欲以至公大当之心[七]，沃明王⑤之心；简能易知之道，大明主之道。难得易失，怡然退保。或俀俀⑥从事[八]，或栖迟却扫[九]，二十年间，为郎而老。尝言："吾虽已矣，道不可已，永怀其人，见而后死。"某以弱龄[十]，获谒于公，旷代之见，一言而同，且曰："子非入吾之域，入尧舜之域；子非睹吾之奥，睹宣尼之奥。良时未来，吾老子少。异日河图出[十一]，凤鸟至，天子咸⑦临泰阶，清问理本[十二]，其能以'生人为重，社稷次之'之义[十三]，发吾君聪明，跻盛唐于雍⑧熙者，子若不死，吾有望焉。"某也不佞，谬纳大贤，其何以充塞所知，克当斯言！姑用绅而书[十四]，牍而藏，传于子孙，为门户光。既而各沦风波，索吾⑨索居。某非出处⑩，迫屑无余；公乃⑪高翔海郡，与道虚徐，犹念垂训，研覃厥⑫初[十五]，作君臣得失之图，成《春秋》不刊之书[十六]。今年太皇继天，元圣在震，征公夕拜，侍讲古训。皇王⑬秘宝[十七]，造昔〔一作朕〕而进[十八]，以石投水，至诚无朕。讨论未竟，公则既病。重光升矣，公病不起。河海晏而航楫自隳，礼乐作而龟玉先毁，与其时而夺其寿，吾未知夫所以。呜呼惜哉！某奉使无状[十九]，闭留昆夷，再换炎凉，言归未期。公方沉瘵[二十]，忘己之危，念我否隔，发言涟洏[二十一]，悉⑭所著书，付予稚儿，曰："道之将兴，而父其归，惧不果待，寓心于斯。"似有明神，感公所敦，穷荒生还，仅及公存。绵顿在床，深堂昼昏，举烛开目，握手无言，自此及终，曾未浃辰[二十二]。凡曰识者，孰堪酸辛，况予之情，岂云他人，涕尽一哀，痛缠百身。礼不忘本，卜归江滨，躬执薄酹，心摧气埋。倪见期之言可征，平生之志获申，吕氏、陆氏，戚休⑮惟均，魂而有知，歆之听之。呜呼哀哉！尚飨。

【校】

①四库本"酉"作"丑"。

②四库本"景"作"丙"。

③粤雅堂本"罍"作"实"。

④粤雅堂本"宾"作"登"。

⑤粤雅堂本、四库本"王"作"主"。

⑥四库全书本"俛俛"作"黾勉"。

⑦四库全书本"咸"作"威"。

⑧四库全书本"雍"作"庸"。

⑨粤雅堂本、四库全书本"吾"作"吴"。

⑩粤雅堂本"处"作"非处"。

⑪粤雅堂本无"乃"。

⑫粤雅堂本"厥"作"若"。

⑬粤雅堂本"王"作"上"。

⑭四库全书本"悉"作"以"。

⑮四库全书本"戚休"作"休戚"。

【笺注】

[一] 陆给事，陆质。《旧唐书·陆质传》："陆质，吴郡人，本名淳，避宪宗名改之。质有经学，尤深于春秋，少师事赵匡，匡师啖助，助、匡皆为异儒，颇传其学，由是知名。陈少游镇扬州，爱其才，辟为从事。后荐于朝，拜左拾遗。转太常博士，累迁左司郎中，坐细故，改国子博士，历信、台二州刺史。……质着集注春秋二十卷、类礼二十卷、君臣图翼二十五卷，并行于代。贞元二十一年卒。"

[二] 维贞元元年两句。贞元元年疑为永贞元年之误。鐏 zūn，同"樽"。罍 léi，古代一种盛酒的容器。

[三] 致君，辅佐国君。《墨子·亲士》："良才难令，然可以致君见尊。"

[四] 指掌，《论语·八佾》："或问禘之说。子曰：'不知也。知其说者之于天下也，其如示诸斯乎？'指其掌。"朱熹《诗集注》："指其掌，弟子记夫子言此而自指其掌，言其明且易也。"

[五] 旁求，《尚书·太甲上》："旁求俊彦，启迪后人，无越厥命以自覆。"明庭，唐杜牧《雪中书怀》："明庭开广敞，才隽受羁维。"

[六] 聿骏有声，《诗·大雅·文王有声》："文王有声，遹骏有声。"陈奂《诗毛氏传疏》："全诗多言'曰''聿'，唯此篇四言'遹'，遹即曰、聿，为发语之词。《说文》……引诗'欥求厥宁'。从欠曰，会意，是发声。当以欥为正字，曰、聿、遹三字皆假借字。"

[七] 至公，《吕氏春秋·慎大》："汤立为天子，夏民大说，如得慈亲，朝

不易位，农不去畴，商不变肆，亲邽如夏，此之谓至公。"

[八] 僶俛 mǐn miǎn，同"黾勉"。汉贾谊《新书·劝学》："然则舜僶俛而加志，我僵僷而弗省耳。"

[九] 栖迟，《诗·陈风·衡门》："衡门之下，可以栖迟。"朱熹集传："栖迟，游息也。"却扫，南朝梁江淹《恨赋》："闭关却扫，塞门不仕。"

[十] 弱龄，弱冠之年。南朝梁任昉《〈王文宪集〉序》："时司徒袁粲，有高世之度，脱落尘俗，见公弱龄，便望风推服，叹曰：'衣冠礼乐在是矣！'时粲位亚台司，公年始弱冠。"

[十一] 异日河图出，河图，《尚书·顾命》："大玉、夷玉、天球、河图，在东序。"孔安国传："伏牺王天下，龙马出河，遂则其文以画八卦，谓之'河图'。"

[十二] 天子咸临泰阶，清问理本句。泰阶，代指朝廷。唐贾至《闲居秋怀寄阳翟陆赞府封丘高少府》："矣草创时，泰阶速贤良。"清问，《尚书·吕刑》："皇帝清问下民，鳏寡有辞于苗。"孔安国传："帝尧详问民患，皆有辞怨于苗民。"孔颖达疏："帝尧清审详问下民所患。"理本，唐白居易《采诗以补察时政策》："圣王酌人之言，补己之过，所以立理本，导化源也。"

[十三] 生人为重，社稷次之句。《孟子·尽心下》："民为贵，社稷次之，君为轻。"

[十四] 用绅而书，《论语·卫灵公》："子张书诸绅。"邢昺疏："绅，大带也。子张以孔子之言书之绅带，意其佩服无忽忘也。"

[十五] 研覃 tán，研究深入。

[十六] 不刊之书，汉扬雄《答刘歆书》："是悬诸日月不刊之书也。"

[十七] 秘宝，《后汉书·班固传下》："启恭馆之金縢，御东序之秘宝。"李贤注："秘宝，谓《河图》之属。"

[十八] 造膝而进，汉蔡邕《司空临晋侯杨公碑》："及其所以匡辅本朝，忠言嘉谋，造膝危辞，当事而行。"

[十九] 无状，《史记·夏本纪》："（舜）行视鲧之治水无状，乃殛鲧于羽山以死。"

[二十] 瘵 zhài，病。

[二十一] 念我否隔，发言涟洏句。否 pǐ 隔，亦作"否鬲"。隔绝不通。《汉书·薛宣传》："夫人道不通，则阴阳否鬲。"颜师古注："否，闭也，音皮鄙反。鬲与隔同。"涟洏 ér，汉王粲《赠蔡子笃》诗："中心孔悼，涕泪涟洏。"

[二十二] 浃辰，《左传·成公九年》："浃辰之间，而楚克其三都。"杜预

注:"浃辰,十二日也。"

道州祭百姓邓助费念文^[一]

　　维元和五年岁次庚寅五月庚子朔七日丙^①午,刺史吕某,遣衙前虞侯^②蒋沼,以酒晡^③之奠,告邓助、费念之灵。使君受命牧汝,牧汝^④不能庇护,使贼孟鸾等敢作不道,酷加杀害,是用疚心疾首,万计计^⑤擒。廉使仁明,不贷凶恶,穷泉冤痛,今日方申。惭念无及,潸然泣下。故令于汝没处,陈诚^⑥之尸,魂而有知,歆此告爵。呜呼哀哉!

【校对】
①粤雅堂本"丙午"作"景午"。
②四库本"侯"作"候"。
③粤雅堂本"酒晡"作"酒醯",四库本"酒晡"作"酒脯"。
④粤雅堂本无"牧汝",四库本"牧汝"作"保汝"。
⑤粤雅堂本、四库本"计擒"作"讨擒"。
⑥粤雅堂本"陈诚"作"陈贼",四库全书本"陈诚"作"陈汝"。

【笺注】
[一] 作于元和五年,810年。

祭侯官十七房叔文^[一]

　　维元和五年岁次庚寅九月戊戌朔三^①日庚子,堂姪^②男朝议郎使持节衡州诸军事守衡州刺史上骑都尉赐绯鱼袋某,乡贡进士让^[二],致祭十七房叔候官府君之灵。私门薄佑,终鲜诸父,堂从之内,唯叔一人。^③少小相依,笔砚同学,永言素契^[三],情实兼常。早表^④诚言,见托身事,官孤力薄,卒用无成,惭负幽明,兴言痛咽。叔无胤^⑤嗣,后效何伸?河中大茔,礼合礼葬^⑥祔^[四]。十五房尚寓淮甸,时力未并。且于江陵,谨议权厝^[五],终期通岁,异壤同归。皦日在天,誓无二事。呜呼哀哉!三^⑦湖三湘,前岁共入,孤舟单旆^[六],今日何之?恸诀江津,倍增摧慕,式具祖奠,伏惟尚飨。

【校】

①粤雅堂本"三"作"七"。

②粤雅堂本"妷"作"姪"。

③粤雅堂本有"叔"字。

④粤雅堂本"表"作"奉"。

⑤粤雅堂本"胤"作"允"。

⑥粤雅堂本"礼葬"作"归",四库本"礼葬"作"葬"。

⑦粤雅堂,四库全书本"三"作"五"。

【笺注】

[一] 作于元和五年,810年。

[二] 乡贡进士让,疑指吕让,吕温弟弟。

[三] 永言,《尚书·舜典》:"诗言志,歌永言。"孔安国传:"谓诗言志以导之歌,咏其义以长其言。"素契,《文选·袁宏〈三国名臣序赞〉》:"公瑾卓尔,逸志不群。总角料主,则素契于伯符;晚节曜奇,则参分于赤壁。"刘良注:"素,犹心;契,合也。"

[四] 祔,《仪礼·既夕礼》:"卒哭,明日以其班祔。"郑玄注:"班,次也。祔,卒哭之明日祭名。"

[五] 权厝 cuò,临时置棺待葬。

[六] 旐 zhào。古代的一种旗子,此处作引魂幡。

衡州祭柘里渡溺死百姓文[一]

维元和五年岁次庚寅十月戊辰朔十七日甲申,刺史吕某,遣故衙前虞候何防,以豚酒之奠,致祭于①苏升、陈瑱②、李宽秦、陈甫、鲁余之灵。尔等五人,感余诚信,力输公税[二],争赴先期。溪山阻深,淫潦暴至,不忍欺我,忘其险艰。州令未明,津渡不谨,致此沦逝,咎由使君。兴言涕流,痛念何及,聊伸薄酹,兼致微赠。代纳残税,皆余俸钱,魂而有知,谅此深意。尚飨。

【校】

①粤雅堂本无"于"字。

②粤雅堂本"璜"作"璜"。

【笺注】

［一］作于元和五年，810年。

［二］力输，《左传·襄公二十一年》："昔陪臣书能输力于王室，王施惠焉。"杜预注："输力，谓辅相晋国以翼戴天子。"

卷九　颂赞

凌烟阁勋臣颂^{并序[一]}

　　我二后受成命，抚兴运，转^①坤轴，撼乾枢，鼓元气而雷域中，腾百川而雨天下，雷收雨霁，如再开辟，荡焉与太极同功^[二]。贞观十七年，太宗以功成理定，秉为而不有之道，让德于祖考，推劳于群臣，念匡济于艰难，感风云于畴昔，思所以摅之无穷。乃诏有司，拟其形容，图画于凌烟阁者二十有四人，盖象乎二十四气之佐天，昭勋德也。昔者舜以九官^{一作五臣}致理^[三]，周以十乱返正^[四]，高皇以三杰作汉^[五]，光武以二十八将中兴^[六]，若夫错综勋贤，笼络今古，雄四代而高视者，其唯圣唐乎？至若唐莒公、刘渝公之伦，探元符，建帝图，首戴神尧，举晋阳而活天下，此则大禹之拯溺也；魏郑公以致君为己任，谏若不及，謇謇左右，秉心宣猷，此则咎陶^②之扬言也^[七]；虞永兴纠合群儒，旁求百代，明备王礼，克谐帝乐，使我大国焕乎其有文章，此则夷夔之制作^[八]也；长孙赵公，举大义，除二凶，安宗庙，定社稷，以振我丕赫无疆之休，此则周公之匡救也^[九]；英、卫受天勇知，雄武佐圣，鼓行海内，麾定四方，此则太公之鹰扬也；房、杜玄^③机朗识，并运帷幄，神发响效，谟成天功，此则萧何之指踪，子房之决胜也^[十]；尉迟、秦、程刚毅木讷，气镇三军，力崩大敌，疋马孤剑，为王前驱，此则吴汉之朴忠，贾复之雄勇也^[十一]；其余皆榱栋殊材，黼黻异制，侔诸古烈，罔有惭德^[十二]。皇王之际，于斯为盛。其始也，文为经，武为纬，智斯作，忠斯述；其末也，大不偪^{④[十三]}，小不遏，退者全，来者达。控而纵之，使自用之，推而引之，使自尽之，不设笼槛，以观辽廓之致，不烦缰锁，以极权奇之变，执一德而众力展，悬大信而群情竭^[十四]。高祖聚之以义，太宗用之以道，高宗终之以仁，传圣万代，享其功利，此非盛欤？昔陆机、袁宏为晋人^[十五]，而歌功于汉魏，作者犹或称之。况乎游圣代，观国光，目睹凌烟，而颂声不作。某不揣贱劣，有矗^{一作斐}然之志^[十六]，辄尽所蓄，各为赞一章，上以见王业之艰难，中以明圣贤之相须，次以朗前哲之光韵，末以耸后人之诚节。侯君集、张亮负勋跋扈^[十七]，自陷大逆，敢没其名，用彰天刑，使伐劳怀贰者惧。《春秋》之义，异姓为后，故以河间元王为赞首云。

【校】

①粤雅堂本"转坤轴"作"轧坤轴"。

②粤雅堂本"此则咎陶"作"此则咎繇"。

③粤雅堂本"玄"作"元"。

④粤雅堂本"不偪"作"不逼"。

【笺注】

[一] 凌烟阁勋臣，唐刘肃《大唐新语·褒锡》："贞观十七年，太宗图画太原倡义及秦府功臣赵公长孙无忌、河间王孝恭、蔡公杜如晦、郑公魏征、梁公房玄龄、申公高士廉、鄂公尉迟敬德、郧公张亮、陈公侯君集、卢公程知节、永兴公虞世南、渝公刘政会、莒公唐俭、英公李勣、胡公秦叔宝等二十四人于凌烟阁，太宗亲为之赞，褚遂良题阁，阎立本画。"

[二] 太极，《周易·系辞上》："易有太极，是生两仪，两仪生四象，四象生八卦。"孔颖达疏："太极谓天地未分之前，元气混而为一，即是太初、太一也。"

[三] 九官，《汉书·刘向传》："臣闻舜命九官，济济相让，和之至也。"颜师古注："《尚书》：禹作司空，弃后稷，契司徒，咎繇作士，垂共工，益朕虞，伯夷秩宗，夔典乐，龙纳言，凡九官也。"

[四] 十乱，《书·泰誓》："予（周武王）有乱臣十人，同心同德。"孔传："治理之臣虽少而心德同。"孔颖达疏："《释诂》云：乱，治也。"十人，指周公旦、召公奭、太公望、毕公、荣公、太颠、闳夭、散宜生、南宫适、文母（一说文王之后大姒，一说武王之妻邑姜）。

[五] 三杰，汉初张良、韩信、萧何。《三国志·吴志·步骘传》："近汉高祖揽三杰以兴帝业，西楚失雄俊以丧成功。"

[六] 二十八将，佐助光武帝的二十八个有功的武将。明帝永平中，绘"二十八将"像于南宫云台，故又称"云台二十八将"，包括邓禹、马成、吴汉、王梁、贾复、陈俊、耿弇、杜茂、寇恂、傅俊、岑彭、坚镡、冯异、王霸、朱祐、任光、祭遵、李忠、景丹、万修、盖延、邳彤、铫期、刘植、耿纯、臧宫、马

武、刘隆 。

[七] 魏郑公以致君为己任两句。謇謇 jiǎn jiǎn，正直。咎陶，皋陶，字庭坚，虞舜时法官，帮助尧和舜推行"五刑""五教"。《尚书·尧典》："帝曰：皋陶，汝作士，五刑有服。"《尚书·皋陶谟》："天秩有礼，自我五礼有庸哉。"

[八] 夷夔，《礼记·乐记》："夔始作乐，以赏诸侯。"郑玄注："夔，舜时典乐者也。"

[九] 周公之匡救，周公，姬姓，名旦，周文王第四子，周武王的弟弟，两次辅佐周武王东伐纣王，并制作礼乐。《尚书·大传》："周公摄政，一年救乱，二年克殷，三年践奄，四年建侯卫，五年营成周，六年制礼作乐，七年致政于成王。"

[十] 萧何，汉初的开国名相。子房，张良，字子房，汉初的重要谋臣。

[十一] 尉迟、秦、程刚毅木讷……贾复之雄勇也句。刚毅木讷，《论语·子路》："刚、毅、木、讷近仁。"汉王肃注："刚，无欲；毅，果敢；木，质朴；讷，迟钝。有斯四者近于仁。"吴汉，字子颜，南阳宛县（今河南南阳）人，东汉开国名将，云台二十八将第二位。贾复（9—55），字君文，南阳冠军（今河南邓县）人，东汉名将，云台二十八将第三位。

[十二] 其余皆榱栋殊材两句。榱 cuī 栋，《荀子·哀公》："君入庙门而右，登自阼阶，仰视榱栋。"黼黻 fǔ fú，《晏子春秋·谏下十五》："公衣黼黻之衣，素绣之裳，一衣而五采具焉。"俦 chóu。古烈，汉王符《潜夫论·交际》："惟有古烈之风，志义之士，为不然尔。"惭德，《书·仲虺之诰》："成汤放桀于南巢，惟有惭德，曰：'予恐来世以台为口实。'"

[十三] 偪 bī，同"逼"，三国魏嵇康《与山巨源绝交书》："禹不偪伯成子高，全其节也。"

[十四] 执一德而众力展，悬大信而群情竭两句。一德，《尚书·泰誓》："乃一德一心，立定厥功，惟克永世。"大信，《韩非子·外储说》："小信成则大信立，故明主积于信。"

[十五] 陆机（261—303），字士衡，吴郡吴县（今江苏苏州）人。出身吴郡陆氏，为孙吴丞相陆逊之孙、大司马陆抗第四子，吴亡后出仕西晋。袁宏（约328—约376），字彦伯，陈郡阳夏（今河南太康）人。东晋玄学家、文学家、史学家。编著《后汉纪》，并著《竹林名士传》三卷及《东征赋》《北征赋》《三国名臣颂》等。

[十六] 亹 wěi 然之志，亹，勤勉的样子。《诗·大雅·文王》："亹亹文王。"

[十七] 侯君集、张亮负勋跋扈句。侯君集，《旧唐书·侯君集传》："侯君集，豳州三水人也。性矫饰，好矜夸，玩弓矢而不能成其艺，乃以武勇自称。……十一年，与长孙无忌等俱受世封，授君集陈州刺史，改封陈国公。明年，拜吏部尚书，进位光禄大夫。……君集自以有功于西域，而以贪冒被囚，志殊快快，时庶人承干在东宫，恐有废立，又知君集怨望，遂与通谋……遂斩于四达之衢，籍没其家。"张亮，河南郑州人。《旧唐书·张亮传》："（张亮）素寒贱，以农为业，倜傥有大节，外敦厚而内怀诡诈，人莫之知。……后房玄龄、李勣以亮倜傥有智谋，荐之于太宗，引为秦府车骑将军。渐蒙顾遇，委以心膂。……贞观五年，历迁御史大夫，转光禄卿，进封鄅国公……十一年，改封郧国公……二十年，有陕人常德玄告其事，并言亮有义儿五百人。太宗既盛怒，竟斩于市，籍没其家。"

河间王孝恭[一]

太极构天，本由一气。大人创业，资我族类。堂堂河间，仁勇是经。逷骏有声[二]，为唐宗英。暴隋天亡，群盗猖狂，我代①用张。时惟②哲王，武有烈光。为爪翼③肺肠，经纶八方。自南徂东[三]，晏海澄江^{平萧铣辅公祏}。使父兄帝天下，化家为邦。用竭尔力，宠臻其极。言不代④，色不德[四]。以逊以默，柔嘉惟则[五]。佐高祖建大绩，如周旦奭[六]，与太宗守大成，如汉间平。宜君宜王，磐石无疆。

【校】

①粤雅堂本、四库本"代"作"伐"。
②四库全书本"时惟"作"时维"。
③粤雅堂本"爪翼"作"爪牙"。
④粤雅堂本、四库本"言不代"作"言不伐"。

【笺注】

[一] 河间王孝恭，《旧唐书·河间王孝恭传》："河间王孝恭，琛之弟也。高祖克京师，拜左光禄大夫，寻为山南道招慰大使。自金州出于巴蜀，招携以礼，降附者三十余州。……武德二年，授信州总管，承制拜假。萧铣据江陵，孝恭献平铣之策，高祖嘉纳之。三年，进爵为王。……孝恭既破公祏，江淮及

岭南皆统摄之。……贞观初,迁礼部尚书,以功臣封河间郡王,除观州刺史,与长孙无忌等代袭刺史。"

〔二〕遹骏有声,遹 yù,《诗·大雅·文王有声》:"文王有声,遹骏有声。遹求厥宁,遹观厥成。文王烝哉!"

〔三〕徂 cú。

〔四〕言不代两句。《易·系辞上》:"劳而不伐,有功而不德,厚之至也。"《尚书·伊训》:"尔惟不德罔大,坠厥宗。"孔颖达疏:"尔惟不德,谓不修德为恶也。"

〔五〕柔嘉惟则,《诗·大雅·烝民》:"仲山甫之德,柔嘉维则。"孔颖达疏:"柔和而美善。"

〔六〕周旦奭,奭 shì,周公旦与召公奭的并称。

房梁公玄龄[一]

梁公先觉,龙卧待君。长彗流光,扫天布新。义师雷兴,公跃其鳞。杖策千里,来排帝阍。婉婉梁公,实懿实聪。实光实融,羽义翼忠。若鸾若鸿,大风动地。儒服从容,静运胸中。弛张折冲,左右太宗。夷屯廓蒙,定高祖功。功告武成,翊开太平。我心虽劳①,时靡有争。网罗遗贤,推毂群英[二]。玉不韬辉[三],兰无沉馨。飞鸿出冥,振鹭在庭。济济多士,太宗以宁②。公无事矣。阙衮有补,惟仲山甫[四]。经营四方,方叔邵虎。大邦钧轴[五],至则委汝。闲居台辅,执默自处[六],亦莫敢余侮。高朗令终[七],呜呼梁公。

【校】

①粤雅堂本"我心虽劳"作"我虽忘劳"。
②粤雅堂本"太宗以宁"作"太宗以宁、太宗宁矣"。

【笺注】

〔一〕房玄龄(579—648),名乔,字玄龄,齐州临淄(今山东济南)人。《旧唐书·房玄龄传》:"幼聪敏,博览经史,工草隶,善属文。……会义旗入关,太宗徇地渭北,玄龄杖策谒于军门,温彦博又荐焉。太宗一见,便如旧识,署渭北道行军记室参军……贞观元年,代萧瑀为中书令。论功行赏,以玄龄及长孙无忌、杜如晦、尉迟敬德、侯君集五人为第一,进爵邢国公。(贞观四年)

代长孙无忌为尚书左仆射，改封魏国公，监修国史。"

[二] 推毂，《史记·魏其武安侯列传》："魏其、武安俱好儒术，推毂赵绾为御史大夫。"

[三] 韬辉，谓不显露才华。南朝梁简文帝《筝赋》："故乃宋伟、绿珠之好声，文君、慎女之清角，尚掩面而不前，言韬辉而耻学。"

[四] 阙衮，《诗·大雅·烝民》："衮职有阙，维仲山甫补之。"

[六] 㧑 huī，谦虚。《易·谦》："无不利，㧑。"

[七] 高朗，《诗·大雅·既醉》："昭明有融，高朗令终。"

杜莱公如晦^[一]

穆穆莱公，奇姿粹灵。蕴元和气，为大国桢，乘时能恢。唐室大开，故人相携_{公与房梁公同有匡济之志也}[二]。直上泰阶[三]，更为阴阳，迭作日月。佐明四方，赞育万物①。王度是钦，如玉如金，德音愔愔[四]。万有千古，永称房杜，如周申甫[五]。

【校】
①粤雅堂本"赞育万物"后加"二人同心"句。

【笺注】
[一] 杜如晦（585—630），字克明，汉族，京兆杜陵（今陕西西安长安）人，《旧唐书·杜如晦传》："（太宗）后从征薛仁杲、刘武周、王世充、窦建德，尝参谋帷幄。时军国多事，（杜）剖断如流，深为时辈所服。累迁陕东道大行台司勋郎中，封建平县男，食邑三百户。寻以本官兼文学馆学士。天策府建，以为从事中郎，画象于丹青者十有八人，而如晦为冠首……与房玄龄功等，擢拜太子左庶子，俄迁兵部尚书，进封蔡国公，赐实封千三百户。贞观二年，以本官检校侍中，摄吏部尚书，仍总监东宫兵马事，号为称职。三年，代长孙无忌为尚书右仆射，仍知选事，与房玄龄共掌朝政。"

[二] 故人相携，《旧唐书·杜如晦传》："记室房玄龄曰：'府僚去者虽多，盖不足惜。杜如晦聪明识达，王佐才也。若大王守藩端拱，无所用之；必欲经营四方，非此人莫可。'"

[三] 泰阶，借指朝廷，唐贾至《闲居秋怀寄阳翟陆赞府封丘高少府》：

"信矣草创时，泰阶速贤良。"

[四] 德音，《诗·豳风·狼跋》："公孙硕肤，德音不瑕。"朱熹《诗集传》："德音，犹令闻也。"《左传·昭公十二年》："祈招之愔愔，式招德音。"杜预注："愔愔，安和貌。"

[五] 房杜，房玄龄、杜如晦的并称。唐刘肃《大唐新语·匡赞》："自是台阁规模，皆二人所定……二人相须以断大事，迄今言良相者，称房杜焉。"申甫，周代名臣申伯和仲山甫的并称。《诗·大雅·崧高》："维申及甫，维周之翰。"

魏郑公征[一]

　　堂堂魏公，崇节大志。乔干直耸，摩天自致[二]。遭风云时，得霸王器。一言委质[三]，有死无二。抚我则后，冬尽其志①尝仕②李密隐太子。沉浮变通③，龙战既息④。皇建其极[四]，俾补衮职。其绳则直，谔谔巇巇[五]，危言正色，保太宗德。弼违替否[六]，日月不蚀。黜汉霸杂[七]，行周王道。人或有言⑤，秉德不挠与封德彝庭论⑥[八]。礼兴乐崇，德洽道丰。保合大⑦和[九]，昭明有融。起四年中，复三代风。言出化成，神哉厥功。尹躬佐商，有耻于汤。公以其心，匡扶⑧圣唐[十]。为唐宗臣，致唐无疆。致唐无疆，永式万邦。

【校】
①粤雅堂本、四库本"冬尽其志"作"各尽其志"。
②粤雅堂本"尝仕"作"尝事"。
③四库本"沉浮"作"浮沉"。
④粤雅堂本"龙战既息"作"吾道不穷，龙战既息"。
⑤四库本"人或有言"作"人亦有言"。
⑥粤雅堂本"庭"作"廷"。
⑦粤雅堂本、四库本"大"作"太"。
⑧粤雅堂本"匡扶"作"匡饬"。

【笺注】
[一] 魏征（580—643），字玄成。《旧唐书·魏征传》："魏征，钜鹿曲城人也。父长贤，北齐屯留令。……太宗素器之，引为詹事主簿。及践祚，擢拜

谏议大夫，封钜鹿县男，使安辑河北，许以便宜从事。……贞观二年，迁秘书监，参预朝政。征以丧乱之后，典章纷杂，奏引学者校定四部书。数年之间，秘府图籍，粲然毕备……隋史序论，皆征所作，梁、陈、齐各为总论，时称良史。史成，加左光禄大夫，进封郑国公，赐物二千段。"

[二] 自致，《论语·子张》："曾子曰：'吾闻诸夫子，人未有自致者也，必也亲丧乎。'"

[三] 委质，《国语·晋语九》："臣委质于狄之鼓，未委质于晋之鼓也。臣闻之，委质为臣，无有二心，委质而策死，古之法也。"韦昭注："言委贽于君，书名于册，示必死也。"

[四] 皇建其极，《书·洪范》："五，皇极，皇建其有极。"孔颖达疏："皇，大也；极，中也。施政教，治下民，当使大得其中，无有邪僻。"

[五] 谔谔，《韩诗外传》卷十："有谔谔争臣者，其国昌；有默默谀臣者，其国亡。"巍巍 yí yí，《史记·五帝本纪》："其色郁郁，其德巍巍。"司马贞《史记索隐》："巍巍，德高也。"

[六] 弼违，《尚书·益稷》："予违，汝弼。"孔传："我违道，汝当以义辅正我。"后因称纠正过失为"弼违"。替否，《左传·昭公二十年》："君所谓可，而有否焉，臣献其否，以成其可；君所谓否，而有可焉，臣献其可，以去其否。"

[七] 霸杂，《汉书·元帝纪》："（太子）尝侍燕，从容言：'陛下持刑太深，宜用儒生。'宣帝作色曰：'汉家自有制度，本以霸王道杂之，奈何纯任德教，用周政乎！'"

[八] 秉德不挠，唐太宗即位之初，魏征和封德彝论百姓的教化。《新唐书·魏征》："于是帝即位四年，岁断死二十九，几至刑措，米斗三钱。先是，帝尝叹曰：'今大乱之后，其难治乎？'征曰：'大乱之易治，譬饥人之易食也。'帝曰：'古不云善人为邦百年，然后胜残去杀邪？'答曰：'此不为圣哲论也。圣哲之治，其应如响，期月而可，盖不其难。'封德彝曰：'不然。三代之后，浇诡日滋。秦任法律，汉杂霸道，皆欲治不能，非能治不欲。征书生，好虚论，徒乱国家，不可听。'征曰：'五帝、三王不易民以教，行帝道而帝，行王道而王，顾所行何如尔。黄帝逐蚩尤，七十战而胜其乱，因致无为。九黎害德，颛顼征之，已克而治。桀为乱，汤放之；纣无道，武王伐之。汤、武身及太平。若人渐浇诡，不复返朴，今当为鬼为魅，尚安得而化哉！'德彝不能对，然心以为不可。"

[九] 保合大和，也作保合太和。《易·乾卦》："乾道变化，各正性命，保

合太和，乃利贞。首出庶物，万国咸宁。"

〔十〕匡扶，匡正扶持。

长孙赵公无忌[一]

赵国之先，发祥朔土。乃祖乃父，受天之祜。有女而圣^{文德皇后}，为天下母[二]；有子而贤，为唐室辅。圣贤同气①，千载一睹。丕显赵公，允武允文②。克忠克仁，实有大勋。高祖受命，太宗归尊。翼翼乾乾[三]，恪居于藩。群孽乱嗣，争窥神器，鸿莱③将坠。公揭大义，一匡天地④。人到于今[四]，家受其赐。帝将传圣，爰有顾命[五]。汝忠汝诚，莫与汝京[六]。与我圣子，守唐太平。公相高宗，有太宗遗风。刑措财丰[七]，八荒来同，和气大融。妖星袭月，祸起中宫[八]。公将正之，以王⑤帝躬^{武氏谋位公以力争}，力屈群邪，诚咀⑥天聪。黜非其尤，令闻无穷[九]。

【校】

①粤雅堂本"气"作"契"。

②粤雅堂本"允武允文"作"允文允武"。

③粤雅堂本"莱"作"业"。

④四库本"地"作"下"。

⑤粤雅堂本、四库本"王"作"玉"。

⑥粤雅堂本、四库本"咀"作"阻"。

【笺注】

〔一〕长孙无忌（594—659），字辅机，河南洛阳人。《旧唐书·长孙无忌传》："（长孙无忌）其先出自后魏献文帝第三兄。初为拓拔氏，宣力魏室，功最居多，世袭大人之号，后更跋氏，为宗室之长，改姓长孙氏。……无忌贵戚好学，该博文史，性通悟，有筹略。文德皇后即其妹也。……武德九年，六月四日，无忌与尉迟敬德、侯君集、张公谨、刘师立、公孙武达、独孤彦云、杜君绰、郑仁泰、李孟尝等九人，入玄武门讨建成、元吉，平之。太宗升春官，授太子左庶子。及即位，迁左武候大将军。贞观元年，转吏部尚书，以功第一，进封齐国公，实封千三百户。"

〔二〕有女而圣，为天下母。《旧唐书·太宗文德皇后长孙氏》："太宗文德顺圣皇后长孙氏，长安人，隋右骁卫将军晟之女也。晟妻，隋扬州刺史高敬德女，生后。少好读书，造次必循礼则。年十三，嫔于太宗……武德元年，册为秦王妃。……九年，册拜皇太子妃。太宗即位，立为皇后，赠后父晟司空、齐献公。后性尤俭约，凡所服御，取给而已。"

[三] 翼翼乾乾，勤勉谨慎。《资治通鉴·唐则天后天册万岁元年》："伏愿陛下乾乾翼翼，无戾天人之心而兴不急之役。"

[四] 于今，《尚书·盘庚上》："先王有服，恪谨天命，兹犹不常宁，不常厥邑，于今五邦。"

[五] 顾命，《尚书·顾命》："成王将崩，命召公、毕公率诸侯相康王，作《顾命》。"孔传："临终之命曰顾命。"孔颖达疏："顾是将去之意，此言临终之命曰顾命，言临将死去回顾而为语也。"

[六] 莫与汝京，莫之与京句。《左传·庄公二十二年》："五世其昌，并于正卿。八世之后，莫之与京。"孔颖达疏："莫之与京，谓无与之比大。"

[七] 刑措，《史记·周本纪》："成康之日，政简刑措。"

[八] 祸起中宫，中宫，《周礼·天官·内宰》："以阴礼教六官"，汉郑玄注："六官谓后也。若今称皇后为中宫矣。"《旧唐书·长孙无忌传》："六年，帝将立昭仪武氏为皇后，无忌屡言不可……帝竟不从无忌等言而立昭仪为皇后。皇后以无忌先受重赏而不助己，心甚衔之。"

[九] 令闻，《尚书·微子之命》："尔惟践修厥猷，旧有令闻。"孔传："汝微子言，能践汤德，久有善誉，昭闻远近。"

唐莒公俭[一]

岁寒阴凝，冰雪皑皑。有鸟择木，先阳春来。谁①与莒公，王佐之材。间运未开，登潜龙台。代万姓请命，与天为媒。扶龙而兴，振起云雷。权舆帝图[二]，经始唐基。始覆一篑[三]，勃然②巍巍。易失曰时，难知惟几。知几其神，莒公元勋。

【校】
①粤雅堂本"谁"作"猗"。
②粤雅堂本"然"作"焉"。

【笺注】

[一] 唐俭（579—656），字茂约，并州晋阳人。《旧唐书·唐俭传》："（唐俭）北齐尚书左仆射邕之孙也。父鉴，隋戎州刺史……太宗为渭北道行军元帅，以俭为司马。平京城，加光禄大夫、相国府记室，封晋昌郡公。武德元年，除内史舍人，寻迁中书侍郎，特加授散骑常侍……高祖嘉俭身没虏庭，心存朝阙，复旧官，仍为并州道安抚大使，以便宜从事，并赐独孤怀恩田宅赀财等。使还，拜礼部尚书，授天策府长史，兼检校黄门侍郎，封莒国公，与功臣等元勋恕一死，仍除遂州都督，食绵州实封六百户，图形凌烟阁。"

[二] 权舆，《诗·秦风·权舆》："今也每食无余，于嗟乎！不承权舆。"朱熹《诗集传》："权舆，始也。"

[三] 始覆一篑，《尚书·旅獒》："为山九仞，功亏一篑。"

刘渝公政会^[一]

河出昆仑，来润中夏。连山合沓，横拥其派。巨灵勃然^[二]，手拆^①太华^[三]。决流东注，功并造化。粤我圣唐，将举晋阳。帝命是将，往拯溺于四方。亦既载斾，亦既秉钺。强凶当路^{王威高君雅}，拒不得发。渝公慷慨，感义激节^[四]。用奇制变，大事立决。雷奋电越，天衢八达，则莫我敢遏。如巨灵破山，河势始豁。赫矣渝公，与神齐烈。迹如仙掌，炯炯不减。

【校】

① 粤雅堂本"拆"作"圻"，四库本"拆"作"折"。

【笺注】

[一] 刘政会，《旧唐书·李靖传》："刘政会，滑州胙城人也。祖环隽，北齐中书侍郎。政会，隋大业中为太原鹰扬府司马。高祖为太原留守，政会率兵隶于麾下……历刑部尚书、光禄卿，封邢国公。贞观初，累转洪州都督，赐实封三百户。"

[二] 巨灵，《文选·张衡〈西京赋〉》："缀以二华，巨灵赑屃，高掌远跖，以流河曲，厥迹犹存。"薛综注："巨灵，河神也……古语云：此本一山当河，水过之而曲行，河之神以手擘开其上，足蹋离其下，中分为二，以通河流。手

足之迹，于今尚在。"

[三] 太华，《尚书·禹贡》："西倾、朱圉、鸟鼠，至于太华。"《山海经·西山经》："又西六十里，曰太华之山，削成而四方，其高五千仞，其广十里，鸟兽莫居。"

[四] 强凶当路……感义激节句。《旧唐书·高祖纪》："十三年，为太原留守，郡丞王威、武牙郎将高君雅为副……威、君雅见兵大集，恐高祖为变，相与疑惧，请高祖祈雨于晋祠，将为不利。晋阳乡长刘世龙知之，以告高祖，高祖阴为之备。五月甲子，高祖与威、君雅视事，太宗密严兵于外，以备非常。遣开阳府司马刘政会告威等谋反，即斩之以徇，遂起义兵。"

李卫公靖[一]

有隋之末，群盗炽爇[二]。帝怒震发，五星从太白[三]，焕昭①参野，将有圣人，兵定天下。金精下射，猛毅感激[四]。李公矫矫，从此奋迹。跃于中原，王者则获。壮士不死^{初公不利于我帝欲戮之壮其言而免壮士公自称}[五]，唐威载赫。帝曰汝杰，致天之罚。手付金钺，俾往式遏[六]，不庭则煞②[七]。如飚发发，如火烈烈[八]。摧枯烁雪，应鼓如截。远若荆巫[九]，险若江湖，强若匈奴[十]。莫不率从，莫不震恭。平③书混同，氛祲荡空[十一]，卫侯之功。功则谁④何，威明惠和。策勇驾智，长驱仁义。仁义旷荡，帝王之将。万古曷瞻，铁山巉巉^{诏筑坟阙象铁山积石山}⑤。

【校】

①粤雅堂本"昭"作"照"。
②四库本"煞"作"杀"。
③粤雅堂本"平"作"车"。
④粤雅堂本、四库本"谁"作"维"。
⑤粤雅堂本"巉巉"作"巉巖"。

【笺注】

[一] 李靖（571—649），《旧唐书·李靖传》："李靖本名药师，雍州三原人也。祖崇义，后魏殷州刺史、永康公。父诠，隋赵郡守。靖姿貌瑰伟，少有文武材略……武德二年，从讨王世充，以功授开府……太宗嗣位，拜刑部尚书，并录前后功，赐实封四百户。贞观二年，以本官兼检校中书令。三年，转兵部

尚书……十一年，改封卫国公，授濮州刺史……二十三年，薨于家，年七十九。册赠司徒、并州都督，给班剑四十人、羽葆鼓吹，陪葬昭陵，谥曰景武。"

［二］炽爇 ruò，爇，烧。

［三］五星从太白，《史记·天官书》："察日行以处位太白。"司马贞索隐："太白晨出东方，曰启明。"

［四］金精下射，猛毅感激句。金精，太白星。猛毅，《荀子·不苟》："刚强猛毅，靡所不信，非骄暴也。"

［五］壮士不死，《旧唐书·李靖传》："大业末，累除马邑郡丞。会高祖击突厥于塞外，靖察高祖，知有四方之志，因自锁上变，将诣江都，至长安，道塞不通而止。高祖克京城，执靖将斩之，靖大呼曰：'公起义兵，本为天下除暴乱，不欲就大事，而以私怨斩壮士乎！'高祖壮其言，太宗又固请，遂舍之。"

［六］手付金钺，俾往式遏句。金钺，晋陆机《吴丞相江陵侯陆公诔》："金钺镜日，云旗降文。"式遏，《诗·大雅·民劳》："式遏寇虐，无俾民忧。"郑玄笺："式，用；遏，止也。"

［七］不庭，《国语·周语中》："以待不庭不虞之患。"韦昭注："庭，直也。虞，度也。不直，犹不道也。"

［八］如飚发发，如火烈烈句。发发，《诗·小雅·四月》："冬日烈烈，飘风发发。"郑玄笺："发发，疾貌。"烈烈，《诗·商颂·长发》："如火烈烈，则莫我敢曷。"郑玄笺："其威势如猛火之炎炽。"

［九］远若荆巫，《旧唐书·李靖传》："（武德）四年，靖又陈十策以图萧铣。高祖从之，授靖行军总管，兼摄孝恭行军长史。高祖以孝恭未更戎旅，三军之任，一以委靖。其年八月，集兵于夔州。……孝恭遣靖率轻兵五千为先锋，至江陵，屯营于城下。士弘既败。铣甚惧，始征兵于江南，果不能至。孝恭以大军继进，靖又破其骁将杨君茂、郑文秀，俘甲卒四千余人，更勒兵围铣城。明日，铣遣使请降，靖即入据其城，号令严肃，军无私焉……江、汉之域，闻之莫不争下。"

［十］强若匈奴，《旧唐书·李靖传》："（贞观）三年，转兵部尚书。突厥诸部离叛，朝廷将图进取，以靖为代州道行军总管，率骁骑三千，自马邑出其不意，直趋恶阳岭以逼之。"

［十一］氛祲，比喻战乱，叛乱。南朝梁沈约《王亮王莹加授诏》："内外允谐，逆徒从黳，躬卫时难，氛祲既澄，并宜光赞缉熙，穆兹景化。"

李英公绩[一]

　　横流莫极，大乱无象。英公杰出，应运为将。與楚楚霸，與汉汉王。天时人事，随我所向。长蛇①纵蠹②王充，东据河洛。婪婪封豕建德[二]，来济同恶。号吼连声，如雷如霆，万里震惊。时维英公，谅我太宗。斩豕以钺，取蛇③于穴，群秽殄灭。乃定九鼎，乃开明堂。奄有大邦，金甲同光。告成于皇太宗献捷于高祖与勣俱擐金甲为上下将，皇业用昌。帝命英公，北伐獫狁[三]。雷鼓殷殷④，旄头几殒。扫雪黑山，布唐阳春。五原草绿，不见南牧。岛夷未庭，天子亲征，其锋维英[四]。莫拒莫抗，是震是荡，破东海浪。天下既和，解鞍投戈。衮服委蛇[五]，华发皤皤。终始三朝，无玷可磨。

【校】

①粤雅堂本"蛇"作"虵"。

②四库本、粤雅堂本"蠹"作"蓋"。

③粤雅堂本"蛇"作"虵"。

④粤雅堂本"雷鼓殷殷"作"雷鼓殷殷王聲"。

【笺注】

[一] 李绩（594—669），《旧唐书·李绩传》："（李绩）曹州离狐人也。隋末，徙居滑州之卫南。本姓徐氏，名世绩，永徽中，以犯太宗讳，单名绩焉。……时高宗为晋王，遥领并州大都督，授绩光禄大夫，行并州大都督府长史。父忧解，寻起复旧职。十一年，改封英国公……寻薨，年七十六。帝为之举哀，辍朝七日，赠太尉、扬州大都督，谥曰贞武。"

[二] 婪婪，《文选·潘岳〈马汧督诔〉》："婪婪群狄，豺虎竞逐。"吕向注："婪婪，贪盛貌。"封豕，《文选·扬雄〈长杨赋〉》："昔有强秦，封豕其士，窫窳其民。"李善注引李奇曰："以喻秦贪婪，残食其人也。"

[三] 帝命英公，北伐獫狁句。《旧唐书·李绩传》："八年，突厥寇并州，命绩为行军总管，击之于太谷，走之。……贞观三年，为通汉道行军总管，至云中，与突厥颉利可汗兵会，大战于白道。突厥败，屯营于碛口，遣使请和。"

[四] 五原草绿两句。南牧，汉贾谊《过秦论上》："胡人不敢南下而牧马。"《旧唐书·李绩传》："十八年，太宗将亲征高丽，授绩辽东道行军大总

管，攻破盖牟、辽东、白崖等数城，又从太宗摧殄驻跸阵，以功封一子为郡公。二十年，延陁部落扰乱，诏绩将二百骑便发突厥兵讨击。至乌德鞬山，大战，破之。"

[五] 委蛇，《诗·召南·羔羊》："退食自公，委蛇委蛇。"郑玄笺："委蛇，委曲自得之貌。"

刘夔公弘基[一]

夔公峥嵘，金虎之精。应时而生，与运俱行。总帝元戎，震唐天声。瞋目张胆，前无金城。别建龙节，中分虎旅[二]。启行万里，乘气一鼓。剑挥雷霆，旆卷风雨。先驰咸阳，镇定天府。天府既定，唐集大命。入扬王庭，出权①兵柄。薄伐猃狁，朔风不竞[三]。徂征岛夷，东海如镜[四]。义始忠卒，元勋之盛。

【校】
①粤雅堂本"权"作"握"。

【笺注】
[一] 刘弘基（582—650），唐朝名将，隋朝河州刺史刘升之子。《旧唐书·刘弘基传》："雍州池阳（今陕西泾阳县）人。会高祖镇太原，遂自结托，又察太宗有非常之度，尤委心焉……及破京城，功为第一……九年，改封夔国公，世袭朗州刺史，例停不行。后以年老乞骸骨，授辅国大将军，朝朔望，禄赐同于职事。太宗征辽东，以弘基为前军大总管。"

[二] 别建龙节，中分虎旅。龙节，《周礼·地官·掌节》："凡邦国之使节，山国用虎节，土国用人节，泽国用龙节。"郑玄注："泽多龙，以金为节，铸象焉。"虎旅，虎贲氏与旅贲氏的并称，指勇猛的军队。

[三] 薄伐猃狁，朔风不竞句。《旧唐书·刘弘基传》："会突厥入寇，弘基率步骑一万，自豳州北界东拒子午岭，西接临泾，修营障塞，副淮安王神通备胡寇于北鄙。"

[四] 徂征岛夷，东海如镜句。《旧唐书·刘弘基传》："太宗征辽东，以弘基为前军大总管。从击高延寿于驻跸山，力战有功，太宗屡加劳勉。"

长孙邳公顺德^[一]

泰山未明，云郁幽崖。日观赫开，舒为丹霞。昔我大^①原^[二]，贤杰潜屯。帝出于震^[三]，烂其盈门^[四]。邳公炳焉，实耀其间。功参造物^②，谋协先天。执殳前驱，捧毂南辕^[五]。以劳以旧，佐命之元。

【校】

①粤雅堂本、四库本"大"为"太"。
②四库本"物"为"化"。

【笺注】

[一] 长孙邳公顺德，《旧唐书·长孙顺德传》："长孙顺德，文德顺圣皇后之族叔也……深为高祖、太宗所亲委……从平霍邑，破临汾，下绛郡，俱有战功。寻与刘文静击屈突通于潼关，每战摧锋。高祖即位，拜左骁卫大将军，封薛国公……贞观十三年，追改封为邳国公。"

[二] 大原，据粤雅堂本应作太原，《旧唐书·长孙顺德传》："顺德仕隋右勋卫，避辽东之役，逃匿于太原。"

[三] 帝出于震，《易·说卦》："帝出于震。"震，东方生万物之初，故王者制之。

[四] 烂其盈门，《诗经·大雅·韩奕》："韩侯顾之，烂其盈门。"

[五] 执殳前驱，捧毂南辕句。殳 shū。捧毂 gū，此处指长孙顺德，曾受唐太宗隆重礼遇。

虞永兴公世南^[一]

英英永兴，华德素行^[二]。以文富国，以道佐命^[三]。天下既平^①，为唐儒宗。东观石渠，始出古风^[四]。秉精驿思，假道书圃^[五]。驰骋百代，出入三古。问羲皇心，听尧舜语。归来帝侧，献可替否^[六]。帝告永兴，与鸿硕之伦^[七]。阐六籍三坟^[八]，建乐章礼文。先师是宗，先圣是崇，于廓辟雍^[九]。辟雍沉沉，天子所临。或弦或歌，讲古述今。其徒八千，缨弁森森^[十]。獯貊羌髳^[十一]，咸咏德音。羽林孤儿，亦垂青襟[十二]。洋洋声教，无远不洎[十三]。日月所照，皆成文字。郁开古始，扫荡浇季[十四]。实我群儒，成太宗之志。英英永兴，宜曰文懿^{公谥}。

【校】
①粤雅堂本"平"作"定"。

【笺注】
[一] 虞世南（558—638），字伯施，越州余姚人。《旧唐书·虞世南传》："（虞世南）隋内史侍郎世基弟也。祖检，梁始兴王谘议，父荔，陈太子中庶子，俱有重名。"贞观年间，历任著作郎、秘书少监、秘书监等职，先后封永兴县子、永兴县公，世称虞永兴、虞秘监。

[二] 素行，《礼记·中庸》："君子素其位而行。"

[三] 佐命，《后汉书·朱景王等传论》："然咸能感会风云，奋其智勇，称为佐命。"

[四] 古风，《文选·谢惠连〈祭古冢文〉》："仰羡古风，为君改卜。"

[五] 假道，《庄子·天运》："古之至人，假道于仁，托宿于义，以游逍遥之虚，食于苟简之田，立于不贷之圃。"

[六] 献可替否，《左传·昭公二十年》："君所谓可而有否焉，臣献其否以成其可。君所谓否而有可焉，臣献其可以去其否。"

[七] 鸿硕之伦，唐苏颋《封东岳朝觐颂》："而左辅右弼，杂缙绅鸿硕之伦。"

[八] 六籍三坟，《文选·班固〈东都赋〉》："盖六籍所不能谈，前圣靡得言焉。"李善注："六籍，六经也。"《左传·昭公十二年》："是能读三坟、五典、八索、九丘。"杜预注："皆古书名。"

[九] 辟雍，汉班固《白虎通·辟雍》："天子立辟雍何？所以行礼乐宣德化也。辟者，璧也，象璧圆，又以法天，于雍水侧，象教化流行也。"

[十] 缨弁 biàn，仕宦的代称。南朝齐谢朓《和伏武昌登孙权故城》："客滞江皋，从赏乖缨弁。"

[十一] 獩貊 huì mò，也作濊貊。古国名，中国古代少数民族的一支，《后汉书·文苑传上·杜笃》："东擖乌桓，蹂躏獩貊。"李贤注："獩貊，东夷号也。"

[十二] 羽林，《史记·天官书》："北宫玄武，虚、危……其南有众星，曰

羽林天军。"张守节正义:"羽林四十五星,三三而聚,散在垒壁南,天军也。"青襟,青衫,《诗·郑风·子衿》:"青青子衿,悠悠我心",毛传:"青衫,青领也。学子之所服。"

[十三] 不泊,不暨,《国语·周语中》:"若七德离判,民乃携贰,各以利退,上求不暨,是其外利也。"韦昭注:"暨,至也。"

[十四] 浇季,南朝宋刘骏《通下情诏》:"世弊教浅,岁月浇季。"

尉迟鄂公敬德[一]

洸洸鄂公[二],百炼龙锋。沉翳未宣[三],气冲斗间。佩非其人^{初事宋金刚}[四],跃入大川。神武获焉,提之上天。天地之内,指麾无前。熊威虎力,隐居^①敌国。刚毅木讷,安刘必勃[五]。武德之屯[六],手拔祸根,扫除氛昏。捧出白日,耀于天门。功成名遂,高谢戎事[七]。烈烈猛志,化为和气。深地高堂,颐性保常。屑琼饮露,静奏清商。商为臣励事君,鄂公之志之仁^{贞观后公不交人事常炼气服食奏清商乐以自泰}。

【校】
①粤雅堂本、四库本"居"作"若"。

【笺注】
[一] 尉迟敬德(585—658),朔州人。《旧唐书·尉迟敬德传》:"大业末,从军于高阳,讨捕群贼,以武勇称,累授朝散大夫……贞观元年,拜右武候大将军,赐爵吴国公,与长孙无忌、房玄龄、杜如晦四人并食实封千三百户。……敬德末年笃信仙方,飞炼金石,服食云母粉,穿筑池台,崇饰罗绮,尝奏清商乐以自奉养,不与外人交通,凡十六年。"

[二] 洸洸 guāng guāng,《诗·大雅·江汉》:"江汉汤汤,武夫洸洸。"

[三] 沉翳,晋挚虞《孔子赞》:"仲尼大圣,遭时昏荒,河图沉翳,凤鸟幽藏。"

[四] 佩非其人,《旧唐书·尉迟敬德传》:"刘武周起,以为偏将,与宋金刚南侵,陷晋、浍二州。"

[五] 刚毅木讷,安刘必勃句。《论语·子路》:"子曰:'刚、毅、木、讷,近仁。'"安刘,指汉初商山四皓辅助太子,安定刘氏江山之事。唐白居易《题四皓庙》:"卧逃秦乱起安刘,舒卷如云得自由。"

[六] 武德，唐高祖的年号（618—626）。

[七] 高谢，晋左思《魏都赋》："传业禅祚，高谢万邦。"

萧宋公瑀[一]

隋氏不君，忠贤莫用。桐生朝阳，有集惟凤。舍彼颓厦，郁为新栋。路车玄①衮[二]，开国有宋。武德之暮[三]，群孽内蠹。巍巍宋公，耸节高步。不吐不茹[四]，不来不去。屹崛中立，为天一柱。从容而言，社稷遂安。持诚秉忠，光辅二君。激浊扬清，欲人如身。道至广莫我敢群，境至大不容纤尘。雪山倚空，冰壑照人。耿介绝邻，为唐贞臣。

【校】
①粤雅堂本"玄"作"元"。

【笺注】
[一] 萧瑀（575—648），《旧唐书·萧瑀传》："萧瑀字时文。高祖梁武帝。曾祖昭明太子。祖詧，后梁宣帝。父岿，明帝。瑀年九岁，封新安郡王，幼以孝行闻。姐为隋晋王妃，从入长安。聚学属文，端正鲠亮。好释氏……高祖定京城，遣书招之。瑀以郡归国，授光禄大夫，封宋国公，拜民部尚书。太宗为右元帅，攻洛阳，以瑀为府司马。武德元年，迁内史令。"

[二] 路车，《诗·大雅·韩奕》："其赠维何？乘马路车。"郑玄笺："人君之车曰'路车'。"高亨注："贵族所乘的一种车。"

[三] 武德，唐高祖的年号（618—626）。

[四] 不吐不茹，《诗·大雅·烝民》："人亦有言，柔则茹之，刚则吐之。维仲山甫，柔亦不茹，刚亦不吐，不侮矜寡，不畏强御。"

张郯公公谨[一]

有倬郯公，仡仡①而贞，洸洸而仁，实太宗信臣[二]。太宗守藩，内难未夷，圖②之则安[三]，舍之则危。帝临安危，机以惧以疑，以著为有，知是筮是咨。郯公嶷然，排闷折著，抗愤正词，用人事定天意[四]。身为元龟，不知不识，顺义之则[五]。以定社稷，郯公之力。公之云亡，帝念其勤，若痛在身。天怀发中，哭不避辰[六]。君臣之间，夐古未闻[七]。

【校】

①四库本"仡仡"作"屹屹"。

②粤雅堂本"圌"作"图"。

【笺注】

[一] 张公谨（594—632），字弘慎，汉族，魏州繁水（今河南省南乐县）人。《旧唐书·张公谨传》："初为王世充洧州长史。武德元年，与王世充所署洧州刺史崔枢以州城归国，授邹州别驾，累除右武候长史。初未知名，李勣骤荐于太宗，尉迟敬德亦言之，乃引入幕府……赠左骁卫大将军，谥曰襄。十三年，追思旧功，改封郯国公。十七年，图形于凌烟阁。永徽中，又赠荆州都督。"

[二] 有倬郯公两句。郯 tán。仡仡 yì yì，《诗·大雅·皇矣》："崇墉仡仡。"高亨注："仡仡，同屹屹，高耸貌。"洸洸 guāng guāng，《诗·大雅·江汉》："江汉汤汤，武夫洸洸。"

[三] 圌 lüè，围起来的草场。

[四] 帝临安危两句。《旧唐书·张公谨传》："及太宗将讨建成、元吉，遣卜者灼龟占之，公谨自外来见，遽投于地而进曰：'凡卜筮者，将以决嫌疑，定犹豫，今既事在不疑，何卜之有？纵卜之不吉，势不可已。愿大王思之。'太宗深然其言。"著 shī，多年生草本植物，古代用其茎占卜。嶷 yí 然，晋葛洪《抱朴子·汉过》："含霜履雪，义不苟合；据道推方，嶷然不群。"

[五] 元龟，谋士。不知不识，《诗·大雅·皇矣》："帝谓文王：'予怀明德，不大声以色，不长夏以革。不识不知，顺帝之则。'"

[六] 公之云亡两句。《旧唐书·张公谨传》："卒官，年三十九。太宗闻而嗟悼，出次发哀，有司奏言：'准阴阳书，日子在辰，不可哭泣，又为流俗所忌。'太宗曰：'君臣之义，同于父子，情发于衷，安避辰日。'遂哭之。"

[七] 夐 xiòng。

屈突蒋公通^[一]

　　五运相推^[二]，土火革期。隋化为唐，忠臣不知。犹驱义徒，奋拒王师。指心誓天，摩颈待时^[三]。人归有德，四海皆叛。春日满川，孤冰未泮^[四]。亡家狗^①国，方寸不乱。力屈势穷，排空落翰^[五]。东南恸哭，血尽魂断。杖忠就擒^②，万国瞻汉。帝曰迩^③通，古之烈士。孝于其亲，谁不欲子^[六]。俾侯于蒋，授以师纪。感恩不死，宣力如彼。佐唐扶隋，多教之美。

【校】

①粤雅堂本"狗"作"徇"，四库本"狗"作"殉"。

②粤雅堂本"擒"作"禽"。

③粤雅堂本、四库本"迩"作"尔"。

【笺注】

　　[一] 屈突通（557—628），长安人，《新唐书·屈突通传》："屈突通，其先盖昌黎徒何人，后家长安。仕隋为虎贲郎将……（屈降唐后）授兵部尚书、蒋国公，为秦王行军元帅长史。"

　　[二] 五运，《素问·天元纪大论》："论言五运相袭而皆治之，终期之日，周而复始。"

　　[三] 犹驱义徒两句。《新唐书·屈突通传》："通势蹙，或说之降，曰：'吾蒙国厚恩，事二主，安可逃难？独有死报尔！'每自摩其颈曰：'要当为国家受人一刀！'"

　　[四] 泮 pàn，散，解。

　　[五] 亡家狗国两句。《新唐书·屈突通传》："俄闻京师平，家尽没，乃留显和保潼关，率兵将如洛。既行，而显和来降。文静遣窦琮、段志玄精骑追及于稠桑，通结阵拒之……通知不免，遂下马东南向，再拜号哭曰：'臣力屈兵败，不负陛下。'"

　　[六] 帝曰迩通两句。《新唐书·屈突通传》："判陕东道行台左仆射，从讨王世充。时通二子在洛，帝曰：'今以东略属公，如二子何？'通曰：'臣老矣，不足当重任。然畴昔陛下释俘纍，加恩礼，以蒙更生，是时口与心誓，以死许国。今日之行，正当先驱，二儿死自其分，终不以私害义。'帝太息曰：'烈士

徇节，吾今见之。'"

高申公士廉[一]

维岳降神，佐唐生申，忠贞自天，孝友如春。德为邦基，行厚人伦，肃肃雍雍[二]，真王者臣。庆因归妹，光延天配^{文德皇后之同出也}[三]，婚媾之中，云龙潜会。建功南海，廓我无外，谅我①拨乱，弼文开泰。遏彼庸蜀，荐钟浇季，文翁之化，若扫于地[四]。申公攸祖，有教无类，父子兄弟，望风相愧[五]。勃兴儒雅，大复礼义。西南颂声，到今未②坠。名登元勋，理冠群吏。全材大器[六]，于烁厥懿。

【校】
①粤雅堂本、四库本"我"作"武"。
②粤雅堂本"未"作"不"。

【笺注】
[一] 高士廉，《旧唐书·高士廉传》："高俭字士廉，渤海蓚人。曾祖飞雀，后魏赠太尉。祖岳，北齐侍中、左仆射、太尉、清河王。父励，字敬德，北齐乐安王、尚书左仆射、隋洮州刺史……贞观元年，擢拜侍中，封义兴郡公，赐实封九百户。士廉明辩善容止，凡有献纳，搢绅之士莫不属目……高宗即位，追赠太尉，与房玄龄、屈突通并配享太宗庙庭。"

[二] 肃肃雍雍，《礼记·少仪》："鸾和之美，肃肃雍雍。"

[三] 庆因归妹，《旧唐书·高士廉传》："大业中，（高士廉）为治礼郎。士廉妹先适隋右骁卫将军长孙晟，生子无忌及女。晟卒，士廉迎妹及甥于家，恩情甚重。见太宗潜龙时非常人，因以晟女妻焉，即文德皇后也。"

[四] 遏彼庸蜀两句。《旧唐书·高士廉传》："时黄门侍郎王珪有密表附士廉以闻，士廉寝而不言，坐是出为安州都督，转益州大都督府长史。蜀土俗薄，畏鬼而恶疾，父母病有危殆者，多不亲扶侍，杖头挂食，遥以哺之。士廉随方训诱，风俗顿改。秦时李冰守蜀，导引汶江，创浸灌之利，至今地居水侧者，顷直千金，富强之家，多相侵夺。士廉乃于故渠外别更疏决，蜀中大获其利。又因暇日汲引辞人，以为文会，兼命儒生讲论经史，勉励后进，蜀中学校粲然复兴。"遏，同"遄"，远。浇季，南朝宋刘骏《通下情诏》："世弊教浅，岁月

浇季。"文翁之化，文翁，生卒年未详。庐江人，西汉循吏，景帝时为蜀郡守，兴教举贤，政绩显著。

　　[五] 攸徂，《尚书·仲虺之诰》："攸徂之民，室家相庆。"有教无类，《论语·卫灵公》：（子曰）"有教无类。"

　　[六] 大器，《管子·小匡》："管仲者，天下之贤人也，大器也。"

殷郧公开山[一]

　　温温殷公，初若懦夫。铜印试吏，襃衣为儒[二]。大风驱云，忽与之俱。连①逢真宰[三]，参造化谟。天地既辟，厥功有赫。从王龚行[四]，佐帝光宅。远展骥足，高挥凤翮[五]。以永终誉，垂于竹帛。

【校】

①粤雅堂本、四库本"连"作"遭"。

【笺注】

　　[一] 殷峤，字开山，雍州鄠县（今西安市鄠邑区）人，《新唐书·殷开山传》："殷开山名峤，以字行，世居江南。祖不害，仕陈为司农卿。陈亡，徙京兆，为鄠人……从讨王世充，以功进爵郧国公。征刘黑闼，道病卒，王哭之恸，诏赠陕东道大行台右仆射，谥曰节。贞观十四年，与淮安王神通、河间王孝恭、民部尚书刘政会俱配飨高祖庙廷。永徽中，加赠司空。"

　　[二] 襃衣，《汉书·隽不疑传》："襃衣博带，盛服至门上谒。"《新唐书·殷开山传》："开山涉书，工为尺牍，为隋大谷长。"

　　[三] 真宰，南朝梁刘勰《文心雕龙·情采》："有志深轩冕，而汎咏皋壤，心缠几务，而虚述人外，真宰弗存，翩其反矣。"

　　[四] 龚行，奉行。《吕氏春秋·先己》："夏后伯启与有扈战于甘泽而不胜。"高诱注引《书》："今予惟龚行天之罚。"今本《尚书·甘誓》作"恭行"。

　　[五] 翮 hé。

秦胡公叔宝^[一]

洛汭之役，龙战未决^{我师与王充阵于九江}。秦公应变，临阵电^①拔^[二]。锐气尽来，我盈彼竭。成败反掌，存亡奄忽。虎来风壮，鳌转山没。遂作心膂^[三]，爰从讨伐。崩围陷阵，火迸冰裂。禽如鄂耸，纵若鲸突。功成国定，万古壮骨。

【校】

①四库本"电"作"雷"。

【笺注】

[一] 秦琼，隋末唐初名将，《新唐书·秦琼传》："秦琼字叔宝，以字显，齐州历城人。高祖傅事秦王府，王尤奖礼。（秦琼）从镇长春宫，拜马军总管……赠徐州都督，陪葬昭陵太宗诏有司琢石为人马立墓前，以旌战功。贞观十三年，改封胡国公。"

[二] 秦公应变句。《新唐书·秦琼传》："后归王世充，署龙骧大将军。与程金计曰：'世充多诈，数与下呪誓，乃巫妪，非拨乱主也。'因约俱西走，策其马谢世充曰：'自顾不能奉事，请从此辞。'"

[三] 心膂 lǚ，《尚书·君牙》："今命尔予翼，作股肱心膂。"

程卢公知节^[一]

卢公倬然，动轶几先，转祸为福^{与秦胡公降于九曲}^[二]，攀龙上天。缤翻鹏翼，积风乃耸，桓桓将军，大敌则勇。雷崩山谷，貔虎顿伏，飚到溟波，鲸鲵蹉跎^[三]。见危而进，当死不让，干城三朝^[四]，身老气壮。

【笺注】

[一] 程知节（589—665），原名咬金，后更名知节，字义贞，济州东阿（今山东东平西南）人。《旧唐书·程知节传》："少骁勇，善用马矟……授秦王府左三统军。破宋金刚，擒窦建德，降王世充，并领左一马军总管。每阵先登，以功封宿国公……贞观中，历泸州都督、左领军大将军。与长孙无忌等代袭刺

273

史，改封卢国公，授普州刺史。"

[二] 转祸为福，《旧唐书·程知节传》："及密败，世充得之，接遇甚厚。知节谓秦叔宝曰：'世充器度浅狭，而多妄语，好为呪誓，乃巫师老妪耳，岂是拨乱主乎？'及世充拒王师于九曲，知节领兵在其阵，与秦叔宝等马上揖世充曰：'荷公接待，极欲报恩。公性猜贰，傍多扇惑，非仆托身之所，今谨奉辞。'"

[三] 雷崩山谷两句，貔 pí 虎，《后汉书·光武帝纪赞》："寻邑百万，貔虎为群。"鲸鲵，唐卢纶《奉陪浑侍中上巳日泛渭河》："舟檝方朝海，鲸鲵自曝腮。"

[四] 干城，《诗·周南·兔罝》："赳赳武夫，公侯干城。"

段褒公志玄[一]

褒公虎臣[二]，先运而臻，谒帝太原，许唐与身。拥剑驾气，腾风跃云，积忠累仁，光有厥勋。建斾北伐，细柳宵屯，风谧霜凝，严扃①达晨[三]。天子之使，驻车军门军屯肃章门外壁门以夜不纳制使，安众秉威，此真将军[四]。洸洸桓桓[五]，克壮有闻。

【校】
①粤雅堂本、四库本"扃"作"扁"。

【笺注】
[一] 段志玄（598—642），名雄，字志玄，以字行，齐州邹平（今山东济南）人，《旧唐书·段志玄传》："段志玄，齐州临淄人也。父偃师，隋末为太原郡司法书佐，从高祖起义，官至郢州刺史。志玄从父在太原，甚为太宗所接待……十一年，定世封之制，授金州刺史，改封褒国公。"

[二] 虎臣，《诗·鲁颂·泮水》："矫矫虎臣，在泮献馘。"

[三] 严扃，严扃 jiōng，指城门紧闭。

[四] 天子之使句。《旧唐书·段志玄传》："太宗夜使宫官至二将军所，士及开营内使者，志玄闭门不纳，曰：'军门不可夜开。'使者曰：'此有手敕。'志玄曰：'夜中不辨真伪。'竟停使者至晓。太宗闻而叹曰：'此真将军也，周亚夫无以加焉。'"

[五] 洸洸 guāng guāng，《诗·大雅·江汉》："江汉汤汤，武夫洸洸。"桓桓，《尚书·牧誓》："勖哉夫子！尚桓桓。"孔安国传："桓桓，武貌。"

许谯公绍[一]

群动相食，血流中原，谯公夷陵，豺虎与邻。列境连城，火炎烟昏，皎其一邦，如玉不焚[二]。三光忽开，万家皆新，谁有天下，平生故人^{公与高祖有旧[三]}。引忠归诚，豹变蠖伸[四]，金石之契，移为君臣。奕奕煌煌[五]，为龙为光，元戎启行，大旆央央[六]。式遏大江，奄征南方，恩斯勤斯，两不可忘。

【笺注】

[一] 许绍，字嗣宗，安州安陆（今湖北省安陆市）人，唐朝大臣，隋楚州刺史许法光之子。《旧唐书·许绍传》："大业末，任夷陵通守……后王世充篡立，遂遣使以黔安、武陵、澧阳归国，授峡州刺史，封安陆郡公。高祖赐书道平生旧，以加慰纳……进谯国公，赐帛千段。"

[二] 群动相食两句。《旧唐书·许绍传》："大业末，（许绍）为夷陵郡通守。是时盗贼竞起，绍保全郡境，流户自归者数十万口，开仓赈给，甚得人心。"

[三] 平生故人，《旧唐书·许绍传》："（许绍）祖弘，父法光，俱为楚州刺史。元皇帝为安州总管，故绍儿童时得与高祖同学，特相友爱。"

[四] 蠖 huò 伸，比喻人生遇时，得以舒展抱负。唐元稹《四皓庙》："舍大以谋细，虬盘而蠖伸。"

[五] 奕奕，《诗·大雅·韩奕》："奕奕梁山，维禹甸之。"毛传："奕奕，大也。"煌煌，《诗·陈风·东门之杨》："昏以为期，明星煌煌。"朱熹《诗集传》："煌煌，大明貌。"

[六] 元戎启行两句。元戎启行，《诗·小雅·六月》："元戎十乘，以先启行。"朱熹《诗集传》："元，大也。戎，戎车也。"央央，《诗·小雅·出车》："出车彭彭，旐旟央央。"毛传："央央，鲜明也。"

皇帝亲庶政颂^{并序[一]}

臣闻光宅大宝，茂育群生，神而明之，必在上圣。然则所同者道，所异者时，或以垂拱仰成，或以励精自致^[二]。及乎俗跻仁寿，理洽时雍^[三]，弛张之政不殊，劳逸之功则倍。我皇帝体至化，含元精，苞①乾刚，履坤顺^[四]。诞膺骏命，恢纂鸿休^[五]。宣八圣之重光^[六]，集百灵之奥祉。如天之焘^[七]，如地之容，鼓义为雷霆，奋仁为风雨。干璇衡而转七曜，悬金镜而纳九围^[八]，廓氛沴②而川澄，沓祯祥而山委^[九]。昔轩辕氏斩蚩尤，灭火帝，功至大矣，若非仗风后之助，受玄③女之符，未能尅④也^[十]。陶唐氏诛四罪，定水灾，德至厚矣，若非大舜之登庸，伯禹之尽力，未能成也^[十一]。汤以伊尹为相，始定殷功；武以太公为师，乃康周道^[十二]。高祖绍复，资傅说启沃之言；宣王中兴，赖山甫将明之政^[十三]。今陛下大康四海，雄轶二纪，百姓不知其日用^[十四]，群臣无望于清风⑤，而乃业迈乎前王，功高乎古烈。圣作物睹，孰知其源。窃以管窥天倪，蠡挹溟量^[十五]，庶乎大略，可得而言焉。陛下自代天统物之初，则以屈己济人为意，虔临庶政^[十六]，躬总万枢⑥，四册贤良，六亲郊祀，勤恤于理⑦本^[十七]，尽瘁于生灵，详旷代之所未详，虑列辟之所未虑^[十八]。夏景大而方食，寒星在而求衣^[十九]，寸阴不舍于论思^[二十]，子夜犹观乎启事。除一物之患而品类获安，伸匹夫之冤而庶狱自息^[二十一]，弃瑕而录用⑧，含垢而宥过。小善可纪，必拔于宸衷；片言有孚，不忘于睿聪^[二十二]。至如⑨天时之丰约^[二十三]，地利之夷险，邦赋之盈虚^[二十四]，师律之贞暴，闾阎之疾苦^[二十五]，稼穑之艰难，人风之情伪，吏理之得失，莫不密归神算，潜纳皇明。虽阴阳不能以气欺，虽神鬼不能以形遁，何细而不及，何大而不苞，何秘而不彰，何难而不就。犹复登台念在阴之惨，闻乐思向隅之情，御裘感短褐之寒，临膳爱箪食之馁，日慎一日，既泰而不自泰，既安而不自安，兢兢乎，业业乎，此其所以广运而有成，全功之克举者也。然而感覆焘⑩之恩者，欲天之弥高；荷容载之德者，欲地之弥厚；仰照临之明者，欲日月之弥光。微臣被淳风，饮玄⑪泽，亲挹行事，目睹升平。忧劳诚难，愿陛下勉之而已；美善诚至⑫，愿陛下保之而已。若夫虽休勿休，玄⑬默优柔，君上之体也；通观厥成，蹈舞颂声^[二十六]，臣下之职也。为而不有，德莫至焉，知而不称，罪莫大焉，臣某敢昧死再拜稽首，献《皇帝亲庶政颂》一首。其词曰：

出⑭师迈德，玄⑮元储庆。幽而复曜，高祖受命。贞观致理，开元殷盛。艰而复康，皇帝亲政。受命继何，邈万斯年。亲政维何，夕惕乾乾^[二十七]。天道福谦，我则奉天。人生在勤，我则率先。忧尧之心，劳禹之形。求人之瘼，思国之经。年亦丰止，御膳不馨。夜如何其，皇寝未宁。偃武修文，太和氤氲。海不扬波，天无纤氛。鸟章之长，椎髻之君^[二十八]。会朝明庭，其从如云。巍巍崇崇^[二十九]，于穆昭融。宜播大乐，以宣皇风。铿锵盛德，蹈舞神功。下臣作颂，永示无穷。

【校】

①粤雅堂本"苞"作"包"。

②四库本"沴"作"涂"。

③粤雅堂本"玄"作"元"。

④四库本"尅"作"克"。

⑤粤雅堂本"清风"作"清光"。

⑥四库本"枢"作"区"。

⑦四库本"理"作"物"。

⑧粤雅堂本"用"作"善"。

⑨粤雅堂本"如"作"若"。

⑩四库本"煮"作"恃"。

⑪粤雅堂本"玄"作"元"。

⑫粤雅堂本"至"作"尽"。

⑬粤雅堂本"玄"作"元"。

⑭粤雅堂本、四库本"出"作"士"。

⑮粤雅堂本"玄"作"元"。

【笺注】

［一］作于贞元十八年，802 年。

［二］臣闻光宅大宝……或以励精自致句。光宅，《尚书·尧典》："昔在帝尧，聪明文思，光宅天下。"曾运乾正读："光，犹广也。宅，宅而有之也。"垂拱仰成，《尚书·武成》："惇信明义，崇德报功，垂拱而天下治。"孔颖达疏："谓所任得人，人皆称职，手无所营，下垂其拱。"

［三］时雍，《尚书·尧典》："百姓昭明，协和万邦，黎民于变时雍。"孔安国传："时，是；雍，和也。"

［四］我皇帝体至化四句。至化，《晋书·阮种传》："旁求俊义，以辅至化，此诚尧舜之用心也。"元精，汉王充《论衡·超奇》："天禀元气，人受元精。"乾刚，《易·杂卦》："干刚坤柔。"坤顺，《易·坤》："坤道其顺乎，承天而时行。"孔颖达疏："言坤道柔顺，承奉于天以量时而行。"

［五］诞膺骏命，恢纂鸿休句。诞膺，《尚书·武成》："我文考文王，克成厥勋，诞膺天命，以抚方夏。"孔安国传："大当天命。"鸿休，《北齐书·文宣

帝纪》:"朕入纂鸿休,将承世祀,籍援立之厚,延宗社之算。"

[六] 重光,《尚书·顾命》:"昔君文王、武王,宣重光。"孔安国传:"言昔先君文武,布其重光累圣之德。"

[七] 焘 dào,荫庇。

[八] 干璇衡而转七曜两句。璇衡,亦作"琁衡"。"璇玑玉衡",指观测天象的仪器。借指朝政大权。《旧唐书·中宗纪论》:"洎涤除金虎,再握璇衡,不能罪己以谢万方,而更漫游以隳八政。"七曜,指日、月和金、木、水、火、土五星。九围,《诗·商颂·长发》:"帝命式于九围。"孔颖达疏:"谓九州为九围者,盖以九分天下,各为九处,规围然,故谓之九围也。"

[九] 廓氛沴而川澄两句。氛沴 lì,寇乱。《南齐书·高帝纪上》:"静九江之洪波,卷海沂之氛沴,放斥凶昧,存我宗祀。"祯祥,《礼记·中庸》:"国家将兴,必有祯祥;国家将亡,必有妖孽。"孔颖达疏:"祯祥,吉之萌兆。祥,善也。言国家之将兴,必有嘉庆善祥也。"

[十] 轩辕氏斩蚩尤……未能尅也句。《山海经·大荒北经》:"蚩尤作兵伐黄帝,黄帝乃令应龙攻之冀州(杭州)之野。应龙畜水。蚩尤请风伯雨师,纵大风雨。黄帝乃下天女曰魃,雨止,遂杀蚩尤。"尅,同"克"。

[十一] 陶唐氏诛四罪句。陶唐氏,《后汉书·郡国志》唐县条引注:"《帝王世纪》曰:尧封唐,尧山在北,唐水西入河,南有望都。"诛四罪,《尚书·尧典》:"流共工于幽州,放驩兜于崇山,窜三苗于三危,殛鲧于羽山,四罪而天下咸服。"登庸,《尚书·尧典》:"帝曰:畴咨若时登庸。"孔安国传:"畴,谁。庸,用也。谁能咸熙庶绩,顺是事者,将登用之。"伯禹,《尚书·舜典》:"伯禹作司空。"孔颖达疏引贾逵曰:"伯,爵也。禹代鲧为崇伯,入为天子司空,以其伯爵,故称伯禹。"

[十二] 汤以伊尹为相四句。伊尹,姒姓,伊氏,名挚,生于莘国(今河南洛阳)。因其母居伊水之上,故以伊为氏。夏末商初政治家、思想家。姜太公,本名姜尚,姜姓,字子牙,曾被封于吕地,故又称吕尚,被尊称为太公望。《荀子·臣道》:"殷之伊尹、周之太公,可谓圣臣矣。"

[十三] 高祖绍复两句。傅说,古虞国(今山西平陆)人,殷商时期著名贤臣。《史记·殷本纪第三》:"武丁夜梦得圣人,名曰说。以梦所见视群臣百吏,皆非也。于是迺使百工营求之野,得说于傅险中。是时说为胥靡,筑于傅险。见于武丁,武丁曰是也。得而与之语,果圣人,举以为相,殷国大治。故遂以傅险姓之,号曰傅说。"山甫,仲山甫。周宣王时的贤臣。曹操《善哉行》:"智哉山甫,相彼宣王。"

[十四] 百姓不知其日用，《易·系辞上》："百姓日用而不知，故君子之道鲜矣。"孔颖达疏："言万方百姓恒日日赖用此道而得生，而不知道之功力也。"

[十五] 窃以管窥天倪两句。天倪，庄子《齐物论》："何谓和之以天倪?"郭象注："天倪者，自然之分也。"蠡挹 lǐ yì，蠡，贝壳做的瓢。汉东方朔《答客难》："以管窥天，以蠡测海。"

[十六] 庶政，《易·贲》："山下有火，贲。君子以明庶政，无敢折狱。"

[十七] 理本，唐白居易《采诗以补察时政策》："圣王酌人之言，补己之过，所以立理本，导化源也。"

[十八] 列辟，唐王维《京兆尹张公德政碑》："天子犹日省三揖列辟，日听万方舆颂。"赵殿成笺注："班固《典引》：'德臣列辟，功君百王。'李周翰注：'列辟，百官也。'"

[十九] 寒星在而求衣，《汉书·邹阳传》："始孝文皇帝据关入立，寒心销志，不明求衣。"颜师古注引臣瓒曰："文帝入关而立，以天下多难，故乃寒心战栗，未明而起。"

[二十] 论思，汉班固《两都赋》："朝夕论思，日月献纳。"

[二十一] 除一物之患而品类获安两句。品类，汉董仲舒《春秋繁露·玉英》："《春秋》理百物，辨品类，别嫌微，修本末者也。"庶狱，《尚书·立政》："庶狱庶慎，惟有司之牧夫是训用违。"蔡沉集传："庶狱，狱讼也。"

[二十二] 小善可纪……不忘于睿聪。小善，《易·系辞下》："小人以小善为无益而弗为也。"有孚，《诗·大雅·下武》："成王之孚，下土之式。"

[二十三] 丰约，《国语·楚语下》："不为外内行，不为丰约举。"韦昭注："丰，盛也；约，衰也。"

[二十四] 邦赋，《周礼·天官·职内》："掌邦之赋入。"贾公彦疏："掌邦之赋入者，谓九职、九贡、九赋之税入皆掌之，独云赋入者，赋是揔名。"

[二十五] 师律之贞暴两句。师律，《易·师》："象曰：师出以律，失律，凶也。"后以指军队的纪律。闾阎，平民。《史记·李斯列传论》："李斯以闾阎历诸侯，入事秦。

[二十六] 蹈舞，《隋书·许善心传》："颂歌不足，蹈舞无宣。"

[二十七] 夕惕，《周易·乾》："君子终日乾乾，夕惕若厉，无咎。"

[二十八] 鸟章之长两句。鸟章，《诗·小雅·六月》："织文鸟章，白斾央央。"郑玄笺："鸟章，鸟隼之文章，将帅以下衣皆着焉。"椎髻，亦作"椎结"。《汉书·李陵传》："两人皆胡服椎结。"颜师古注："结读曰髻，一撮之髻，其形如椎。"

[二十九] 巍巍，《论语·泰伯》："巍巍乎！舜禹之有天下也而不与焉。"何晏集解："巍巍，高大之称。"崇崇，《文选·扬雄〈甘泉赋〉》："崇崇圜丘，隆隐天兮。"李善注："崇崇，高貌也。"

狄梁公立卢陵王传赞并序[一]

梁公以武氏篡盗，国命如缀，翊安宗祉①，非我而谁，是用蒙大耻，履大险，耸节振义，以持世心，闲高祖天下于方寸之地。盗力虽盛，莫之敢窥，唐复为唐，繋公是赖。后代昧者，颇归功公②五臣，殊不知五臣之功，公所授也[二]。客有以李北海所传示予者[三]，述卢陵废立之际，见公如生，贻诸将来，可以不惑。敢摅愤而赞之，词曰：

于休梁公，社稷之臣。濡迹应变，与唐屈伸。妖虹横天，鸣牝专晨[四]。独立大道，指南生人。阖辟有期，命先我时。乃建国本，代天张机。取日虞泉，浣③光咸池[五]。潜授五龙，夹之以飞。临终指麾，皇业再基[六]。运起身后，功成不知。穆若清风，巍然宏规。凡为臣者，可不度思。

【校】

①粤雅堂本、四库本"祉"作"社"。
②粤雅堂本、四库本"公"作"于"。
③粤雅堂本、四库本"浣"作"洗"。

【笺注】

[一] 狄仁杰（630—700），字怀英，并州太原人。《旧唐书·狄仁杰传》："（狄仁杰）祖孝绪，贞观中尚书左丞。父知逊，夔州长史……开元中，北海太守李邕撰为梁公别传，备载其辞。中宗返正，追赠司空；睿宗追封梁国公。"卢陵王，唐中宗李显。

[二] 五臣之功，公所授也句。《旧唐书·狄仁杰传》："仁杰常以举贤为意，其所引拔桓彦范、敬晖、窦怀贞、姚崇等，至公卿者数十人。"

[三] 李北海，李邕。《旧唐书·李邕传》："李邕，广陵江都人……天宝初，为汲郡、北海二太守。"

[四] 鸣牝 pìn 专晨，也作"牝鸡司晨"，古代贬喻女性掌权。牝，雌性的鸟或兽。《南史·后妃传论》："后主嗣叶，实败于椒房，既曰牝晨，亦唯家之

索也。"

[五] 虞泉,虞渊。《淮南子·天文训》:"日至于虞渊,是谓黄昏。"咸池,《晋书·天文志》:"天潢南三星曰咸池,鱼囿也。月、五星入天潢,兵起,道不通,天下乱。"

[六] 临终指麾,皇业再基,疑指举荐张柬之事。《旧唐书·狄仁杰传》:"柬之果能兴复中宗,盖仁杰之推荐也。"

张荆州画赞并序[一]

中书令始兴文献公,有唐之鲠亮臣也[二]。开元二十二年后,玄①宗春秋高矣,以太平自致,颇易天下,综核稍怠[三],推纳寖广,君子小人,摩肩于朝,直声遂寝[四],邪气始胜,中兴之业衰焉。公于是以生人为身,社稷自任,抗危②言而无所避,秉大节而不可夺,小必谏,大必诤,攀帝槛,历天阶,犯雷霆之威,不霁不止。日月几蚀,为公却一作却为分明,虎而冠者,不敢猛视,群贤倚赖,天下仰息,懔懔③乎千载之望矣。不虞天将启幽蓟之祸,俾奸臣乘衅,以速致戎,诈成谗胜,圣不能保,褫我公衮,置于侯服[五]。身虽远而谏愈切,道既塞而诚弥坚,忧而不怨,终老南国。於戏!功业见乎变,而其变有二:在否则通,在泰则穷[六]。开元初,天子新出艰难,久愤荒政,乐与群下励精致理,于是乎有④否极之变。姚宋坐而乘之[七],举为时要,动中上意,天光照身,宇宙在手,势若舟楫相得,当洪流而鼓迅风,崇朝万一作千里,不足怪也。开元末,天子倦于勤而安其安,高视穆清,沛⑤然大满,于是乎有泰极之变。荆州起而扶之,举为时害,动咈上欲[八],日与谗党抗衡于交戟之中,势若微阳战阴,冲密云而吐丹气,歘耀而灭[九],又何叹乎。所痛者,逢一时,事一圣,践其迹,执其柄,而有可有不可,有成有不成。况乎差池草茅,沉落光耀者,复何言哉?复何言哉!曹溪沙门灵澈[十],虽脱离世务,而犹好正直,携⑥其图像,因以示予⑦。余观而感之⑧,乃作铭曰:

唐有栋臣,往矣其邈。世传遗像,以觉后觉一作学。德容恢晏⑨,天骨峻擢。波澄东溟,日照太岳。其瞻崇崇,起敬起忠。貌与神会,凛然生风。气蕴逆鳞,色形匪躬。当时曲直,如在胸中。鲲鳞初脱,激海以化。羊角中颓,摩天而下。无喜无愠,亦如此画。呜呼为臣,儆尔夙夜。

【校】

①粤雅堂本"玄"作"元"。

②四库本"危"作"微"。

③粤雅堂本"廪廪"作"凛凛"。

④四库本无"有"字。

⑤粤雅堂本"沛"作"霈"。

⑥粤雅堂本"携"作"得"。

⑦四库本"予"作"余"。

⑧四库本"观而感之"作"余睹而感之"。

⑨粤雅堂本"晏"作"异"。

【笺注】

[一] 张九龄（678—740），字子寿，一名博物，谥文献。唐朝韶州曲江（今广东省韶关市）人，世称"张曲江"或"文献公"。《旧唐书·张九龄传》："玄宗在东宫，举天下文藻之士，亲加策问，九龄对策高第，迁右拾遗……开元十年，三迁司勋员外郎。十一年，拜中书舍人……二十一年十二月，起复拜中书侍郎、同中书门下平章事。明年，迁中书令，兼修国史……赠荆州大都督，谥曰文献。"

[二] 鲠亮，谅直，刚直诚实。《新唐书·李勉传》："其在朝庭，鲠亮廉介，为宗臣表。"

[三] 综核，《旧唐书·代宗纪》："至于领录天下之纲，综核万事之要，邦国善否，出纳之由，莫不处正于会府也。"

[四] 直声，《汉书·张敞传》："今朝廷不闻直声，而令明诏自亲其文，非策之得者也。"颜师古注："言朝臣不进直言，以陈其事。"

[五] 不虞天将启幽蓟之祸……寘于侯服句。《旧唐书·张九龄传》："李林甫自无学术，以九龄文行为上所知，心颇忌之。乃引牛仙客知政事，九龄屡言不可，帝不悦。二十四年，迁尚书右丞相，罢知政事。"褫 chǐ，剥夺。

[六] 在否则通，在泰则穷句。《易·泰》："泰，小往大来，吉亨。"

[七] 姚宋，唐名臣姚崇、宋璟的合称。

[八] 咈 fú，违逆，乖戾。三国魏桓范《世要论·谏争》："咈人之耳，违人之意。"

[九] 欻 xū，火光一现的样子。

[十] 灵澈（746—816），本姓杨氏，字源澄，越州会稽（今绍兴）人。与刘禹锡、刘长卿、吕温交往甚密，互有诗相赠。

续羊叔子传赞^[一]

天厌鼎峙，蜀灭魏改。锡晋羊公，以同四海。儒衣登坛，岳镇荆蛮^[二]。十万之众，从公而闲。逍遥岷阳，傲视勍敌^[三]。用人^①为间，出入无迹^[四]。吴国虽守，吴心已降。吞于胸中，不见大江。勤物忘已，乐天知命。留功遗人^[五]，国愈身病。江汉旧域，德膏潜蒸。化行兵中，兵息化兴。策虽平吴，道不相晋。永嘉南迁，岂曰泯泯。

【校】
①粤雅堂本、四库本"人"作"仁"。

【笺注】
[一] 羊祜（221—278），字叔子。泰山南城（今山东新泰）人。《晋书·羊祜传》："世吏二千石，至祜九世，并以清德闻。祖续，仕汉南阳太守。父衜，上党太守。祜，蔡邕外孙，景献皇后同产弟。"

[二] 岳镇荆蛮，《晋书·羊祜传》："帝将有灭吴之志，以祜为都督荆州诸军事、假节，散骑常侍、卫将军如故。祜率营兵出镇南夏，开设庠序，绥怀远近，甚得江汉之心。"

[三] 勍 qíng，强大。

[四] 用人为间两句。《晋书·羊祜传》："祜以孟献营武牢而郑人惧，晏弱城东阳而莱子服，乃进据险要，开建五城，收膏腴之地，夺吴人之资，石城以西，尽为晋有。自是前后降者不绝，乃增修德信，以怀柔初附，慨然有吞并之心。"

[五] 留功遗人，《晋书·羊祜传》："遣中书令张华问其筹策。祜曰：'今主上有禅代之美，而功德未著。吴人虐政已甚，可不战而克。混一六合，以兴文教，则主齐尧舜，臣同稷契，为百代之盛轨。如舍之，若孙晧不幸而没，吴人更立令主，虽百万之众，长江未可而越也，将为后患乎！……取吴不必须臣自行，但既平之后，当劳圣虑耳。功名之际，臣所不敢居。若事了，当有所付授，愿审择其人。'"

药师如来绣像赞并序[一]

药师如来像者，余妻兰陵萧氏之所绣也。贞元二十年[二]，余奉德宗皇帝之命，西使吐蕃，辞高堂而出万死，介单车而驰不测。国故遽至，戎情猜闭，坎险一遇，星霜再周[三]。夫人盥馈之余，膏铅不御，日乱蓬首，坐销蕣华[四]。异域无期，良时自晚，始怨冬釭之久[五]，而红芳已阑，方苦夏景之长，而碧树将落。书委尘箧，迹沦苔堦。渐昧音容，孰知存没？黩龟不告，因梦难征。触虑成端，沿情多绪。黄昏望绝，见偶语而生疑[六]；清旭意新，闻疾行而误喜。循环何极，刻舟匪寻，浩隔理求，育非计得[七]。如闻东方有金界极乐大雄，散琉璃之宝光，照恒沙之国土，能度众生，出诸幽厄，一念必应，万感皆通。是用濬发慧根，妙求真像，断鸣机躬织之素，染懿筐手绩之丝[八]，尽瘁庄严，彰施彩绣，缠苦心于香缕，注精意于针锋，指下而露染青莲，思尽而云开白月。然后练时洁室，华设珍供，夕炬传照，晨炉续烟，齐献至诚，泣敷恳愿[九]。遂得慈舟密济，觉路潜引[十]，当道场发念之日，是荒裔来归之辰，幽感冥符，一何昭焯[十一]！乃知织回文之锦[十二]，无补离忧；登望归之台[十三]，空为废日。与夫心谐妙理，手结胜因[十四]，进则有济度之功[十五]，退不离清净为本，从长择善，岂同日而言哉！余感其志效，爰用赞叙①，虽在妻子，亦无愧词，藏诸闺门，永以传信。赞曰：

地万理兮天一极，往无由兮来不得。解脱愿兮慈悲力，五色绣兮黄金饰。澄氛昏兮圆相开，湛水月兮莲花台。慈眼瞦兮犷心回，死别离兮生归来。海为田兮劫为灰，身念念②兮无穷哉。

【校】
①粤雅堂本"赞叙"作"叙赞"。
②粤雅堂本"身念念"作"身身念念"。

【笺注】
[一] 作于805年。药师如来，为佛教横三世佛中的东方教主，被尊为消灾延寿的大医王。
[二] 贞元二十年，804年。
[三] 星霜，星辰一年一周转，霜每年遇寒而降，以星霜指年岁，指吕温出

使吐蕃被滞留一年。

[四] 夫人盥馈之余四句。盥馈 guàn kuì，指侍奉尊者盥洗及进膳食。《仪礼·士昏礼》："舅姑入于室，妇盥馈。"蓬首，《诗·卫风·伯兮》："自伯之东，首如飞蓬。"蕣华，《说文·艸部》："蕣，木堇，朝华莫落者……《诗》曰：'颜如蕣华。'"

[五] 冬釭，冬夜的灯。南朝梁江淹《别赋》："夏簟清兮昼不暮，冬釭凝兮夜何长！"

[六] 偶语，《史记·高祖本纪》："父老苦秦苛法久矣，诽谤者族，偶语者弃市。"

[七] 窅 yǎo，喻深远。

[八] 断鸣机躬织之素两句。鸣机躬织，南朝梁何逊《同虞记室登楼望远归》："对窗看宝瑟，入户弄鸣机。"懿筐手绩，《诗·豳风·七月》："女执懿筐，遵彼微行，爰求柔桑。"毛传："懿筐，深筐也。"

[九] 恳愿，诚挚的愿望。唐元结《让容州表》："供给井税，臣之恳愿，尘黩天威，不胜惶恐。"

[十] 慈舟密济，觉路潜引句。慈舟，佛陀本其慈悲以化度众生，犹如舟筏之引渡受难者。又作慈航。觉路，谓成佛的道路。《禅宗永嘉集序》："慧门广辟，理绝色相之端；觉路遥登，迹晦名言之表。"

[十一] 昭焯 zhuō，明显，显著。

[十二] 回文之锦，《晋书·列女·窦滔妻苏氏》："窦滔妻苏氏，始平人也，名蕙，字若兰。善属文。滔，符坚时为秦州刺史，被徙流沙，苏氏思之，织锦为回文旋图诗以赠滔。宛转循环以读之，词甚凄惋。"

[十三] 望归之台，唐徐坚《初学记》卷五载南朝宋刘义庆《幽明录》："武昌北山有望夫石，状若人立。古传云：昔有贞妇，其夫从役，远赴国难，携弱子饯送北山，立望夫而化为立石，因以为名焉。"

[十四] 胜因，善因。《佛说无常经》："胜因生善道，恶业堕泥犁。"

[十五] 济度，《汉书·翟方进传》："熙！我念孺子，若涉渊水，予惟往求朕所济度。"颜师古注："言我当求所以济度之，故奔走尽力，不惮勤劳。"

卷十 杂著

功臣恕死议

昔卫蒯聩以窃国之诈，盟其陪臣，服冕乘轩，三死无与[一]。近代惑者，为因①口号②，于是乎有功臣恕死之典。考诸古训，其异端欤；稽诸时事，其乱本欤。何者？有国之柄，莫大乎刑赏；人生有欲，不可以不制；天讨有罪，不可以不刑。盖刑者，圣王所③以佐道德而齐天下者也。功济乎物，不可以不赏；赏劝乎功，不可以不信。盖信④，圣王所以一号令而悼天下者也。然则恕死之典，弃信而废刑。何以言之？夫立功者，自八元十乱之后[二]，非尽能贤，或有起屠贩、垄亩、行阵之间，乘帝王应天顺人之势，用力无几，遂贪天功，超腾风云，各得变化。率劳怙宠⑤，屈强自负[三]，僭冒无厌，见利忘义。是宜崇威峻法[四]，大为之防；而反丹书铁券[五]，许以不死。其功大者，可以五作乱而十犯上[六]，孰不以暴为无伤乎？且人君之言，如渔⑥汗不反[七]。既与之要天地，誓河山，卒⑥忽反一旦失驭，有黥、韩之罪[八]，神怒人怨，不得已而诛，是弃信也。若恣行凶险，隳突宪纲，或奸锋将发，覃逼宗社[九]，乃念斯言之玷，忍而不诛，是废刑也。向者才得其尘涓之效，萤烛之助[十]，而信弃刑废，将焉用之？使贤而有功，惊宠惧满，自居无过之地，何恕死为？使愚而有功已，小人不幸，又告以无死，是憎骄而启奸，适所谓赏之祸也。虽恕之死，其能免乎？夫其贤如太公，忠如伊尹[十一]，唯君知臣，可以勿贰，而遽宥以死罪[十二]，是疑其不终，非所以待之以诚，而尽君子之心。若乃猾如狗盗，庸如黥徒，未有罪而先恕之死，是不许其慕生廉耻，自周⑦名节，非所以道之以德，而劝小人之善也。以为明君之处劳臣也，安之以爵禄，护之以纪律，明之以好恶，耸之以祸福，使得迁善远罪，保勋全名，剖符传庆[十三]，与国终始。恩斯勤斯，是亦极矣，奈何挠权乱法，以罪宠人，坠信赏必罚之典，亏昭德塞违之道[十四]，恐非哲王经邦轨物之制也^[十五]。谨议。

【校】

①粤雅堂本"为因"作"因为"。

②粤雅堂本"号"作"实"。

③四库本"所"作"时"。

④粤雅堂本"盖信"作"盖信者"。

⑤粤雅堂本"率劳怙宠"作"率矜劳怙"。

⑥四库本、粤雅堂本"渔"作"涣"。

⑦四库本、粤雅堂本"周"作"固"。

【笺注】

[一] 昔卫蒯聩以窃国之诈四句。蒯聩 kuǎi kuì，卫后庄公，卫灵公之子，许诺赦免浑良夫三死。《史记·卫康叔世家第七》："十二年，初，孔圉文子取太子蒯聩之姊，生悝。孔氏之竖浑良夫美好，孔文子卒，良夫通于悝母。太子在宿，悝母使良夫于太子。太子与良夫言曰：'苟能入我国，报子以乘轩，免子三死，毋所与。'"杜预注："轩，大夫车也。三死，死罪三……三罪，紫衣、袒裘、带剑也。紫衣，君服也。热，故偏袒，不敬也。卫侯求令名者与之食焉，太子请使良夫，良夫紫衣狐裘，不释剑而食，太子使牵退，数之罪而杀之。"

[二] 八元十乱，八元，《左传·文公十八年》："高辛氏有才子八人：伯奋、仲堪、叔献、季仲、伯虎、仲熊、叔豹、季狸，忠肃共懿，宣慈惠和，天下之民，谓之'八元。'"孔颖达疏："元，善也，言其善于事也。"十乱，《尚书·泰誓》："予（周武王）有乱臣十人，同心同德。"孔传："我治理之臣虽少而心德同。"孔颖达疏："《释诂》云：乱，治也。"十人，指周公旦、召公奭、太公望、毕公、荣公、太颠、闳夭、散宜生、南宫适、文母（一说指文王之后大姒，一说指武王之妻邑姜）。

[三] 率劳怙宠，屈强自负句。怙宠，《后汉书·朱晖传》："恃势怙宠之辈，渔食百姓。"屈强，《汉书·陆贾传》："乃欲以新造未集之越，屈强于此。"颜师古注："屈强，谓不柔服也。"僭冒 jiàn mào，意思是不守本分，冒犯他人。

[四] 峻法，严酷的法令。《史记·万石张叔列传》："公家用少，桑弘羊等致利，王温舒之属峻法，兒宽等推文学至九卿，更进用事，事不关决于丞相，丞相醇谨而已。"

[五] 丹书铁券，丹书，用朱砂写字。铁券，用铁制的凭证。古代帝王赐给

功臣世代享受优遇或免罪的凭证。文凭用丹书写铁板上。《后汉书·祭遵传》："丹书铁券，传于无穷。"

[六] 五作乱而十犯上，《论语·学而》："有子曰：'不好犯上，而好作乱者，未之有也。'"

[七] 渔汗不反，渔汗应作"涣汗"，《易·涣》："九五，涣汗其大号。"孔颖达疏："人遇险阨惊怖而劳，则汗从体出，故以汗喻险阨也。九五处尊履正，在号令之中，能行号令以散险阨者也。"

[八] 黥、韩，黥布、韩信。

[九] 衅 xìn，罪过。晋袁宏《后汉纪·桓帝纪下》："罪深衅重，人鬼同疾。"

[十] 尘涓之效，萤烛之助句。尘涓，喻微薄，萤烛，萤火和蜡烛。谓微弱之光，喻微力。三国魏曹植《求自试表》："萤烛末光，增晖日月。"

[十一] 贤如太公，忠如伊尹句。姜太公，本名姜尚，姜姓，字子牙，曾被封于吕地，故又称吕尚，被尊称为太公望。《荀子·臣道》："殷之伊尹、周之太公，可谓圣臣矣。"伊尹，姒姓，伊氏，名挚，生于莘国（今河南洛阳）。因其母居伊水之上，故以伊为氏。夏末商初政治家、思想家。

[十二] 宥，宽恕。

[十三] 剖符，《战国策·秦策三》："穰侯使者操王之重，决裂诸侯，剖符于天下，征敌伐国，莫敢不听。"

[十四] 昭德塞违，《左传·桓公二年》："君人者将昭德塞违，以临照百官。"孔颖达疏："昭德，谓昭明善德，使德益彰闻也；塞违，谓闭塞违邪，使违命止息也。"

[十五] 哲王，《尚书·酒诰》："在昔殷先哲王，迪畏天显小民，经德秉哲。"轨物，《左传·隐公五年》："君将纳民轨物者也。"杜预注："言器用众物不入法度，则为不轨不物。"

复汉以粟为赏罚议

议曰：先王赏以饰喜，罚以饰怒，喜必待功，而赏不潜①行，怒苟得罪，而罚无轻赦，其来尚矣。汉氏杂霸道而骔王制[一]，昧宏规而狃小利[二]，俾人纳粟，除罪拜爵[三]。以罚人②则废法，以赏人③则废功，以储蓄则废本，是沮劳惠奸，而怠弃南亩也[四]。何以言之？惟名与器，不可假人[五]。而班爵于并兼之家，析圭于滞积之室^[六]，使屠沽贱隶，凌驾英豪，苟有怀于^④廉耻之心，岂复致患难之死？虽月要天地，日誓山河，而赏不足以劝矣。天讨有罪，刑兹无赦。而挠权于残贼之徒，屈法于奸究^⑤之党^[七]，使凶人酷吏，言暴无伤，苟开必免之门，孰惩罔极之恶？虽临以斧钺，驱于鼎镬^[八]，而刑不足以威矣。且朝縻好爵，以粟授受，国有常刑，以粟出入，贪利爱生之^⑥孰，不愿空垄亩而贸^⑦圭组^[九]，竭仓廪而救死亡？拜爵者坐等封君，遂忘其本业；免罪者室如悬磬，曷保其生聚^[十]？虽使三公九卿，躬执耒耜，而啬不可以务矣。於戏！赏罚者，长人之大柄；农啬者，有邦^⑧之永图。忽而弃焉，曾不是念，而利乎国储之暂实，兵食之仅济，其何补欤？然而汉承秦弊，中国耗弱，高惠务厥完缉，孝文守以恭俭^[十一]，德未浃于海外^[十二]，威乘^⑨行于四夷，边候犹闻击柝，戎士不得解甲，晁错是以有权宜之对^[十三]，救弊之术，偷利于当代，利^⑩成于一时。虽曰有因而为，终贻识者之诮。国家体元立极^[十四]，继天而作，腾轶殷周，绍休唐虞^[十五]，率我蒸人，登于寿域。王一变至于帝，帝一变至于皇，非正大^⑪之慕^⑫不听，非盛^⑬德之事不问。焉有习近古之失策，采庸臣之诡论者哉？必患国廪犹虚，边馈未^⑭继^[十六]，莫若兴李悝之平籴^[十七]，务充国之屯田，练将简兵，以省军费，轻徭薄赋，以悦人心。东作一兴，西成再秩，则太仓之蓄^⑮如京矣^[十八]，塞下之稼如云矣。亦何必亏昭德塞违之道，坠信赏必罚之典？恐非圣唐经邦轨物之制也^[十九]。谨议。

【校】

①粤雅堂本、四库本"潜"作"僭"。

②粤雅堂本"罚人"作"罚"。

③粤雅堂本"赏人"作"赏"。

④粤雅堂本、四库本"怀于"作"怀"。

⑤粤雅堂本、四库本"究"作"宄"。

⑥粤雅堂本"之"作"之徒"，四库本"之"作"之夫"。

⑦粤雅堂本"贸"作"货"。

⑧四库本"邦"作"国"。

⑨粤雅堂本、四库本"乘"作"未"。

⑩粤雅堂本、四库本"利"作"幸"。

⑪粤雅堂本"正大"作"大道"。

⑫四库本"慕"作"谟"。

⑬粤雅堂本"盛"作"圣"。

⑭四库本"未"作"莫"。

⑮四库本"蓄"作"粟"。

【笺注】

[一] 霸道，指君主凭借武力、刑法、权势等进行统治。与"王道"相对。《荀子·王制》："故明其不并之行，信其友敌之道，天下无王霸主，则常胜矣。是知霸道者也。"

[二] 狃 niǔ，拘泥。

[三] 除罪，免罪。《史记·平准书》："入物者补官，出货者除罪。"

[四] 南亩，谓农田。《诗·小雅·大田》："俶载南亩，播厥百谷。"

[五] 惟名与器，不可假人。《左传·成公二年》："唯器与名，不可以假人，君之所司也。"

[六] 而班爵于并兼之家两句。班爵，《左传·襄公二十六年》："子朱怒曰：'班爵同，何以黜朱于朝。'"兼并，土地侵并，或经济侵占。《墨子·天志下》："今天下之诸侯，将犹皆侵凌攻伐兼并。"析圭亦作"析珪"。古代帝王按爵位高低分颁玉圭。《汉书·司马相如传下》："故有剖符之封，析圭而爵。"颜师古引如淳曰："析，中分也。白藏天子，青在诸侯。"滞积，《国语·鲁语上》："不腆先君之币器，敢告滞积，以纾执事。"韦昭注："滞，久也……谷久积则将朽败，执事所忧也。"

[七] 宄，应作"宄 guǐ"，《尚书·舜典》："蛮夷猾夏，寇贼奸宄。"孔安国传："在外曰奸，在内曰宄。"

[八] 临以斧钺，驱于鼎镬句。斧钺，泛指兵器。亦泛指刑罚、杀戮。《左传·昭公四年》："王弗听，负之斧钺，以徇于诸侯。"鼎镬 huò，《汉书·郦食其传赞》："郦生自匿监门，待主然后出，犹不免鼎镬。"

[九] 圭组，印绶。借指官爵。唐陈子昂《为建安王献食表》："臣谬籍葭莩，叨荣圭组。"

[十] 免罪者室如悬磬，曷保其生聚句。悬磬，《国语·鲁语上》："室如悬磬，野无青草，何恃而不恐？"三国吴韦昭注："悬磬，言鲁府藏空虚如悬磬也；野无青草，旱甚也。"生聚，宋范成大《潺陵》："莫讶土毛稀，须知人力槁。生聚何当复，兹事恐终老。"

[十一] 高惠务厥完缉两句。高惠，汉高祖刘邦和汉惠帝刘盈。完辑，保全。孝文，拓跋宏（467—499），北魏孝文帝。中国历史上杰出的少数民族政治家、改革家。

[十二] 浃 jiā，融入。

[十三] 击柝 tuò，亦喻战事，战乱。《易·系辞下》："重门击柝，以待暴客。"晁错（前200—前154），颖川（今河南禹州）人，西汉政治家、文学家。汉文帝时，任太常掌故，后历任太子舍人、博士、太子家令。景帝即位后，任为内史，后迁至御史大夫。

[十四] 体元立极，以天地之元气为本。汉班固《东都赋》："体元立制，继天而作。"

[十五] 绍休，《汉书·武帝纪》："故旅耆老，复孝敬，选豪俊，讲文学，稽参政事，祈进民心，深诏执事，兴廉举孝，庶几成风，绍休圣绪。"

[十六] 边馈，边饷。

[十七] 李悝 kuī（前455—前395），战国时期政治家。魏文侯任用他为相，主持变法。废除旧贵族特权，按能力和功劳大小选拔官吏；鼓励农民精耕细作，增加产量；国家在丰年时平价购买余粮，荒年时平价出售。变法后魏国成为战国初期强国之一。籴 dí。

[十八] 太仓之蓄如京，《诗·小雅·甫田》："曾孙之稼，如茨如梁。曾孙之庾，如坻如京。"

[十九] 亦何必亏昭德塞违之道两句。昭德塞违，《左传·桓公二年》："君人者将昭德塞违，以临照百官。"孔颖达疏："昭德，谓昭明善德，使德益彰闻也；塞违，谓闭塞违邪，使违命止息也。"轨物，《左传·隐公五年》："君将纳民轨物者也。"杜预注："言器用众物不入法度，则为不轨不物。"

人文化成论

《易》曰："观乎人文，以化成天下。"能讽其言，盖有之矣，未有明其义者也。尝试论之。夫一二相生，大钧造物，百化交错，六气节宣[一]，或阴阖而阳开，或天经而地纪[二]，有圣作则，寔为人文。若乃夫以刚克，妻以柔立[三]，父慈而教，子孝而箴，此室家之文也[四]。君以仁使臣，臣以义事君，予违汝弼，献可替否[五]，此则朝廷之文也。三公论道，六卿分职，九流异趣，百揆同归，此则官司之文也[六]。宽则人慢，纠之以猛，猛则人残，施之以宽，宽以济猛，猛以济宽，此刑政之文也[七]。乐胜则流，遏之以礼，礼胜则离，和之以乐，与时消息，因俗变通，此教化之文也[八]。文者，盖言错综庶绩，藻绘人情[九]，如成文焉[十]，以致其理。然则人文化成之义，其在兹乎？而近代诮诼之臣，特以时君不能则象乾坤，祖述尧舜^[十一]，作化成天下之文，乃以旂裳冕服，章句翰墨^①为人文也^[十二]。遂使君人者浩然忘本，沛然自得，盛仪威^②以求至理^[十三]，坐吟咏而待太平，流荡因循^[十四]，败而未晤^③，不其痛欤！必以旂裳冕服为人文，则秦汉魏晋，声明文物，礼缛五帝，仪繁三王^[十五]，可曰焕乎其有文章矣，何衰乱之甚^④也？必以章句翰墨为人文，则陈后主、隋炀帝，雍容绮靡，洋溢编简，可曰文思安安^{下安字一作矣⑤}，何灭亡之速也？覈之以名义，研之以情实既如彼，校之以今古，质之以成败又如此。《传》不云乎，"经纬天地曰文"？《礼》不云乎，"文王以文理"？则文之时义其大矣哉，焉可以名数末流，雕虫小技，厕杂其间也^[十六]。

【校】

①四库本"章句翰墨"作"翰墨章句"。

②粤雅堂本、四库本"仪威"作"威仪"。

③粤雅堂本、四库本"晤"作"悟"。

④粤雅堂本"甚"作"多"。

⑤粤雅堂本"安安"作"安矣"。

【笺注】

[一] 夫一二相生四句。一二相生，老子《道德经》："道生一，一生二，二生三，三生万物。万物负阴而抱阳，冲气以为和。"大钧，《文选·贾谊〈鵩鸟赋〉》："云蒸雨降兮，纠错相纷。大钧播物兮，块圠无垠。"李善注："如淳曰：'陶者作器于钧上，此以造化为大钧。'应劭曰：'阴阳造化，如钧之造器也。'"百化，《礼记·乐记》："鼓之以雷霆，奋之以风雨，动之以四时，暖之以日月，而百化兴焉。"郑玄注："百化，百物化生也。"六气，《左传·昭公元年》："天有六气，降生五味……六气曰阴、阳、风、雨、晦、明也。"节宣，《左传·昭公元年》："君子有四时：朝以听政，昼以访问，夕以修令，夜以安身。于是乎节宣其气，勿使有所壅闭湫底，以露其体。"杜预注："宣，散也。"

[二] 或阴阖而阳开两句。阴阖而阳开，《鬼谷子》："阳开以生物，阴阖以成物。生成既着，须立名以命之也。"天经，汉班固《典引》："躬奉天经，惇睦辨章之化洽。"地纪，《庄子·说剑》："此剑……上决浮云，下绝地纪。"

[三] 若乃夫以刚克句。《尚书·洪范》："三德：一曰正直，二曰刚克，三曰柔克。"孔颖达疏："二曰刚克，言刚强而能立事。"

[四] 父慈而教三句。《左传·昭公二十六年》："父慈而教，子孝而箴。"

室家之文，《诗·小雅·常棣》："宜尔室家，乐尔妻帑。"

[五]予违汝弼，献可替否句。予违汝弼，《尚书·益稷》："予违汝弼，汝无面从，退有后言。"孔传："我违道，汝当以义辅正我。"献可替否，《左传·昭公二十年》："君所谓可而有否焉，臣献其否以成其可。君所谓否而有可焉，臣献其可以去其否。"

[六]三公论道……此则官司之文也句。三公，《尚书·周官》："立太师、太傅、太保，兹惟三公，论道经邦，燮理阴阳。"六卿，《尚书·周官》："六卿分职，各率其属，以倡九牧，阜成兆民。"九流，《汉书·叙传下》："刘向司籍，九流以别。"颜师古注引应劭曰："儒、道、阴、阳、法、名、墨、纵横、杂、农，凡九家。"百揆，《尚书·舜典》："纳于百揆，百揆时叙。"蔡沉集传："百揆者，揆度庶政之官，惟唐虞有之，犹周之冢宰也。"

[七]宽则人慢句。《左传·昭公二十年》："政宽则民慢，慢则纠之以猛，猛则民残，残则施之以宽。宽以济猛，猛以济宽，政是以和。"

[八]乐胜则流句。《礼记·乐记》："乐胜则流，礼胜则离。合情饰貌者，礼乐之事也。"与时消息，《周易·丰》："日中则昃，月盈则食，天地盈虚，与时消息。"

[九]错综庶绩，藻绘人情句。庶绩，《尚书·尧典》："允厘百工，庶绩咸熙。"孔安国传："绩，功也；言众功皆广。"人情，《史记·太史公自序》："人情之所感，远俗则怀。"

[十]成文，汉扬雄《法言·君子》："君子言则成文，动则成德。"

[十一]则象乾坤，祖述尧舜句。则象，效法。乾坤，《易·系辞下》："黄帝尧舜垂衣裳而天下治，盖取诸《乾》《坤》。"祖述尧舜，《礼记·中庸》："仲尼祖述尧舜，宪章文武。"

[十二]旂裳，旂，同"旗"。《周礼·春官·司常》："日月为常，交龙为旂……王建大常，诸侯建旂。"冕服，《国语·周语上》："太宰以王命命冕服。"韦昭注："冕，大冠；服，鷩衣。"章句，北齐颜之推《颜氏家训·勉学》："空守章句，但诵师言，施之世务，殆无一可。"

[十三]至理，南朝梁沈约《与陶弘景书》："至理深微，暧焉难睹。"

[十四]流荡，章炳麟《国故论衡·论式》："肆而不制，近于流荡。"

[十五]礼缛五帝，仪繁三王句。五帝三王，上古时期八位帝王的合称。三王，指夏禹、商汤、周文王。五帝说法不一。《史记·秦始皇本纪》："古之五帝三王，知教不同，法度不明，假威鬼神……"

[十六]名数末流句。名数，《左传·庄公十八年》："王命诸侯，名位不

同，礼亦异数。"南朝梁刘勰《文心雕龙·才略》："杜笃贾逵，亦有声于文，迹其为才，崔傅之末流也。"雕虫小技，汉杨雄《法言·吾子》："或问：'吾子少而好赋？'曰：'然。童子雕虫篆刻。'俄而曰：'壮夫不为也。'"厕杂，杂厕。

三不欺先后论

昔宓子贱为单父也[一]，人不忍欺之；国侨为郑也[二]，人不能欺之；西门豹为邺也[三]，人不敢欺之：此皆为政不同，同归于理，作干事之称首，贻牧人之经范[四]，汪洋古今，辉焯图史。穷理而语，故有优劣，择善而行，岂无先后？请试论之。子贱仕衰乱之鲁，而邑偪强齐，仗义为城池，倚仁为干橹[五]，当鲸吞之大敌，鸠狼顾之遗黎[六]，涣离形检[七]，妙用心术，惠训不倦，乃无得而称，视民如伤[八]，而不有其爱，感而动之，阴阳运于无言，诚而明之，日月悬于方寸，是则不求①欺于人，而人不忍欺矣。子产摄晋楚之间[九]，而靖恭尔次[十]，役智利物，饬躬励俗[十一]，守之以信，行之以礼，告之以慈惠[十二]，临之以明察，如镜洞照，如衡诚悬[十三]，是则求人不欺，而人亦不能欺矣。西门②当战国之初，而克修茂绩[十四]，身有纪律，言有典章，刚包其柔，威克厥爱[十五]，权之以法制，董之以刑罚，火烈人望，霜清物心[十六]，是则责人不欺，而人固不敢欺矣。夫不忍欺者，至诚潜感[十七]，是曰上德，尧舜之吏也。不能欺者，明智旁达，是曰有政[十八]，三王之吏也[十九]。不敢欺者，严威允济，是曰能刑[二十]，五伯③之吏也[二十一]。诚不足至于智，智不足至于威，大小之间，朗然可见。然而事在折衷，理资渐致，德宜全举，道贵兼通，必也修诚而弃智，诚未至而致④理或亏，任智而废威，智未周而暴乱将起，不若总而行之，迭收其效。一之日、二之日，刑明威立，使人畏而不敢欺；三之日、四之日，智达政成，使人敬而不敢⑤欺；五之日、六之日，志孚诚格，使人感而不敢⑥欺。以宽济猛，同二气而和平，自迹陟退，比三才而具美[二十二]，苟非全德大器，其孰能至于此乎？若不暇会其源流，统其宗极，而姑定优劣，直论先后，则尧舜之吏，与王、霸不同年而语矣。

【校】

①四库本、粤雅堂本"求"作"求不"。
②四库本、粤雅堂本"西门"作"西门豹"。
③四库本"伯"作"霸"。

④粤雅堂本"致"作"政"。

⑤四库本、粤雅堂本"敢"作"能"。

⑥四库本、粤雅堂本"敢"作"忍"。

【笺注】

［一］宓子贱，《吕氏春秋·具备》："宓子使臣书，而时掣摇臣之肘，书恶而有甚怒，吏皆笑宓子，此臣所以辞而去也。"

［二］国侨，春秋郑大夫公孙侨。《汉书·刑法志第三》："子产相郑而铸刑书。"师古曰："子产，郑大夫公孙侨也。铸刑法于鼎，事在昭六年。"

［三］西门豹，《史记·滑稽列传第六十六》："魏文侯时，西门豹为邺令。"

［四］作干事之称首两句。干事，《易·乾》："贞固足以干事。"孔颖达疏："言君子能坚固贞正，令物得成，使事皆干济。"高亨注："干是动词，主持，主办。牧人，《尚书·立政》："文王惟克厥宅心，乃克立兹常事司牧人，以克俊有德。"孔颖达疏："惟慎择在朝有司在外牧养民之夫。"

［五］干橹，《礼记·儒行》："儒有忠信以为甲胄，礼义以为干橹；戴仁而行，抱义而处。"郑玄注："干橹，小楯、大楯也。"

［六］遗黎，亦作"遗黧"。亡国之民。《晋书·地理志下》："自中原乱离，遗黎南渡，并侨置牧司，在广陵丹徒南城，非旧土也。"

［七］形检，仪容整饬。

［八］视民如伤，《左传·哀公元年》："臣闻国之兴也，视民如伤，是其福也；其亡也，以民为土芥，是其祸也。"

［九］子产，公孙侨的字。

［十］靖恭亦作"靖共"，《诗·小雅·小明》："靖共尔位，正直是与。"高亨注："靖，犹敬也。共，奉也。"

［十一］饬躬，《汉书·宣帝纪》："朕之不明，震于珍物，饬躬斋精，祈为百姓。"

［十二］慈惠，《左传·成公十二年》："于是乎有享宴之礼，享以训共俭，宴以示慈惠。共俭以行礼，而慈惠以布政。"明察，《左传·昭公六年》："圣哲之上，明察之官。"

［十三］如衡诚悬，诚悬，亦作"诚县"。喻指处事公正明察。《礼记·经解》："故衡诚县，不可欺以轻重。"郑玄注："衡，称也；悬谓锤也。"

［十四］茂绩，晋潘岳《杨荆州诔》："忠节克明，茂绩惟嘉。"

［十五］威克厥爱，《尚书·胤征》："威克厥爱，允济；爱克厥威，允

罔功。"

[十六] 火烈人望,霜清物心句。火烈,《文选·陆机〈汉高祖功臣颂〉》:"威亮火烈,势踰风扫。"张铣注:"言其威武信为猛烈。"霜清,唐李白《赠宣城赵太守悦》:"持斧佐三军,霜清天北门。"

[十七] 至诚,《礼记·中庸》:"唯天下至诚,为能经纶天下之大经,立天下之大本,知天地之化育。"朱熹《四书章句集注》:"至诚之道,非至圣不能知;至圣之德,非至诚不能为。"

[十八] 有政,《尚书·君陈》:"惟孝,友于兄弟,克施有政。"

[十九] 三王,《谷梁传·隐公八年》:"盟诅不及三王。"范宁注:"三王,谓夏、殷、周也。夏后有钧台之享,商汤有景亳之命,周武有盟津之会。"

[二十] 能刑,《左传·僖公二十八年》:"君子谓文公,其能刑矣,三罪而民服矣。"

[二十一] 五伯,《汉书·诸侯王表》:"故盛则周、邵相其治,致刑错;衰则五伯扶其弱,与其守。"颜师古注:"伯读曰霸。此五霸谓齐桓、宋襄、晋文、秦穆、吴夫差也。"还有一种说法,《吕氏春秋·当务》:"备说非六王五伯。"高诱注:"五伯,齐桓、晋文、宋襄、楚庄、秦缪也。"

[二十二] 三才,《易·说卦》:"是以立天之道曰阴与阳,立地之道曰柔与刚,立人之道曰仁与义。兼三才而两之,故《易》六画而成卦。"具美,完美。

虢州三堂记

应龙乘风云[一],作雷雨,退必蟠蛰,以全其力;君子役智能[二],统机剧,退必宴息,以全其性。力全则神化无穷,性全则精用不竭。深山大泽,其所以蟠蛰乎?高斋清池,其所以宴①息乎?虢州三堂者,君子宴②息之境也。开元初,天子思二《南》之风[三],并选宗英,共持理柄,虢大而近,匪亲不居。时惟五王,出入相授。承平易理,逸政多暇,考卜惟胜[四],作为三堂。三者明臣子在三之节[五],堂者励宗室克构之义[六],岂徒造适,实亦垂训,居德乐善,何其盛哉!然当时汉同家人,鲁用王礼,栋宇制度,非诸侯居。后刺史马君锡[七],因其颓陊,始革基构,丰而不侈,约而不陋,以琴竹诗书之幽素,易绮纨钟鼓之繁喧,虽③林池烟景,不让他日。观其广逾百亩,深入重扃,回塘屈盘④,沓岛交映,溟渤转于环堵[八],蓬壶起于中庭,浩然天成,孰曰智及。春之日众木花折,岸铺岛织,况⑤浮照耀,其水五色。于是乎袭馨撷奇,方舟透迤，乐鱼时翻，飘蕊雪飞，沂沿环回[九]，隐映差池，咫尺迷路，不知所归。
此⑥武陵仙⑦源[十]，未足以极幽绝也。夏之日石寒水清，松密竹深，大柳起风，
甘棠垂阴。于是乎濯缨涟漪，解带升堂，畏景火云，隔林无光，虚甍沉沉[十一]，
皓壁如霜，羽扇不摇，南轩清凉。此则楚襄兰台[十二]，未足以涤炎郁也。秋之
日金飚扫林，翁郁洞开，太华爽气，出关而来。于是乎弦琴端居，景物廓如，
月委皓素，水涵空虚，鸟惊寒沙，霜滴高梧，境随夜深，疑与世殊。此则庾公
西楼[十三]，未足以澹神虑也。冬之日同云千里，大雪盈尺，四眺无路，三堂虚
白。于是乎置酒塞帷，凭轩倚楹，瑶阶如真，玉树罗生，日暮天霁，云开月明，
冰泉潺潺，终夜有声。此则子猷山阴[十四]，未足以畅吟啸也。於戏！不离轩冕，
而践夷旷之域[十五]，不出户庭，而获江海⑧之心，趣近悬解，迹同大隐[十六]，序
阅四时之胜，节宣六气之和[十七]，贵而居之，可曰厚矣。若知其身既安，而思
所以安人，其⑨性既适，而思所以适物，不以自乐而忽鳏寡之苦[十八]，不以自逸
而忘稼穑之勤，能推是心，以惠境内，则良二千石也[十九]。方今人亦劳止，上
思乂息[二十]，州郡之选，重如廷⑩臣。由是南阳张公[二十一]，辍挥翰之任，受剖
符之寄，游刃而理，此焉坐啸[二十二]。静政令若水木，闲人民如⑪鱼鸟，驯致其
道，暗然日彰⑫。小子以通家之爱[二十三]，获拜床下，且诸齿子⑬，侍坐于三堂，
见知唯⑭文，不敢无述。捧笔避席，请书堂阴，俾后之人知此堂非⑮燕游，亦可
以观清静为政之道云云⑯。

【校】
①四库本"宴"作"晏"。
②四库本"宴"作"晏"。
③粤雅堂本"虽"作"唯"，四库本"虽"作"惟"。
④粤雅堂本"盘"作"槃"。
⑤粤雅堂本、四库本"况"作"沈"。
⑥粤雅堂本"此"作"此则"。
⑦四库本"仙"作"桃"。
⑧粤雅堂本"海"作"湖"。
⑨粤雅堂本"其"作"知其"。
⑩粤雅堂本、四库本"廷"作"庭"。
⑪四库本"如"作"若"。
⑫四库本"彰"作"章"。
⑬粤雅堂本"且诸齿子"作"且齿诸子"。

⑭四库本"唯"作"为"。

⑮粤雅堂本"非"作"非止"。

⑯粤雅堂本"亦可以观清静为政之道云云"作"亦可以观清静为政之道",四库本"亦可以观清静为政之道云云"作"亦可以观清静为政之道云"。

【笺注】

[一] 作于贞元九年，793年。应龙，《山海经·大荒东经》："大荒东北隅中，有山名曰凶犁土丘。应龙处南极，杀蚩尤与夸父，不得复上。故下数旱。旱而为应龙之状，乃得大雨。"

[二] 智能，《管子·君臣上》："是故有道之君，正其德以莅民，而不言智能聪明。"宴息，《易·随》："君子以向晦入宴息。"

[三] 二《南》，《晋书·乐志上》："周始二《南》，《风》兼六代。"宗英，《汉书·叙传下》："长沙寂漠，广川亡声；胶东不亮，常山骄盈。四国绝祀，河闲贤明，礼乐是修，为汉宗英。"五王指唐明皇兄弟让皇帝宪、惠庄太子㧑、惠文太子范、惠宣太子业、隋王隆悌。

[四] 考卜，《诗·大雅·文王有声》："考卜维王，宅是镐京，维龟正之，武王成之。"郑玄笺："考犹稽也……稽疑之法，必契灼龟而卜之。"

[五] 在三之节，《国语·晋语》："民生于三，事之如一。父生之，师教之，君食之。非父不生，非食不长，非教不知，生之族也，故壹事之，唯其所在，则致死焉。"韦昭注："三，君、父、师也。"

[六] 克构之义，谓能完成前辈事业。《三国志·吴志·陆逊传论》："抗贞亮筹干，咸有父风，奕世载美，具体而微，可谓克构者哉！"

[七] 马君锡，马锡。《元和姓纂·马》："【郏郡】后魏章武太守马晃；元孙吴陁，唐监门将军、荆州长史，生大通、大均。大通孙颖，营州刺史。大均，甘州刺史；生崇台，左羽林将军；生琼，庆州都督。琼生锐、铉、锡。锐，扬府司马。铉，兼中丞，生淑。锡，谏议大夫、虢州。"《册府元龟》卷一四四："德宗贞元元年五月癸卯，命……殿中少监马锡……分祷终南、秦岭诸山以祈雨。"

[八] 环堵，《礼记·儒行》："儒者有一亩之官，环堵之室。"郑玄注："环堵，面一堵也。五版为堵，五堵为雉。"

[九] 泝 sù，此处同"溯"，逆流而上。

[十] 武陵仙源，晋陶渊明《桃花源记》："晋太元中，武陵人捕鱼为业。缘溪行，忘路之远近。忽逢桃花林，夹岸数百步，中无杂树，芳草鲜美，落英

缤纷……土地平旷，屋舍俨然。有良田、美池、桑竹之属。阡陌交通，鸡犬相闻。"后多用以指避世隐居的地方，亦指理想的境地。

[十一] 畏景火云，隔林无光，虚甍沉沉句。畏景，指夏天。唐白居易《旱热》："持此聊过日，焉知畏景长。"甍 méng，屋脊。

[十二] 楚襄兰台，宋玉的《风赋》："楚襄王游于兰台之宫，宋玉景差侍。有风飒然而至，王乃披襟而当之，曰：'快哉此风！寡人所与庶人共者邪？'宋玉对曰："此独大王之风耳，庶人安得而共之！'"

[十三] 庾公西楼，一名庾公楼，在江西九江。传说为晋庾亮镇江州时所建。宋陆游《入蜀记》卷四："楼正对庐山之双剑峯，北临大江，气象雄丽……庾亮尝为江荆豫州刺史，其实则治武昌。若武昌南楼名庾楼，犹有理，今江州治所，在晋特柴桑县之湓口关耳，此楼附会甚明。"

[十四] 子猷山阴，《世说新语·任诞》："王子猷居山阴，夜大雪，眠觉，开室，命酌酒。四望皎然，因起彷徨，咏左思《招隐诗》。"

[十五] 轩冕，《庄子·缮性》："古之所谓得志者，非轩冕之谓也，谓其无以益其乐而已矣。"夷旷之域，夷旷，襟怀平和旷达。《晋书·傅玄传赞》："志厉彊直，性乖夷旷。"

[十六] 大隐，晋王康琚《反招隐诗》："小隐隐陵薮，大隐隐朝市。伯夷窜首阳，老聃伏柱史。"

[十七] 节宣，《左传·昭公元年》："君子有四时：朝以听政，昼以访问，夕以修令，夜以安身。于是乎节宣其气，勿使有所壅闭湫底，以露其体。"杜预注："宣，散也。"

[十八] 鳏寡 guān guǎ，《诗·小雅·鸿雁》："爰及矜人，哀此鳏寡。"毛传："老无妻曰鳏，偏丧曰寡。"

[十九] 二千石，汉制，郡守俸禄为二千石，即月俸百二十斛。后称郡守为"二千石"。《汉书·循吏传》："庶民所以安其田里而亡叹息愁恨之心者，政平讼理也。与我共此者，其唯良二千石乎！"颜师古注："谓郡守、诸侯相。"

[二十] 乂 yì，治理。

[二十一] 南阳张公，疑为张式。《旧唐书·德宗纪下》："（贞元九年）三月己亥，以驾部郎中、知制诰张式为虢州刺史。"挥毫，《晋书·虞溥传》："若乃含章舒藻，挥翰流离，称述事务，探赜究奇……亦惟才所居，固无常人也。"剖符，亦作"剖竹"，为分封、授官之称。《战国策·秦策三》："穰侯使者操王之重，决裂诸侯，剖符于天下，征敌伐国，莫敢不听。"

[二十二] 坐啸，南朝齐谢朓《在郡卧病呈沈尚书》："坐啸徒可积，为邦

岁已暮。"

[二十三] 通家之爱，通家，世交或姻亲。

诸葛武侯庙记[一]

天厌汉德，俾绝其纽，群生坠涂，四海飞水。武侯命世[二]，实念皇①极[三]，魏奸吴轻^{去声}，未获心膂[四]，胥宇南阳，坚卧待主[五]。三顾稍晚[六]，群雄初②定，必也彗扫[七]，是资鼎立。变化消息，谋成掌中，战龙玄③黄，再得云④雨。于是右揭如天之府，左提用武之国，因山分力，与水合势，蟠亘万里，张为龙形。亦欲首吞咸镐，尾束河洛，翼出中夏，飞于^{一作跃}天衢，然后鱼驱勾⑤吴，东入晏海。大勋未集，天夺其魄。至诚无忘⑥，炳在日月，烈气不散，长为风雷，英雄痛心，六百年矣。於戏！以武侯之才，知己付托，土虽狭，国以勤俭富，民虽寡，兵以节制强，魏武既没，晋宣非敌，而戎车荐驾，不复中原。或曰奇谋非长，则斩将覆军无虚举矣；或曰馈粮不继，则筑室反耕有成算矣。尝试念之，颇赜其原[八]。夫民无归，德以为归，抚则思，虐则忘，其思也不可使忘，其忘也不可使思。当汉道方休，哀、平无罪[九]，王莽乃欲凭戚宠⑦[十]，造符命，胁之以威，动之以神，使人忘汉，终不可得也。及高、光旧德，与世衰远，桓、灵流毒，在人骨髓[十一]，武侯乃欲开张季世兴[十二]，振绝绪，谕之以本，临之以忠，使人思汉，亦不可得也。向使武侯奉先主之命，告天下曰："我之举也，匪私刘宗，唯活元元。曹氏利汝乎，吾事之；曹氏害汝乎，吾除之。"俾虐魏逼从之民，耸诚感动，然后经武观衅[十三]，长驱义声，咸、洛不足定矣。奈何当至公之运，而强人以私，此犹力争，彼未心服，勤而靡获，不亦宜哉⑧。乃知务开济之业者，未能审时定势，大顺人心，而克观厥成，吾不信也。惜其才有余而见未至，述于遗庙，以俟通识。识唐贞元十四年七月二十五日，东平吕某⑨记。

【校】

①粤雅堂本"皇"作"大"。

②粤雅堂本"初"作"粗"。

③粤雅堂本"玄"作"元"。

④四库本"云"作"风"。

⑤粤雅堂本"勾"作"句"。

⑥四库本"忘"作"妄"。

⑦四库本"戚宠"作"宠戚"。

⑧粤雅堂本"哉"作"乎"。

⑨粤雅堂本"某"作"温"。

【笺注】

[一] 作于贞元十四年，798年。

[二] 命世，《汉书·楚元王传赞》："圣人不出，其间必有命世者焉。"

[三] 皇极，《尚书·洪范》："五，皇极，皇建其有极。"孔颖达疏："皇，大也；极，中也。施政教，治下民，当使大得其中，无有邪僻。"

[四] 心膂 lǔ，《尚书·君牙》："今命尔予翼，作股肱心膂。"

[五] 胥宇南阳，坚卧待主句。胥宇，《诗·大雅·绵》："爰及姜女，聿来胥宇。"毛传："胥，相；宇，居也。"孔颖达疏："自来相土地之可居者。"坚卧，隐居。

[六] 三顾，诸葛亮《出师表》："臣本布衣，躬耕于南阳，苟全性命于乱世，不求闻达于诸侯。先帝不以臣卑鄙，猥自枉屈，三顾臣于草庐之中，咨臣以当世之事，由是感激，遂许先帝以驱驰。"

[七] 彗扫，谓如彗星扫过。多形容兵锋迅猛，歼除无余。汉班固《封燕然山铭》："然后四校横徂，星流彗扫，萧条万里，野无遗寇。"

[八] 赜 zé，深奥。

[九] 哀、平，汉哀帝与平帝的并称。三国魏曹冏《六代论》："至乎哀平，异姓秉权；假周公之事，而为田常之乱。"

[十] 王莽（前45—23），《汉书·王莽传》："王莽字巨君，孝元皇后之弟子也。"公元8年12月，王莽代汉建新，建元"始建国"，宣布推行新政，史称"王莽改制"。

[十一] 及高、光旧德两句。高光，汉高祖和汉光武帝的并称。桓灵，东汉末世桓帝与灵帝的并称。三国蜀诸葛亮《出师表》："先帝在时，每与臣论此事，未尝不叹息痛恨于桓灵也。"

[十二] 季世，末代，衰败时期。《左传·昭公三年》："叔向曰：'齐其何如？'晏子曰：'此季世也，吾弗知。齐其为陈氏矣！'……叔向曰：'然，虽吾公室，今亦季世也。'"

[十三] 经武观衅，整治武备，伺机而动。

道州刺史厅壁记^附刺史河南元结字次山撰^[一]

天下太平，方千里之内，生植齿类，刺史能存亡休戚之。天下兵兴，方千里之内，能保黎庶，能攘患难，在刺史耳。凡刺史，若无文武才略，若不清廉肃下，若不明惠公直，则一州生类皆辱灾^{一作受其害}。於戏，自至此州，见井邑丘墟，生民几尽，试问其故，不觉涕下。前辈^{一作政}刺史，或有贪猥惽弱，不分是非，但以衣服饮食为事，数年之间，苍生蒙以私欲侵夺，兼之公家驱迫，非奸恶强富，殆无存者。问之耆老，前后刺史能恤养贫弱，专守法令，有徐公履道、李公廙而已^[二]。遍问诸公，善或不及徐、李二公，恶有不堪说者，故为此记与刺史作戒。自置州以来，诸公改授迁绌年月，则旧记存焉。

【笺注】

[一] 元结，字次山，汝州人。曾任道州刺史，去官后隐于祁阳。《方舆胜览·道州·名宦》："本传：'结为刺史，搜揽山水佳处，被之诗歌，由是此邦山水甲天下。又奏免百姓所负租税十三万八千余缗。'南宋洪迈《容斋三笔》：元结为刺史，作舂陵行，又作贼退示官吏一篇。杜甫览结二诗，亦志之曰：'今盗贼未息，知民疾苦，得结辈十数公，落落然参错天下为邦伯，万物吐气，天下少安，可待矣。'"

[二] 徐公履道、李公廙，徐履道，玄宗朝道州刺史。李廙 yì，《旧唐书·肃宗纪》："（至德二载二月）给事中李廙署云'无马'，大夫崔光远劾之，贬廙江华太守。"道州，天宝元年为江华郡，乾元元年复为道州。

道州刺史厅后记一首^[一]

壁记非古也。若冠绶命秩之差^[二]，则有格令在；山川风物之辨，则有图谍在^[三]。所以为之记者，岂不欲述理道、列贤不肖以训于后，庶中人以上得化其心焉？代之作者，率异于是，或夸学名数，或务工为文，居其官而自记者则媚己，不居其官而代人记者则媚人，《春秋》之旨，盖委地矣。贤二千石河南元结字次山^[四]，自作《道州厅事记》，彰善而不党，指恶而不诬^[五]，直举胸臆，用为鉴戒。昭昭吏师，长在屋壁^[六]，彼^①贪虐放肆以生人为戏者，独不愧于心乎？予自幼时读《循吏传》^[七]，慕其为人，以为士大夫立名于代，无以高此。前年冬，由尚书刑部郎中出为此州，虽苦剧自课^[八]，而未能逮其意也。往刺史有许子良者，辄移元次山《记》于北牖上^②，而以其文代之。后亦有时号君子之清者莅^③此，熟视焉而莫之改。岂是非之际，如是其难乎？予也鲁，安知其他，即今^④圬而书之，俾复其^⑤旧，且为后记，以广次山之志云。

【校】

①粤雅堂本"彼"作"后之"。

②四库本、粤雅堂本"上"作"下"。

③粤雅堂本"莅"作"涖"。

④四库本、粤雅堂本"今"作"命"。

⑤四库本"其"作"具"。

【笺注】

［一］作于元和五年，810 年。

［二］冠，礼帽，绶，印绶，泛指官吏的服饰制度。命秩，官爵。

［三］图谍，图籍表册。汉蔡邕《上汉书十志疏》："道至深微，不可独议。郎中刘洪密于用筭，故臣表上洪，与共参思图牒。"

［四］二千石，汉制，郡守俸禄为二千石，即月俸百二十斛。后称郡守为"二千石"。《汉书·循吏传序》："庶民所以安其田里而亡叹息愁恨之心者，政平讼理也。与我共此者，其唯良二千石乎！"颜师古注："谓郡守、诸侯相。"

［五］彰善而不党两句。不党，《论语·述而》："吾闻君子不党。"朱熹注："相助匿非曰党。"《淮南子·主术训》："不偏一曲，不党一事。"《礼记·表记》："是故君有责于其臣，臣有死于其言，故其受禄不诬。"孔颖达疏："以其言善乃受禄，是受禄不诬罔也。"

［六］屋壁，指孔壁所藏之典籍。唐李商隐《赠送前刘五经映三十四韵》："屋壁余无几，焚阬逮可伤。"

［七］《循吏传》，东汉班固创作的一篇传。

［八］苦剧自课，意思是在艰难复杂环境下，勤勉完成工作。

湖南都团练副使厅壁记[一]

湘中七郡，罗压上游①，右振牂蛮，左驰瓯越[二]，控交、广之户牖，拟②吴、蜀之咽喉，翼张四隅，襟束万里，半天下安危系焉。圣唐理虽偃草[三]，制不去备，消息变化，必惟其时。由是剖分荆、衡，复古南镇，控③其兵徒而重其统帅，易其将校而难其参佐，所以显仁藏用，明道晦权，成师于礼乐之中[四]，讲武于文章之内。雍容易简，四十余年，名迹风流，冠于当代。始则裴谏议虬[五]，以逸材奇略，傲视而静荒寇；次则赵相公憬[六]，以高标雅望，郁起而为国桢；其余冯郎中巘之硕重，房容州孺复之英达，郑评事洌、张著作季文之美秀[七]；泊张和州惟俭[八]、卢侍御灏佐我先大夫宣慈明允，实有成绩，是皆焯于朝论，清在人谣者矣。元和三年冬，天子命御史中丞陇西李公[九]，以永嘉之循一作清政、京兆之懿则，廷赐大旆，俾绥衡湘。威如秋霜无私凋，惠如太④阳无私煦，用人如止水无私鉴。始下车，表前副使殿中侍御史扶风窦君常⑤以本官复职[十]，于是监察御史河南穆君寂[十一]、河内司马君纡、范阳卢君璠、太常协律郎河东范君存庆、前咸阳⑥尉吴郡顾君师闵[十二]、前太子正字陇西李君础[十三]、前太常寺奉礼郎京兆杜君周士[十四]、前延陵县尉同郡杜君赏，群材响附，各以类至。文雅器用，岁余大备。错金碧于晴壑，绰孔翠于春林，遐迩翕然，称为盛府。中行感会知己，竭其诚能。黄钟音韵，调于嶰谷之竹[十五]；太阿锋铓[十六]，拭以华山之土。其集⑦鸾凤，断犀兕[十七]，不足怪也。窦氏伯季，同时七人，一居方伯，二列华省[十八]，四在诸侯之馆。名教之乐，缙绅慕焉[十九]。以某近守支郡，且知故寔⑧，得请连帅，俾书公堂。愧于不文，安敢坚让。元和五年七月五日，东平吕温⑨记。

【校】

①四库本"游"作"流"。

②粤雅堂本、四库本"拟"作"扼"。

③粤雅堂本"控"作"轻"。

④粤雅堂本、四库本"太"作"冬"。

⑤粤雅堂本、四库本"窦君常"作"窦君常字中行"。

⑥粤雅堂本"咸阳"作"咸阳县"。

⑦粤雅堂本"集"作"吟"。

⑧四库本"寔"作"实"。

⑨粤雅堂本"温"作"某",四库本"温"作"乐";

【笺注】

[一] 作于元和五年,810年。

[二] 右振犇蛮,左驰瓯越句。犇,牂zāng的异体字。瓯越,《史记·赵世家》:"夫翦发文身,错臂左衽,瓯越之民也。"张守节正义:"属南越,故言瓯越也。"

[三] 偃草,比喻道德教化见成效。《论语·颜渊》:"君子之德风,小人之德草,草上之风,必偃。"

[四] 礼乐,《礼记·乐记》:"乐也者,情之不可变者也;礼也者,理之不可易者也。乐统同,礼辨异。礼乐之说,管乎人情矣。"孔颖达疏:"乐主和同,则远近皆合;礼主恭敬,则贵贱有序。"

[五] 裴谏议虬,裴虬,字深源。河东(治今山西永济)人。《全唐诗》卷一四八有刘长卿《春过裴虬郊园》。

[六] 赵相公璟,未详。

[七] 其余冯郎中蘷之硕重三句,冯郎中蘷,库部员外冯蘷,河东人。房容州孺复,房孺复,《旧唐书·房琯传》:"河南人。……孺复,琯之孽子也。……贞元十三年九月卒,时年四十二。"《全唐文》卷六七六白居易《吴郡诗石记》:"贞元初,韦应物为苏州牧,房孺复为杭州牧,皆豪人也。"郑评事洌,郑洌,《新唐书·宰相世系五上》:"郑洌,巩丞。"

[八] 张和州惟俭,《全唐文》卷五八八柳宗元《先君石表阴先友记》:"张惟俭,宣州当涂人……和州刺史。"我先大夫,吕渭,张惟俭贞元十三至十六年在吕渭湖南幕。

[九] 陇西李公,李众,据郁贤皓《唐刺史考全编》,李众元和三至六年为湖南观察使。

[十] 窦常,《旧唐书·窦常传》:"字中行,大历十四年登进士第,居广陵之柳杨。结庐种树,不求苟进,以讲学著书为事,凡二十年不出。贞元十四年,镇州节度使王武俊闻其贤,遣人致聘,辟为掌书记,不就。其年,杜佑镇淮南,奏授校书郎,为节度参谋。元和六年,自湖南判官入为侍御史,转水部员外郎。出为朗州刺史,历固陵、浔阳、临川三郡守。"据《窦叔向碑》,窦常,元和初,为殿中侍御史赐绯鱼袋湖南都团练判官。

[十一] 穆寂,《登科记考》卷一三引《永乐大典·瑞阳志》:"贞元九年穆

寂榜。"

[十二] 顾师闵即顾少连之子顾师闵。顾少连，两《唐书》有传。顾少连于贞元九年、十年两知贡举，柳宗元与刘禹锡即贞元九年进士登第者。

[十三] 李础，洪兴祖《韩子年谱》："李础，贞元十九年进士，仁钧之子也。昌黎有《送李判官正字础归湖南序》。"

[十四] 杜周士，《册府元龟》卷一三六："（长庆元年）二月辛未，命给事中韦弘景为容州邕州安南宣慰使，监察御史杜周士副焉。"《新唐书·西原蛮传》："长庆初，以容管经略使留后严公素为经略使。……初，邕管既废，人不谓宜。监察御史杜周士使安南，过邕州，刺史李元宗白状。周士从事五管，积三十年矣，亦知其不便。严公素遣人盗其稟，周士愤死。"

[十五] 嶰 xiè 谷，昆仑山北谷名。汉应劭《风俗通·声音序》："昔黄帝使伶伦自大夏之西，昆仑之阴，取竹于嶰谷，生其窍厚均者，断两节而吹之，以为黄钟之管。"

[十六] 太阿，《文选·李斯〈上书秦始皇〉》："垂明月之珠，服太阿之剑。"李善注："《越绝书》曰：楚王召欧冶子、干将作铁剑二枚，二曰太阿。"

[十七] 犀兕，《左传·宣公二年》："牛则有皮，犀兕尚多，弃甲则那？"

[十八] 一居方伯，二列华省句。方伯，《史记·周本纪》："周室衰微，诸侯强并弱，齐、楚、秦、晋始大，政由方伯。"裴骃《史记集解》引郑司农曰："长诸侯为方伯。"华省，指清贵者的官署。晋潘岳《秋兴赋》："宵耿介而不寐兮，独展转于华省。"

[十九] 名教之乐，缙绅慕焉句。名教，《管子·山至数》："昔者周人有天下，诸侯宾服，名教通于天下。"缙绅，搢绅，古时高级官员的装束，用作官员的代称。《庄子·天下》："其在于诗书礼乐者，邹鲁之士，搢绅先生多能明之。"

故衡州刺史东平吕君诔

[唐] 柳宗元

维唐元和六年八月日，衡州刺史东平吕君卒。爰用十月二十四日，藁葬于江陵之野。呜呼！君有智勇孝仁，惟其能可用康天下；惟其志可用经百世。不克而死，世亦无由知焉。君由道州以陟为衡州，君之卒，二州之人哭者逾月。湖南人重社饮酒，是月上戊，不酒去乐，会哭于神所而归。余居永州，在二州中间，其哀声交于北南，舟船之下上，必呱呱然。盖尝闻千古而观于今也。君之志与能，不施于生人，知之者又不过十人。世徒读君之文章，歌君之理行，不知二者之于君其末也。呜呼！君之文章，宜端于百世，今其存者，非君之极言也，独其词耳；君之理行，宜极于天下，今其闻者，非君之尽力也，独其迹耳。万不试而一出焉，犹为当世所重。若使幸得出其什二三，则巍然为伟人，与世无穷，其可涯也？君所居官为第三品，宜得谥于太常。余惧州吏之逸其辞也，私为之诔，以志其行。其辞曰：麟死鲁郊，其灵不施。濯濯夫子，胡洁其仪。冠仁服义，干橹诗书。忠贞继佩，智勇承基。跨腾商周，尧舜是师。道不胜祸，天固余欺！鬼神不怒，妖孽咸疑。何付之德，而夺其时。呜呼哀哉！命姓惟吕，勤唐以力。辅宁万邦，受胙尔国。惟师元圣，周以降德。世征五侯，伊祖之则。嗣济厥武，前书是式。至于化光，爰耀其特。《春秋》之元，儒者咸惑。君达其道，卓然孔直。圣人有心，由我而得。敷施变化，动无不克。推理惟功，舒文以翼，宣于事业，与古同极。道不苟用，资仕乃扬。进于礼司，奋藻含章，决科联中，休闻用张。署雠百氏，错综逾光。超都谏列，屡皂其囊。帝殊尔能，人服其智。戎悔厥祸，款边求侍。盛选邦良，难乎始使。君登御史，赞命承事，风动海壖，皇威以致。来总征赋，甲兹郎吏。制用经邦，时推重器。诸臣之复，周官匪易。汉课笺奏，鲜云能备。君自他曹，载出其技，笔削自任，群伦革议。正郎司刑，邦宪为贰。纠逖佞^{一作伊}肃，邪谀其畏。迁理道民，民服沐嘉。思疏若昵，惕迹如退。实闭其阁，而抚于家。载其愉乐，申以舞歌。赋无吏迫，威不刑加。浩然顺风，从令无哗。缲蚕外邑，我茧盈车。杂耕邻邦，我黍之华。既字其畜，亦艺其麻。鼖鼓斯屏，人喜则多。始富中教，兴良废邪。考绩既成，王用兴嗟。陟于岳滨，言进其律。号呼南竭，讴谣北溢。欺吏悍民，先声如失。逋租匿税，归城自出。兼并既息，罢羸乃逸。惟昔举善，盗奔于邻。今我兴仁，化为齐人。惟昔富人，或赈之粟。今我厚生，不竭而足。邦思其弼，人戴惟父。善胡召灾，仁胡罹咎。俾民伊怙，而君不寿。矫矫贪陵，乃康乃茂。呜呼哀哉！廪不余食，藏无积帛。内厚族姻，外赒宾客。恒是县罄，逮兹易箦。僮无凶服，葬非旧陌。呜呼哀哉！君昔与余，讲德讨儒。时中之奥，希圣为徒。志存致君，笑咏唐虞。揭兹日月，以耀群愚。疑生所怪，怒起特殊。齿舌嗷嗷，雷动风驱。良辰不偶，卒与祸俱。直道莫试，嘉言罔敷。佐王之器，穷以郡符。秩在三品，宜谥王都。诸生群吏，尚拥良图。故友咨怀，累行陈谟。是旌是告，永永不渝，呜呼哀哉！

　　附：

　　《全唐诗》卷三七一另录吕温诗三首。《和李使君三郎早秋城北亭宴崔司士因寄关中张评事》（一说卢纶作）："黄花古城路，上尽见青山。桑柘晴川口，牛羊落照间。野情随卷幔，尘事隔重关。道合偏重赏，官微独不闲。鹤分琴久罢，书到雁应还。为谢登临客，琼林寄一攀。"《题从叔园林》（一说李端作）："阮宅闲园暮，窗中见树阴。樵歌依野草，僧语过长林。鸟向花间井，人弹竹里琴。自嫌身未老，已有住山心。"《送僧归漳州》："几夏京城住，今朝独远归。修行四分律，护净七条衣。溪寺黄橙熟，沙田紫芋肥。九龙潭上路，同去客应稀。"

　　《全唐文》卷六二五至六三一另录吕温文：河出荣光赋、乐出虚赋_{以声从响际出自虚中为韵}、齐人归女乐赋_{以题为韵}、管窥豹赋_{以管中窥豹时见一斑为韵}、代杜司徒让平章事表、为成魏州贺瑞雪庆云日抱戴表、简获隐户奏、代李中丞荐道州刺史吕温状_{温自作}、请立舜庙奏、汉舆地图序、三月三日茶宴序、祭说、祭座主故兵部尚书顾公文。